GŁOSY Z ZAŚWIATÓW

REMIGIUSZ

MRÓZ

GŁOSY Z ZAŚWIATÓW

FILIA

Wydanie I, Poznań 2020

Projekt okładki: © Tomasz Majewski

Redakcja: Karolina Borowiec-Pieniak
Korekta: Joanna Pawłowska
Skład i łamanie: Stanisław Tuchołka | panbook.pl

ISBN: 978-83-8075-989-3

Wydawnictwo Filia
ul. Kleeberga 2
61-615 Poznań
wydawnictwofilia.pl
kontakt@wydawnictwofilia.pl

Seria: FILIA Mroczna Strona
mrocznastrona.pl

Wszelkie podobieństwo do prawdziwych postaci i zdarzeń jest przypadkowe.

Druk i oprawa: Abedik SA

Mateuszowi, który liczył na to,
że Zaorski będzie biegał z wilkami po Bieszczadach

Umarłych wieczność dotąd trwa,
dokąd pamięcią im się płaci.
Wisława Szymborska

ROZDZIAŁ 1

1

Zmrok powoli zapowiadał sen, ale tej nocy Seweryn Zaorski nie mógł liczyć na wytchnienie. Uporczywy dźwięk dzwonka zdawał się to potwierdzać, kimkolwiek bowiem był nieproszony gość, najwyraźniej nie miał zamiaru dać za wygraną.

Szkoda. Dziewczynki spały dziś u jednej z koleżanek, a Seweryn miał zamiar po raz pierwszy od długiego czasu porządnie urżnąć się whisky. Robił to tylko z jednego powodu – by spokojnie zasnąć.

Podniósł się ociężale z wędkarskiego krzesełka w garażu i stanął przed bramą. Natręt nadal dzwonił, a Zaorski zastanawiał się, kto i dlaczego niepokoi go o tej porze.

Mieszkańcy Żeromic raczej od niego stronili, większość traktowała go jak trędowatego. Kojarzono go głównie jako osobę znajdującą się w rejestrze przestępców seksualnych oraz człowieka, który wszedł w konszachty z przestępczością zorganizowaną.

Nocna wizyta nie mogła zwiastować niczego dobrego. Nie było jednak sensu jej ignorować. Czegokolwiek chciał od niego gość, załatwi to z pewnością prędzej czy później.

Seweryn wciągnął głęboko powietrze i wcisnął przycisk przy bramie. Ta wydała mechaniczne stęknięcie, a kiedy się podniosła, Zaorski wyszedł na zewnątrz. Od razu rozpoznał samochód zaparkowany na podjeździe.

Równie szybko dostrzegł, że Kaja Burzyńska idzie w jego stronę.

Nie widział jej od kilku miesięcy. Nie pisał do niej, nie próbował dzwonić, nawet na nią nie patrzył, kiedy odwozili dzieci do szkoły. Wiedział, że Burza właśnie tego potrzebuje, by wrócić do siebie. Myślał o niej jednak bezustannie.

Zdawało mu się, że brak kontaktu wyrwał dziurę w jego egzystencji. Wyszarpał z niej wszystko, co najważniejsze. Cały świat tymczasem zdawał się na to obojętny – było to jak popełniony błąd, który nie daje człowiekowi spokoju przez długie miesiące, mimo że wszyscy świadkowie dawno o nim zapomnieli.

Kiedy Kaja podeszła bliżej, zauważył, że wyraźnie nie wie, od czego zacząć. On także nie miał pojęcia. Upomniał się w duchu, by nie wyskoczyć z niczym bzdurnym.

Odchrząknął.

– Akcja: krępacja? – odezwał się.

– Co?

– Po takim czasie to właściwie całkowicie zrozumiałe, że dwoje ludzi…

– Jesteś potrzebny, Seweryn – ucięła, a on dopiero teraz dostrzegł powagę na jej twarzy.

Początkowo założył, że to obojętna maska założona na spotkanie z kimś, komu Burza nie miała zamiaru okazywać żadnych emocji. Szybko stało się jasne, że się pomylił. Coś było nie w porządku.

Pierwsza myśl sprawiła, że serce zabiło mu szybciej. Coś stało się diablicom.

– Gdzie jestem potrzebny? – spytał niepewnie.

– W zakładzie.

Odetchnął. A więc chodziło o sprawy służbowe.

– Już tam nie pracuję – odparł, jakby o tym nie wiedziała. – A Kalamus jest ostatnią osobą, która chce mnie widzieć.

Burzyńska milczała.

– Może nie licząc ciebie – dodał.

Miał nadzieję na jakąś odpowiedź, ale się jej nie doczekał. Właściwie trudno było przesądzić, czy bardziej unikała
go Kaja, czy może dyrektor szpitala. Po tym, jak okazało się,
że Zaorski objął zakład patomorfologii, by prać brudne pieniądze, był spalony. Wywinął się z konsekwencji prawnych,
doprowadzając służby do mafijnych bossów, od tych zawodo-
wych nie mógł jednak uciec.

Burza otaksowała go wzrokiem.

– Ubierz się i chodź – rzuciła.

– Jestem ubrany.

– Na picie w garażu być może – przyznała, na dłużej za-
wieszając wzrok na koszulce z kołem zębatym, wokół którego
widniała nazwa zespołu Bachman-Turner Overdrive. Potem
zerknęła do środka, z pewnością dostrzegając butelkę whisky
obok składanego krzesełka. – I dlaczego nie pijesz w domu?

– Nie wiem.

Czekała, aż rozwinie, zapewne spodziewając się, że powodem jest obecność Ady i Lidki. Zaorski jednak powiedział
dokładnie tyle, ile sam wiedział.

– Diablic nie ma – oznajmił. – Śpią u jakiejś koleżanki
Ady.

– W takim razie zbieraj się.

– Mówiłem ci, że Kalamus…

– Potrzebujemy cię przy stole sekcyjnym, rozumiesz?

Użyła na tyle kategorycznego tonu, że istotnie coś ważnego musiało być na rzeczy. Zresztą pewnie nie pojawiłaby się tutaj, gdyby nie miała pozwolenia od dyrektora szpitala i komendanta. Burza nie popełniłaby drugi raz podobnego błędu.

Zaorski narzucił skórzaną kurtkę, a potem wsiadł do radiowozu. Kaja natychmiast ruszyła w kierunku szpitala.

– Powiesz mi, o co chodzi? – spytał Seweryn.

– Mamy ofiarę. Dziewczynka, lat siedem, NN.

Zaorski się wzdrygnął. Boże, w wieku Lidki.

– Jak to NN? – spytał, starając się jak najszybciej przesunąć zwrotnicę myśli na profesjonalne tory. – Nie ma żadnych dokumentów? Nikt jej nie poznał?

Kaja skinęła lekko głową, przyspieszając.

– Nikt też nie zgłosił zaginięcia.

– Jakie obrażenia?

– Żadne – odparła ciężko. – Nie udało nam się dotychczas ustalić przyczyny zgonu.

A zatem dlatego był potrzebny. Lekarka, która za niego objęła zakład, specjalizowała się głównie w tym, co stanowiło rdzeń pracy patomorfologa. Była mistrzynią histopatologii, a mikroskop zdawał się w jej rękach nie tyle narzędziem pracy, ile instrumentem wykonania sztuki. Diagnostyka śledcza chorób była dla niej chlebem powszednim – obcowanie z morderstwem z pewnością nie.

Dla takich jak ona staże z medycyny sądowej były tylko koniecznością w trakcie kształcenia się. Zaorskiego właśnie to pociągało w tej pracy najbardziej.

– Gdzie znaleziono tę dziewczynkę? – spytał.

– Dwa kilometry na północ od Żeromic. W środku pola.

– Jakieś ślady?

– Technicy już tam pracują.

Tym razem z pewnością nie mógł liczyć na to, że zostanie dopuszczony na miejsce zdarzenia. Komendant Konarzewski pozwoli mu tylko na to, co było absolutnie konieczne.

– Kto wpadł na pomysł, żeby mnie ściągnąć? – zapytał.

– Kierowniczka zakładu.

Zapisał to jej na plus. Wielu na jej miejscu z pewnością miałoby opory przed wzywaniem osoby, która miała przed nią zawiadywać całym zakładem. A może sprawa była po prostu zbyt skomplikowana, by nie skorzystać z wiedzy kogoś, kto znał się na rzeczy.

– I mówisz, że nie możecie ustalić przyczyny zgonu?

– Mhm.

– Ale…

– Zaraz sam wszystko ocenisz – ucięła Kaja.

Najwyraźniej jakiekolwiek rozmowy były niewskazane, a przynajmniej tak przyjął Zaorski. Burzyńska wyprowadziła go z błędu, kiedy po kilku minutach zatrzymała się przed szpitalem i posłała mu długie spojrzenie.

– Jak się czujesz? – rzuciła.

– Jakbym pływał nocą w basenie.

Kaja zerknęła na niego pytająco.

– Nie znasz tego uczucia? – dodał. – Jakbyś robiła coś zakazanego, za co nic ci nie grozi.

Otworzyła drzwi i wyszła na zewnątrz, a Seweryn zrobił to samo. Spojrzeli na siebie, ale nie ruszyli w kierunku przylegającego do szpitala niskiego budynku prosektorium.

– Nie miałam na myśli sekcji, tylko to, jak czujesz się ogólnie.

– Ozzy jest na bieżąco – odparł Zaorski. – Nie mówi ci nic?

– Nie rozmawiamy o tobie.

Mąż Kai i najlepszy przyjaciel Seweryna z dzieciństwa był jedynym człowiekiem w Żeromicach, z którym Zaorski utrzymywał kontakt. Początkowo obaj podchodzili do siebie jak pies do jeża, ale od dwóch, może trzech miesięcy spotykali się codziennie rano w Kawalądku, a kilka razy w tygodniu na piwie na rynku.

Przyjaźń z dawnych lat okazała się trwalsza niż ostatnie wydarzenia. Choć Bogiem a prawdą, Michał Ozga nie miał pojęcia o tym, co Zaorski czuje do jego żony. Ani co między nimi zaszło.

– Idziemy? – spytał Seweryn.

Kaja sprawiała wrażenie, jakby chciała powiedzieć coś więcej. Patrzyła na niego tak długo, że poczuł się nieswojo. W końcu jednak potrząsnęła głową.

– Idziemy – postanowiła.

Weszli do niewielkiego budynku, po czym oboje włożyli fartuchy ochronne i jednorazowe rękawiczki. Jeden z pracowników zaprowadził ich do pomieszczenia, w którym od zapachu formaliny było aż gęsto. Na stole przypominającym sito leżało ciało siedmiolatki.

– Pani doktor zaraz przyjdzie – oznajmił pracownik, a potem się oddalił.

Kaja i Seweryn trwali w niemal nabożnym bezruchu, wbijając wzrok w martwe oblicze dziewczynki. Zaorski w końcu zbliżył się do niej. Obszedł stół sekcyjny, przyglądając się zwłokom i mrużąc oczy.

W prosektorium panowała niczym niezmącona cisza, jakby choć jeden dźwięk mógł obudzić zmarłych. Seweryn kątem oka dostrzegł, że Burza lekko się wzdrygnęła.

– Coś nie tak? – spytał.

– Po prostu jest mi tu nieswojo. Tobie nie?

– Nie.

– Nie czujesz jakiejś... obawy?

– Obawiać należy się żywych, nie zmarłych.

Wydawało mu się to całkowicie logiczne i sprawiało, że w pro morte, chłodniach i innych tego typu miejscach zawsze czuł się dość dobrze. Panował w nich spokój, którego próżno było szukać w świecie żywych.

Zaorski oderwał wzrok od ofiary i spojrzał na Burzę. Chciał powiedzieć coś, co skieruje jej myśli w inną stronę, ale nie miał okazji, gdyż do pomieszczenia weszli kierowniczka zakładu i komendant.

Konarzewski przelotnie popatrzył na Seweryna, nie siląc się na powitanie. Kobieta podeszła do niego i przedstawiła się jako Natalia Bromnicka. Sprawiała wrażenie przyjaznej, może nawet nad wyraz.

Zaorski uznał, że najlepiej skupić się na tych, którzy nie mają już powodów do nieszczerości.

– Co wiemy o ofierze? – spytał.

Kierowniczka zakładu nie musiała sięgać po protokół, by udzielić mu odpowiedzi.

– Dziewczynka, wiek szacuję na siedem lat. Brak telarche, czyli dojrzewania gruczołów sutkowych, brak choćby delikatnego owłosienia na wargach sromowych. Pochwa właściwie nierozwinięta, piersi również jeszcze przed rozpoczęciem procesu rozwoju. Natomiast...

– Może przejdziemy do konkretów? – przerwał jej Zaorski, a potem wskazał na usta dziewczynki.

Wszystko to, co mówiła Bromnicka, było tylko wstępem. Na tej podstawie mogła stwierdzić jedynie, że przy prawidłowym rozwoju hormonalnym ofiara najprawdopodobniej nie skończyła jeszcze ósmego roku życia.

Cała reszta w przypadku dzieci sprowadzała się do uzębienia. Im młodsza ofiara, tym łatwiej było na podstawie stopnia rozwoju zawiązków i wyrzynania się poszczególnych zębów ustalić wiek. W odniesieniu do tej dziewczynki mogło to z pewnością zawęzić wcześniejsze szacunki.

Natalia skinęła głową, a potem razem z Sewerynem nachyliła się nad ustami. Otworzyła je i niewielkim metalowym szpikulcem wskazała ostatnie trzonowce.

– Zęby mądrości wyrżnięte – oznajmiła. – Zazwyczaj dzieje się to w czwartym, piątym roku życia. Proszę jednak zwrócić uwagę na stopień ich zużycia, nawarstwienie wtórnej zębiny i mineralizację.

Zaorski nie był specjalnie biegły akurat w tych cechach identyfikacyjnych. Odontologia zawsze wydawała mu się nieco upiorna i trzymał się od niej z daleka, jeśli tylko mógł określić wiek ofiary w inny sposób. Przypuszczał też, że zanim kierowniczka zaczęła mu wszystko referować, przeprowadziła badanie radiologiczne. To, co teraz robiła, było wyłącznie popisywaniem się.

– Nie doszło jeszcze do pełnego uwapnienia, które normalnie następuje w dziesiątym roku życia – dodała.

– Aha.

– Z drugiej strony nie nastąpił jeszcze całkowity rozwój korony zęba, co sugerowałoby, że…

– Wystarczy – przerwał jej Zaorski. – Od tego gadania dziąsła mi puchną. Załóżmy, że ma pani rację i dziewczynka rzeczywiście ma siedem lat.

Burza zerknęła na niego z ulgą.

– Dobrze – odparła Natalia.

– *Causa mortis?* – spytał Zaorski.

– Nieznana.

– Zupełnie? Nie ma pani żadnej hipotezy co do przyczyny zgonu?

– Nie.

– Kompletnie?

– Powiedziałam już, że nie mam.

– Czyli co, ofiara zmarła z powodu śmierci? – rzucił Zaorski.

W prosektorium zapadła cisza. Seweryn ostrożnie powiódł wzrokiem po zebranych. Nikt nie zdawał się przesadnie gotowy do rozładowania atmosfery mniej lub bardziej udanymi żartami.

– Jest pan tutaj właśnie po to, żeby ustalić przyczynę – odezwała się Natalia.

Konarzewski odchrząknął głośno, skupiając na sobie uwagę pozostałych. Stał w pewnej odległości od stołu sekcyjnego, jakby obawiał się, że dziewczynka nagle zamruga zmętniałymi oczami i wstanie.

– Może powinniśmy to podkreślić już na samym początku – powiedział. – Zależy nam tylko na twoim rozpoznaniu patomorfologicznym. Potem jesteś wolny.

– Czyli mam odbębnić robotę i spierdalać.

– Tak.

Zaorskiemu wydawało się, że usłyszy ciąg dalszy, ale komendant najwyraźniej przekazał wszystko, co zamierzał.

– O ile w ogóle jest coś, co możesz zrobić – dodał Konarzewski. – Natalia twierdzi, że trzeba dać ci szansę, bo czas gra tu rolę. Moim zdaniem to daremne, tylko otwarcie zwłok cokolwiek powie.

– Zobaczymy.

– Zobaczymy, jak już prokurator klepnie sekcję i zabierze się do tego biegły.

Nie mając zamiaru słuchać utyskiwania oficera, Seweryn obrócił czapkę daszkiem do tyłu, znów pochylił się nad ofiarą i uważniej jej się przyjrzał. Ciekawa sprawa. Naprawdę ciekawa.

– *Inventus accesorius?* – spytał.

– Brak – odparła Bromnicka. – Nie ustaliłam żadnych nieprawidłowości rozwojowych ani stanów pooperacyjnych. Nie ma też żadnych zmian chorobowych ani, jak pan widzi, urazowych.

Miała rację. Na ciele ofiary próżno było szukać jakichkolwiek śladów świadczących o tym, że została zaatakowana. Gdyby nie pośmiertne zmiany skórne, można by odnieść wrażenie, że dziewczynka śpi.

– Toksykologia czysta – dodała Natalia.

Zaorski odchylił uszy ofiary, przyjrzał się pachom, a potem skupił się na kroczu. Znajdował się tak blisko ciała, że bez trudu odnotowałby jakikolwiek drażniący zapach. Nie czuł jednak żadnego.

– Bardzo dokładnie umyta – powiedział, jeszcze raz pociągając nosem. – Ale przypuszczam, że nie przez was.

– Skąd pan wie?

– Bo nie czuję żadnych charakterystycznych środków – odparł, a potem się wyprostował. – Zakładam więc, że to zabójca wyczyścił ciało. Ofiara w dodatku ma zadbane paznokcie, równo przycięte włosy i żadnych oznak świadczących o tym, by była przed śmiercią więziona wbrew swojej woli.

Żadna z zebranych osób się nie odzywała. Wszyscy czekali na więcej ze strony Zaorskiego, ten jednak nie miał wiele do powiedzenia. Konkretnych ustaleń było zbyt mało, by formułować hipotezę.

– Wygląda to jak naturalna śmierć – dodał. – Nie można więc wykluczyć, że taka właśnie była.

– I rodzice pozbyli się dziecka? – włączyła się Kaja. – Na polu?

– Znam gorsze sposoby.

– Seweryn…

– Mówię tylko, że na tym etapie to w ogóle nie wygląda na zabójstwo – zaznaczył. – A gdyby już miało do niego dojść, w tej chwili w grę wchodziłaby chyba tylko jedna rzecz.

– Jaka? – rzucił Konarzewski.

Zaorski obszedł ciało i zatrzymał się przy głowie dziewczynki. Położył ręce na stole sekcyjnym, po czym pochylił się i przez moment przyglądał skórze twarzy i szyi.

– W jakiej pozycji została znaleziona? – zapytał.

– Na wznak – odparła Burza. – Leżała na polu.

Seweryn przeniósł wzrok na Bromnicką.

– Ile czasu minęło od momentu zgonu?

– Szacujemy, że kilka godzin.

Wziąwszy pod uwagę niską temperaturę i stan, w jakim Zaorski zastał zwłoki, szacunek wydawał się właściwy.

– W takim razie najbardziej prawdopodobne jest uduszenie pozycyjne.

– Co? – spytał komendant.

Seweryn pochylił głowę tak, że jego broda dotknęła klatki piersiowej.

– Dochodzi do niego w sytuacji, kiedy drogi oddechowe zostają zablokowane przez niefizjologiczne ułożenie ciała – powiedział nieco niewyraźnie. – Najczęściej występuje to oczywiście u niemowlaków, ale nie tylko. Wiele nieszczęśliwych wypadków osób dorosłych kończyło się właśnie w taki sposób.

– Twierdzisz, że to wypadek? – mruknął Konarzewski.

– Nie. Twierdzę, że mogło dojść do asfiksji pozycyjnej, bo po niej właściwie nie zostają ślady. O ile ciało przeleży potem w innym ułożeniu odpowiednio długo.

– To niespecjalnie pomocne.

Zaorski wzruszył ramionami.

– Woda też nie jest specjalnie pomocna, kiedy się topisz – odparł. – Ale w innych okolicznościach może ratować życie.

Rozmówca sprawiał wrażenie, jakby miał zamiar zgłębić, co Seweryn ma na myśli. W ostatniej chwili inicjatywę przejęła jednak Kaja.

– To wszystko? – spytała.

– Z mojej strony tak – odparł Zaorski. – Żeby powiedzieć coś więcej, musiałbym otworzyć ciało, a to…

– Nie wchodzi w grę – dokończył za niego Konarzewski.

Wskazał wzrokiem drzwi, nie siląc się nawet na zdawkowe skinienie głową, co dopiero słowo podziękowania. Burzyńska szybko wyprowadziła Seweryna z budynku, a jeden z pracowników zamknął za nimi drzwi.

Skierowali się w milczeniu do radiowozu.

– I co myślisz? – spytała Kaja.

– Że dawno się nie widzieliśmy.

– A jeśli chodzi o tę dziewczynkę?

– Trudna sprawa – odparł, kiedy wsiedli do auta. – Jeśli doszło do zabójstwa, to wyjątkowo dziwacznego. Ofiara jest naprawdę zadbana, nawet podejrzanie.

– Może sprawca zajął się nią po śmierci?

– Może – przyznał Zaorski. – Ale to nie tłumaczy, dlaczego zabił ją tak, by nie dało się ustalić przyczyny zgonu.

Kiedy ruszyli w kierunku dawnego domu Burzyńskich, Kaja przelotnie spojrzała na Seweryna.

– Po co zadawać sobie tyle trudu? – spytała. – Są lepsze sposoby, żeby nie zostawiać śladów.

– Może z potrzeby.

– Jakiej?

– Zrobienia z niej kogoś zupełnie niewinnego, nieskalanego – odparł Seweryn, wyglądając za okno. Żeromickie ulice dawno opustoszały, po zmroku nie było czego tu szukać. – Denatka właściwie wygląda, jakby urwała się prosto z przygotowań do pierwszej komunii.

– Według was ma dopiero siedem lat.

– Mówię po prostu, że…

– Mówisz, jakbyś odnosił się do rzeczy, a nie człowieka.

W jej głosie dał się słyszeć zarzut, który nie miał wiele wspólnego ani z tą sprawą, ani z dzieckiem znajdującym się w przyszpitalnym prosektorium. Seweryn uznał, że najlepiej będzie, jeśli uda, że go nie usłyszał.

– W ten sposób jej nie zaszkodzę – powiedział. – Mogę tylko pomóc.

– Mimo wszystko mógłbyś być delikatniejszy.

– Pozbawiłbym się mojego uroku – odparł i lekko uśmiechnął się do Kai. – Który swojego czasu...

– Przestań.

Tym razem w jej głosie zabrzmiała nie tyle pretensja, ile prośba. Nawet jej ledwo uchwytna nuta wystarczyła, by Zaorski zrobił dokładnie to, o co prosiła go Kaja. Milczał aż do momentu, kiedy zaparkowali obok jego samochodu pod garażem.

– Widziałaś, jakie mają dygestorium tkankowe? – spróbował, wysiadając z auta. – Założę się, że ma aktywny wlot powietrza i...

– Dzięki za pomoc – ucięła Burza, a potem wbiła wsteczny.

Posłała mu ponaglające spojrzenie, sugerując, by zamknął drzwi.

– Nie ma sprawy – odparł. – Jakby co...

– Damy ci znać.

Nie było sensu przeciągać. Skierował się do garażu, a potem usiadł na składanym krzesełku i nalał sobie whisky. Właściwie nie miał pojęcia, dlaczego nie pije w domu, kiedy diablice są u koleżanki. Mógłby zasiąść wygodnie w fotelu i na spokojnie pomyśleć. O sprawie? Nie, przynajmniej nie za długo. Zaraz potem z pewnością skupiałby się już jedynie na Kai.

Powtarzałby w głowie całe spotkanie, analizował każde jej słowo i szukał w jej zachowaniu czegoś, co świadczyłoby o tym, że ona także nie potrafi o nim zapomnieć.

Pociągnął tak duży łyk ballantine'sa, aż zrobiło mu się ciepło.

Było to jednak nic w porównaniu z falą gorąca, która przyszła chwilę później. Ledwo Zaorski odłożył szklanicę, zobaczył, że rozświetlił się ekran leżącego obok telefonu. Pierwsza myśl znów była paranoiczna. Teraz nawet bardziej niż wcześniej, bo miał na względzie, że na stół sekcyjny trafiła ofiara w wieku młodszej córki.

Podniósł telefon i zobaczył okienko AirDropa.

„Fenol chce udostępnić plik »Prawda.mp3«".

Seweryn rozejrzał się niepewnie. W pierwszej chwili pomyślał, że dziewczynki wcześniej wróciły i to któraś z nich wpadła na pomysł przesłania mu czegoś przez Bluetooth. Zaraz potem uświadomił sobie, że żadna z nich pewnie nie wie, jak zmienić nazwę urządzenia.

Może w takim razie Kaja? Nie, słyszał przecież, jak odjeżdża.

Kto wysyłał plik?

Zaorski podniósł się i obrócił w stronę bramy garażowej. Gorączkowo zastanawiał się nad tym, jaki zasięg ma AirDrop. O ile dobrze się orientował, telefony musiały znajdować się w odległości mniej więcej dziewięciu metrów. Ktokolwiek chciał wysłać mu plik dźwiękowy, znajdował się w okolicy domu.

Wbił wzrok w wyświetlacz.

„Odrzuć". „Przyjmij".

Nie było się nad czym zastanawiać.

2

Poranek pachniał kawą i problemami. Kaja wróciła do domu w środku nocy, kiedy Michał już spał, ale mąż na moment się przebudził – kontrolnie spytał, czy wszystko w porządku, i od razu zasnął, nie czekając na odpowiedź.

Burza wierciła się w łóżku ponad godzinę, zanim zrezygnowała z prób zapadnięcia w sen. Cały czas przed oczami miała ciało dziewczynki, wyglądające niemal sterylnie. Było w tym coś upiornego i Kaja miała wrażenie, że gdyby zwłoki nie zostały tak skrupulatnie oporządzone, łatwiej byłoby jej zasnąć.

Nalała sobie szklankę wody i stanęła przed oknem. Pierwszy łyk przyniósł ulgę, jakby całą noc spędziła na ostrym piciu, a rankiem wstała z Saharą w ustach. Zbyt dużo emocji, stanowczo zbyt dużo.

Nie wiązały się tylko z młodą ofiarą i rozmyślaniami o człowieku, który mógłby dopuścić się tej zbrodni, ale także z Sewerynem. Nie widziała go od miesięcy, przynajmniej teoretycznie.

W praktyce niemal codziennie udawało jej się zobaczyć go, kiedy odwoził Adę i Lidkę do szkoły. Robiła wszystko, by ich spojrzenia nie spotkały się choćby na moment, a on jej w tym pomagał – kiedy tylko dostrzegał jej volvo, szybko odwracał wzrok lub odjeżdżał.

Równie często sprawdzała go w sieci. Na bieżąco przeglądała jego profil na Facebooku, mimo że nie zamieszczał tam nic nowego. Przypuszczała, że konta potrzebował jedynie do kontrolowania tego, co dziewczynki robią w mediach społecznościowych.

Na laptopie miała folder z jego zdjęciami, który schowała tak dobrze, jak Michał ukrywał u siebie filmy porno. Ściągnęła do niego wszystko, co udało jej się znaleźć w sieci – głównie fotografie zrobione przez lokalnych dziennikarzy podczas wydarzeń sprzed pół roku.

Czasem, kiedy Michał i Dominik spali, siadała ze słuchawkami w salonie, nalewała sobie wina, a potem oglądała zdjęcia przy akompaniamencie ich piosenki. Przekonywała się wtedy, że nawet kompletnie zniszczone serce potrafi bić.

Dopiła wodę, odsuwając od siebie myśli o Zaorskim. Usiadła przy stole w kuchni i otworzyła laptopa, uznając, że nie ma już sensu się kłaść. Zaczęła czytać o uduszeniu pozycyjnym, zastanawiając się nad tym, jak zabójca miałby osiągnąć efekt, o którym mówił Seweryn.

Z pewnością musiałby użyć siły, by zmusić dziewczynkę do trwania w niefizjologicznej pozycji, a w takim wypadku przecież pozostawiłby jakieś ślady. Nawet gdyby unieruchomił ją w inny sposób, zamykając w specjalnie przygotowanym miejscu, wciąż walczyłaby przynajmniej przez jakiś czas.

Burza podniosła wzrok znad monitora i kątem oka dostrzegła światła z wolna przesuwające się na drodze dojazdowej. Zerknęła na zegarek. Czwarta dziesięć. Kto mógł niepokoić ich o tej porze?

Samochód niewątpliwie kierował się na jej posesję, żadnego innego domu w okolicy nie było. Kaja podeszła do okna, starając się rozpoznać kształt reflektorów. Świeciły jednak za mocno.

Szybko narzuciła na siebie policyjną kurtkę i cicho otworzyła drzwi. Wyszła na ganek, a kiedy światła samochodu zgasły, mogła już rozpoznać model. Honda accord kombi.

Ku swojemu zaskoczeniu poczuła, jak unoszą się jej kąciki ust. Nie zastanawiała się, co Zaorski robi pod jej domem w środku nocy. Nie pomyślała też o tym, że ta niespodziewana wizyta może wzbudzić podejrzliwość męża. Cieszyła się, że za moment zobaczy Seweryna. Było to naturalne, ledwo uświadomione i najczystsze z uczuć.

Ruszyła w stronę auta, ale w tym samym momencie Zaorski włączył światła. Tym razem długie, całkowicie oślepiając Burzę. Osłoniła oczy i zatrzymała się, dopiero teraz uświadamiając sobie, że nie zgasił silnika.

Kiedy udało jej się spojrzeć w kierunku hondy, Seweryn wbił wsteczny. Cofnął raptownie, a koła zabuksowały na ziemistym podjeździe. Zanim Kaja zdążyła zastanowić się, co to wszystko ma znaczyć, Zaorski wykręcił i ruszył naprzód, wyrzucając piach spod kół.

Odprowadziła auto wzrokiem, nie rozumiejąc, co się dzieje. Stała przed domem przez kilka minut, czekając, aż Seweryn wróci. Założyła, że wypił więcej, niż powinien, i po ich pierwszym od długiego czasu spotkaniu poczuł impuls, by znów ją zobaczyć. Potem nagle się rozmyślił.

Ale żeby tak nagle odjechać? Kiedy widział już ją na ganku?

Wróciła do domu, zastanawiając się po raz niepamiętny, jak z tym wszystkim skończyć. Półroczny brak kontaktu powinien w zupełności wystarczyć. Nic nie powinno przetrwać tak długiego okresu ochłodzenia.

Kręciła się po kuchni, przygotowując powoli śniadanie dla męża i syna. Przed szóstą uznała, że nie ma sensu dłużej podejmować czynności zastępczych. Cichaczem weszła do sypialni, zabrała komórkę, a potem znów się ubrała i wyszła na zewnątrz.

Mimo wczesnej godziny Zaorski odebrał od razu. Najwyraźniej także nie miał spania.

– Niezła pora – rzucił lekkim tonem. – Ale podobno nigdy nie jest za wcześnie ani na świąteczne kawałki w radiu, ani na dzwonienie do swojego byłego.

W tle słyszała dźwięki *Just What I Needed* The Cars, które dobrze znała. Uświadomiło jej to, jak często słuchała tego, co Seweryn. Początkowo robiła to wyłącznie po to, by poczuć się bliżej niego. Po czasie sama zaczęła jednak wynajdować zakurzone rockowe numery z lat siedemdziesiątych.

Zaorski ściszył nieco muzykę, jakby sądził, że odpowiedź padła, ale on jej nie dosłyszał.

– Halo? – spytał.

– Coś jest z tobą naprawdę nie w porządku – wypaliła Kaja.

– Przynajmniej kilka rzeczy – odparł bez wahania. – Po pierwsze wydaje mi się, że prawdziwa muzyka skończyła się w momencie, kiedy Ozzy Osbourne został wywalony z Black Sabbath za picie i ćpanie. Po drugie zabieram diablice do Pizzy Hut, żeby uczyć je savoir-vivre'u, bo nie ma wtedy obciachu, jak któraś próbuje podrapać się w nosie widelcem albo…

– Żartujesz sobie?

– Trochę. Czasem – przyznał. – Z Pizzą Hut nie, choć to już właściwie przeszłość, bo w Żeromicach próżno szukać ich placówki. A nie będę przecież jeździł do Zamościa na naukę etykiety stołowej.

Pokręciła głową z niedowierzaniem, a potem odwróciła się w kierunku domu. Być może powinna skończyć tę rozmowę, wziąć prysznic i wrócić do przygotowywania śniadania. Zaorski najwyraźniej postanowił zbyć całą sytuację jakimiś dyrdymałami.

– Zamierzasz po prostu udawać, że cię tutaj nie było? – spytała.

– Mnie? Gdzie?

– W porządku – rzuciła. – Jak wolisz.

– Zaraz...

– Następnym razem miej chociaż odwagę wysiąść z auta. I nie świeć mi długimi po oczach.

– Poczekaj chwilę – powiedział, a ona wychwyciła nagłą zmianę w jego głosie. – O czym ty w ogóle mówisz?

– O twojej nocnej wizycie.

– Jakiej wizycie?

Gdyby powaga nie zastąpiła wcześniejszej przewrotności, Kaja uznałaby, że Zaorski nadal robi sobie z niej jaja. Znała go jednak dostatecznie dobrze, by nie mieć wątpliwości, że rzeczowego tonu nie powinna ignorować.

– Półtorej godziny temu podjechałeś pod mój dom.

– Co takiego?

– Zaparkowałeś kawałek przed gankiem, zgasiłeś światła, a potem strzeliłeś mi po oczach długimi i nagle odjechałeś.

Milczenie się przeciągało.

– Jesteś tam? – zapytała Burzyńska.

– Jestem. I byłem tutaj przez całą noc. Nie ruszałem się z domu.

– Ale...

– Jesteś pewna, że to był mój samochód?

Kaja ściągnęła poły mundurowej kurtki, czując niespodziewany chłód. Co tu się działo? Nie miała żadnych wątpliwości, że był to accord Seweryna.

– Widziałaś numer rejestracyjny? – dodał Zaorski.

– Nie, ale...

– Więc może to ktoś inny?

Zamrugała nerwowo, starając się wyrwać z chwilowego otumanienia. Pytania, które zadawał Zaorski, były retoryczne, ale właściwie na jego miejscu też wolałaby się upewnić.

– Kto inny miałby podjeżdżać pod mój dom samochodem identycznym z twoim? – odparła. – To bez sensu. Kolor się zgadzał, nadwozie też.

– I nie widziałaś, kto siedział za kierownicą?

– Nie. Ale może powinieneś…

– Sprawdzić auto – dokończył za nią. – Tak, wiem. Właśnie do niego idę.

Czekała w napięciu, zastanawiając się, ile czasu ma jeszcze do pobudki Michała. Z pewnością niedużo, a za wszelką cenę chciała uniknąć rozmowy o tym, co wydarzyło się tutaj nad ranem.

– I? – spytała ponaglająco.

– Mam ci wszystko relacjonować?

– Tak.

Zaśmiał się cicho i nerwowo, jakby nie był pewien, czy sytuacja pozwala na jakąkolwiek wesołość.

– Niech będzie – odparł. – A więc podchodzę do auta z prędkością sześciu kilometrów na godzinę. Obiekt sprawia dość niepozorne wrażenie, ale czasem zmienia się w prawdziwą platformę imprezową. Szczególnie jak puszczę diablicom du, du, du.

Usłyszała, jak otwiera drzwi.

– Pojazd stoi w tym samym miejscu, w którym go zostawiłem – dodał Zaorski. – Brak śladów świadczących o włamaniu, bak nadal prawie pusty, a…

Kiedy urwał, Burzyńska poczuła szybsze bicie serca.

– Dziwne – dorzucił.

– Co jest dziwne?

Seweryn przez moment milczał, a ona wychwyciła w tle kolejne znajome dźwięki.

– Leci Bachman-Turner Overdrive.

– Słyszę – odparła.

– Kawałek *You Ain't Seen Nothing Yet* – dodał Zaorski.

– To też słyszę, Seweryn. I co w związku z tym?

– To jest czwarty numer na tej płycie – powiedział w zamyśleniu. – A kiedy wczoraj parkowałem samochód, ledwo zaczęła się pierwsza piosenka.

Burza poczuła, jak jeżą się jej włoski na karku. A więc jednak ktoś wsiadł do auta Zaorskiego i z jakiegoś powodu podjechał pod jej dom.

– Ile trwają trzy pierwsze kawałki? – spytała.

– Pierwszy i trzeci cztery minuty. Drugi pięć – odparł z coraz większym niepokojem Seweryn. – Czyli… nie wiem, czy wystarczająco, żeby dojechać do ciebie i wrócić. Nawet nocą, pustymi drogami.

Starała się sama to ocenić, ale przychodziło jej to z trudem. Żeromice były niewielkie, właściwie przejazd od Zaorskiego do niej mógłby zająć około siedmiu minut, gdyby nie zważać na ograniczenia prędkości.

– Może to realne – dodał po chwili Seweryn.

– Może – zgodziła się. – Ale kto w ogóle miałby coś takiego robić? I po co?

Usłyszała, jak Zaorski wychodzi z auta, a potem trzaska drzwiami. Mruczał coś pod nosem, a Kaja znów zerknęła przez ramię. Należało kończyć rozmowę, jeśli nie chciała tłumaczyć się przed mężem z porannych telefonów.

– Co mówisz? – spytała.

– Że zaparkował tak samo jak ja. Nie zostawił żadnych śladów włamania. Nawet nie skręcił kierownicy.

– I?

– Był niezwykle precyzyjny – dodał nieobecnym głosem Seweryn. – A jednak zapomniał cofnąć płytę do pierwszego kawałka? To nielogiczne.

– Może się spieszył.

– Albo chciał zostawić mi wiadomość.

– Jaką?

– „You ain't seen nothing yet" – odparł niespokojnie Zaorski. – Jeszcze nic nie widziałeś, teraz dopiero się zacznie…

Z jednej strony rzeczywiście wydawało się mało prawdopodobne, by ten człowiek zapomniał o przestawieniu radia. Z drugiej tak naprawdę nic o nim nie wiedzieli. Równie dobrze ktoś mógł wyciąć Sewerynowi niezbyt wyrafinowany numer. Wrogów w Żeromicach mu z pewnością nie brakowało.

– Spotkajmy się po odstawieniu dzieciaków – rzucił nagle.

– Nie wiem, czy to dobry pomysł.

– Najgorszy z możliwych. A więc też najlepszy.

Kaja obróciła się w stronę domu i ruszyła powoli przed siebie. Musiała kończyć tę rozmowę, zanim zabrnie za daleko.

– Nie powinniśmy – odparła.

– Wiem, ale w tym wypadku…

– Ktoś sobie z ciebie zadrwił, może ze mnie też – ucięła. – To nie powód do niepokoju.

Zatrzymała się przed drzwiami, ale ich nie otworzyła. W głębi ducha miała nadzieję, że Zaorski nie da za wygraną i będzie nalegał tak długo, aż Burza zgodzi się na spotkanie.

Jednocześnie miała świadomość, że skoro nie zrobił tego przez tyle miesięcy, teraz także spasuje.

– Normalnie bym się z tobą zgodził – oznajmił. – W tym wypadku jednak nie mogę.

– Dlaczego nie?

– Bo w nocy, kiedy powoli zaprawiałem się na sen w garażu, ktoś przysłał mi coś AirDropem. A jak z całą pewnością wiesz, to ma zasięg maksymalnie dziesięciu metrów, więc…

– Więc ten ktoś musiał znajdować się pod twoim domem.

– Zgadza się – przyznał Seweryn. – Kręciłem się wokół przez pół godziny, szukając gnoja, ale bez skutku.

– I sądzisz, że to ta sama osoba, która wzięła twój samochód.

– A ty nie?

Nie było sensu odpowiadać, zresztą Kaja bynajmniej nie sformułowała tego jako pytania – wydawało się oczywiste, że to nie przypadek. Trudno było jednak ułożyć choćby roboczą hipotezę wyjaśniającą, czemu to wszystko miałoby służyć.

– Odebrałeś ten plik? – spytała.

– Jasne. I tak zmierzam do piekła, więc ten pierwszy stopień to dla mnie norma.

Mówili też, że ciekawość to pierwszy stopień do zdrady, ale Burzyńska zachowała tę myśl dla siebie.

– I? – zapytała. – Co to było?

– Nagranie.

– Nagranie czego?

– Zaczyna się od jakiejś kołysanki granej na cymbałkach. Sama melodia, żadnych słów. I uwierz mi, że w środku nocy brzmiało to dość upiornie.

Burzyńska weszła do domu i zrzuciła z siebie kurtkę. Nie słyszała, by Michał wstał, a nawet jeśli, to najpierw skieruje się prosto do łazienki.

– Potem do tych pieprzonych dźwięków dołączyła dziewczynka mówiąca po niemiecku.

– Co takiego?

Zaorski cicho odchrząknął.

– Teraz chyba rozumiesz, dlaczego musimy się spotkać – powiedział. – Wydaje mi się, że usłyszałem głos z zaświatów.

3

Kolejne dzieciaki wychodziły z samochodów parkujących przed szkołą, a w hondzie Seweryna wciąż rozbrzmiewały dźwięki z albumu *Not Fragile* BTO. Zaorski cofnął płytę do początku, zastanawiając się, czy ten, kto zabrał jego auto, rzeczywiście mógł przegapić tak oczywistą rzecz.

Po chwili pod budynkiem stanął samochód wiozący Lidkę i Adę. Seweryn odetchnął, widząc córki. Jedna noc bez nich, szczególnie tak obfita we wrażenia, była wystarczająca. Nie chciał jednak wyjść na nadopiekuńczego ojca, więc przyglądał się z oddali, jak razem z koleżanką, u której spały, idą do szkoły.

Zaraz potem Zaorski wypatrzył volvo Burzy. Dominik wyskoczył z niego, jakby się paliło, na pożegnanie jedynie unosząc rękę.

Kaja przez moment się rozglądała, co sprawiło, że stojący za nią kierowca ponaglił ją, podjeżdżając pod sam zderzak. Najwyraźniej na żonę burmistrza nie wypadało trąbić.

Szybko dostrzegła stojącego kawałek dalej Seweryna i podjechawszy do niego, opuściła szybę po stronie pasażera.

– Podjedziemy na komisariat? – zaproponowała.

– Po moim trupie w stanie enzymatycznego rozkładu.

– W takim razie gdzie?

– Może do Gałęźnika?

Pokręciła głową bez choćby chwilowego zawahania, a Zaorski skarcił się w duchu za tę propozycję. Działał jednak całkowicie automatycznie. Wystarczyło, że zobaczył Burzę, a od razu zbierało mu się na dwuznaczne uwagi, sugestywne propozycje, długie spojrzenia i próby znalezienia się bliżej.

– Kawalądek? – podsunęła.

Publiczne miejsce. Dobry wybór, gdyby nie pewien szkopuł.

– Jestem tam umówiony z Michałem za pół godziny – odparł Zaorski. – Może po prostu zjedźmy na najbliższą stację.

Zatrzymali się na orlenie, a Seweryn skorzystał z okazji i kupił sobie półlitrową, niegazowaną wodę. Spodziewał się komentarzy o tym, że go suszy, zamiast tego jednak usłyszał krótką policyjną komendę, by się podzielił.

Burza pociągnęła łyk i omiotła wzrokiem wnętrze samochodu.

– Mogły zostać jakieś ślady po nocnym kierowcy – powiedziała.

– Mogły. Ale wątpię, żeby Konar zgodził się wysyłać techników tylko dlatego, że ktoś użyczył sobie mojego kombiaka.

– Ja też.

– Mamy zresztą ważniejsze rzeczy do roboty.

Przysiedli na masce hondy, a Zaorski wyciągnął komórkę. Włączył nagranie, które otrzymał w nocy od nieproszonego gościa.

Pozornie niewinna, przywodząca na myśl dziecięcą kołysankę melodia nawet w dzień wywołała w Sewerynie niepokój.

– Jak z horroru – odezwała się Kaja.

– Słuchaj dalej.

Dźwięki dzwonków nieco ucichły, ale nadal były wyraźnie słyszalne. Dołączył do nich głos małej dziewczynki mówiącej wyraźnie po niemiecku.

– *Eins. Eins. Punkt. Vier. Zwei.*

Burza spojrzała pytająco na Zaorskiego.

– *Drei. Punkt. Vier. Drei.*

Jeszcze przez chwilę grały cymbałki, po czym nagranie się skończyło. Seweryn wygasił ekran i schował telefon do kieszeni.

– To wszystko? – spytała Kaja.

– Jeśli chodzi o przekaz od Heidi, to tak.

– Heidi?

– Tak ją nazwałem – odparł Zaorski i napił się nałęczowianki. Smakowała cudownie, jakby miała rozwiązać wszystkie jego problemy, a on utwierdził się w przekonaniu, że dopiero na kacu docenia się życiodajność zwykłej niegazowanej wody.

– Nazwałeś dziewczynkę, którą usłyszałeś na nagraniu?

– Nie tylko. Wydaje mi się, że to ta sama, która leży w prosektorium. Lepiej mówić na nią Heidi niż NN, prawda?

Burzyńska bez słowa zabrała mu butelkę.

– Dlaczego akurat Heidi? – mruknęła.

– A jak miałem ją nazwać? Helga? Berta? Gertruda? Brunhilde? – odparował. – Heidi to taka postać z bajki, diablice ją lubią. Zamieszkała na moment z dziadkiem w Alpach, a potem…

– Znam Heidi, Seweryn – ucięła Burza. – I to na podstawie książki dla dzieci szwajcarskiej pisarki, Johanny Spyri.

– Może. Co nie zmienia faktu, że…

– Że nie masz absolutnie żadnego dowodu na to, że głos na nagraniu należy do dziewczynki, która leży w chłodni.

– Nazywajmy ją po imieniu, tak wypada.

Łypnęła na niego z ukosa i oddała mu butelkę, jakby chciała zasugerować, że najlepiej będzie, jeśli przestanie gadać i nieco uzupełni poziom elektrolitów.

– Nie wiem zresztą, czy potrzebuję jakiegokolwiek dowodu – dodał. – Nie jestem ani śledczym, ani sędzią. Zestawiam ze sobą tylko dwa dość logicznie połączone fakty.

Burza zmarszczyła czoło, wbijając wzrok w rozległe pola rozciągające się za stacją benzynową. Musiała zastanawiać się nad tym, czy dobrze robi, spotykając się tutaj z Zaorskim. Z jej punktu widzenia najsensowniej byłoby zabrać go na komisariat i przesłuchać w obecności innego funkcjonariusza.

Najwyraźniej jednak wiedziała, że w żaden sposób go do tego nie przekona. Spotkań z lokalnymi stróżami prawa miał dosyć, szczególnie od kiedy wszyscy jak jeden mąż uznali go za gwałciciela o mafijnych powiązaniach.

– Ten plik nazywał się „Prawda.mp3” – kontynuował Seweryn, obawiając się, że Kaja zaraz zmieni zdanie. – A przysłał go ktoś, kto jako nazwę telefonu wprowadził słowo „fenol”.

Burzyńska wciąż patrzyła przed siebie, a on odstawił butelkę na maskę.

– Prawda i fenol? – spytała. – Co to ma niby znaczyć?

– To pierwsze znam tylko ze słyszenia. To drugie z praktyki, głównie za sprawą wodnego roztworu, karbolu. Używa się go do dezynfekcji pomieszczeń, a kiedyś służył jako antyseptyczny środek na salach operacyjnych. Potem z niego zrezygnowano, bo jest, cóż… trochę toksyczny. Sam fenol możesz znaleźć w niektórych lekach, a oprócz tego chyba jako środek bakteriobójczy.

Kaja czekała na więcej konkretów, ale było to właściwie wszystko, co Zaorskiemu udało się ustalić. Wszystko inne wydawało się albo mało istotne, albo zupełnie abstrakcyjne. I tak czy owak nie dawało żadnych odpowiedzi.

– Fenol, prawda i te numery po niemiecku – bąknęła Burzyńska i skrzyżowała ręce na piersi. – Co to ma znaczyć?

Seweryn wyjął kartkę z kieszeni skórzanej kurtki i podał Kai. Wynotował na niej wszystko, co powiedziała Heidi, ale to także nie było zbyt pomocne. Liczby mogły oznaczać właściwie wszystko.

Kaja zerknęła na jego zapiski.

11.42. 3.43.

– Zapis godzinowy? – spytała.

– Taka była moja pierwsza myśl – przyznał. – Mimo że większość ludzi używa dwukropka, sposób z kropką jest poprawniejszy. Przynajmniej tak twierdzą mądre lingwistyczne głowy w internecie.

Burza zignorowała uwagę, przypatrując się cyfrom. Zaorski miał ich serdecznie dosyć, towarzyszyły mu nie tylko przez całą noc, ale i ranek, kiedy próbował choć chwilę się przespać. Ledwo jednak zamykał powieki, widział ciąg znaków.

– Te kropki na pewno mają tam być? – spytała.

– Heidi wyraźnie mówi *Punkt*. Po niemiecku kropka. Zresztą w tym kontekście nic innego nie pasuje.

Kaja skinęła głową.

– Ale może cyfry powinny być rozdzielone? – podsunęła. – Mała mówi *eins*, *eins*, a nie *elf*. A ty zapisałeś jedenaście.

– Mój niemiecki lekko kuleje.

Burza popatrzyła na niego z ukosa i przez moment sprawiała wrażenie, jakby miała zamiar go szturchnąć. Ostatecznie jednak nawet nie drgnęła, a Seweryn dopiero teraz uświadomił sobie, jak bardzo jest spięta.

Pilnowała każdego ruchu i gestu, z pewnością obawiając się, że jedno niefortunne posunięcie może przekreślić wszystko, na co pracowali od wielu miesięcy. Udało im się stworzyć dystans teoretycznie gwarantujący, że już nigdy się do siebie nie zbliżą. W praktyce sprawiał, że oboje potrzebowali wzajemnego kontaktu, jakby od tego zależało ich życie.

– Googlowałeś te liczby? – odezwała się po chwili Kaja.

– A czy papież jest katolikiem?

– I co?

– Najpierw wziąłem na warsztat jedenaście, czterdzieści dwa. Nie zaczęło się najlepiej, bo wyskoczyły jakieś matematyczne brednie i zmroziło mnie na samą myśl, że znów będę musiał podjąć próbę zrozumienia czegoś, co się do rozumienia zupełnie nie nadaje. Potem…

– Będziesz opisywał cały proces?

Obrócił się do niej i podparł ręką na masce.

– Taki miałem zamiar.

– Nie możesz przedstawić mi konkretów?

– Nie – odparł od razu. – Bo nie mam żadnych.

– Aha.

– Pół nocy nad tym siedziałem. Trafiłem głównie na wyniki dotyczące gier komputerowych, współrzędnych geograficznych, rozdziałów w książkach, ustępów w aktach prawnych i... właściwie wszystkiego, co ludzie robili o jedenastej czterdzieści dwie. Nic z tych rzeczy mnie nie zaciekawiło.

– Domyślam się.

– Może z jednym wyjątkiem – przyznał Zaorski, poprawiając daszek czapki. – Bo wyświetlił mi się też Koran. Sura jedenasta, wers czterdziesty drugi. Znasz?

– Moja znajomość świętej księgi islamu jest taka, jak twoja niemieckiego.

– To fragment o tym, jak Noe woła do syna, żeby zostawił niewiernych i popłynął z nim arką. Bo czeka ich niezła przygoda.

Burza nabrała głęboko tchu, a potem obróciła się do Zaorskiego. Po raz pierwszy, od kiedy znaleźli się na stacji, posłała mu dłuższe spojrzenie. Nie było w nim jednak niczego, co chciałby widzieć. Przeciwnie, wzrok był ponaglający.

– Muszę jechać do roboty – powiedziała Kaja. – Masz dla mnie coś konkretnego czy nie?

– Jeszcze nie.

– „Jeszcze" zakłada, że masz zamiar się tym dalej zajmować.

Zaorski niewinnie wzruszył ramionami.

– Seweryn...

– Wyrzucili mnie z pracy, mieszkańcy traktują mnie, jakbym wymordował pół wioski, a diablice przez pół dnia są w szkole. Nie mam co robić.

Tym razem w jej oczach pojawiło się jedynie coś karcącego.

– Bądź poważny – rzuciła pod nosem.

– Będę po śmierci.

– Jakoś nawet w to wątpię – odparła, a potem zsunęła się z maski. Poprawiła mundur, jakby chciała wysłać jasny sygnał, że czas przejść na nieco bardziej służbowy ton.

– Poza tym jestem bezpośrednio zaangażowany w tę sprawę – dorzucił Zaorski. – To do mnie przyszło nagranie. I to mój samochód ktoś pożyczył sobie na trzy piosenki.

– Nie wiemy, czy te rzeczy są ze sobą powiązane.

– Oczywiście, że są. Dwie obce, przypadkowe osoby raczej nie kręcą się tej samej nocy pod czyimś domem.

Kaja napiła się jeszcze wody, a potem zakręciła ją i wrzuciła na siedzenie pasażera.

– A więc to by było na tyle? – spytał Zaorski.

– Nie – odparła spokojnie. – Jeśli chcesz brać w tym udział, warunek jest jeden.

– Mam cię zabrać na wyjątkowo drogą kolację?

– Pojechać ze mną na komisariat.

– Wolałbym prowadzić śledztwo w sposób polowy.

– Nie będziesz niczego prowadzić – odparła stanowczo, ale i z pewną przewrotnością. – Zabieram cię, żebyś złożył zeznanie.

Seweryn szybko się podniósł.

– Nie ma mowy.

– W charakterze świadka.

– Domyślam się, że nie podejrzanego, ale…

– Mam ci doręczyć wezwanie i poinformować cię o konsekwencjach prawnych niestawiennictwa?

Patrzył na nią tak długo, że musiała odwrócić wzrok.

– Nie – odparł w końcu. – Wystarczy, że poprosisz.

Uśmiechnęła się lekko, a potem pokręciła bezradnie głową. Odeszła bez słowa do samochodu, bo w zasadzie nie musiała nawet werbalizować prośby. Seweryn zakładał zresztą, że właśnie w ten sposób skończy się to spotkanie.

Na udział w dochodzeniu nie miał co liczyć, ale powinien przekazać Konarzewskiemu i reszcie to, co wiedział. Przy odrobinie szczęścia śledczym uda się ustalić, o co w tym wszystkim chodzi.

Zaparkowali pod komisariatem chwilę później, a kiedy Burza wprowadziła Seweryna do środka, ten natychmiast poczuł na sobie nieprzychylne spojrzenia mundurowych. Żaden z nich się nie odezwał, kiedy szedł za Kają do gabinetu przełożonego.

Komendant jednak milczeć nie zamierzał.

– Co on tu robi, do kurwy nędzy? – rzucił, podnosząc się z trudem zza biurka.

Choć zdawało się to niemożliwe, od ostatniej sprawy szef lokalnych stróżów prawa przytył jeszcze bardziej. Podbródek był już tak obfity, że zasłaniał kawałek luźno zawiązanego krawata. Brzuch stał się tak wydatny, że mundurowa koszula niemal pękała w szwach.

– Przyjechał złożyć zeznania – odparła Kaja.

– Chyba żartujesz…

Zaorski zmarszczył czoło, nie mogąc zrozumieć, z czego wynika niedowierzanie komendanta. Właściwie nie było powodu, by tak reagował. Szczególnie że nie wiedział, w czym rzecz.

– Wyprowadź go stąd – zarządził.

Oddech Konarzewskiego nieco przyspieszył i trudno było sądzić, że to rezultat samego podniesienia się zza biurka.

– Ale panie komendancie…

– Natychmiast!

Burza spojrzała na Seweryna, jakby to on miał wytłumaczyć jej, co się dzieje. Zrobiła krok ku niemu, ale zanim zdążyła choćby lekkim ruchem zasugerować, by skierował się do drzwi, Konarzewski ruszył przed siebie.

Wyszedł z gabinetu, przywołał do siebie dwóch policjantów, a potem wskazał im Zaorskiego.

– Wyprowadzić go – polecił. – Posadzić w korytarzu i pilnować, żeby nigdzie się nie ruszał.

Seweryn drgnął nerwowo.

– Jestem zatrzymany?

Słysząc alarmistyczny ton zwierzchnika, funkcjonariusze natychmiast stanęli obok Zaorskiego. Ten nadal niespecjalnie wiedział, jak się zachować. Wyglądało to jak aresztowanie, mimo że formalnie z pewnością nim nie było.

– No? – dodał Seweryn, tracąc cierpliwość. – Zatrzymujecie mnie, czy co?

– Poczekaj chwilę na zewnątrz – wpadła mu w słowo Kaja, podchodząc bliżej. – Zaraz się wszystkiego dowiem.

– Wolałbym sam dowiedzieć się wszystkiego już teraz.

Dwóch policjantów tylko czekało na sygnał od szefa, by siłą wyprowadzić nieproszonego gościa.

– O co tu chodzi? – dorzucił Zaorski.

– Daj mi chwilę – odparła Kaja.

Posłała mu długie, uspokajające spojrzenie. Tyle właściwie powinno wystarczyć, by poczuł, że wszystko jest w porządku. Miał jednak głębokie przekonanie, że to początek poważnych kłopotów.

4

Ledwo drzwi gabinetu się zamknęły, Burza podeszła do biurka przełożonego, jakby miała zamiar je przewrócić. Zamiast tego położyła dłonie na blacie i nachyliła się lekko.

– Opanuj się – burknął Konarzewski.

– Jak tylko powie mi pan...

– Zaraz. Najpierw przypomnij mi, kto tu jest starszą aspirant, a kto inspektorem?

Zmitygowała się i szybko przyjęła postawę zasadniczą. Nie miała złych relacji z przełożonym, ale z pewnością nie mogła też liczyć na to, że będzie przymykał oko na obcesowe zachowanie ze strony podkomendnej. Sama zresztą była nim zaskoczona. Nie mogła jednak przejść obojętnie obok tego, jak potraktowano Seweryna.

– Niemal siłą go pan tu zatrzymał, mimo że formalnie nie było podstaw – zauważyła. – Ani trybu.

– Formalne podstawy są.

– Jakie?

Konarzewski wrócił za biurko i wspierając się o nie, opadł na krzesło.

– Dotarliśmy do pewnych dowodów świadczących o tym, że Zaorski może być zamieszany w śmierć dziewczynki.

– Co proszę?

Komendant w końcu uznał, że nie ma sensu dłużej się poduszać. Uniósł brodę, rozsupłał krawat, a potem z ulgą przewiesił go przez oparcie krzesła.

– Tak cię to dziwi? – spytał. – Mam ci przypomnieć, jaką rolę odgrywał przy poprzedniej sprawie, która wstrząsnęła tym miastem?

– Nie musi pan.

– Właśnie. Więc może pamiętaj o tym.

Pamiętała wszystko aż za dobrze. Szczególnie spotkanie w Gałęźniku, kiedy zbliżyli się znacznie bardziej, niż powinni. I wszystkie inne chwile razem. Chwile, o których przynajmniej teraz powinna zapomnieć. Należało przełączyć się na tryb czysto służbowy.

– Jakie to dowody? – spytała.

Konarzewski sięgnął do monitora ustawionego w rogu biurka, a potem obrócił go tak, by Burza mogła nań spojrzeć.

– Medyk sądowy zrobił sekcję – oznajmił inspektor. – Przyczyny zgonu dalej nie udało się ustalić, ale oczyszczono bebechy z treści jelitowej i zgadnij, co znaleziono.

Kaja powiodła wzrokiem po dokumencie, który przełożony wyświetlił.

– Sporo nieprzetrawionej treści – powiedziała cicho. – Większość nie opuściła jeszcze jelita cienkiego... a przynajmniej tak jest tutaj napisane. – Oderwała wzrok od ekranu. – Niestety niewiele mi to mówi.

– Mnie też. Ale biegły twierdzi, że dzięki temu może oszacować czas zgonu na cztery do sześciu godzin przed tym, jak znaleźliśmy ciało.

– To już coś.

– Taaa... – przyznał Konarzewski. – Oprócz tego przeanalizowali wszystko, co dziewczynka zjadła. I wychodzi na to, że takie rzeczy serwują tylko w jednym miejscu w okolicy.

– Gdzie?

– W Kurewskiej Przystani.

Był to niewielki przydrożny motel, położony nieopodal trasy prowadzącej do Tomaszowa Lubelskiego. Mieściła się tam restauracja, ale większość podróżnych zatrzymywała się tam głównie ze względu na młode Ukrainki i Białorusinki, gotowe właściwie na wszystko i z każdym.

Nazwa przyjęła się jeszcze przed pierwszym sezonem *Gry o tron*, głównie dlatego, że wyszynk nazywał się po prostu Przystań.

– Sprawdziliśmy od razu monitoring – dodał szef i przysunął się, by lepiej widzieć ekran. – Ale okazało się, że nie ma czego oglądać.

– To zrozumiałe.

– Skurwiele w ogóle go nie włączają, a kamery są tam tylko dla picu.

Kaja nie spodziewała się niczego innego i przełożony z pewnością także nie powinien. Mieszkańcy Żeromic omijali Kurewską Przystań szerokim łukiem, zatrzymywali się tam jedynie niczego nieświadomi, głodni przejezdni lub mężczyźni szukający uciech cielesnych w niezbyt wygórowanych cenach.

– Z samego rana kilku naszych pojechało na miejsce i przesłuchało personel – podjął Konarzewski. – Pokazali im zdjęcie dziewczynki.

– I?

– Kelnerka i barman od razu ją rozpoznali. Zwracają uwagę na dzieciaki, żeby nie było przypału. Tak to określili.

– Aha – mruknęła Burza. – Ale nadal nie rozumiem, co wspólnego ma z tym Zaorski?

– To, że jego samochód zauważono na parkingu w tym samym czasie.

Kaja momentalnie poczuła, że robi jej się gorąco.

– Tak po prostu?

– Co?

– Nie dość, że go zauważyli, to jeszcze to zapamiętali? I zanotowali godzinę?

– To auto źle się ludziom kojarzy – odbąknął szef. – Podobnie jak jego kierowca.

Właściwie trudno było się dziwić dwójce z obsługi. Podobnie jak dla innych, tak i dla nich Seweryn wciąż był osobą znajdującą się na liście przestępców seksualnych. Ilekroć pojawiał się w miejscu, gdzie znajdowały się dzieci, musiał wzbudzać pewną obawę. Skojarzenie jednego wydarzenia z drugim nie byłoby tak dziwne i nikt nie musiałby notować konkretnej godziny, by o czymś takim pamiętać.

– Widzę po minie, że nie wspomniał ci o tym.

– Nie – przyznała Burzyńska.

– Może wyleciało mu z głowy.

Kaja nie miała zamiaru wdawać się w ironiczne przepychanki. Liczyło się tylko to, by jak najszybciej skierować śledztwo na inny tor. Ten, na którym znalazło się w tej chwili, był całkowicie mylny.

– Ktoś widział tam Zaorskiego czy tylko jego samochód? – spytała.

– A co, ma samoprowadzące się auto?

– Pytam poważnie.

– Skoro był jego accord, to był on też.

– Ale ktoś go widział?

– Nie.

Pokiwała głową i znów pozwoliła sobie na to, by nachylić się nad biurkiem przełożonego. Pokrótce opowiedziała mu o tym, co miało miejsce w nocy, starając się, by nie zabrzmiało to jak zwykła próba wybronienia Seweryna.

– Dlatego go tu przyprowadziłam – powiedziała. – Chciał przekazać nagranie, które otrzymał przez AirDro…

– Rzekomo otrzymał.

– To z pewnością informatyk ustali bez trudu. Jeśli plik został przysłany z innego urządzenia, musiał zostać jakiś ślad.

Konarzewski potarł się po szerokim karku i westchnął. Trudno było ocenić, czy dał wiarę słowom podkomendnej, czy wręcz przeciwnie.

– Załóżmy, że ktoś mu to przysłał – odezwał się. – W jakim celu, to dla mnie niepojęte.

– Dla niego też, ale…

– Załóżmy jednak, że tak było – powtórzył stanowczo. – To nie dowodzi, że ktoś zabrał jego samochód. Nie widziałaś w nocy kierowcy, prawda?

– Nie. Byłam oślepiona światłami.

– Więc mogła to być próba ogrania cię – zawyrokował komendant. – Może przyjechał tylko po to, by wyglądało na to, że ktoś zwinął mu auto. Tak teraz, jak i dzień wcześniej, kiedy widziano je pod Kurewską Przystanią.

Zanim Burza zdążyła skontrować tę hipotezę, przełożony podniósł się, a potem powoli ruszył w kierunku drzwi.

– Omamił cię po raz kolejny – rzucił, wychodząc do przestrzeni wspólnej. – A oprócz tego próbuje wykorzystać.

Ruszyła za nim i szybko zorientowała się, dlaczego wyszli. W komisariacie zjawił się krótko ostrzyżony blondyn z zarostem wokół ust, którego Burza dobrze pamiętała. Anton Korolew.

– Zamość już przysłał prokuratora?

– Od razu go wezwałem – mruknął komendant. – Nie możemy pozwolić sobie na jakiekolwiek uchybienia. Raz już to przerabialiśmy.

Anton lekko się uśmiechnął, a potem powitał ich z lekkim wschodnim zaśpiewem. Sprawiał wrażenie niegroźnego, ale nie ulegało wątpliwości, że Seweryna za moment czeka niełatwa przeprawa w pokoju przesłuchań.

– Zanim pan zacznie, moja podkomendna ma dla pana kilka informacji.

Korolew spojrzał na Burzę bez cienia niechęci, mimo że po ich ostatnim spotkaniu zasadniczo mogło być różnie. Nie znajdował się w gronie śledczych, którzy wiedzieli o przekręcie z lekami i zastawili sidła na Zaorskiego – i to nie on wystosował propozycję, która sprawiła, że Seweryn ostatecznie uniknął konsekwencji.

Kaja podsumowała wszystko to, co wcześniej przedstawiła szefowi, a prokurator zdawał się odnotowywać każde jej słowo w głowie. Nie sprawiał wrażenia uprzedzonego wobec Zaorskiego, choć z pewnością przyjechał tutaj gotów stawiać mu zarzuty.

– Porozmawia z nim pani? – spytał.

– Ja? Mam go przesłuchać?

– W żadnym wypadku. Chodzi mi tylko o to, by zgodził się na rozmowę z nami. Dobrowolnie.

Oczywiście. Woleli być ostrożni i tym razem formalnie nie uznawać go za podejrzanego. Kaja przypuszczała, że to dobry ruch, bo ostatecznie w ten sposób łatwiej będzie przekonać Zaorskiego do współpracy.

Wymagało to nieco wysiłku z jej strony, ale w końcu przystał na propozycję. Jedynym warunkiem, jaki postawił, była obecność Burzy.

Chwilę później razem z prokuratorem zajęli miejsce w ponurym pomieszczeniu bez okien, które kojarzyło się z peerelowskim aresztem wydobywczym. Mimo to Seweryn wyglądał, jakby miał zamiar dobrowolnie współdziałać z organami ścigania.

– Ile razy będziemy się tak jeszcze spotykać, zanim w końcu mnie zamkniecie? – odezwał się.

Nie, jednak nie powinna była się spodziewać, że po dobroci wejdzie w kooperację.

– To jest tortura – dodał. – Wiedzieć, że ktoś jest w takim błędzie, ale nie móc wytłumaczyć mu dlaczego.

– Panie doktorze… – zaczął Korolew.

– Macie tu o mnie niepochlebną opinię, rozumiem. I pewnie przez ostatnie pół godziny nadawaliście na mój temat jak najęci.

– Zapewniam, że…

– Wie pan, co radzi moja młodsza córka, kiedy ktoś obgaduje cię za plecami?

– Nie.

– Pierdnąć – odparł Seweryn i wzruszył ramionami. – Pan wybaczy bezpośredniość, ale jej mądrości należy cytować wiernie. Zresztą ma sporo racji, nie uważa pan?

Anton spojrzał na Burzyńską, która wciąż nie zajęła miejsca przy stole. Nie chciała siadać obok prokuratora, wychodząc z założenia, że byłby to prztyczek wymierzony Zaorskiemu.

– To jak, mam zabierać się do dzieła? – spytał Seweryn. – Czy powie mi pan, dlaczego padł na mnie cień podejrzeń?

– Chcemy po prostu zadać panu kilka pytań.

– My? – odparował Zaorski i spojrzał na Kaję. – Wygląda mi na to, że starsza aspirant nie chce.

Cierpliwość oskarżyciela się kończyła, a Seweryn zdawał się w końcu to odnotować.

– W porządku – rzucił. – Niech pan wali. W końcu ten, kto pyta, jest idiotą tylko przez kilka minut. A ten, kto nie pyta, przez cały żywot.

Korolew przygładził wąs.

– A na to nie chcielibyśmy pana przecież skazywać.

Prokurator zignorował uwagę, a Burza musiała mu oddać sprawiedliwość – pod względem powściągania emocji był wyjątkowo dobrze przygotowany do tej rozmowy. Pod innym kątem być może również. Znajdował się z pewnością na lepszej pozycji, bo wiedział o wszystkim, co ustaliła dziś rano policja. Zaorski nie miał o tym pojęcia.

– Gdzie pan był, kiedy doszło do zabójstwa dziewczynki?

– Heidi.

– Co proszę?

– Stosujemy to określenie zamiast NN – szybko włączyła się Kaja.

Oskarżyciel nie odpowiedział, nadal poprawiając zarost, jakby coś innego absorbowało jego myśli.

– I nie wiem, gdzie byłem – oświadczył Seweryn.

– Nie pamięta pan?

– Przypuszczam, że pamiętam. Rzecz w tym, że nie wiem, kiedy Heidi zginęła.

– Od czterech do sześciu godzin przed tym, jak odnaleziono ciało.

– Skąd wiecie?

Z pewnością zdawał sobie sprawę, że nie usłyszy odpowiedzi na to pytanie. Przypatrując mu się, Burza odniosła jednak wrażenie, że sam do tego dojdzie. Widział ciało i był świadomy, że żadne oznaki zewnętrzne nie pozwalały zawęzić ewentualnego czasu zgonu. Musiał założyć, że zrobiono to po otwarciu zwłok.

– Odpowie pan na pytanie? – rzucił Korolew.

Zaorski przez moment się namyślał.

– Byłem w domu. Korzystałem, że nie ma diablic.

– Kogo?

– Moich cudownych bombelków.

Prokurator znów skierował wzrok na Kaję, ale tym razem w jego oczach dostrzegła wyraźne błaganie.

– Musi pan zrozumieć, że młodsza mówi do mnie „tateł", a starsza to podłapała. W ramach rewanżu mówię na nie „bombelki". Strasznie je to wnerwia, a mnie przynosi wiele satysfakcji.

– Rozumiem – odparł pod nosem Anton. – A zatem był pan w domu sam?

– Tak. Był to jeden z tych wieczorów, kiedy najgorszym miejscem, w którym można być, jest własna głowa.

Korolew ani przez moment nie sprawiał wrażenia, jakby zamierzał wnikać, co konkretnie Seweryn miał na myśli. Kaja też raczej nie chciała wiedzieć.

– Ktoś może to potwierdzić?

– Poza gronem moich wyimaginowanych przyjaciół, nikt.

– I nie wychodził pan?

– Nie.

Anton świdrował go wzrokiem, jakby czekał, aż Zaorski ucieknie spojrzeniem w bok. Jego oczy jednak nie drgnęły. Siedział w niemal całkowitym bezruchu, jakby przychodziło mu to z łatwością.

Cisza przeciągała się tak długo, że Burza miała ochotę ją przerwać.

– Wydaje mi się, że pan kłamie – odezwał się w końcu prokurator.

– Dobrze się panu wydaje.

– Słucham?

– Dość często to robię – przyznał Zaorski. – Ale to zawsze usprawiedliwione okolicznościami. Kiedy Lidka, ta młodsza, była mała, wmówiłem jej, że za każdym razem, kiedy skłamie, jej uszy zrobią się czerwone. Do dzisiaj czasem je zasłania, jak mi coś opowiada, i wtedy wiem, że mała jędza przynajmniej konfabuluje.

Uśmiechnął się triumfalnie i rozsiadł na zupełnie niewygodnym krześle.

– Czasem mówię im też, że tata idzie spać, a jak tylko się obudzi, to będziemy wszyscy sprzątać – ciągnął. – Potem zamykam się w pokoju i czytam. Mam błogi, absolutny spokój.

Burzyńska zastanawiała się, ile trzeba, by Korolew zaczął w końcu tracić cierpliwość. Na razie wyglądało na to, że zachowuje równie zimną krew jak Seweryn. W istocie jednak musiało się w nim gotować.

– Dobra taktyka – odezwała się Kaja.

– Dzięki. Bywa też tak, że bawimy się w chowanie jakichś smakołyków. Na przykład wracam ze sklepu i mówię, że mam trzy waniliowe belriso, które zaraz pochowam w domu. Zamykają oczy, ja działam, a potem szukają.

Zaorski zrobił pauzę, patrząc z zadowoleniem na rozmówców.

– I? – spytała niechętnie Burza.

– I dwa znajdują bez problemu, ale trzeciego nie. Bo nigdy go nie kupuję.

Uśmiech, na jaki sobie pozwolił, objął niemal całą twarz.

– Mam przynajmniej godzinę spokoju – dodał. – A potem mówię, że skoro nie znalazły, tata zje, jak nie będą widziały.

Rozmowa na moment została przerwana, kiedy rozległ się sygnał wiadomości z telefonu Korolewa. Prokurator przeprosił, wyjął komórkę i przez chwilę coś przeglądał. Podniósł się, odszedł kawałek i zatrzymawszy się tyłem do Zaorskiego, długo milczał. Skupiał się jedynie na urządzeniu.

W końcu wrócił do stolika i położył ręce na blacie. Jakiś czas przyglądał się siedzącemu naprzeciwko Sewerynowi.

– Przepraszam – powiedział. – Sprawy niecierpiące zwłoki.

– Jasne.

Korolew cicho odchrząknął.

– A zatem ustaliliśmy, że kłamać pan potrafi – rzucił.

– Właściwie ustaliliśmy tylko, że mam sprytne metody wychowawcze.

– Tak bym tego nie nazwał, ale akurat to w tej chwili nie ma żadnego znaczenia – odparł i nabrał głęboko tchu. – Liczy się to, że widziano pana tamtej nocy poza domem.

– Może ktoś miał zwidy.

– Pański samochód został dostrzeżony przy przydrożnym motelu na południe od miasta.

– W Kurewskiej Przystani?

Seweryn poruszył się nerwowo i zerknął na Kaję.

– Zna pan to miejsce?

– Każdy je zna – odparł Zaorski i przysunął się do stołu. – Ale ostatnim razem byłem tam… bo ja wiem, może w liceum, próbując kupić piwo i podpatrzeć to i owo.

– Mimo to świadkowie potwierdzają, że pana widzieli.

– Mnie czy moje auto? – odparował Seweryn, wyraźnie poważniejąc. – Bo powinien pan wiedzieć, że…

– Tak, słyszałem, jaką wersję przedstawił pan aspirant Burzyńskiej.

– To nie wersja, tylko prawda.

– Prawdę ustalają zwycięzcy, a pan bynajmniej nie wygrał – zauważył Korolew, a potem podniósł się z krzesła.

Zaczął chodzić po pomieszczeniu, a Seweryn wodził za nim wzrokiem. Burza znała to spojrzenie, świadczyło o tym, że Zaorski stał się czujny. Gotów na odparcie ataku.

– Powiedziałbym, że panu znacznie bliżej do sromotnej porażki – dodał Anton i zatrzymał się obok rozmówcy. Spojrzał na niego z góry. – Najpierw widziano pana w miejscu, gdzie była ta dziewczynka, potem rzekomo otrzymał pan jakieś nagranie, a ostatecznie…

– Nie było mnie w Przystani. I nagranie dostałem nie rzekomo. Proszę sobie to sprawdzić, udostępniłem wam telefon.

– Sprawdzamy.

– A auto…

– Tak, auto dwa razy tej samej nocy skradziono panu spod domu. I to tak, że niczego pan nie zauważył.

Zaczynało to wyglądać dla Seweryna nie najlepiej, ale ostatecznie Korolew nie miał niczego konkretnego. Przy budowaniu hipotezy śledczej obecność hondy w okolicy motelu była na wagę złota, ale jako dowód w sprawie fakt ten niespecjalnie się bronił.

– Proszę przeszukać mój samochód – dodał Zaorski. – Ściągnąć odciski palców, sprawdzić stacyjkę i…

– Wszystko to zrobimy, zapewniam.

Seweryn lekko skinął głową, a Burza nie mogła opędzić się od wrażenia, że od kiedy dowiedział się o tym, że ktoś widział auto, zaczął zachowywać się zupełnie inaczej.

– Monitoring z Przystani też może się przydać – dorzucił Zaorski. – Przekonacie się, że mnie tam po prostu nie było.

– Monitoring nie działa. I przypuszczam, że dobrze pan o tym wiedział.

– Nie wiedziałem, bo ostatnim razem byłem tam jako jurny licealista.

– Będzie się pan trzymał tej wersji?

– Jeszcze raz: to nie wersja, tylko…

– Widziano pana tamtej nocy w motelu – uciął prokurator.

– Nie mnie, ale samochód. Ile razy będziemy to przerabiać?

Anton położył rękę na oparciu krzesła Seweryna. Przechylił się lekko na bok, a potem nachylił nad rozmówcą.

– Nie – rzucił. – Widziano pana. W dodatku jedna z klientek nagrywała komórką filmik, na którym się pan znalazł.

Dopiero teraz Burza zrozumiała, jaką wiadomość Korolew musiał przed momentem dostać. Najwyraźniej funkcjonariusze wysłani do przepytania stałych bywalców Przystani dotarli do nowych ustaleń.

Ustaleń, które zupełnie pogrążały Zaorskiego.

– Godzina wykonania tego nagrania odpowiada czasowi, w którym ofiara była tam widziana – odezwał się Anton. – Pojawia się pan jakieś pół godziny przed nią.

Zaorski się nie odzywał, ale wyraźnie się spiął.

– Może mi to pan wyjaśnić? – spytał Korolew. – Bo o ile nie ma pan brata bliźniaka, to ewidentnie pan.

Seweryn znów bezgłośnie szukał wsparcia u Kai. Tym razem w jego wzroku zobaczyła nie tylko prośbę o pomoc, ale także desperację.

– Więc? – dodał oskarżyciel. – Dlaczego pan kłamie?

5

Na tym etapie było już absolutnie niemożliwe, by Seweryn znalazł drogę ucieczki. Owszem, wiedział o tym, że monitoring był niesprawny – i tylko dlatego zagrał tą kartą, idąc w zaparte. Nie miał jednak pojęcia, że ktoś z bywalców kręcił filmik.

Kurwa mać.

Upewniał się przecież. Wydawało mu się, że był odpowiednio czujny i wyłapałby, gdyby ktoś skierował na niego obiektyw komórki.

Widziałby. Musiałby widzieć.

Może w takim razie Korolew blefował? Właściwie byłaby to dość dobra taktyka, w tym momencie być może jedyna, która mogła przynieść jakiekolwiek odpowiedzi.

Zaorski wbijał wzrok w oczy Burzy, starając się stwierdzić, czy wie o nagraniu. Sprawiała wrażenie nie mniej zaskoczonej od niego.

– Nie kłamię – odezwał się w końcu Seweryn. – I nie ma żadnego nagrania, bo zwyczajnie mnie tam nie było.

Anton uśmiechnął się i wrócił na swoje miejsce. Tym razem usiadł jednak bokiem do stołu i założył nogę na nogę.

– Żaden blef nie sprawi, że przyznam się do czegoś, czego nie zrobiłem – dodał Zaorski. – A zapewniam, że tamtą noc spędziłem w domu. Wyszedłem dopiero, kiedy skontaktowała się ze mną aspirant Burzyńska, żebym pomógł w oględzinach.

Uśmiech zdawał się zastygnąć na twarzy prokuratora, a jego postawa jasno informowała, że to on jest górą.

Może jednak nie blefował? Może ktoś rzeczywiście uchwycił Seweryna tamtej nocy w Przystani?

Jeśli tak, nie wywinie się z tego. Tyle w zupełności wystarczy, żeby prosto z pokoju przesłuchań trafił do celi. Postanowienie o tymczasowym aresztowaniu będzie tylko formalnością.

Samo w sobie go to nie martwiło, przetrwał już w gorszym miejscu. Sen z powiek spędzała mu jednak świadomość tego, co w takiej sytuacji stałoby się z dziewczynkami. Nie miał ich z kim zostawić, trafiłyby pod opiekę państwa. A to nigdy nie kończyło się niczym dobrym.

– Zamiast próbować mnie urobić, mógłby się pan zająć tym, kto, kiedy i w jakim towarzystwie widział tę dziewczynkę – podjął Zaorski. – Musiała przecież z kimś tam być, prawda?

Wciąż zero odpowiedzi.

– Ktoś ją przyprowadził, ktoś wyprowadził.

– Pan?

– Nie, nie ja, do kurwy nędzy – syknął Seweryn. – Mówię przecież, że mnie tam nie było.

– Na nagraniu to ewidentnie pan – odparł spokojnie Korolew. – Nietrudno pana rozpoznać. Czapka z daszkiem, skórzana kurtka, T-shirt z jakimś kołem zębatym.

Miał go wtedy na sobie, ale to także o niczym nie świadczyło. Anton mógł wiedzieć, jaką koszulkę Zaorski nosił kilka godzin później, i założyć, że jej nie zmieniał. Niewielkie ryzyko.

– Kim jest ta dziewczynka? – odezwał się prokurator.

– Nie wiem.

– Co pan z nią robił w tamtym motelu?

– Nie było mnie tam.

– I w jaki sposób pozbawił ją pan…

– Zaraz pana czegoś pozbawię – uciął Zaorski i odsunął nieco krzesło, jakby miał zamiar opuścić pomieszczenie.

W tej chwili dla całej trójki było już jasne, że to nie wchodzi w grę. Kaja przesunęła się kawałek w kierunku drzwi, jakby chciała to podkreślić. Z jej twarzy wciąż nie dawało się niczego wyczytać.

– *Modus operandi* sprawcy był dość zastanawiający – odezwał się prokurator. – Zabił tak, by nie wyglądało to na zabójstwo, i nie zostawił żadnych śladów. Robota kogoś, kto dobrze zna się na rzeczy.

Seweryn nie miał zamiaru odpowiadać na te śledcze zaczepki.

– Postawił pan ciekawą tezę o uduszeniu pozycyjnym – dodał Korolew. – To właśnie w ten sposób pan ją zabił?

Zaorski w końcu podniósł się z krzesła. Miał tego dosyć.

– Proszę siadać.

– Proszę pocałować mnie w dupę.

Napięcie w pokoju stało się tak gęste, że zdawało się wszystkich unieruchomić. Stan zawieszenia trwał aż do momentu, kiedy Korolew powoli wstał. Przez moment on i Seweryn przypominali zawodników czekających na rozpoczęcie walki po przeciwnych stronach ringu.

– Sporo pan zaryzykował – odezwał się w końcu Anton. – Stawiając na to, że blefowałem.

– Nic nie ryzykowałem, bo mnie tam nie było.

Korolew cofnął się niemal niezauważalnie, ale tyle wystarczyło, by Zaorski nieco odetchnął. Nawet tak nieznaczny ruch sugerował, że cała ta gadanina z nagraniem była tylko podpuchą, na którą miał się złapać.

Dzięki Bogu. Ani prokurator, ani Kaja nie mieli pojęcia, jaka jest prawda. W przeciwnym wypadku żadne z nich z pewnością tak łatwo by nie odpuściło.

– Oddałem wam zresztą dobrowolnie mój telefon – dodał Seweryn. – Możecie sprawdzić jego lokalizację zeszłej nocy.

– Mógł zostawić go pan w domu.

– Mogłem też zgłosić się do Milionerów i dobrze odpowiedzieć Hubertowi na ostatnie pytanie – odparł Zaorski i rozłożył ręce. – Po co to gdybanie? Niech pan się opiera na twardych dowodach.

– Taki mam zamiar.

– To proszę go wcielić w życie, bo do tej pory nie przedstawił pan niczego, co usprawiedliwiałoby przetrzymywanie mnie tutaj – syknął Seweryn i ruszył w stronę drzwi. – I jeśli to jest dla pana jakaś rozgrywka, to musiał pan już zrozumieć, że przegrał tę turę. Z tej okazji żegnam.

– Wolałbym jednak, by pan został.

– To proszę mnie aresztować.

Przypuszczał, że mężczyzna podejmie kolejną próbę zatrzymania go, ale prokurator się nie odezwał. Dopiero kiedy Zaorski złapał za klamkę, usłyszał głos Korolewa.

– Mam twarde dowody.

Seweryn obejrzał się przez ramię w momencie, kiedy Anton kładł na stole swój telefon.

– Zagrał pan *va banque*, ale ja nie blefowałem z nagraniem – oznajmił.

Burzyńska spojrzała na Zaorskiego, po czym oboje szybko podeszli do stołu i nachylili się nad komórką. Prokurator wyświetlił już nagranie, które musiał dostać niedawno od funkcjonariuszy.

Było wykonane w HD i mimo niedostatecznego oświetlenia w Przystani dość wyraźnie było widać mężczyznę przechodzącego za stolikiem. Nawet gdyby nie czapka, koszulka i kurtka, bez trudu dałoby się rozpoznać Zaorskiego.

Burza natychmiast się cofnęła, a Seweryn poczuł, że robi mu się gorąco. Wpadł w najgorszy możliwy sposób.

– Wróci pan na miejsce?

Zaorski zaklął w duchu. Wydawało mu się, że dość dobrze potrafił rozgrywać przeciwników w pokera. Tym razem jednak upatrywał blefu tam, gdzie powinien widzieć jedynie dobre karty.

Nie było sensu iść w zaparte. Być może istniały techniczne możliwości, by spreparować tego typu nagranie, ale nie w takiej jakości. I z pewnością nie w tak krótkim czasie.

Z powrotem usiadł naprzeciwko prokuratora. Starał się unikać wzroku Burzyńskiej, ale patrzyła na niego tak intensywnie, że w końcu musiał na nią zerknąć. Zdawała się znacznie bardziej rozsierdzona od Korolewa.

– To pan jest na tym nagraniu? – spytał prokurator.

– Tak.

– A więc był pan w Przystani.

Seweryn potwierdził lekkim skinieniem głowy, zastanawiając się, co powinien robić dalej. Szybko zrozumiał, że istnieje tylko jeden sposób, by wyjść obronną ręką. Nie był najlepszy i z pewnością wymagał pewnej ekwilibrystyki, ale innego wyjścia nie było.

– Dlaczego pan kłamał? – spytał Anton.

Zaorski popatrzył najpierw na rozmówcę, a potem na Burzę. Miał nadzieję, że to podsunie prokuratorowi najbardziej oczywiste z wytłumaczeń. Odczekał chwilę, zanim udzielił odpowiedzi.

– Moje córki były u koleżanki na noc – mruknął.

– I co w związku z tym?

Tym razem Seweryn starał się posłać prokuratorowi porozumiewawcze spojrzenie.

– Moglibyśmy dokończyć tę rozmowę w cztery oczy? – spytał.

– Myślę, że starsza aspirant słyszała już bardziej gorszące rzeczy.

– Ale niekoniecznie z moich ust.

Anton obejrzał się na Kaję, ta jednak wyraźnie nie miała zamiaru nigdzie się ruszać. Zaorski w końcu ściągnął czapkę i położył ją na stole. Potem głęboko westchnął, jakby przyszło mu mówić o rzeczach, których nigdy nie zamierzał poruszać.

– Wie pan, jaką mam opinię w mieście – podjął. – To raczej wykluczα jakiekolwiek... kontakty z płcią przeciwną. A nazwa Kurewskiej Przystani nie powstała przypadkiem.

– Więc korzystał pan z usług natury seksualnej?

– Zgadza się.

– Ktoś może to potwierdzić?

Seweryn zaśmiał się cicho.

– Pewnie. Tamtejszy alfons i jego pracownice chętnie wyznają organom ścigania, że dochodzi tam do sutenerstwa – rzucił. – Ile za to grozi? Trzy lata?

– Pięć.

– Tym chętniej z panem pogadają.

Korolew doskonale zdawał sobie sprawę, że sutener niczego mu nie powie, a dziewczyny zaczną cokolwiek zdradzać dopiero, kiedy będzie im się to opłacało – lub kiedy nie będą miały innego wyjścia.

– Mam uwierzyć, że nie wspomniał pan o tym ze wstydu? – odezwał się Korolew.

– Tak.

– Ma pan chyba świadomość, jak to brzmi.

– Cóż… niektóre rzeczy brzmią dziwnie, kiedy wypowiada się je na głos. To chyba jedna z nich.

Takie wytłumaczenie nie wystarczyłoby nawet, gdyby siedzący naprzeciwko mężczyzna był jego sojusznikiem. W tej sytuacji Seweryn nawet nie zbliżył się do przekonania go.

– Zmierzam do tego, że nie wygląda mi pan na świętoszka – odezwał się Korolew. – Ani na kogoś, kto uznawałby korzystanie z usług prostytutek za ujmę.

Zaorski podrapał się po karku.

– Co do zasady nie mam z tym problemu – rzucił. – Ale musi pan zrozumieć sytuację.

– Jaką sytuację?

– Pyta mnie pan o to wszystko, kiedy w pokoju znajduje się kobieta, którą kocham.

Oczy Zaorskiego nawet nie drgnęły. Wbijał wzrok prosto w prokuratora, starając się wmówić sobie, że są tutaj sami. Mimo to kątem oka zobaczył, że Burza niespokojnie się poruszyła.

Przez moment trwało niewygodne milczenie.

– To nie była jednorazowa wizyta – dodał niechętnie Seweryn. – Korzystam właściwie za każdym razem, kiedy córki śpią u koleżanki, a czasem… czasem po przyjściu opiekunki jadę do Przystani.

Potarł czoło i odchrząknął. Wiele oddałby za to, żeby Korolew dał wiarę jego słowom i już teraz go stąd wypuścił.

– Monitoringu wprawdzie nie ma i personel nic panu nie powie, ale... cóż, może ktoś poświadczy, że jestem stałym bywalcem.

Anton obrócił się w kierunku Kai, jakby mogła potwierdzić lub zaprzeczyć. Seweryn skorzystał z okazji i rzucił jej krótkie spojrzenie, utwierdzając się w przekonaniu, że jego wcześniejsza deklaracja wprawiła ją w porządną konsternację.

Musiała zastanawiać się, czy to prawda, czy może dość wygodna wymówka.

– A więc owszem, byłem tam ostatniej nocy. I nie tylko wtedy – dorzucił Zaorski. – Robi to ze mnie niezbyt świętego człowieka, ale chyba nie mordercę, prawda?

Korolew się nie odzywał.

– Może powinienem od razu to przyznać. Może nawet zrobiłbym to, gdyby nie obecność starszej aspirant, ale... sam pan rozumie.

Prawdopodobnie nie rozumiał, a już na pewno nie był gotów ot tak w to uwierzyć. Ostatecznie jednak miał zbyt mało, by zatrzymać tutaj Seweryna. Samo nagranie o niczym nie świadczyło, a obecności Zaorskiego w Przystani nie dało się połączyć ze śmiercią Heidi.

– Naprawdę powinien zająć się pan wiadomością po niemiecku, którą otrzymałem – kontynuował Seweryn. – Wydaje się jedynym tropem i...

Nie dokończył, bo nagle otworzyły się drzwi, a do środka wpadł komendant. Skinął na podwładną gestem nieznoszącym sprzeciwu, po czym wzrokiem zasugerował prokuratorowi, by on także wyszedł na korytarz.

– Moment... – jęknął Zaorski.

Nie zważali na jego protesty. Opuścili pokój, a potem zamknęli za sobą drzwi.

Seweryn czekał, aż któreś z nich wróci, ale mijały kolejne minuty, a nikt się nie zjawił. Powód mógł być tylko jeden. Znaleźli dowód na to, że tym razem także kłamał.

6

Burza nie mogła uwierzyć w to, co przekazał im komendant. Wydawało się to po prostu niemożliwe.

– Jezu… – szepnęła. – Dwie martwe dziewczynki w przeciągu dwóch dni?

– Na to wygląda – odparł Konarzewski.

– Gdzie znaleziono tę drugą?

– W okolicach Krasnobrodu.

– Więc to nie nasza właściwość…

– Nie nasza – przyznał komendant. – I tamtejsi może nawet by nas o tym nie poinformowali, gdyby nie to, że ofiara była identycznie ubrana.

Kaja mimowolnie zobaczyła przed oczami martwą dziewczynkę w białej sukience. Widziała ją na Heidi, jeszcze zanim ta trafiła na stół sekcyjny. Wyglądała wtedy spokojnie, niemal błogo. W istocie jednak z pewnością przeżyła prawdziwy horror.

– Tak samo zadbana jak nasza – dodał Konarzewski. – Na razie nic więcej nie wiem.

Anton Korolew milczał, nerwowo przygładzając zarost otaczający usta. Burzy wydawało się, że prokurator widział i słyszał już w życiu niejedno, ale informacja o kolejnej zamordowanej kilkulatce wyraźnie nim wstrząsnęła.

Musiał zmierzyć się z tym, co powoli stawało się oczywiste. Mieli w okolicy seryjnego zabójcę dzieci.

– Wiozą do nas ciało? – odezwała się Burzyńska.

– Nie. Na razie czekają na decyzję z góry.

Inspektor posłał Korolewowi ponaglające spojrzenie, ale ten zdawał się odpłynąć myślami zupełnie gdzie indziej.

– Panie prokuratorze – odezwała się Kaja. – Trzeba to jakoś skoordynować.

Anton potrzebował jeszcze chwili. Kiedy w końcu poukładał sobie w głowie wszystko, co musiał, wyciągnął telefon i oświadczył, że zajmie się sprawą.

W jego głosie Burza wyraźnie usłyszała niepewność i sama zaczęła zastanawiać się, czy Korolew w ogóle ma kompetencje do poprowadzenia postępowania, które najwyraźniej miało zasięg większy niż same Żeromice.

Pod okręg zamojski na pewno podlegał rejon Biłgoraju i Tomaszowa Lubelskiego, więc nie powinno być problemu. A może Krasnobród podpadał bezpośrednio pod Zamość? Tak, chyba tak.

Kaja oparła się plecami o drzwi i zamknęła oczy. Starała się zrozumieć, co się dzieje i jaki ma to związek z Sewerynem. Z pewnością nie było przypadkiem, że to właśnie on dostał plik z nagraniem. Nocna kradzież samochodu zdawała się dodatkowym potwierdzeniem.

W pokoju przesłuchań przez moment uwierzyła, że Korolew faktycznie przyłapał go na kłamstwie, które rzucałoby na niego cień podejrzeń. Tłumaczenie Zaorskiego było jednak przekonujące – przynajmniej dla niej.

Abstrahując od deklaracji uczuć, którą tam złożył, wszystko miało sens. I sama jego obecność w Przystani bynajmniej nie mogła świadczyć o tym, że przyłożył rękę do zabójstwa Heidi.

Na Boga, w życiu przecież nie skrzywdziłby dziecka. O czym ona w ogóle myślała?

Kiedy Korolew skończył rozmowy, podszedł do niej niepewnym krokiem, jakby wciąż nie mógł dojść do siebie. Zasadniczo nie powinna się dziwić, sama była wstrząśnięta.

– Miejsce odnalezienia ciała jest w okręgu zamojskim? – spytała.

– Tak. Mamy całą gminę Krasnobród.

Oczywiście. Najwyraźniej jej też w głowie nie chciały ułożyć się podstawowe fakty. Ale to oznaczało, że zabójca działa na niewielkim terenie. I że wciąż jest gdzieś blisko.

– Wracamy do Zaorskiego – postanowił prokurator.

– Jest sens? Przecież to ewidentnie…

– Oczywiście, że jest sens – uciął Anton. – Mam jeszcze kilka pytań, na które musi odpowiedzieć.

Burza była przekonana, że mają teraz ważniejsze rzeczy na głowie, ale się nie odezwała. Może zresztą w istocie powinni dopytać o parę spraw, a ona chciała tego uniknąć z powodów czysto osobistych.

Po tym, co usłyszała w tamtym pokoju, nie wiedziała nawet, w jaki sposób na niego spojrzeć. Czuła, że powinna jak najszybciej uciec, oddalić się od Seweryna. Każdy, nawet najmniejszy, kontakt ponownie zbliżał ich do siebie. A na to nie mogła sobie pozwolić.

Potrzebowała spokoju, stabilizacji, normalnego życia rodzinnego. Wszystko to, co przeszła w ostatnim czasie, zachwiało jej psychiką, a powrót do dawnej równowagi zdawał się jedynym ratunkiem.

I pomagał, realnie pomagał. Wiązał się z dotkliwym brakiem Zaorskiego, ale powodował, że zachowała zdrowie psychiczne. Tylko dzięki temu udało jej się poradzić sobie ze świadomością, że pozbawiła życia dwóch ludzi pod Delawą. I tego, że jej ojciec nie tylko żyje, ale też odsiaduje karę pozbawienia wolności w zamojskim więzieniu.

– Pani aspirant? – odezwał się Korolew, a ona dopiero teraz uświadomiła sobie, że chwycił za klamkę. – Idzie pani?

– Tak.

Weszła za nim do pomieszczenia, nie do końca przekonana, czy nie lepiej byłoby zostawić ich samych.

Zaorski chodził nerwowo po pokoju, a kiedy ich dostrzegł, zatrzymał się i cofnął pod ścianę. Oparł się o nią plecami i skrzyżował ręce na piersi. Wyraźnie nie był w nastroju do dalszej rozmowy.

– Puszczacie mnie? – spytał. – Czy stawiacie mi zarzuty?

– Na razie chcielibyśmy…

– Na razie pytam grzecznie – uciął Seweryn. – Za moment po prostu dam panu w pysk, a potem napiszę do Rzecznika Praw Obywatelskich i Helsińskiej Fundacji Praw Człowieka, że zrobiłem to tylko ze względu na to, że byłem tu przetrzymywany nielegalnie.

Nikt się nie odzywał, a Zaorski podciągnął rękaw kurtki i sprawdził godzinę.

– Moja młodsza córka czeka na mnie w świetlicy – oznajmił. – Starsza dwadzieścia minut temu skończyła nauki przedkomunijne, a ja nie mogę nawet skorzystać z telefonu. Jeśli ma pan dzieci, to doskonale pan wie, że nic mnie tu, kurwa, nie zatrzyma.

Anton zasunął krzesło, sugerując, że rozmowa niebawem dobiegnie końca.

– Mam tylko dwa pytania – powiedział. – Potem jest pan wolny.

Burzyńska odetchnęła. Przy braku solidnych dowodów był to dobry ruch, szczególnie że Korolew musiał zająć się teraz innymi rzeczami.

– W porządku?

– Mhm.

– Po pierwsze interesuje mnie pańskie źródło zarobków.

Seweryn zmrużył oczy.

– Z czego utrzymuje pan siebie i rodzinę? – dodał prokurator. – Nie pracuje pan w szpitalu i nie ma pan już... cóż, dochodów z innych źródeł. Skąd w takim razie pieniądze?

– Z pięćset plus.

– Pytam poważnie.

– A ja tak samo odpowiadam – bąknął Zaorski. – Poza tym mam jakieś oszczędności. Wie pan, pracowałem trochę w Krakowie, dostaje się za to pensję. Oprócz tego znów nawiązałem współpracę z Instytutem Ekspertyz Sądowych Sehna.

– Doprawdy?

– Niech pan to sobie sprawdzi.

Seweryn popatrzył znacząco na drzwi, a Korolew pokiwał głową, jakby chciał powiedzieć, że już za moment w końcu go stąd wypuści.

– Sprawdzę – zapewnił. – A pana proszę o odpowiedź na jeszcze jedno pytanie.

– Może pan prosić do woli.

Anton się skrzywił.

– Dlaczego odwiedzał pan ojca starszej aspirant Burzyńskiej w więzieniu?

Zaorski mimowolnie zerknął na Kaję, po czym szybko się zmitygował i wbił wzrok w prokuratora.

– Że co? – wypalił.

W jego głosie zabrakło realnego zdziwienia. Jeśli pojawiła się choćby jego nuta, to tylko dlatego, że Seweryn nie rozumiał, jak Korolew dotarł do tej informacji. Kaja zaś poczuła się, jakby otrzymała kolejny cios.

Przez moment wszyscy milczeli.

– Wedle mojej wiedzy był pan dwukrotnie na widzeniach w zamojskim zakładzie karnym – dodał beznamiętnym głosem prokurator. – I za każdym razem spotykał się pan tam z byłym komendantem Burzyńskim.

– Ale…

– Skąd wiem? Cóż, to niewielkie miasto.

Seweryn przełknął ślinę z pewnym trudem, co nie uszło uwagi oskarżyciela.

Burza starała się pozbierać, ale wrażeń miała stanowczo za dużo. W dodatku Zaorski znów przywodził na myśl człowieka, który został przyłapany na gorącym uczynku. Ewidentnie nie wiedział, jak się z tego wytłumaczyć – mimo to próbował.

Kaja słuchała go uważnie, kiedy opowiadał swoją wersję zdarzeń. Według niego w wizytach nie było niczego podejrzanego. Chciał ustalić kilka spraw związanych z przeszłymi wydarzeniami, zamknąć pewien etap, może w jakiś sposób pomóc.

– Pomóc? – odezwała się w końcu Burza. – Niby jak?

– To twój ojciec…

– I?

– Chciałem po prostu…

– Co? – wpadła mu w słowo, ignorując uspokajające spojrzenie Korolewa. – Chciałeś odegrać rolę mediatora? Pomóc mi w poukładaniu relacji z człowiekiem, który przez dwadzieścia lat udawał, że nie istnieje? Słyszysz, co ty w ogóle pierdolisz?

– Pani aspirant…

Burzyńska uniosła rękę, dając do zrozumienia, że już skończyła. Wyszła, zanim Zaorski zdążył udzielić jakiejkolwiek odpowiedzi. Nie było sensu czekać. I tak nie uwierzyłaby w żadne jego tłumaczenie.

7

Nauki przedkomunijne szły Adzie całkiem nieźle, chociaż części niektórych modlitw niespecjalnie rozumiała. Pytała księdza, dlaczego został „ukrzyżowan" i „pogrzebion", o co chodzi z owocem żywota i co to jest cudzołożenie, ale nie chciał mówić.

Tata też ją zbywał, a w ogóle to nudził się strasznie na pierwszym spotkaniu, na którym musieli być rodzice. Mówił potem, że ksiądz gada inwantylnie nie tylko do dzieci, ale też do dorosłych. Ada nie bardzo wiedziała, co to znaczy, ale jak tylko go zapytała, tata powiedział, żeby lepiej skupiła się na szukaniu belriso.

Co którąś niedzielę musiał przychodzić na mszę o czternastej i zawsze narzekał. Adzie wydawało się, że lubi być w kościele, ale nie lubi ludzi, którzy dziwnie na niego patrzą. Obracali się, gadali, a czasem nawet pokazywali go palcem. Tylko ksiądz Wiesiek się do niego uśmiechał.

Ada lubiła księdza Wieśka. Miała z nim katechezy w szkole, a potem przygotowania do komunii w małej salce niedaleko szkoły. Nie chciało jej się uczyć na pamięć Składu Apostolskiego i Wyznania Wiary, no i często jej się wszystko myliło, ale na spotkaniach było miło i czasem nawet śmiesznie.

Ksiądz Wiesiek dużo mówił o tym, jak dobrze jest przyjmować pierwszą komunię, i Ada nie mogła się już tego doczekać. Zaplanowała sobie, że potem zostanie ministrantką. Wydawało się to dorosłe, a ona była już przecież duża.

Kiedy powiedziała o tym księdzu, ucieszył się. Był dumny i powiedział, że należy jej się jakaś nagroda. Nie powiedział jaka, ale Ada czuła, że to będzie coś dużego. Inaczej na pewno tak wesoło by nie zareagował.

Dzisiaj po naukach tata miał po nią przyjechać. Lidka czekała w szkolnej świetlicy, pewnie grała w coś na komórce, ale ona wyszła z salki i nie miała co robić. Wypatrywała taty, ale nie przyjeżdżał. Zadzwoniła parę razy, ale nie odbierał.

Zaczęła trochę się denerwować, bo była już głodna. Miała lekcje od ósmej i nie zjadła dzisiaj za dużo. Poza tym chciała już po prostu być w domu i pooglądać bajki na Netfliksie.

– Taty jeszcze nie ma? – rozległ się głos zza jej pleców.

Ada obróciła się w kierunku księdza Wieśka, kiedy ten powoli do niej podchodził. Stanął obok, włożył ręce do kieszeni i tak jak ona zaczął się rozglądać.

– No nie ma – odparła.

– Dziwne. Zawsze jest po ciebie jako pierwszy z rodziców.

Dziewczynka skinęła głową i się uśmiechnęła. Co miała powiedzieć? Nie chciała cały czas przytakiwać.

– Może coś go zatrzymało w pracy? – spytał ksiądz Wiesiek.

– No nie wiem…

– Dawał znać?

– Nie.

– Próbowałaś do niego dzwonić?

– Nie odbiera.

Ksiądz wyciągnął jedną rękę z kieszeni i lekko poklepał ją po plecach. Zrobiło jej się trochę lepiej, bo już zaczynała czuć się niefajnie. Wszystkie dzieci pojechały, a ona została sama.

– Nie martw się, na pewno zaraz przyjedzie.

– Nie martwię.

– A gdzie twoja siostrzyczka?

Ada wskazała okna świetlicy w znajdującym się nieopodal budynku szkoły. Ksiądz Wiesiek przez chwilę patrzył w tamtym kierunku, a ona zastanawiała się, co ma jeszcze powiedzieć. Okropnie długo się nie odzywali.

– O czym myślisz? – spytał w końcu ksiądz.

– O skorupach ślimaków.

Popatrzył na nią wesoło, a potem przykucnął obok.

– Jak to? – zapytał.

– Skąd one je biorą?

– Dobre pytanie.

– Znajdują? Czy dostają od innych ślimaków?

– Niestety nie wiem – przyznał ksiądz Wiesiek łagodnym głosem.

Zawsze tak mówił i chyba dlatego Ada tak go lubiła. Inni dorośli czasem się denerwowali, czasem mówili coś pod nosem i nie zwracali na nią uwagi. On zawsze był miły i słuchał.

I podchodził blisko, żeby dobrze słyszeć i nie musieć podnosić głosu. Można z nim było rozmawiać szeptem, jeśli się chciało.

– Możemy sprawdzić w internecie, jeśli chcesz – powiedział. – Razem rozwiążemy tę tajemnicę.

Skinęła rezolutnie głową i wyjęła komórkę.

– Wygodniej na komputerze – dodał, a potem popatrzył na wejście do salki.

– No dobra.

Dziwnie potarł się po udzie, jakby nic go nie swędziało, tylko zrobiło mu się niewygodnie.

– To chodźmy – powiedział, a potem się podniósł.

Wziął ją lekko za rękę, a ona poczuła się bezpiecznie. Taty nie było, ale ksiądz się nią zaopiekuje.

Kiedy ruszyli w stronę budynku, Ada usłyszała dźwięk silnika. Od razu się odwróciła, nawet nie czując, że jej dłoń wysunęła się z ręki księdza. Zobaczyła samochód taty i wesoło do niego zamachała.

– Jest! – oznajmiła.

– Widzisz, mówiłem.

Ksiądz poprowadził ją do auta, a potem uścisnął rękę tacie. Zaczęli rozmawiać o rzeczach, które zupełnie jej nie interesowały. Widziała, że tata jest bardzo zmęczony, a wtedy zawsze lubi narzekać. Teraz też mówił coś o tym, że życie rzuca mu kłody pod nogi.

Ada pociągnęła go za kurtkę.

– Taaatooo…

– No już, już. Jedziemy.

Podziękował księdzu Wieśkowi, a potem podjechali po Lidkę do szkoły. Ada od razu sprawdziła jej tornister, bo młodsza siostra często zostawiała niedojedzone kanapki albo w ogóle ich nie ruszała. A ona musiała pilnować.

– Zjadłam – burknęła do niej Lidka.

Raz przemyciła jedną do auta, a potem schowała pod fotelem z przodu. Tata znalazł ją dopiero, jak zrobiła się zielona. I nie był zadowolony.

– Tateeł… – zaczęła Lidka. – Puścisz du, du, du?

– Jasne, że puszczę.

Tata włączył, a one przez chwilę śpiewały i kołysały się na tylnym siedzeniu. Adzie nie dawało jednak spokoju to, o czym jeszcze przed chwilą myślała.

– A tato…?

– Tak?

– Skąd ślimaki biorą skorupy?

Spojrzał na nią w lusterku i podrapał się po karku.

– Już się z nimi wykluwają – powiedział. – Muszla jest wtedy mała i przezroczysta, a potem rośnie i twardnieje.

– Czemu?

Tata kaszlnął nerwowo, jakby powiedziała coś, co go przestraszyło.

– Dzięki wapniowi – powiedział. – To on sprawia, że ślimak ma potem przenośny domek.

– A może z niego wyjść? – włączyła się Lidka.

– Nie.

– Czemu?

Tata znowu się spiął.

– Bo jest zrośnięty ze swoją skorupą, nie może jej zostawić – odpowiedział, a potem obrócił się do nich. – I dlaczego w ogóle was to interesuje?

Lidka wzruszyła ramionami, zajęta grą na komórce.

– Tak o – wyjaśniła Ada. – Jakbyś chwilę później przyjechał, tobym już wiedziała, bo z księdzem Wieśkiem mieliśmy to sprawdzić.

Tata skinął głową i się uśmiechnął. Lubił księdza Wieśka. Ona też.

Przez chwilę się nie odzywali, a po du, du, du zaczęło lecieć tu, for, siks, ejt, motorłej. Ada umiała to śpiewać, ale nie chciała się wyrywać.

– Tateł... – odezwała się Lidka.

– Tak, bombelku?

– Ej!

– Co? – Tata udawał niewiniątko. – Wy do mnie tak, to ja do was tak. Wiecie, jak to się nazywa? Sprawiedliwość. Uczcie się, bo każdego w końcu dosięga.

Ada nie słuchała. Była przyzwyczajona, że jak tata rzuci takie hasło, to potem gada i gada. I nigdy nic mądrego.

– Mamy w domu coś słodkiego? – spytała Lidka.

– Mnóstwo rzeczy.

– Ale nie sałatę?

– Nie. Śledzie w occie.

– Fuj! – obruszyła się siostra. – Kupmy coś po drodze.

– Nic nie kupimy, bo tata musi zaraz uciąć sobie drzemkę w pokoju. A jak się obudzi, to będziemy sprzątać. Wszyscy razem.

Ada wymieniła się z Lidką spojrzeniami. Najlepiej było nic więcej nie mówić.

Dojechali do domu w milczeniu, a kiedy tata zaparkował przed garażem, Lidka była już tak zajęta komórką, że w ogóle zapomniała o tym, że chciała słodyczy. Szkoda, gdyby trochę pomęczyła, to tata kupiłby coś po drodze.

– Tateł…

– No?

– Co to jest fe… nol?

Tata nagle się obrócił.

– Co powiedziałaś?

– Fenol.

Rozejrzał się, jakby nagle się czegoś przestraszył. Ada też poczuła się niefajnie. Rzadko widziała, żeby tata się czegoś bał.

– Dlaczego pytasz?

– No bo wysyła mi plik – powiedziała Lidka i podniosła telefon.

Tata popatrzył na komórkę, a potem złapał za klamkę i mocno popchnął drzwi. Wyskoczył z auta, jakby się paliło, i Ada nie zdążyła zapytać nawet, o co chodzi.

8

Burza potrzebowała ratunku. Jakiegokolwiek, choćby pozornego, byleby tylko nie myśleć o tym wszystkim, co zaczynało wracać ze zdwojoną mocą i wytrącać ją z równowagi.

Alkohol był beznadziejnym rozwiązaniem. Z czymś mocniejszym styczność miała tylko kilka razy w liceum, kiedy popalała trawkę. Papierosy nigdy jej nie kręciły, a lekami nie zamierzała się faszerować.

Jak jeszcze ludzie radzą sobie w trudnych okresach?

Zanim dotarła do niej absurdalność tego toku myśli, miała już całkiem absorbujące zajęcie. Choć niekoniecznie takie, którego by sobie życzyła.

www.slough.gov.uk

Slough
Borough Council

The Curve
William Street,
Slough, SL1 1XY
Renew books by phone 01753 875533

Customer ID: **********0064

Items that you have borrowed

Title: Glosy z zaswiatow
ID: 30130505695092
Due: 13 April 2023

Title: Pierwsze klamstwo
ID: 30130503656594
Due: 13 April 2023

Title: Psychoterapeutka
ID: 30130505699701
Due: 13 April 2023

Total items: 3
Account balance: £0.00
Borrowed: 3
Overdue: 0
Hold requests: 0
Ready for collection: 0
21/03/2023 12:20

www.slough.gov.uk/libraries
Did you know? There are no overdue fines for
children aged 13 and under!

Talking books are free to borrow from Slough
libraries, ask staff for details.

Ciało dziewczynki z Krasnobrodu dotarło do prosektorium. Korolew zarządził sekcję sądowo-lekarską, oględziny i otwarcie zwłok. Wszystko to, co robił Zaorski w przypadku Heidi, stanowiło jedynie namiastkę tego, do czego teraz zabrał się medyk sądowy.

Kai nie było przy wszystkich czynnościach, ale widziała dziewczynkę tuż po przywiezieniu. Nie ulegało wątpliwości, że obydwa zabójstwa są połączone. Ofiara była ubrana dokładnie tak samo i także ona sprawiała wrażenie, jakby morderca po śmierci dokładnie umył jej ciało i ubrał w nieskazitelną, świeżo wypraną sukienkę.

Kiedy sekcja dobiegła końca, Burza stała przed budynkiem. Chciała zaczerpnąć nieco świeżego powietrza, mając serdecznie dość zapachu formaldehydu i środków czystości.

– Już po wszystkim. – Usłyszała głos Korolewa.

Obróciła się w stronę wyjścia i zobaczyła, jak prokurator głęboko nabiera tchu. Najwyraźniej on też miał dość sekcji na kolejnych kilka lat.

– Jakie ustalenia? – spytała Burza.

– Różne. Dowiedziałem się między innymi, że osadzenie gałek ocznych dziewczynka miała prawidłowe, a otwory uszne wolne od wydzieliny.

Ani trochę nie dziwiło jej to, że medyk sądowy był tak skrupulatny. Sprawiał wrażenie kompetentnego, a wszystko, co robił, przywodziło na myśl raczej działanie maszyny niż człowieka. Jego zachowanie nie miało wiele wspólnego z entuzjazmem ani tym bardziej ze swoistą euforią Seweryna.

– Oprócz tego na nozdrzach zewnętrznych i wokół ust znajduje się zaschnięta brunatna treść.

– Rozumiem – odparła niechętnie Kaja. – A coś odbiegającego od normy?

Korolew przeklął cicho.

– Nic, kompletnie nic – rzucił. – Sytuacja identyczna z poprzednią. Tylko Bóg jeden wie, jak ta ofiara zginęła.

– Może nawet nie on.

– Może – przyznał prokurator. – W każdym razie biegły nie ma jeszcze wstępnej hipotezy. Żadnych obrażeń, toksykologia czysta.

Obawiali się, że tym razem również trafią w ślepą uliczkę. Sen z powiek spędzały Kai nie tylko dwie młode ofiary, ale także to, że zostały zabite w nieokreślony sposób. Dotychczas sądziła, że to niemożliwe. Że zawsze zostają jakieś poszlaki.

Z kim oni mieli do czynienia, do cholery?

– Ciało oczywiście zostało wyczyszczone – dodał po chwili Korolew. – Żadnych odcisków, żadnych śladów poza tymi mechanoskopijnymi.

Sytuacja robiła się coraz bardziej beznadziejna, w dodatku nadal nie udało się odkryć tożsamości jednej ani drugiej ofiary. Burzy wydawało się absolutnie niemożliwe, by rodzice nie zgłosili ich zaginięcia, ale policjanci sprawdzili wszystkie doniesienia.

– Mamy tylko jeden trop, panie prokuratorze – rzuciła.

Anton spojrzał na nią niechętnie.

– Trop? – spytał. – Czy może raczej jednego kandydata na podejrzanego?

– Nie szłabym tak daleko.

– Bo coś między państwem jest.

– Zapewniam, że…

– Może pani zapewniać do woli – uciął Korolew. – Ale nie trzeba śledczego, żeby to zobaczyć. Zresztą sam Zaorski dość wymownie o tym wspomniał.

– Mówił o swoich uczuciach, nie moich.

– Oczywiście.

Kaja nie miała zamiaru ciągnąć tego wątku, i tak czuła się coraz mniej komfortowo. Obróciła się do oskarżyciela i przyjęła najbardziej rzeczowy ton, na jaki było ją stać.

– Nagranie po niemiecku to jedyna poszlaka – powiedziała. – I skoro ktoś przysłał je właśnie Sewerynowi, to musiał wyjść z założenia, że będzie potrafił je rozszyfrować.

Korolew skwitował to wymownym milczeniem.

– Nie mamy innego tropu – podkreśliła.

– Na razie.

Pokiwała głową, choć szczerze wątpiła, że dalsze analizy kryminalistyczne przyniosą jakikolwiek rezultat. W miejscach, gdzie znaleziono zwłoki, również nie było żadnych śladów. O świadkach nie było nawet co marzyć.

– Zajmijmy się tym, co mamy – powiedziała. – Seweryn może mieć odpowiedzi, mimo że sam nie jest tego świadomy.

– Mhm…

– I wiem, że z pańskiego punktu widzenia jestem ostatnią osobą, która powinna z nim rozmawiać – przyznała, a potem zrobiła pauzę. – Ale jestem też najwłaściwszą.

– Tak się pani wydaje? – spytał bez przekonania.

Zbliżyła się o krok i popatrzyła mu prosto w oczy.

– Tylko ja będę w stanie coś z niego wyciągnąć.

Czy naprawdę musiała go przekonywać? Miał ją za solidną funkcjonariuszkę i z pewnością zapoznał się z przebiegiem jej służby na tyle, by wiedzieć, że nie jest w tej ocenie odosobniony. Na dobrą sprawę nie miał powodów sądzić, że kiedykolwiek złamała jakiś przepis.

Ani że z Zaorskim łączy ją mroczna tajemnica. Bez tej wiedzy w końcu jednak zgodził się, by to ona spróbowała coś z niego wyciągnąć.

Burzyńska pojechała radiowozem do swojego starego domu i już z oddali dostrzegła, że brama garażowa jest otwarta. Seweryn kręcił się wokół domu, polewając czymś ziemię. Dostrzegł Burzę od razu, ale przerwał to, co robił, dopiero kiedy do niego podeszła.

– Krety – oznajmił, wskazując kopczyk. – Nie stosują się do moich nakazów eksmisji i niszczą mi korzenie drzew i krzewów.

Kaja się rozejrzała. Ogród bynajmniej nie nadawał się na okładkę żadnego miesięcznika, ale i tak był w lepszym stanie, niż pamiętała.

– Mnie tam cała ta zieleń niepotrzebna – dodał. – Ale diablice lubią.

Burza spojrzała na pojemnik, który trzymał, i pociągnęła nosem.

– Lejesz benzynę?

– Nie.

– Przecież czuję.

Zaorski wzruszył ramionami.

– Próbowałem wszystkiego – odparł. – Wiatraczków, puszek po piwie, jakichś elektrycznych bzdur, środków… Jak tak dalej pójdzie, podłączę rurę wydechową accorda do tej nory i włączę silnik.

Kaja spojrzała na niego z niedowierzaniem, a on szybko uniósł otwarte dłonie.

– Spokojnie, spokojnie, jestem proekologiczny – zadeklarował. – Bronię praw zwierząt zaciekłej niż praw ludzi.

– Widzę – odbąknęła.

Seweryn wskazał starą szmatę leżącą na kopczyku obok.

– Nasączam tylko kawałek materiału – wyjaśnił. – Te małe, porośnięte futerkiem, słodkie skurwysyny nie lubią zapachu benzyny, nafty i tak dalej.

Burzyńska nie miała zamiaru wnikać.

– Ale nie przyjechałaś, żeby gadać o kretach.

– Ano nie.

– Ja właściwie też robię to tylko po to, żeby mieć zajęcie – odparł i odłożył pojemnik z benzyną. Wskazał wejście do domu, choć zrobił to niepewnie, jakby nie wiedział, czy Kaja nadal ma opory przed wchodzeniem do budynku.

Miała.

– Pogadajmy tutaj – postanowiła. – I zacznijmy od tego, dlaczego pojechałeś zobaczyć się z moim ojcem. Dwukrotnie.

– Zacznijmy od czegoś innego.

Pokręciła głową z rezygnacją, spodziewając się, że to przyczynek do omówienia tego, co zaszło w pokoju przesłuchań.

– Dostałem kolejną wiadomość.

– Co? – wypaliła.

– Dlatego próbuję znaleźć sobie coś, żeby nie…

– Masz kolejne nagranie? – syknęła. – I nikomu o tym nie powiedziałeś? Nie dałeś znać nawet mnie?

– Ano nie – odparł, imitując jej ton głosu. – Po ostatnim jakoś mi się nie spieszyło i uznałem, że może sam dojdę, w czym rzecz.

Burzyńska zrobiła głęboki wdech, starając się powściągnąć emocje. Wskazała przed siebie, a potem ruszyła do garażu.

Rozłożywszy drugie krzesełko wędkarskie, postawiła je obok skrzynki służącej Zaorskiemu za stolik.

– Siadaj i mów – odezwała się.

Bez wahania zrobił, o co prosiła – jakby sam fakt, że ją zobaczył, gwarantował uległość.

– Po tym, jak wczoraj przywiozłem dziewczynki ze szkoły, Lidka dostała AirDropem kolejny plik.

– Lidka?

Skinął głową z irytacją.

– Dopiero co zaparkowałem pod domem, a przyszło do niej nagranie.

– I?

– Od razu wyskoczyłem z auta i zacząłem szukać skurwiela – syknął Seweryn. – I wierz mi, że polowanie na krety to w porównaniu z tym nic.

– Wierzę – przyznała, a potem rozejrzała się po metalowych szafkach. Whisky nie dostrzegła, ale jakaś butelka z pewnością była na wyciągnięcie ręki. – I przypuszczam, że nie znalazłeś tego człowieka.

– Gdyby tak się stało, te kopce na zewnątrz świadczyłyby o czymś zupełnie innym.

W to także nie wątpiła.

– Musiał być nie dalej jak dziesięć metrów ode mnie, ale nie udało mi się go namierzyć – kontynuował Zaorski. – Najpewniej był po drugiej stronie domu i jak tylko Lidka przyjęła plik, uciekł.

– Przyjęła go?

– Mhm – potwierdził cicho. – Gdy tylko wyskoczyłem z samochodu.

– I co w nim było?

Seweryn westchnął, a potem zaczął sprawdzać kieszenie w poszukiwaniu telefonu. W końcu uniósł lekko daszek czapki, podrapał się po czole i rozejrzał. Znalazł komórkę na jednej z szafek.

Odtworzył nagranie, które kolejny raz zaczynało się od dźwięków przywodzących na myśl kołysankę. Niewinna melodia nabrała złowieszczego charakteru, kiedy Burza przypomniała sobie wygląd obydwu ciał.

Potem ponownie rozległ się dziewczęcy głos. I znów słowa po niemiecku.

– *Eins, eins, sechs. Dörfer.*

Burzyńska czekała na więcej, było to jednak wszystko, co powiedziała dziewczynka. Zaraz potem Seweryn odłożył komórkę na prowizoryczny stolik i zza niego wyjął butelkę whisky. Spojrzał pytająco na Kaję.

– Jestem na służbie.

– To dobrze. Służba jest jedną z dwóch rzeczy, które nadają sens życiu.

Burza przyjrzała mu się, jakby starała się stwierdzić, czy ma do czynienia z tym samym człowiekiem, którego dotychczas znała.

– Drugą jest miłość – dodał Zaorski. – A przynajmniej tak twierdził Jan Paweł II. W sumie to całkiem zasadne, o ile uczuciem, o którym mowa, darzy się whisky.

Odkręcił butelkę starej glenburgie, a potem nalał do szklanki, którą podniósł z podłogi. Kaja poprawiła włosy, ale te jak zwykle nie chciały trzymać się za uszami.

– Co to ma znaczyć? – spytała.

– Że czasem czytam sobie JPII. Wielka mi rzecz.

– Mam na myśli…

– Chodziło mi z grubsza o to, że dobrze jest kochać i służyć. Szczególnie jak jest komu i czemu.

– Seweryn…

– Co? – spytał i pociągnął łyk. – Wolisz gadać o mówiącej po niemiecku dziewczynce, która ewidentnie zrobiła sobie przerwę w graniu w horrorach i przygotowała dla mnie wiadomość?

– Tak.

Skinął niechętnie głową i odstawił szklankę. Przypuszczała, że rozważał treść komunikatu przez całą noc i miał już serdecznie dosyć wszystkiego, co się z nim wiązało. Nie miało to jednak dla niej wielkiego znaczenia.

– Od kogo Lidka dostała to nagranie?

– Mówiłem ci, że…

– Chodzi mi o nazwę urządzenia. Znów Fenol?

Potwierdził zdawkowym skinieniem głowy.

– A nazwa pliku?

– Identyczna jak ostatnio. „Prawda.mp3”.

Kaja zaklęła cicho. Liczyła na to, że choć na tym froncie coś ruszy. Przez chwilę zastanawiała się, czy w ogóle jest sens pytać Zaorskiego o jego przypuszczenia co do treści nagrania. Gdyby do czegokolwiek doszedł, z pewnością od tego by zaczął. I nie wyglądałby na tak zmordowanego.

– Dlaczego się do mnie nie odezwałeś? – spytała. – Pomogłabym ci się nad tym głowić.

– Byłaś dość wkurwiona.

– O, zauważyłeś?

Uciekł wzrokiem i nagle zaczął sprawiać wrażenie, jakby jego krzesełko wędkarskie go parzyło.

– Nie chciałem pogarszać – dodał cicho. – Poza tym to jest zwyczajnie nie do rozgryzienia.

Znów zaczął szperać w kieszeniach, a potem wyjął pogniecioną kartkę. Rozprostował ją na stoliku i przegładził. Kaja przesunęła wzrokiem po jego skąpych zapiskach.

„11.42. 3.43.

1, 1, 6, Dörfer.

Fenol. Prawda".

– Beznadziejna sprawa – powiedział. – To nic nie znaczy.

– A co to jest *Dörfer*?

– Dwusylabowe słowo po niemiecku.

– Seweryn...

– Wsie, wioski – wyjaśnił szybko. – Wychodzi więc na to, że albo chodzi o sześć wiosek, *sechs Dörfer*, albo o szesnaście, sto szesnaście, osiem...

– Osiem?

– Dodałem liczby – odparł i wzruszył bezradnie ramionami. – Próbowałem już naprawdę wszystkiego, żeby to miało jakikolwiek sens.

– Musi mieć. Inaczej Fenol by ci tego nie przysyłał.

Seweryn znów się napił, a potem otarł usta.

– Tak go teraz będziemy tytułować? – spytał.

– Lepsze to niż skurwiel – odparła. – Poza tym sam się wyrywałeś do nazywania.

Na moment zamilkł, a ona dostrzegła, jak powoli poważnieje.

– Heidi to inna sprawa – oznajmił. – Pomaga pamiętać, że chodzi o człowieka, a nie tylko ciało.

Kaja przez chwilę szukała odpowiedniego komentarza, ale nic nie przychodziło jej do głowy. Miał rację. W pierwszej chwili każdy śledczy był wstrząśnięty widokiem martwego dziecka, ale po czasie zaczynał traktować dochodzenie w kategoriach zwykłej pracy. I w końcu zapominał, że dotyczyło kogoś, kto kiedyś żył.

W tym wypadku nawet dwóch osób.

Burzyńska cicho odchrząknęła.

– Nie chodzi tylko o Heidi – powiedziała.

– Hm?

– Jest druga ofiara.

– Że co? – wyrzucił z siebie Zaorski. – I dopiero teraz mi mówisz?

– Tak, bo…

– I jeszcze masz pretensje, że ja zachowuję coś dla siebie?

Spiorunowała go wzrokiem.

– Ty jesteś w tej chwili bezrobotnym tępicielem kretów. Ja policjantką uczestniczącą w dochodzeniu.

Przez moment milczał, zbierając myśli. Widziała, że nie zamierza kontynuować tej przepychanki.

– Chryste… – rzucił w końcu. – Myślałem, że to drugie nagranie to tylko kontynuacja pierwszego, a nie… nie oddzielna sprawa. Nie kolejna ofiara.

Urwał i rozejrzał się nerwowo, jakby zabójca czaił się gdzieś w okolicy. Doskonale go rozumiała, na jego miejscu też najpierw pomyślałaby o córkach.

– Mamy seryjnego zabójcę dzieci – jęknął.

– Na to wygląda. W dodatku z jakiegoś powodu właśnie tobie przysyła nagrania po odebraniu życia ofiarom.

Zaorski natychmiast sobie dolał i opróżnił szklankę jednym pociągnięciem. Jego umysł musiał wchodzić na wysokie obroty, analizując wszystkie zdarzenia ostatnich tygodni i oceniając na nowo wszystkie osoby, które pojawiły się w jego pobliżu.

– Gdzie znaleziono tę dziewczynę?

– W Krasnobrodzie.

– Niedaleko, obszar działania nieduży… – mruknął raczej do siebie niż do niej. Potem wbił w nią wzrok. – Ile ma lat?

– Mniej więcej tyle co Heidi.

– Też tak zadbana?

Kaja pokiwała głową.

– Coś ją odróżnia?

– Co masz na myśli?

Zaorski podniósł szklankę i wstał. Zaczął przechadzać się po garażu i co chwilę zatrzymywał się, by pociągnąć niewielki łyk. Zwalniał nieco przyjmowanie whisky, co należało zapisać mu na plus.

– Ma jakieś znaki szczególne? – spytał. – Miała przy sobie jakieś przedmioty, cokolwiek?

– Właściwie to nie.

Zatrzymał się tyłem do niej i pokręcił głową, jakby nic mu nie grało.

– Była ubrana w białą sukienkę, tak jak pierwsza – dodała Kaja.

– Nie wiedziałem o tym.

– Bo widziałeś ją dopiero na stole sekcyjnym.

Obrócił się, mrużąc oczy. Był wyraźnie niezadowolony, że wezwali go tylko na moment, nie dając mu pełnych informacji. Ale czego się spodziewał? Nie był medykiem sądowym, nie pełnił funkcji biegłego. To, co działo się przy zabójstwie Janiny Wachowiak, było skutkiem wyższej konieczności, która teraz nie zachodziła.

– Ta druga miała na szyi krzyżyk – dodała Burzyńska.

– Jaki krzyżyk?

– Chyba komunijny. Choć przypomina trochę prawosławny, bo ma zaokrąglone końcówki.

Wszystko to sprawiało jedynie, że ofiara wyglądała jeszcze niewinniej. W niczym niestety nie pomagało, choć Kaja i reszta byli przekonani, że sprawca nie zostawił krzyżyka bez powodu.

– To nie ma żadnego sensu – powiedział cicho Seweryn. – Ofiary nie zostały wykorzystane seksualnie, oszpecone ani zhańbione w żaden sposób. Nie okaleczył ich, nie znęcał się nad nimi...

– To źle? – jęknęła Burza.

Pokręcił głową z irytacją.

– Zupełnie jakby nie czerpał z tego przyjemności. Jakby był zmuszony je zabić.

– Może na tym właśnie polega jego sposób działania. Może kręci go to, że zabija je w tak czysty sposób.

Seweryn zdawał się nieprzekonany, ale właściwie żadne z nich nie miało wielkiego doświadczenia w profilowaniu sprawców. Zaorski może nieco większe, bo podczas pracy w instytucie Sehna stykał się pewnie z wieloma sprawami kryminalnymi.

– Na tym się nie skończy – odezwał się cicho.

– Wiem.

– Mamy dwie martwe dziewczynki i wskazówki po niemiecku, które absolutnie nic nam nie mówią – dodał, wciąż zamyślony. – Nie możemy czekać na trzecią czy czwartą, żeby złożyć wszystko do kupy, bo będzie to oznaczało też kolejne ofiary.

– Zdaję sobie z tego sprawę, Seweryn.

W końcu odłożył szklankę na jedną z półek i wbił wzrok w oczy Kai.

– Muszę ją zobaczyć – oznajmił. – Tę nową ofiarę.

– To nie wchodzi w grę.

– Muszę.

Uniosła brwi i podniosła się z chybotliwego krzesła.

– Teraz ty brzmisz jak szaleniec i…

– Nieważne, jak brzmię – przerwał jej. – Muszę zobaczyć drugie ciało. Pierwsze zresztą też.

– Po co?

– Żeby dojść do tego, jak je zabił – odparł z przekonaniem Zaorski.

– Biegłemu się to nie udało, ale tobie się uda?

– Tak.

– Skąd ta pewność?

– Z bardzo prostego faktu – uciął znów bez wahania. – Kiedy ciało ludzkie umiera, życie w nim rozkwita.

Niespecjalnie wiedziała, jak na to odpowiedzieć, ale tak czy inaczej nie miała sposobności. Zaorski zabrał pilota do bramy, a potem ruszył w kierunku radiowozu. Najwyraźniej wypita whisky nieco podbudowała jego pewność siebie.

Kaja wyszła na zewnątrz, a on zamknął bramę garażową.

– Nie musisz odebrać diablic ze szkoły?

– Poczekają w salce katechetycznej – odparł.

– U księdza Wieśka?

– Aha – potwierdził, otwierając drzwi policyjnego wozu. – Ma dla nich jakieś zajęcia. Liczenie datków czy coś. Nudzić się na pewno nie będą.

9

Chwilę po dotarciu do prosektorium Seweryn zorientował się, że od jego ostatniej wizyty trochę się tu pozmieniało. Kierowniczka zakładu patomorfologii nie miała już nic do powiedzenia, wszystkie decyzje podejmował Korolew.

Medyk sądowy z Zamościa, Bartosz Sawicki, był trochę po trzydziestce, ale sprawiał wrażenie dość kompetentnego. Cerę miał tak bladą, jakby niemal nie wychodził na słońce, a szkła okularów tak grube, jakby bez nich nic nie widział. Twarz cukrowa – plamy pod oczami, sporo krostek na policzkach i efekt nabrzmienia.

– Dzień dobry – odezwał się Sawicki.

Seweryn podał mu rękę i rozejrzał się po sali. Korolewa na szczęście nigdzie nie było. Na powrót skupił się na stojącym przed nim mężczyźnie.

– Odstawisz węglowodany proste, to znikną ci te wypryski.

– Co proszę?

– Masz przez nie spieprzoną równowagę bakteryjną w jelitach. No i im więcej cukru, tym gorzej tłuszcz się rozprowadza po ciele.

– Tak, wiem, ale…

– Ale bardziej interesujesz się trupami niż sobą? – wpadł mu w słowo Zaorski. – W porządku. Szanuję to.

Obrócił się do Kai, której wzrok wciąż kazał mu sądzić, że nie jest do końca przekonana, czy powinna go tutaj przyprowadzać. W dodatku nadal nie poruszyli tematu jego wizyt u Burzyńskiego.

Co gorsza, nie wiedział, jak się z nich wytłumaczyć. Kłamać nie chciał, ale prawdy wyjawić nie mógł.

– Zajmijmy się w takim razie zmarłymi.

– Ale…

– Seweryn jest tutaj, żeby pomóc – włączyła się Burza. – To najlepszy specjalista od patomorfologii w okolicy.

– Wiem, mimo to…

– Nie tylko w okolicy – sprostował Zaorski.

Bartosz próbował się uśmiechnąć, jakby to mogło pomóc, ale jego wysiłki właściwie spełzły na niczym. Popatrzył na Kaję niepewnie, a Seweryn zrozumiał, że zaraz będzie próbował ją przekonać, że poradzi sobie bez asysty.

– Nie potrzeba nam patologa – odezwał się. – W ciałach nie ma żadnych zmian, które…

– Na oko nie ma – przyznał Zaorski. – I właśnie dlatego trzeba je wziąć pod mikroskop.

– Wykonaliśmy już badania.

– Na pewno nie wszystkie.

– Wszystkie, które…

– Które nakazują wam robić przepisy i zasady wykonywania zawodu, tak, tak – przerwał mu. Przez moment zastanawiał się, czy Sawicki w końcu nie straci cierpliwości i nie żachnie się, że ktoś wchodzi z butami na teren, który formalnie należał teraz do niego.

Medyk jednak milczał, a Zaorski zinterpretował to jako przyzwolenie. Zbliżył się do stołu sekcyjnego i popatrzył na drugą ofiarę. Rzeczywiście znajdowała się w równie dobrym stanie jak pierwsza.

– Te dziewczynki są martwe, ale w ich ciałach dalej kwitnie życie – powiedział.

– W tej chwili to już raczej…

– Przynajmniej na poziomie molekularnym.

Bartosz niechętnie skinął głową, a Zaorski przysiadł na krańcu stołu, obrócił czapkę daszkiem do tyłu i spojrzał mu prosto w oczy.

– Jakie badania zrobiliście? – spytał. – Test skriningowy?

– Oczywiście. Nie wykryliśmy niczego, co świadczyłoby o przyczynie zgonu.

– Nic dziwnego.

– Słucham?

Seweryn odwrócił się do Burzy, starając się zignorować szybsze bicie serca. Tym razem nie było spowodowane samą wizytą w prosektorium, ale towarzystwem. Wystarczyło, że spojrzał Kai w oczy, a natychmiast tracił wątek i potrzebował chwili, by poukładać myśli.

– To podstawowe badanie – powiedział, siląc się na neutralny i wyważony ton. – Wykonuje się je praktycznie zawsze, bo po pierwsze jest tanie, po drugie szybkie, a po trzecie łatwe do zrobienia. Przy czym ten pierwszy argument ma największe znaczenie.

Bartosz nie protestował. Każdy zajmujący się tym fachem wiedział, jak ważne są budżety jednostek organizacyjnych zlecających lub przeprowadzających badania przesiewowe i inne.

– Niestety skrining nie daje zbyt wielu informacji – ciągnął Seweryn. – Wykryje podstawowe bzdety, jak narkotyki, ale nie da pojęcia nawet o tym, czym konkretnie zaćpał się denat. Z wyjątkiem amfy, ona jest akurat dość chara…

– Zmierzasz do czegoś?

– Do tego, że dokładniejsze badania zleca się dopiero, kiedy w podstawowym skriningu coś wyjdzie.

Zaorski spojrzał na Sawickiego, czekając na wsparcie. Medyk skinął lekko głową.

– Ponieważ tutaj nic nie wyszło, dalszych testów nie zrobiono – ciągnął Seweryn.

– Bo trudno szukać pcheł na psie, jeśli nie ma psa…

– Jest. Tylko go nie widzisz, bo schował się za kanapą. Jeśli już musimy trzymać się takich porównań.

Burzyńska zbliżyła się do nich, jakby mogła przegapić coś istotnego.

– Sprawdziliśmy ciało na obecność alkoholu, narkotyków, leków, środków znieczulających, uspokajających i innych – odparł Sawicki. – Dodatkowo zleciłem testy na arsen, selen i inne, bo ofiara mogła przecież zostać otruta.

Zaorski pochwalił go w duchu.

– Naturalne trucizny też wziąłeś pod uwagę?

– Tak. I wszystko na zero – odparł ciężko medyk, a potem poprawił okulary. – Zresztą gdyby ktoś wstrzyknął truciznę, to widzielibyśmy ślad po iniekcji. Sam sprawdzał pan ciało.

– Pierwsze. Drugiego nie miałem jeszcze przyjemności.

Bartosz spojrzał na nagie zwłoki dziewczynki z pewną rezerwą. Wyraźnie nie chciał dopuścić Zaorskiego do czynności, mimo że na tym etapie właściwie nie mogło to spowodować żadnych komplikacji.

– Jestem przekonany, że ofiary zostały otrute – rzucił w końcu Zaorski.

– Dlaczego?

– Bo mam specjalizację z patomorfologii, a ty z medycyny sądowej.

Kaja była gotowa zainterweniować, ale kiedy zobaczyła, że dwóch lekarzy jednak nie idzie na zwarcie, odpuściła.

– Ty zwracasz uwagę na to, do czego zostałeś przeszkolony, ja też. Ty pewnie lepiej czujesz się ze skalpelem, ja z mikroskopem.

– Ale co to ma do rzeczy? – spytał Sawicki.

– To, że tylko jednego z nas wybrał morderca.

– Słucham?

Zaorski zerknął na Burzę, szukając przyzwolenia. Od razu skinęła głową, pewnie wychodząc z założenia, że kiedy powie o wszystkim Korolewowi, ten i tak przekaże informacje Bartoszowi.

– Zabójca się do mnie odezwał.

– Żartuje pan?

– Przysłał mi dwie wiadomości – kontynuował Seweryn. – Chce mnie z jakiegoś powodu wciągnąć w tę grę.

Po prawdzie nie miał ani jednego dowodu na to, że nagrania są bezpośrednio związane z zabójstwami, ale było to w tej chwili nieistotne. Chciał tylko zacząć sprawdzać to, co mogło umknąć biegłemu.

– Ale... jakie wiadomości?

– To teraz nieistotne – rzucił Zaorski. – Liczy się to, że wiem już, w co gramy. On i ja.

Zanim medyk zdążył jakoś to skwitować, Seweryn podszedł do narzędzi rozłożonych obok stołu sekcyjnego, szybko wybrał szczypce, a potem zbliżył się do ciała.

Złapał mocno stopę dziewczynki, szczypcami chwycił paznokieć dużego palca u nogi, po czym z całej siły pociągnął. Kaja jęknęła, widząc, jak łatwo płytka zeszła z palca, a Sawicki jedynie otworzył usta.

Zaorski przyjrzał się uważnie temu, co znajdowało się pod paznokciem.

– Kurwa… – mruknął z niezadowoleniem i pokręcił głową.

Złapał za drugą nogę i zanim którekolwiek z towarzyszy zdążyło zaoponować, wyrwał kolejny paznokieć. Tym razem trafił, zobaczył to niemal od razu. Odłożył szczypce i wskazał Bartoszowi niewielki czerwony punkcik na obnażonym łożysku.

– Widzisz to?

Kaja i medyk podeszli bliżej.

– Ślad wkłucia – dodał Zaorski. – Szukaliście śladów iniekcji, ale nie zakładaliście, że skurwiel będzie wkłuwał się pod płytkę paznokcia. To potwierdza, że wstrzyknął tej ofierze jakąś toksynę.

Sawicki pochylił się i przyjrzał śladowi. Właściwie nie musiał nawet przyznawać, że teza Seweryna się potwierdziła.

– Wiesz, jakie badania zlecić? – spytał Zaorski.

– Tak, ale…

– Pierwsze to chromatografia gazowa. Dasz radę?

– Oczywiście, tylko że…

– Do tego spektrometria mas – nie dał mu dojść do słowa Seweryn. – Notujesz?

– Nie muszę.

– W takim razie dodaj do tego jeszcze spektroskopię w podczerwieni. I będziemy mieć już wszystko, czego potrzebuję.

Medyk sądowy poszukał ratunku u Kai. Może sam wcześniej zleciłby te badania, gdyby nie miał nad sobą Korolewa. Koszt tego wszystkiego będzie tak duży, że z pewnością zainteresuje się nim administracja rządowa.

– To naprawdę konieczne?

– Tak – odparł Zaorski. – Dzięki temu będę miał na talerzu każdą molekułę tego, co jest w ofiarach. I zapewniam cię, że nic mi wtedy nie umknie.

Seweryn opuszczał prosektorium niepewny, czy Sawicki faktycznie zleci wszystkie badania. Burza zapewniła jednak, że sama o to zadba. Tyle właściwie mu wystarczyło.

– Odwieźć cię? – spytała.

– Dzięki, przejdę się – odparł, a potem uniósł rękę na pożegnanie i bez słowa ruszył poboczem w kierunku domu.

Akcja: ewakuacja była absolutną koniecznością. Gdyby został chwilę dłużej, Kaja z pewnością poruszyłaby temat wizyt u ojca i nie odpuściłaby, dopóki nie uzyskałaby odpowiedzi.

Istniał jednak jeszcze jeden powód, dla którego Zaorski musiał zostać sam. Powód, który sprawił także, że dziewczynki zostały dzisiaj dłużej w salce katechetycznej.

Seweryn szedł przed siebie, raz po raz się oglądając. Obawiał się, że Burza łatwo nie odpuści i prędzej czy później zajedzie mu drogę. Radiowozu jednak nie dostrzegł.

Przyspieszył kroku, a kiedy znalazł się na wysokości Gałęźnika, skręcił do lasu. Zerknąwszy na zegarek, przekonał się, że jest już sporo spóźniony. Szybko minął zwalony pień i poszedł dalej, na drugą stronę lasu.

Kiedy się z niego wyłonił, zobaczył dwa czarne SUV-y. Klapy bagażników były uniesione, a na zderzakach siedziało paru mężczyzn. Niektórzy popijali piwo z puszki, inni palili papierosy.

Jeden z nich wstał, dostrzegłszy zbliżającego się Seweryna, i wskazał go kompanom. Pozostali natychmiast się nim zainteresowali.

Nie wyglądało to najlepiej. Ten, który go dostrzegł, jako jedyny był niezbyt postawny i nosił koszulę. Reszta miała na sobie sportowe bluzy, które zdawały się opinać dość wydatną muskulaturę.

– Czekamy tu pół godziny – oznajmił ten w koszuli.

Nazywał się Dydul i początkowo podchodził do Zaorskiego jak pies do jeża. Seweryn urabiał go jednak od dłuższego czasu i na tym etapie mógł już uznać, że ze strony tego człowieka nic mu nie grozi. Tego samego nie umiał jednak powiedzieć o pozostałych.

– Coś mnie zatrzymało.

– Co? – spytał Dydul.

– Sprawy.

Zanim Zaorski zdążył zastanowić się nad skutkami swojej lapidarności, przekonał się o nich dość boleśnie. Cios był celny, nadszedł znienacka i wylądował na brzuchu. Seweryn zgiął się wpół, a wtedy jeden z byków poprawił, uderzając go w lędźwie.

Zaorski zatoczył się lekko, odnosząc wrażenie, jakby ktoś wbił mu coś ostrego między kręgi. Z trudem zachował równowagę, odsunął się trochę i spojrzał na mężczyznę, który jakby tylko czekał na pozwolenie, by dalej go okładać.

– Wystarczy – powiedział Dydul. – Chyba rozumie.

Seweryn czym prędzej skinął głową.

– No to mów. Dlaczego się, kurwa, spóźniłeś?

– Robiłem sekcję.

– Jaką? Przecież wyjebali cię ze szpitala.

– Pomagam w sprawie pewnych zabójstw.

Zaorski zerknął na mężczyznę, który go zaatakował. Ten odczekał jeszcze chwilę, po czym na skinienie szefa oddalił się i dołączył do tych, którzy wrócili do raczenia się piwem z puszki.

– Chodzi o te dzieci? – spytał Dydul i splunął. – Popierdolona sprawa.

– Mhm.

– Pomagasz psom?

W ustach takich ludzi było to zazwyczaj oskarżenie, a nie pytanie, ale w tym wypadku Zaorski nie musiał się tego obawiać. Dydul potraktuje to jako atut, szansę na zbliżenie się do ludzi, których należało mieć na oku.

Jeszcze niedawno z pewnością byłoby inaczej, teraz jednak Dydul w końcu nieco mu zaufał. Wiedział, w jakiej sytuacji znalazł się Seweryn – nie miał pracy, większość pieniędzy stracił, a o perspektywach na jakikolwiek zarobek w przyszłości nie miał co marzyć. W Żeromicach nikt nie był gotów wyciągnąć do niego pomocnej dłoni i prawdopodobnie nie zatrudniono by go nawet do prac ogrodowych.

Stał się *persona non grata*, co sprawiło, że nie mógł myśleć nawet o sprzedaniu domu, którego nikt by nie kupił. Na wyprowadzkę nie było go stać. Na zostanie w Żeromicach także nie.

Jedynym ratunkiem dla niego i córek było zarabianie w sposób, który z prawem i moralnością nie miał wiele wspólnego.

Jakie miał wyjście? Zgłosić się po zasiłek? Jeśli dziecko było w wieku od pięciu do osiemnastu lat, rodzicowi przysługiwało nieco ponad sto złotych miesięcznie. Plus trzy i pół stówy za samotne wychowywanie. Inne dodatki niewiele zmieniały, a z pewnością nie pozwalały na życie na poziomie, jaki Seweryn chciał zapewnić córkom.

Zrobiłby wszystko, by diablice miały odpowiednie warunki. I Dydul doskonale zdawał sobie z tego sprawę.

Co nie przeszkadzało mu w tym, żeby przy pomocy dwóch ciosów podwładnego przypomnieć, jaka relacja ich łączy.

– To jak z tymi psami? – podjął. – Dopuścili cię do jakiejś realnej roboty?

– Dobrze by było, nie?

Rozmówca splunął i skinął lekko głową.

– Ale na to nie ma szans – dodał ciężko Zaorski. – Biorę w tym udział tylko dzięki Kai.

Dydul zagwizdał cicho.

– Dalej dymasz córkę Burzyńskiego? – spytał. – Protip dla ciebie, Sewcio. Ogarnij się. Ta rodzina jest w chuj pojebana, nic dobrego z tego nie będziesz miał. Same problemy.

– Ze strony ojca?

Rozmówca machnął ręką i parsknął.

– Nie, nie, on jest już totalnie nieszkodliwy. Tak jak cała reszta tamtego towarzystwa i Ragan – rzucił. – Ale ta laska wygląda mi na taką, co lubi namotes.

– Hm?

– Namotać. Uważaj na nią, nie?

Zaorski patrzył na niego tak nieruchomym i kategorycznym wzrokiem, że Dydul w końcu musiał się wycofać.

– Spokojnie, spokojnie – powiedział z uśmiechem, unosząc dłonie. – Widzę, że coś grubego jest na rzeczy. Rób, jak chcesz, twoja sprawa.

Odwrócił się do swoich towarzyszy i wskazał palcem jednego z nich.

– Meszuge! – ryknął. – Daj, kurwa, zatorfić.

Mężczyzna, który wcześniej przywalił Sewerynowi w brzuch i w plecy, rzucił szefowi paczkę papierosów. Ten przypalił i dopiero teraz zorientował się, że Zaorski patrzy na niego niepewnie.

– Nie pytaj, skąd ta ksywa – mruknął. – Podobno to żyd.

Seweryn znał określenie *meszuge*, głównie dlatego, że znajdowało się w książce Singera i posłużyło pewnemu pisarzowi alkoholikowi za pseudonim. Bardziej zastanowiło go „torfienie", ale postanowił nie wnikać.

– I po chuj w ogóle nas tu ściągałeś? – rzucił Dydul, rozglądając się. – Masz dla nas, co obiecałeś?

– Jeszcze nie.

– To o co kaman?

– O to, że ktoś mnie nachodzi.

Mężczyzna wypuścił dym, mrużąc oczy.

– Hę?

– Ktoś dwa razy kręcił się koło mojego domu.

– Pały?

– Możliwe – skłamał Zaorski. – Ktoś mógł wywęszyć, co dla was robię.

Nad tym ruchem zastanawiał się dość długo. Z jednej strony wykorzystanie ekipy Dydula wydawało się wprost idealnym rozwiązaniem – jeśli tylko uwierzą, że ktoś ma oko na Seweryna, z pewnością pomogą w ustaleniu, kim jest ta osoba. Z drugiej jednak im bliżej swojego życia dopuszczał tych ludzi, tym bardziej rosło ryzyko. Dla niego i dla diablic.

Ostatecznie uznał, że nie ma wyjścia. Przy braku gotowych do pomocy przyjaciół należało sprawić, by twój problem stał się czyimś problemem.

– Jeśli policja trafiła na trop…

– To byłoby przejebane jak w ruskim czołgu – przyznał Dydul. – Ale widziałeś kogoś? Czy co?

– Moje córki widziały dwa razy, jak ktoś chodził wokół domu.

– Może mają jakieś, kurwa, zwidy? Jak to bachory?

Seweryn uniósł brwi, patrząc na niego z niedowierzaniem.

– Nie mają zwidów – powiedział. – Ktoś ma mnie na oku. I trzeba sprawdzić kto.

– Jeśli czworonogi, to nie będziemy…

– Nie mówię, żebyście się tą osobą zajmowali – sprostował od razu Zaorski. – Chodzi mi tylko o to, żebyście go namierzyli.

– Jak?

– Wyznacz dwóch chłopaków do pilnowania mojego domu. Niech mają oczy dookoła głowy i dadzą mi znać, jak tylko ktoś się zjawi.

Do czego to doszło, żeby dwóch oprychów gwarantowało bezpieczeństwo jego dzieci? Wolał nie próbować odpowiedzieć na to pytanie, bo musiałby zrekapitulować właściwie całe swoje życie i szereg decyzji, które doprowadziły do takiego stanu rzeczy.

Dydul w końcu się zgodził. Jego ludzie wrócili z Zaorskim do domu, a potem ustawili się tak, by nie przegapić nikogo, kto zjawiłby się w okolicy.

Mimo to nocą Seweryn otrzymał kolejny plik.

Tym razem nadawca przekonywał, że dał mu już wszystkie elementy układanki. Wystarczyło tylko je złożyć.

10

Po dwuipółgodzinnym śnie poranna pobudka była jak śmierć. W dodatku poprzedniego dnia Burza zjadła niewiele, a wypiła nieco za dużo. Otwarciu oczu towarzyszyło więc też ukłucie w skroniach, które stopniowo przeradzało się w tępy ból i rozchodziło po całej głowie. Kawa nie pomogła, może nawet pogorszyła sprawę, ale bez niej Kaja nie mogła rozpocząć dnia.

Na śniadanie zrobiła Dominikowi naleśniki. Kiedyś mógł jeść je garściami, zwijając w coś przypominającego kulkę – teraz wolał seven daysa, najlepiej tego z podwójnym nadzieniem. Ewentualnie jakiegokolwiek croissanta ze sklepu.

By nieco mu dogodzić, Kaja kładła kilka kawałków mlecznej czekolady do naleśnika, a potem go zawijała. Niespecjalnie zdrowo, ale lepsze to niż rogalik z sorbinianem potasu i propionianem wapnia. Nie orientowała się, na ile te konserwanty są szkodliwe, ale z pewnością ich nazwy nie brzmiały najlepiej.

Podała synowi jedzenie, upewniła się, że ma do szkoły wszystko, czego potrzebuje, a dopiero potem zabrała się do porannej toalety. Mijając szafkę w sypialni, zobaczyła, że ma kilka nieprzeczytanych esemesów.

Wszystkie od Zaorskiego.

Pierwsza w nocy, pierwsza piętnaście, druga, druga pięć, druga czterdzieści. Najwyraźniej naprawdę zależało mu na tym, żeby się z nią skontaktować.

Dostał kolejną wiadomość? Boże, jeśli tak, to oznaczało także, że zginęło następne dziecko.

Burza natychmiast przeczytała wiadomości.

„Fenol znowu się skontaktował".

„Twierdzi, że mam wszystko, czego trzeba, żeby poskładać to do kupy".

„Śpisz?"

„Zadzwoń do mnie, jak tylko wstaniesz".

„Sprawdź, czy nie ma kolejnej ofiary".

Burzyńska zamknęła oczy, starając się poradzić sobie ze świadomością, że ostatni esemes właściwie powinien być sformułowany inaczej. Ofiara była na pewno. Pytanie tylko, jaka i gdzie.

– Kaja?

Burza obróciła się w kierunku przedpokoju i bez wyrazu popatrzyła na męża. Normalnie potrafiła się zmusić, by zapozorować nieco więcej uczuć, niż naprawdę żywiła do Michała. Teraz nie było nawet sensu próbować.

– Co się stało?

– Chyba zabito kolejne dziecko.

Spodziewał się z pewnością wszystkiego, tylko nie tego.

– Jezu… – rzucił.

Zamierzał powiedzieć więcej, zapytać o szczegóły, ale Kaja uznała, że najlepiej będzie, jeśli dowie się wszystkiego z oficjalnych źródeł. Na tym etapie niewiele osób wiedziało o nagraniach, które otrzymywał Seweryn, a Burza nie chciała opisywać mężowi wszystkiego od początku. Właściwie w ogóle nie miała ochoty z nim rozmawiać.

– Muszę jechać na komisariat – oznajmiła. – Odwieziesz Dominika?

– Jasne – odparł szybko. – Pewnie, nie ma problemu.

Podszedł do niej i ujął delikatnie jej rękę.

– Poradzisz sobie? – spytał.

Skinęła lekko głową, a on pocałował ją w policzek. Od razu się odwróciła i szybko zrobiła tyle, ile było absolutnie konieczne, by mogła spojrzeć na siebie w lustrze. Chwilę później jechała już w kierunku komisariatu.

Po drodze wybrała numer Zaorskiego, ale się nie dodzwoniła. Kiedy jednak dotarła na miejsce, zobaczyła znajomą bordową hondę kombi. Seweryn siedział w środku, bębniąc nerwowo palcami o kierownicę.

Ledwo ją dostrzegł, wyskoczył na zewnątrz i podszedł do jej auta.

– Co ty tu robisz? – spytała.

Wysiadłszy z volva, rozejrzała się niepewnie. Kilku uprzejmych z pewnością doniesie Michałowi o spotkaniu przed pracą.

– Czekam na ciebie – odparł. – I to właściwie…

– Daj spokój.

– Z czym?

– Z tym, co chciałeś powiedzieć.

– Że czekam znacznie dłużej niż tylko…

– Tak – odparła, nieco zmieszana.

Parking przed komisariatem był ostatnim miejscem, gdzie chciała prowadzić taką rozmowę. Właściwie w ogóle nie zamierzała jej podejmować.

– Więc naprawdę mam nie mówić, że czekałem całe życie?

– Z całą pewnością nie – przyznała. – Poza tym powinieneś wiedzieć, że banały na mnie nie działają.

– Dużo istotnych rzeczy rodzi się z banałów.

Złagodził nieco tę deklarację, niewinnie wzruszając ramionami. Kaja wciąż do końca nie rozumiała, w jaki sposób działa jego umysł. Z jednej strony nadawali na podobnych falach i byli roztropni, z drugiej Zaorski potrafił rzucać pozornie błahymi uwagami, które w okamgnieniu mogły sprawić, że cały racjonalizm zniknie.

– Weź pod uwagę wojny – dodał. – Każda przecież wybucha z błahych powodów, a...

– Nie masz ważniejszych rzeczy na głowie? – ucięła Burza.

– Ważniejszych od tworzenia topornych porównań, żeby okazać ci uczucie? Nie.

Pokręciła bezradnie głową, a potem wymownie spojrzała na kieszeń jego dżinsowych spodni. Seweryn uniósł brwi.

– Wzrok ci ucieka w ciekawe miejsca – zauważył.

– Wyciągaj telefon.

– Tak po prostu?

– Seweryn...

– Bez gry wstępnej?

Cały on. Przyjechał tu, żeby załatwiać ważkie sprawy, ale nie przeszkadzało mu to w sztubackich podchodach.

– Komórka – poleciła Burza.

– Tak jest, pani starsza aspirant.

Wyjął smartfona, odnalazł nagranie i oddał jej telefon. Kaja przez moment wsłuchiwała się w kojącą melodię, do której szybko dołączył głos mówiącej po niemiecku dziewczynki.

– *Dreißigtausend...* – powiedziała wolno, a potem zawiesiła głos. – *Kinder*.

Burza zerknęła na pasek świadczący o tym, ile czasu pozostało do końca nagrania. Kilkadziesiąt sekund. Liczyła na to, że usłyszy coś więcej – coś, co sprawiło, że Seweryn uznał, że w końcu mogą odkryć, co to wszystko oznacza.

Dziewczynka powtarzała jednak w kółko to samo. *Drei-ßigtausend Kinder. Dreißigtausend Kinder.*

Kiedy nagranie dobiegło końca, Seweryn stanął obok i przesunął palcem po wyświetlaczu. Nie odbierając Kai telefonu, wyświetlił plik tekstowy.

– Dostałem to razem z nagraniem – powiedział.

Z jego głosu całkowicie znikły przewrotność i skłonność do dygresji. Skupiał się wyłącznie na tym, co chciał jej pokazać. To z kolei sprawiło, że wiadomość, którą Burza zobaczyła, nabrała dodatkowego ciężaru.

„Masz już wszystkie elementy" – pisał Fenol. „Odkryj prawdę. Nie potrzebujesz liczb Catalana, *Międzymorza* ani mitu o Meduzie".

Kaja poczuła się, jakby poraził ją prąd. Na plecach natychmiast pojawiły się nieprzyjemne ciarki, a nagły chłód zdawał się spaść na nią znikąd. Oderwała wzrok od ekranu i z przerażeniem spojrzała na Zaorskiego. Ostatnim, czego się spodziewała, było nawiązanie do tego, co wydarzyło się pół roku temu w Żeromicach.

– Czytaj dalej – powiedział cicho Seweryn.

„Nie potrzebujesz listów. Przyda ci się jednak ten, który je pisał".

– Co takiego? – rzuciła Burza. – Co to ma być?

– Ewidentne nawiązanie do…

– Widzę. Kurwa mać, widzę – przerwała mu. – Ale jak to możliwe? Kto miałby… i dlaczego…

Potrząsnęła głową, jakby dzięki temu jej myśli mogły się poukładać. Jeszcze raz popatrzyła na wyświetlacz, a potem oddała komórkę Sewerynowi.

– Nie wierzę – powiedziała. – Po prostu nie wierzę.

Zaorski się nie odzywał.

– Jakim cudem to wraca?

– Nie mam pojęcia.

Znów energicznie pokręciła głową.

– Wiem za to, że musimy spotkać się z twoim ojcem – dodał szybko Zaorski. – Bo najwyraźniej wie o czymś, co może nam pomóc.

– Nie ma mowy.

– Sama widziałaś, co napisał Fenol.

Widziała, ale nie miała zamiaru przyjmować tego do wiadomości. Nie istniał żaden logiczny związek między tym, co się teraz działo, a listami ojca. Nie było żadnych punktów stycznych. Sprawy były zupełnie niezwiązane.

– To jakaś manipulacja – odezwała się. – Przecież to nie ma żadnego sensu.

– Może ma.

– Jaki?

Seweryn wzruszył ramionami.

– Nie dowiemy się, dopóki nie porozmawiamy z twoim ojcem.

Burzyńska dopiero teraz zreflektowała się, że ewentualna wizyta Zaorskiego u jej ojca nie będzie pierwszą. Był już u niego dwukrotnie i wciąż nie dowiedziała się, w jakim celu.

Może tu należało upatrywać jakiegoś powiązania?

– Ty miałeś już okazję z nim pogadać – rzuciła. – I to nie raz.

– Tak – przyznał. – Ale rozmawialiśmy o…

Urwał, kiedy podniosła rękę i popatrzyła na niego w sposób, który jasno informował, że nie ma zamiaru tego słuchać.

– Jeśli chcesz mydlić mi oczy, to lepiej nie mów nic.

– Chciałem tylko powiedzieć, że to było bez związku – odparł Seweryn. – Moje rozmowy z twoim ojcem nie miały nic wspólnego z tym, co się dzieje.

– Okej.

Wyjaśnienie właściwie niewiele jej powiedziało. Potwierdzało tylko, że gdyby pozwoliła Zaorskiemu mówić, usłyszałaby więcej wykrętów niż prawdy. Już jakiś czas temu uznała, że nie będzie drążyła – ojciec nie należał do jej życia. Seweryn również nie. Mogli robić, co im się żywnie podobało. Ich spotkania z pewnością odbywały się pod czujnym okiem administracji więziennej, nie mogły przynieść jej żadnych kłopotów.

Powtarzała to sobie, od kiedy tylko Korolew doniósł o widzeniach. Burzy niełatwo było poradzić sobie z ciekawością i irytacją, ale ostatecznie odsunęła je na bok. Może ze względu na to, że prawdy od Zaorskiego i tak by się nie dowiedziała.

Czy teraz sytuacja się zmieniła? Nie, chyba nie, mimo że ojciec z jakiegoś powodu został wciągnięty w sprawę zabójstw dzieci.

– Rozmawialiśmy głównie o tobie – odezwał się Seweryn.

– Mhm.

– Pytałem go o przeszłość.

Kaja się nie odzywała. Wciąż nie wiedziała, czy powinna drążyć – a jeśli nawet, to jak to zrobić, by usłyszeć prawdę.

– Zresztą sam może ci o tym powiedzieć – dodał Seweryn.

– Nie wybieram się do niego.

– Ale...

– Nie obchodzi mnie, w co gra Fenol. Nie zamierzam dać się w to wciągnąć.

Kotłowanina myśli była tak duża, że Burza nie wiedziała nawet, czy brzmi wiarygodnie. Popatrzyła na wejście do komisariatu i uznała, że najlepiej będzie, jeśli zajmie się tym, co w tej chwili najistotniejsze. Rozważania o złożeniu ojcu wizyty musiały poczekać.

– Co znaczy ta wiadomość po niemiecku? – spytała.

Zaorski przez chwilę jej się przyglądał, a potem lekko skinął głową, jakby musiał formalnie odnotować porzucenie poprzedniego tematu.

– Trzydzieści tysięcy dzieci – odparł.

– A konkretniej?

– Konkretniej nie wiem.

– Miałeś całą noc na sprawdzanie tego. I z pewnością nie robiłeś niczego innego.

– Piłem też trochę whisky – odparł. – Ale z mojego sprawdzania niewiele wynikło. To tytuł jakiegoś dokumentu o dzieciach, które uciekają z niebezpiecznych rejonów Azji i Afryki. I liczba uczestników tak zwanej krucjaty dziecięcej z tysiąc dwieście dwunastego roku. Trzydzieści tysięcy dzieciaków poszło wtedy do Ziemi Świętej, żeby czystością swoich serc wyzwolić ją spod panowania muzułmańskiego.

– Aha.

– Padły trupem, choć czystość serca to potężny oręż – dorzucił Zaorski. – Oprócz tego odkryłem, że trzydzieści tysięcy to też orientacyjna liczba zabawek dla dzieciaków na niektórych portalach zakupowych. No i w Kanadzie jest trzydzieści tysięcy dzieci czekających na przysposobienie. Oprócz tego armia bojowników w Ugandzie, BAO, porwała taką liczbę dzie...

– Czyli nie znalazłeś nic pomocnego?

– Nic – przyznał. – A w połączeniu z poprzednimi wskazówkami obraz jest równie mętny.

Burzyńska zaklęła w duchu. Miała wrażenie, że wszystko zostało zaprojektowane tak, by jednak musiała udać się do ojca. O ile rzeczywiście miał jakieś odpowiedzi.

– Z wiadomości jasno wynika, że nie mamy co liczyć na kolejne okruchy – dodał Seweryn. – Fenol jest przekonany, że z tych, które mamy, możemy złożyć cały obraz.

Kaja przysiadła na masce jego samochodu, a potem przez moment obserwowała policjantów wchodzących do budynku i z niego wychodzących. Od kiedy przyjechała, nie zauważyła żadnego poruszenia, a więc albo kolejnej ofiary nie było, albo nikt jeszcze o niej nie wiedział.

– Wszystko kręci się wokół dzieci – odezwała się cicho.

Zaorski usiadł obok, a samochód pochylił się nieco do przodu.

– Dzieci są ofiarami, dzieci czytają te wiadomości, dzieci zostały teraz bezpośrednio wymienione...

– I? – spytał Seweryn.

– I szukam w tym jakiegoś sensu.

– W mordowaniu małych dziewczynek? Chyba go nie znajdziesz.

Popatrzyła na niego z ukosa i cicho westchnęła. Wskazała mu wejście do komisariatu.

– Trzeba to wszystko przekazać Korolewowi – powiedziała. – A potem sprawdzić twój telefon. Może w tym pliku tekstowym jest coś, co pomoże ustalić nadawcę.

Oboje w to wątpili, ale żadne nie miało zamiaru tego przyznawać.

– Najałem dwóch ludzi do pilnowania domu – odezwał się po chwili Seweryn.

– Hm?

– Dla bezpieczeństwa dziewczynek.

Kaja obróciła się do niego i położyła rękę na masce.

– Nie mogłeś po prostu poprosić nas?

– Mundury nie wzbudzają we mnie ostatnio dobrych od-
czuć – odparł, a potem otaksował ją wzrokiem. – Może z wyjątkiem jednego.

– Więc zamiast tego nająłeś jakichś oprychów?

– To solidni pracownicy ochrony osobistej.

– Jasne.

– W dodatku dość doświadczeni, więc wedle wszelkiego prawdopodobieństwa nikt nie miał prawa zbliżyć się do
domu na dziesięć metrów – ciągnął Zaorski. – A mimo to
w jakiś sposób mu się udało.

Burza się wyprostowała.

– Wysłali to do ciebie czy do dziewczynek?

– Tym razem do Ady – odparł z irytacją Seweryn. – Zanim mi o tym powiedziała i zaalarmowałem moją obstawę,
Fenol dał nogę.

Kaja przez moment się namyślała.

– Będziemy potrzebowali też ich komórek – powiedziała.

– Po co? Pliki są te same, mam je u siebie.

– Informatycy pewnie będą chcieli mieć urządzenia, na
które wysłano nagrania.

– Mogą sobie chcieć – odparł pod nosem Seweryn. – Nie
dostaną niczego, co należy do diablic.

– Pochwalam twoją troskę o córki, ale…

– To troska o siebie – uciął. – Jak zabiorę im komórki, nie
dadzą mi żyć.

Burzyńska lekko się uśmiechnęła. Właśnie dzięki temu, że Zaorski potrafił jednym krótkim zdaniem rozładować atmosferę, tak bardzo lubiła spędzać z nim czas. Zawsze przychodziło mu to łatwo, a ona tym bardziej musiała uważać.

– Mimo wszystko będą nam potrzebne – podjęła.

– Pomyślę. Jak tylko wpadnę na to, co dać diablicom w zamian. Może spróbuję z sałatą.

– Z sałatą?

– Bardzo ją lubią.

Zanim zdążyła upewnić się, że w głosie Seweryna pobrzmiewa sarkazm, usłyszała, jak ktoś nawołuje ją z komisariatu. Oboje spojrzeli w tamtym kierunku, natychmiast poważniejąc. Mogło chodzić tylko o jedno.

Osobą, która wzywała Kaję, był jeden z młodszych funkcjonariuszy. Zobaczywszy Zaorskiego, nieco się zmieszał, ale ostatecznie ruszył w stronę samochodu.

– Co jest? – spytała Burza, zsuwając się z maski.

– Mamy wyniki tych dodatkowych badań.

Ona odetchnęła, że nie chodzi o kolejną ofiarę, Seweryn zaś wyraźnie się ożywił, jakby właśnie wygrał na loterii.

– Chromatografii gazowej? – spytał. – Czy spektrometrii mas i spektroskopii w podczerwieni?

– Eee…

– Wszystkich zleconych?

– No, chyba tak – powiedział chłopak. – Tak powiedział ten gość z prosektorium, jak dzwonił.

Burza i Zaorski wymienili się niecierpliwymi spojrzeniami. Niejasne wyliczanki i zagadki po niemiecku musiały poczekać. Mieli konkretny materiał, z którego Seweryn mógł wreszcie coś wyczytać.

Kaja skinęła na niego ręką, a potem zaprowadziła go do swojego stanowiska w komisariacie. Znów musieli mierzyć się ze zdecydowanie zbyt licznymi podejrzliwymi spojrzeniami, ale oboje je zignorowali.

Kiedy Burza wyświetliła to, co dostała od Bartosza Sawickiego, Seweryn od razu przykleił wzrok do monitora. Dla niej była to czarna magia, dla niego coś, na co czekał od długiego czasu.

Przeglądając dane, raz po raz przeklinał pod nosem. Stopniowo zaczęli gromadzić się wokół nich funkcjonariusze. Ciekawość powoli przeważała nad nieufnością do Zaorskiego.

– I? – ponagliła go Kaja.

Oderwał wzrok tylko na moment, by popatrzyć jej w oczy.

– Spektrometria i spektroskopia niczego nie wykazały w przypadku pierwszej ofiary. Kompletnie nic. Żadnych nieprawidłowości, niczego podejrzanego. Zupełnie jakby Heidi zmarła na zawał w wieku, który właściwie to wyklucza – rzucił.

– A to trzecie badanie?

– Moment.

Zaorski wrócił do przeglądania wyników. Kiedy nagle głośno klasnął, było jasne, że w końcu coś znalazł.

11

Tłumek wokół biurka Burzyńskiej stał się tak liczny, że Seweryn poczuł się osaczony. Ignorując zebranych, skupił się na Kai. I na tym, by przekazać jej to, co zobaczył w wynikach badań. Dzięki Bogu, że zlecił też chromatografię – bez niej nie wyszłoby na jaw to, co teraz miał przed oczami.

– Skurwysyn – ocenił.

Burza nachyliła się nad biurkiem.

– Zna się na rzeczy – dodał.

– To znaczy?

Wskazał na miejsca w tabeli, gdzie wyszczególniono stężenie związków organicznych, na które wytrenowane oko powinno zwrócić uwagę.

– Heidi została otruta. I to w sposób, dzięki któremu mogło to wyjść tylko w jednym badaniu. Ostatnim, które zrobili w laboratorium.

Burza wpatrywała się w ekran.

– I co z niego wynika? – spytała.

– To, że w organizmie dziewczynki wykryto obecność alkaloidów dwuterpenowych, przede wszystkim akoniny i akonityny. Oprócz tego pojawiają się także śladowe ilości mezakoniny i napeliny. Właściwie powinna to wykazać spektrometria mas, ale… nie widzę ich tam.

Kaja się wyprostowała, a potem razem z całą resztą policjantów spojrzała na niego z niedowierzaniem.

– Równie dobrze mógłbym powiedzieć, że wykryto pewne stężenie koniczyny i eksdziewczyny, prawda?

– Równie dobrze mógłbyś wyjaśnić – odezwał się Konarzewski, odsuwając jednego z podkomendnych.

Zaorski skinął mu głową.

– Te alkaloidy normalnie nie występują w organizmie – rzucił. – A w takiej konfiguracji znaleźć możemy je tylko w pewnej roślinie. Po łacinie zwie się *aconitum*, a po polsku tojad. Wystarczą dwa miligramy czystej substancji, żeby doszło do paraliżu układu oddechowego albo zawału mięśnia sercowego. W dodatku cholerstwo nie tylko potrafi wchłonąć się przez skórę, ale można podać je ofierze doustnie.

– I właśnie to twoim zdaniem się stało? – mruknął komendant.

Seweryn westchnął i postukał palcem w kilka punktów na ekranie.

– Nie moim – odparł. – Wszystko jest tutaj.

– Więc ktoś zaaplikował jej praktycznie niewykrywalną truciznę?

– Zgadza się. I nikt o zdrowych zmysłach nie zlecałby tych konkretnych badań, bo na ciele nie ma żadnych śladów, które kazałyby się spodziewać alkaloidów, o których wspomniałem.

Konarzewski pokiwał głową.

– Czyli mamy do czynienia z kimś obeznanym w biologii – zauważył.

– Nie tylko. Musi mieć też pojęcie o toksykologii, choćby podstawowe.

– Co więcej?

Seweryn wyświetlił drugi zestaw wyników badań. Znów wskazał odpowiednie miejsca.

– Tu sytuacja jest podobna, choć już nie tak oczywista. Zwróćcie uwagę na stężenie kwasu butanodiowego.

Zaorski był tak zaaferowany tym, na co patrzył, że na moment zapomniał o braku obycia słuchaczy z tą materią.

– To produkt pośredni procesu metabolizmu u wszystkich organizmów korzystających z tlenu – wyjaśnił. – Jego obecność to norma, dlatego trudno byłoby z samego tego faktu wyciągać wniosek, że ofiara została otruta. U mnie też byście go wykryli. U każdego z nas.

– Tyle że stężenie jest podejrzane? – spytała Burza.

– Tak. I to samo można powiedzieć o cholinie – odparł. – Jest prekursorem lecytyny i acetylocholiny w organizmie, więc…

– Błagam – wtrącił Konarzewski. – Starczy tych nazw. Mów po prostu, o czym to świadczy.

– O tym, że do otrucia drugiej dziewczyny użyto… cóż, nie uciekę od nazwy.

Komendant westchnął i skinął głową.

– Chodzi o chlorek sukcynylocholiny – powiedział Zaorski. – Toksyczna substancja przynosząca efekt podobny jak ta poprzednia. Właściwie niewykrywalna, bo rozpada się na dwa elementy, o których przed chwilą wspomniałem. I tylko ich zwiększone stężenie może wydać się laborantowi podejrzane.

Seweryn odsunął się od komputera i uniósł wzrok.

– Ten człowiek jeszcze nie skończył – powiedział. – Cokolwiek planuje, ma sporo możliwości.

– Tyle jest niewykrywalnych trucizn? – odezwał się jeden z funkcjonariuszy.

– Niewykrywalnych nie – odparł szybko Zaorski. – Takie nie istnieją. Wszystko powinno wyjść w którymś ze zleconych badań.

– A ta od Litwinienki?

Słuszne pytanie, uznał w duchu Seweryn.

– Izotop polonu dwieście dziesięć. Nie wykryto go w kilku pierwszych badaniach, bo użyto śladowych ilości, ale nawet to w końcu wyszło. W tym wypadku odpada, bo dorwać coś takiego mogą tylko służby. I to z pewnością nie wszystkie.

– Wróćmy do tematu – rzucił Konarzewski. – Skąd myśl, że ten człowiek jeszcze nie skończył?

– Choćby stąd, że mówi o trzydziestu tysiącach dzieci.

– Co?

– Zaraz pan się dowie – odparł pod nosem Zaorski, a potem popatrzył na młodszego funkcjonariusza. – Potencjalnych ofiar może być dużo, bo wiele jest trucizn, które rozkładają się w organizmie lub zostawiają jedynie trudno wykrywalne ślady. Weźmy chiralność cząsteczek.

Komendant sprawiał wrażenie, jakby chciał powtórzyć swoje ostatnie pytanie.

– Chodzi o takie cząsteczki, które na papierze wyglądają identycznie, ale w istocie jedna ma polaryzację prawoskrętną, a druga lewoskrętną. Jedna może być lekiem, druga trucizną. I trzeba mocno się nagimnastykować, żeby...

– Mniejsza z tym – uciął Konarzewski.

– Dopiero się rozkręcałem.

Inspektor machnął ręką, roztaczając wokół niezbyt przyjemną woń potu.

– Co z tego wynika? – spytał.

– Oprócz tego, że mamy do czynienia ze specjalistą najwyższej próby?

Komendant popatrzył na niego podejrzliwie, jakby chciał zapytać: „Czyli z kimś takim jak ty?". Oskarżycielski wzrok i podejrzliwość ani trochę Zaorskiego nie dziwiły. Przeciwnie, byłby zaskoczony, gdyby ktoś oprócz Burzy dał mu zaufanie na kredyt.

– To już wiemy – odparł Konarzewski. – Coś więcej?

– Gdzieś musiał zdobyć chlorek sukcynylocholiny i tojad. Takich rzeczy raczej nie kupuje się na targu. Korolew na pewno to sprawdzi, może znajdzie jakiś trop.

Było to mało prawdopodobne, ale w połączeniu z faktami, które być może uda się odkryć w przyszłości, te informacje mogły okazać się pomocne.

– Czyli zabójca zna się na zasadach prowadzenia sekcji zwłok – stwierdził inspektor. – Wie, jak ukryć nie tylko ślady wkłuć, ale też trucizny w organizmie.

Seweryn uniósł brwi.

– To zarzut pod moim adresem? – spytał.

– A jak myślisz?

– Myślę, że mamy teraz ważniejsze rzeczy do roboty niż polowanie na czarownice. Prawdopodobnie doszło do kolejnego, trzeciego zabójstwa.

Burza i Zaorski zaproponowali komendantowi, by pozostała część tej rozmowy odbyła się w jego gabinecie. Przedstawili mu niemal wszystko, co miało związek ze sprawą – jedynym, co Seweryn zachował dla siebie, była obstawa przy domu.

Ludzie z ekipy Dydula powinni byli zauważyć nieproszonego gościa, szczególnie że musiał zbliżyć się do budynku na odległość niecałych dziesięciu metrów. W dodatku Dydul zapewniał, że nie wybrał byle osiłków. Według niego tych dwóch znało się na rzeczy.

Zaorski uznał, że nie ma sensu tego roztrząsać. Była to nie pierwsza i nie ostatnia rzecz, która wymykała się zasadom logiki.

Komendant szybko dał znać przełożonym, że gdzieś na Zamojszczyźnie może znajdować się kolejna ofiara. Uruchomiono miejscowe jednostki, by rozeznały się w terenie, i po raz kolejny sprawdzano, czy nie zgłoszono zaginięcia żadnego dziecka.

Chwilę po tym, jak Kaja i Zaorski wyjaśnili sprawę Konarzewskiemu, na komisariacie stawił się Korolew. Musieli zrekapitulować wszystko, co przekazali wcześniej komendantowi – i dopiero wówczas doczekali się jakiejkolwiek reakcji.

– To nie jest w żaden sposób związane z Burzyńskim – uznał prokurator. – Siedzi w więzieniu, jego korespondencja jest sprawdzana, podobnie jak wizytujące go osoby.

Posłał długie spojrzenie Zaorskiemu, a on przeklął się w duchu za to, że nie przedsięwziął odpowiednich środków ostrożności. Powinien wymyślić coś, by kontaktować się z ojcem Kai bez wiedzy organów ścigania.

– To po prostu niemożliwe, by brał w tym udział – dodał Anton.

– Mimo to Fenol twierdzi, że dzięki Burzyńskiemu możemy uzyskać odpowiedzi – odparł Seweryn.

Korolew przez chwilę chodził po gabinecie, gładząc zarost wokół ust. W końcu się zatrzymał i znów wbił wzrok w Zaorskiego.

– Skąd w ogóle ten pseudonim, Fenol? – spytał. – To ma jakiś związek z truciznami stosowanymi przez zabójcę?

– Nie, choć fakt faktem, ten środek ma dużą toksyczność. W medycynie używa się go tylko w niedużym stężeniu.

Seweryn na moment się zamyślił. Nazwa urządzenia wysyłającego mu pliki rzeczywiście powinna mieć jakieś znaczenie. Być może miała.

– Co jest? – spytała Kaja, dostrzegając jego zamyślenie.

– Fenol był kiedyś wykorzystywany do odbierania ludziom życia – zauważył Zaorski. – Podczas drugiej wojny światowej w ten sposób zabijano więźniów w obozach koncentracyjnych. Wstrzykiwano im fenol do komory serca…

a przynajmniej próbowano. Jeśli lekarz trafił, pacjent umierał już po chwili. Jeśli nie, żrąca substancja dostawała się do płuc, osierdzia czy innych miejsc i fundowała nieszczęśnikowi śmierć w męczarniach.

– Jaki to ma związek z tym, co się dzieje? – odezwał się Korolew.

Wciąż sprawiał wrażenie, jakby nie pytał, ale stawiał Zaorskiemu zarzuty.

– Z mojego punktu widzenia nie ma żadnego – odparł Seweryn. – Ale jeśli wierzyć samemu nadawcy, to dla Burzyńskiego może jakiś mieć.

Wszyscy spojrzeli na Kaję. Było dla nich absolutnie jasne, że prędzej czy później będzie trzeba sprawdzić ten trop. Był wszak jedynym, który mieli.

Cisza się przeciągała, jakby każdy czekał na decyzję Burzy. Ta w końcu rozłożyła ręce i spojrzała na przełożonego.

– To niezwerbalizowany rozkaz, panie komendancie?

– Nie. Nie mam zamiaru cię do niczego zmuszać.

– Ale?

– Ale rozmowa z twoim ojcem wydaje się jedynym wyjściem.

Powiodła wzrokiem po pozostałych, jakby czekała, aż Korolew lub Seweryn zaoponują. Był to bodaj jedyny moment, kiedy się zgadzali.

– Zapominamy chyba o tym, że to Fenol nas do niego wysyła – odezwała się. – A więc spotykając się z nim, zatańczymy tak, jak nam zagra zabójca.

Anton pokręcił głową.

– Wciąż nie wiemy, czy to ta sama osoba – zaoponował.

– Nie? Więc kim jest Fenol? Uprzejmym donosicielem, który podsyła Sewerynowi nagrania mówiących po niemiecku dziewczynek?

Nikt się nie odezwał, właściwie bowiem nie było już o czym rozmawiać. Klamka zapadła, kiedy komendant i prokurator zrozumieli, że spotkanie z Burzyńskim jest jedynym rozwiązaniem.

Kaja nie miała wyjścia. Na załatwienie formalności nie musieli czekać długo, Korolew uporał się z nimi jednym telefonem. Zasadniczo więcej czasu zajęło Zaorskiemu załatwienie opiekunki dla diablic, by móc pojechać z Burzą do Zamościa.

Spodziewał się, że nie będzie to łatwa podróż. Nie pomylił się – już kawałek za Żeromicami podjęła temat, który z powodu wizyty w więzieniu znów interesował ją najbardziej.

Tym razem Zaorski był jednak na to gotowy i miał ułożoną zgrabną historyjkę wyjaśniającą, dlaczego dwukrotnie odwiedzał ojca Kai w więzieniu. Nie przedstawił jej od razu. Najpierw pozwolił Burzy przez jakiś czas naciskać, by nie poczuła, że zbyt łatwo w końcu coś z niego wyciągnęła.

– Chodzi o pieniądze – przyznał w końcu.

Burza milczała, a z głośników w hondzie płynęły dźwięki *Like an Arrow* Magnum. Był to jeden z ulubionych kawałków Zaorskiego, którego mógł słuchać właściwie bez końca. Wciągnął go na swoją listę przed 2001 rokiem, kiedy Magnum spełniało kryteria – powstało w latach siedemdziesiątych i wówczas było nieistniejącą kapelą. Reaktywowali się dopiero później.

– Pieniądze? – spytała Kaja.

Seweryn lekko skinął głową.

– Korolew słusznie docieka, skąd je mam.

Popatrzyła na niego z obawą, że zaraz usłyszy coś, po czym zmieni zdanie na jego temat.

– Wyszedłem z założenia, że twój ojciec zgromadził miliony – kontynuował Zaorski. – I że był na tyle roztropny, by ukryć choć część.

– Nic mu po tym – rzuciła cicho. – Tak czy inaczej, dożyje swoich dni w więzieniu.

Po wszystkim, co zrobił Burzyński, Seweryn na jej miejscu powiedziałby wprost, że ojciec zdechnie w pace. Kaja jednak nawet w takiej sytuacji potrafiła pokazać klasę.

– Wiem – odparł Zaorski. – Dlatego założyłem, że będzie potrzebował kogoś na zewnątrz. Kogoś, kto może zasilać jego konto więzienne i dbać o to, żeby zgromadzone fundusze cudownie się nie rozpłynęły. Zaproponowałem, że tym kimś mogę być ja. Za niewielką opłatą.

Burza się nie odzywała, a on ciągnął tę farsę dalej. Podkreślił, w jak opłakanej sytuacji finansowej się znajduje i jak wiele brakuje mu, żeby zapewnić Adzie i Lidce życie na przyzwoitym poziomie.

W tym względzie akurat nie mijał się z prawdą. Wszystko inne było bujdą, ale Kaja zdawała się tego nie dostrzegać. Może rozumiała, że dla dziewczynek zrobi wszystko. A może po prostu zakładała, że Zaorskiemu brakuje moralnych hamulców.

Zanim minęli tabliczkę z nazwą miasta, Seweryn próbował skierować rozmowę na inne tory. Jego starania okazały się bezskuteczne, co zresztą było do przewidzenia – gdyby to jemu ktoś przedstawił taką historię, resztę podróży odbyłby sam.

Może powinien ułożyć inną wersję zdarzeń. Wyszedł jednak z założenia, że jeśli przedstawi coś, co postawi go w lepszym świetle, Burza zwyczajnie mu nie uwierzy.

– Będziesz tak milczeć aż do więzienia? – spytał.

– Raczej dużo dłużej.

– Ile konkretnie?

Obróciła się do niego i posłała mu poważne spojrzenie.

– A jak myślisz? – spytała. – Ile wynosi karencja za wchodzenie w interesy z człowiekiem, który przez całe życie mnie oszukiwał? Mnie i moją matkę? I który zapewne właśnie dlatego ją zniszczył?

Seweryn nie bardzo wiedział, co odpowiedzieć. Normalnie sięgnąłby po mniej lub bardziej wybredny dowcip, ale nie było sensu wlewać benzyny do aktywnego wulkanu.

– Może orientujesz się, jak długo powinno się milczeć, jeśli ktoś nagle oznajmia, że zamierza właśnie z takim człowiekiem korzystać z nielegalnie zgromadzonych środków?

Zaorski zatrzymał się na skrzyżowaniu Jana Pawła II z Kresową, przeklinając w duchu światła, które akurat teraz musiały zmienić się na czerwone.

– To chyba właśnie na tym polega prawdziwa zdrada, nie sądzisz? – dodała Burzyńska.

– Co masz na myśli?

– Że zbrataleś się z osobą, która zniszczyła mi życie.

– Ale…

– Naprawdę muszę ci to tłumaczyć? – przerwała mu. – A może nakreślić związek między listami i tym, co się stało? Dwoma ludźmi, których zabiłam?

Obrócił się do niej i zobaczył, że oczy jej się zaszkliły. Spodziewał się tego, słysząc trzęsący się głos. I bynajmniej się nie dziwił.

– Broniłaś się.

– Nie o tym teraz mówię.

– A jednak...

– Jedź, zielone – rzuciła.

Potrzebował chwili, by zrozumieć, że jego historyjka wprawdzie sprawiła, że Burza nie będzie dalej wnikała, ale oprócz tego ostatecznie zniszczyła łączącą ich relację.

Do więzienia dojechali w milczeniu i nie odezwali się aż do momentu, kiedy klawisze poprowadzili ich do pokoju widzeń.

– Ty z nim rozmawiaj – poleciła Kaja.

– W porządku.

Burzyński zjawił się po kilku minutach w towarzystwie strażnika. Wyglądał, jakby postarzał się przynajmniej o kilka lat, od kiedy Seweryn widział go ostatnio. Mimo to jego twarz się rozpromieniła, gdy tylko zobaczył, kto na niego czeka.

Nie był to bynajmniej przyjemny widok. Zaorski odniósł wrażenie, jakby oglądał oblicze samego diabła okazującego radość na myśl o tym, ile zła i krzywdy może jeszcze wyrządzić na świecie.

Burzyński zajął miejsce, a potem wbił wzrok w córkę.

– Kajunia...

– Wystarczy starsza aspirant.

Wyciągnął ręce w jej kierunku, ale szybko zorientował się, że tym samym sprowadzi tutaj strażników. Cofnął dłonie, mimo to wciąż trzymał je na blacie. Wpatrywał się w córkę jak w cenny, dawno zaprzepaszczony obraz, na którego odnalezienie stracił już całą nadzieję.

– Pozwól mi…

– Na co? – ucięła. – Na wytłumaczenie, dlaczego to wszystko zrobiłeś? Nie potrzebuję twoich wyjaśnień. Sama mogę sobie odpowiedzieć.

– Nie znasz całej prawdy.

– Jedyną prawdą jest to, że jesteś chory – rzuciła. – W najgorszym możliwym sensie.

Podniosła się, a potem odeszła kawałek i ustawiła się tyłem do mężczyzn. Zaorski postanowił skorzystać z okazji i wyjaśnić, w jakim celu w ogóle się zjawili. Początkowo Burzyński słuchał jedynie piąte przez dziesiąte, wbijając nieruchomy wzrok w plecy córki. Potem powoli zaczął skupiać się na słowach Zaorskiego.

Rozmawiali niemal, jakby wcześniej się nie spotykali. Obaj uważali, by nie powiedzieć za dużo.

Kiedy Seweryn dotarł do ostatniej informacji przekazanej przez Fenola, Kaja w końcu się odwróciła. Usiadła z powrotem przy niewielkim stoliku, ale nie patrzyła na ojca. On zaś przyglądał się to jej, to Zaorskiemu. Zupełnie jakby oceniał, co między nimi jest.

Dziwił się, że przyjechali razem? Zastanawiał się, czy mają romans? Po tym, co pół roku temu usłyszał, z pewnością miał ku temu dobre powody.

Seweryn na moment opuścił wzrok, starając się skupić na tym, co w tej chwili najistotniejsze. Miał nadzieję, że ojciec Kai robi to samo, nie zajmując się kwestiami, których rozważać nie powinno żadne z nich.

– Na końcu nadawca dodał, że to właśnie pan może pomóc zrozumieć, o co chodzi – odezwał się po chwili Zaorski.

Rozmówca nie odpowiadał, ale sprawiał wrażenie, jakby
to skierowało go na właściwe tory. Seweryn wyjął kartkę, na
której zapisał wszystkie wskazówki, i podał ją Burzyńskiemu.
Kiedy ten położył ją na blacie, wszyscy spojrzeli na notatki.

„11.42. 3.43.

1, 1, 6, Dörfer.

Dreißigtausend Kinder".

Burzyński długo przyglądał się zapiskom. Mruczał coś
pod nosem, przymykał oczy, drapał się po brodzie. W końcu na moment całkowicie zamarł. Sprawiał wrażenie, jakby
wreszcie do czegoś dotarł.

Znów popatrzył na dwie siedzące przy stole osoby.

– Co widzicie? – spytał.

Kaja wyraźnie miała zamiar ignorować wszystko, co powie, i nie wchodzić z nim w żadną interakcję. Była tu tylko
po to, by pilnować Seweryna – i by Konarzewski miał świadomość, że trzyma rękę na pulsie.

– Trzy niezwiązane ze sobą elementy – odezwał się Zaorski. – W żaden sposób niepołączone ani z mówiącymi po
niemiecku dziewczynkami, ani z prawdą czy fenolem.

– Błąd.

Seweryn zmarszczył czoło.

– To wszystko stanowi spójną całość. I dziwię się, że to
przegapiliście. Obcym z pewnością mogło to umknąć, ale
wam nie powinno.

– W jakim sensie?

– Naprawdę tego nie widzicie?

Równie dobrze mógłby używać liczby pojedynczej, bo nawet zbliżenie się do rozwiązania zagadki nie sprawiło, że Burza okazała jakiekolwiek zainteresowanie ojcem.

– W pierwszej wiadomości otrzymaliście daty, w drugiej informację o stu szesnastu wioskach. W trzeciej natomiast o trzydziestu tysiącach dzieci. Dodajcie fenol, a zyskacie dość jasny obraz tego, co stara się wam przekazać nadawca.

Sewerynowi wciąż niewiele to mówiło.

– Nadal nie rozumiecie? – dodał Burzyński.

– A powinniśmy?

– Ty z pewnością tak.

Zaorski nie miał zamiaru grać w słownego ping-ponga. W tym towarzystwie zresztą to nie on był specjalistą od układania kodów i zagadek. Przeszło mu przez myśl, że być może powinni byli zgłosić się do ojca Kai już wcześniej.

– To dotyczy twojej matki, chłopcze – dodał Burzyński, a potem rozsiadł się wygodniej.

– Co takiego?

Uśmiech na jego twarzy kazał sądzić, że jest zadowolony albo z rozwiązania zagadki, albo z wciągnięcia Seweryna w coś, czego ten jeszcze nie potrafił zrozumieć.

ROZDZIAŁ 2

1

Ojciec nie przeżył swojego życia, to ono jakimś cudem przeżyło jego. Teraz, kiedy Kaja mogła wreszcie spojrzeć mu w oczy, nie mogła się nadziwić, że człowiek, który kierował Grupą Białopolską, był także osobą, która ją wychowała. Dwóch różnych ludzi, zdolnych do zupełnie innych rzeczy, uwięzionych w jednym ciele. Mieszali się ze sobą aż do momentu, kiedy Seweryn wyciągnął kartkę.

Po tym Burza widziała już tylko tę wersję ojca, której nie chciała znać.

W jego oczach pojawił się błysk świadczący o satysfakcji i poczuciu wyższości. Próbował go kamuflować, ale przed nią tych emocji nie mógł ukryć.

– Jedenaście, kropka, czterdzieści dwa – odezwał się. – To data. Chodzi o listopad czterdziestego drugiego roku.

– Skąd ta pewność? – spytał Zaorski.

Ojciec go zignorował.

– Trzy, kropka, czterdzieści trzy. Także data. Marzec czterdziestego trzeciego – kontynuował. – Teraz już coś wam to mówi?

– Nic.

Znów powstrzymywany uśmiech, który dało się dostrzec tylko, jeśli wiedziało się, czego szukać na twarzy ojca. Kąciki ust nawet nie drgnęły, ale zmarszczki w okolicach oczu lekko się uwydatniły.

– To czas trwania Aktion Zamość – wyjaśnił. – To znaczy jedynie tej części, do której odnoszą się pozostałe informacje podane przez Fenola. Całość zakończyła się dopiero w sierpniu.

Seweryn się nie odzywał, z pewnością przetrząsając zasoby pamięci w poszukiwaniu czegoś na ten temat. Aktion Zamość była dobrze znaną niemiecką akcją przesiedleńczą i pacyfikacyjną – w tym względzie Zaorski musiał orientować się nie gorzej niż Burza czy inne osoby mieszkające na Zamojszczyźnie. Kaja nie pamiętała dokładnych danych, ale była przekonana, że ponad sto tysięcy Polaków zostało siłą wygnanych ze swoich domów. Ich miejsce zajęli Niemcy.

– Kurwa… – jęknął Zaorski.

– Zaczynasz łączyć fakty? – spytał ojciec. – Świetnie, ale pozwól, że ci pomogę.

Seweryn zerknął na Kaję, jakby chciał zaproponować, by włączyła się do rozmowy. Nie miała najmniejszego zamiaru tego robić.

– Wskazano okres od listopada do marca, bo wtedy trwał rabunek dzieci – ciągnął Burzyński. – Porwano je ze stu szesnastu wiosek. *Eins*, *eins*, *sechs*, *Dörfer*. I chyba nie muszę dodawać, ile niewiniątek w sumie zaginęło.

– Trzydzieści tysięcy.

– Ta. *Dreißigtausend Kinder.*

– A fenol? – spytał Zaorski.

– Często używany do zabijania tych, które trafiły do obozów koncentracyjnych. Nie kojarzysz Czesławy Kwoki?

Imię i nazwisko wydało się Burzy znajome. W szkole ta postać musiała przewijać się kilkakrotnie.

– Wstrzyknięto jej fenol – dodał ojciec. – Stała się swoistym symbolem niemieckiego okrucieństwa. I dziwi mnie, że o tym nie pamiętacie. Moje pokolenie…

– Pańskie pokolenie też nie było specjalnie pomocne w rozpracowaniu tego przekazu.

– W takim razie powinni bardziej zważać na swoją historię.

Kaja przygryzła wargę, walcząc z potrzebą, by się odezwać. Ojciec nie miał żadnego prawa stawiać się na moralnym czy jakimkolwiek innym piedestale. Przeciwnie, to na niego wszyscy inni mogli patrzeć z góry.

– Cała akcja była szczytem niemieckiego barbarzyństwa – podjął. – Dzieci były siłą wyrywane matkom i ładowane jak bydło do wagonów pociągowych. Zagłodzone, umierały podczas podróży. A te, które przeżyły, trafiały jako same szkielety do obozów koncentracyjnych. Często tylko po to, by tam ginęły w męczarniach, zżerane żywcem przez pluskwy i inne insekty.

Burza mimowolnie się wzdrygnęła, na co ojciec zareagował zaciekawionym spojrzeniem.

– Kilka tysięcy zostało uznanych za rasowo nadające się do germanizacji, więc posłano je w głąb Rzeszy. Przypuszczam, że większość do końca życia nie wiedziała, skąd pochodzi. Udało się odnaleźć nie więcej niż osiemset, ale to i tak niezły wynik.

– Niezły? – zapytał Zaorski.

– Biorąc pod uwagę los pozostałych, tak. O większości „Dzieci Zamojszczyzny" słuch zaginął. Niewiele wróciło na te tereny. Ale wśród nich był ktoś związany z tobą, Seweryn.

– Kto?

– Twoja matka.

Zaorski poruszył się nerwowo i znów popatrzył na Kaję. Tym razem jednak wyraźnie szukał wsparcia. Wsparcia, którego nie była w stanie mu udzielić.

– Nie wiedziałeś o tym?

– Nie – odparł Zaorski.

– Może to nic dziwnego. Miała chyba dziesięć lat, kiedy ją porwali, i najprawdopodobniej nigdy nie chciała do tego wracać.

Seweryn nabrał głęboko tchu.

– Skąd pan o tym wie?

– Nieraz piliśmy. To i owo się przewijało.

Burza nie była gotowa uwierzyć w ani jedno słowo ojca, jeśli nie istniało drugie źródło, u którego mogłaby potwierdzić informacje. W tym wypadku z pewnością nie będzie łatwo, bo rodzice Seweryna zmarli jakiś czas temu. Rodzina jednak musiała coś na ten temat wiedzieć.

– To ciekawe, że akurat do tego odwołuje się zabójca – dodał Burzyński.

– Nie nazwałbym tego ciekawym.

– A jakim?

Zaorski wyraźnie nie miał zamiaru odpowiadać. Nagle zaczął demonstrować chłód, którego dotychczas nie dostrzegała. Może była to reakcja obronna na zbliżanie się do jego życia rodzinnego?

– Początkowo transporty ciągnęły przez Warszawę, a ludzie szybko dowiedzieli się, co robią Niemcy – kontynuował ojciec. – Twoja matka była w jednym z pociągów, które zatrzymywały się w stolicy. Mieszkańcy robili wszystko, by ratować te dzieciaki, między innymi odkupywali je za dwadzieścia złotych.

Spojrzał na Kaję i Zaorskiego, jakby oczekiwał, że jakoś zareagują na ówczesną cenę życia.

– Potem hitlerowcy kierowali składy już bezpośrednio do obozów, by uniknąć takich sytuacji.

– W porządku – odezwał się w końcu Seweryn, ale musiał odchrząknąć, bo głos więzł mu w gardle. – Jaki to ma związek z tymi zabójstwami?

Ojciec podrapał się po głowie, a potem wzruszył ramionami. Reakcja była tak zwyczajna i pozbawiona emocji, że Burza po raz pierwszy pomyślała o psychopatycznej osobowości, z którą ma do czynienia.

I która może tkwić przecież w genach.

Może nie było przypadkiem, że zabiła tych ludzi pod Delawą. Owszem, broniła się, ale mogła przecież próbować ratunku w inny sposób. Może to wszystko dlatego, że była podobna do ojca.

Przestała o tym myśleć, zanim zaczęły pojawiać się kolejne wnioski.

Zerknęła na Zaorskiego, poczekała, aż złowi jej wzrok, a potem znacząco wskazała wyjście. Dowiedzieli się od ojca wszystkiego, co mogło okazać się przydatne. Cała reszta tej wizyty będzie jedynie urozmaicaniem mu odsiadki.

Wstali i w jednym momencie ruszyli w stronę drzwi.

– Żadnego podziękowania? – spytał Burzyński. – Na pożegnanie też nie mam co liczyć?

Opuścili pokój widzeń w milczeniu i od razu skierowali się na parking. Dostali całkiem sporo konkretów, które należało jak najszybciej przedstawić reszcie – mimo to Seweryn nie zapuścił silnika.

Włączył muzykę, jakby mogła pomóc w poukładaniu myśli. Z głośników znów popłynęły dźwięki *Like an Arrow*, ale Burza ledwo to odnotowała. Czuła się, jakby cudem wyszła cało ze zderzenia czołowego z rzeczywistością.

– Kaja? – spytał Zaorski.

Tak rzadko zwracał się do niej imieniem, że zabrzmiało to, jakby odezwał się ktoś obcy. I sprawiło, że nieco się otrząsnęła.

– Dobrze się czujesz?

– Nie – odparła, nadal patrząc przed siebie. – Skąd on to wszystko wiedział?

– Może interesował się…

– Nigdy nie interesowała go historia – ucięła Burza. – I rozumiem, że pewne fakty mógł kojarzyć, ale sam słyszałeś, ile detali pamiętał. W dodatku rozwiązał tę zagadkę w okamgnieniu.

Seweryn położył łokieć na drzwiach, a potem podparł głowę.

– Za szybko na to wpadł – dodała. – I miał zbyt wiele informacji.

– To wciąż za mało, żeby uznać, że jest w to zamieszany.

Kaja odwróciła się ku niemu.

– A to, że sam Fenol nas tu skierował? – spytała. – Mało to wymowne?

– Może sobie z nami pogrywać.

– Albo ojciec znalazł jedyny sposób, dzięki któremu mógł mnie tu sprowadzić.

Zaorski ściągnął czapkę i rzucił ją na tylne siedzenie. Przez moment zawieszał wzrok na oczach Kai, a ona poczuła głęboki niepokój, zupełnie jakby wchodziła do wzburzonego morza i nie wiedziała, gdzie kończy się dno.

– Gdyby był w to zamieszany, Fenol raczej próbowałby zatuszować jego udział, a nie kazałby nam się tu zjawiać – zauważył Seweryn.

– Albo chciał, żebyśmy tak myśleli.

Zaorski potrząsnął głową.

– Wpadamy w spiralę – powiedział. – Będzie tylko gorzej.

Burza uśmiechnęła się do niego lekko, choć bynajmniej nie planowała okazywać mu jakichkolwiek pozytywnych emocji. Kąciki ust uniosły się mimowolnie, w dodatku właściwie bez powodu.

Jego głos wystarczał, by poczuła się trochę lepiej. Obecność Seweryna sprawiała, że świat zdawał się lepszy. A jego wzrok oczyszczał umysł ze wszystkich czarnych myśli.

Zanim zdążyła odpowiedzieć, kawałek Magnum się skończył, a z głośników samochodu dobiegł przeciągły dźwięk, który rozbił jej serce w drobny mak. Paraliżował zmysły, zupełnie ją ogłuszył i sprawił, że zrobiło jej się ciemno przed oczami. Ciarki na całym ciele były tak dotkliwe, że niemal powodowały ból.

Seweryn natychmiast sięgnął do radia, by *Oczy szeroko zamknięte* nie zdążyły rozbrzmieć na dobre. Burza machinalnie złapała go za rękę. Popełniła błąd, duży błąd. Nagle impuls wywołany pierwszym dźwiękiem piosenki przybrał fizyczną formę.

Burza nie cofnęła dłoni, mimo że odniosła wrażenie, jakby przyłożyła skórę do rozgrzanego metalu. Zaorski musiał mieć podobne odczucia. Żadne z nich jednak nawet nie drgnęło, jak gdyby obawiali się, że nagła ucieczka będzie niczym obelga dla drugiej strony.

Kawałek Łez wymierzał Kai niemal fizyczne ciosy. Wers po wersie, uderzenie za uderzeniem. Kiedy wybrzmiał refren, miała wrażenie, że zupełnie straciła kontrolę nad tym, co się dzieje.

Seweryn przełożył jej dłoń do drugiej ręki, ostrożnie i delikatnie, jakby obchodził się z czymś, co było dla niego bezcenne. Nie wypuszczając jej, przesunął drugą dłonią po policzku Kai, wpatrując się w jej oczy tak intensywnie, że poczuła, jakby dalsze zbliżenie było nie tyle pragnieniem, ile kwestią przeżycia.

Założył kosmyk włosów za jej ucho, a potem uśmiechnął się lekko, niemal niezauważalnie, kiedy ten wrócił na swoje miejsce.

Przez moment trwali w zupełnym bezruchu, nawet nie oddychając. Kaja właściwie nie wiedziała, gdzie się znajduje, zewnętrzny świat nagle znikł. Wydawało jej się, że trwa to zarazem całą wieczność, jak i ułamek sekundy. To, co ich łączyło, wymykało się wszelkim regułom.

On ocknął się pierwszy. Kiedy tylko piosenka się skończyła, zamrugał nerwowo, jakby budził się ze snu, a potem powoli cofnął dłoń i wypuścił jej rękę.

Z głośników popłynęły dźwięki *Have You Ever Seen the Rain* Creedence Clearwater Revival.

– Z deszczu pod rynnę – odezwał się, wskazując radio.

– Mogło być gorzej.

– Mogło… – przyznał.

Oboje doskonale wiedzieli, jak niewiele było trzeba, by to wszystko skończyło się zupełnie inaczej. Przez chwilę się nie odzywali, starając się zapanować nad szybciej bijącym sercem.

– Przepraszam – odezwał się w końcu Zaorski.

– To nie twoja wina.

Otworzył usta, żeby zaoponować, ale Burza nie miała zamiaru tego słuchać.

– Chyba że specjalnie nagrałeś ten kawałek – dodała szybko.

– Nie – odparł i kąciki jego ust znów trochę się uniosły. – To zdecydowanie nie byłby dobry ruch.

Spojrzała na niego i nie odrywała wzroku aż do momentu, kiedy się do niej odwrócił.

– Jesteś pewien? – spytała. – Że nie byłby dobry?

Od razu dostrzegła, że nie wie, jak odpowiedzieć na to pytanie. Sama była zaskoczona, że je zadała. Było na tyle ogólne, że mogło odnosić się do wszystkiego. Oboje jednak wiedzieli, że w istocie jest wyjątkowo szczegółowe.

– Nie powinniśmy… – powiedział.

Uniosła pytająco brwi.

– Słuchać tego – wyjaśnił, wskazując na radio, a potem na nich. – Ani rozmawiać o tym.

Jego głos stał się chłodny, ale na dobrą sprawę właśnie tego się spodziewała. Ktoś musiał pilnować, by nie posunęli się za daleko, a on poczuł się do odpowiedzialności. Przez ostatnie miesiące dała mu jasno do zrozumienia, czego chce. On zaś za punkt honoru postawił sobie, by to uszanować.

Niepotrzebnie prowokowała, zupełnie bezcelowo rozgrzebywała to, czego nie należało ruszać.

– Nie jesteśmy w stanie tego kontrolować – odezwał się. – Więc musimy kontrolować chociaż nasze reakcje.

– Dobrze powiedziane.

– Dzięki – odparł i odchrząknął. – To jedziemy?

Skinęła głową, a on powoli wycofał, po czym wyjechał na Okrzei. Oboje byli głodni, ale żadne z nich nie miało zamiaru proponować, by zatrzymali się gdzieś w Zamościu na obiad. Im dłużej byli razem, tym łatwiej będzie im pozwolić sobie na zbyt wiele.

Kiedy wyjechali z miasta, Kaja złożyła to wszystko na karb obopólnego roztrzęsienia. Ona po raz pierwszy od długiego czasu zobaczyła ojca i mogła z nim zamienić kilka zdań. On dowiedział się, że jego matka została porwana jako dziecko – i że to, co się teraz działo, najwyraźniej w jakiś sposób wiązało się z tamtymi wydarzeniami.

Było całkowicie zrozumiałe, że cała sytuacja wybiła ich z równowagi i sprawiła, że na moment stali się bezbronni. Szczęśliwie Seweryn trzymał rękę na pulsie. Zareagował tak, jak powinien, podczas gdy ona była już gotowa na coś, czego później by żałowała.

Zaorski zmienił muzykę i przez większość podróży przygrywali im The Ramones. Kawałek *Pet Sematary* Seweryn nagrał na playlistę chyba kilkakrotnie, a Burza zanotowała sobie, by dodać go do swojej.

Niewiele rozmawiali. Odzywali się albo półsłówkami, albo tylko po to, by dać wyraz swojemu zagubieniu w sprawie zabójstw dziewczynek.

Atmosfera robiła się coraz bardziej niewygodna, ale do Żeromic zostało już niewiele. Jechali wąską, nierówną drogą przez las, kiedy Seweryn nagle wcisnął hamulec, a potem zjechał na niewielki parking.

– Co robisz?

– Zatrzymuję się na chwilę.

Na małym placyku w lesie nie było właściwie niczego, co uzasadniałoby postój. Kilka ławek, kilka podniszczonych stołów z nierówno wyciętego drewna.

– Siku? – spytała Burza.

– Nie. Potrzebę mam inną.

– Jaką?

Zatrzymał się przy ścianie drzew, zerknął przelotnie na Kaję, a potem wysiadł z auta. Po krótkim wahaniu zrobiła to samo.

– Ciebie – odezwał się.

– Co?

– Mam potrzebę ciebie.

– Seweryn…

– Po prostu nie mogę tego, kurwa, dłużej…

Nie dokończył, słysząc samochód wjeżdżający na niewielki parking. Oboje obrócili się w kierunku ulicy, a Burza odniosła wrażenie, że zbliżający się czarny SUV sprawił, iż Zaorski nagle napiął wszystkie mięśnie.

Zaklął cicho.

– Musieli za nami jechać – syknął.

– Kto?

Seweryn zignorował pytanie, skupiając całą uwagę na samochodzie.

– Wchodź do auta – rzucił zupełnie zmienionym głosem.

Kaja rozejrzała się nerwowo. Za pierwszym SUV-em z ulicy zjechał drugi, identyczny.

– Co się dzieje? – spytała.

Kiedy dwa auta zablokowały im wyjazd, wiedziała już, że nic dobrego.

2

Lidka po raz pierwszy poszła ze starszą siostrą na plebanię. Ada była tam już kilka razy, bo razem z księdzem Wieśkiem zajmowała się rzeczami. Tyle mówiła. Że zajmują się rzeczami.

Rzeczy były zbyt dorosłe, żeby mówić o nich Lidce. Denerwowało ją to, bo przecież sama też już była duża. Mogła słuchać o rzeczach. Mogła nawet robić rzeczy! Dlaczego nie? Jeśli Ada mogła, to ona też.

Dzisiaj w końcu udało jej się przyjść. Jola odstawiła je swoim samochodem, w którym zawsze śmiesznie pachniało. Zapach szczypał Lidkę w nos, ale nie potrafiła przypisać go do czegokolwiek. Na wszelki wypadek nie wspominała o tym, bo jak raz zapytała, opiekunka się zawstydziła.

– Tata was odbierze – powiedziała Jola, kiedy wyszły z auta. – Gdybyście czegoś…

Młode Zaorskie zamachały jej wesoło, a potem poszły w stronę plebanii. Nie było po co słuchać wszystkiego jeszcze raz. Tata rano powiedział, że opiekunka ma ich odwieźć do księdza Wieśka, a on potem je odbierze.

– Nie wlecz się – powiedziała Ada.

– Nie wlekę.

– Wleczesz.

Lidka nie rozumiała, czemu siostrze tak się spieszy. Miały dużo czasu, zdążą zrobić wszystkie rzeczy. Tata wraca z Zamościa dopiero później, bo ma tam konszachty. Tak powiedział, chociaż Lidka nie bardzo wiedziała, o co mu chodziło. Pewnie nudne sprawy.

Weszły do plebanii, a ksiądz Wiesiek od razu dał im białą czekoladę na spółę. Dodał tylko, żeby najlepiej nie mówić tacie, bo się zdenerwuje, że dostają słodycze w porze obiadowej. No, pewnie by tak było.

– Myślisz, że tatuś coś przywiezie? – zapytała Lidka z pełnymi ustami.

– Co?

– Mówiłam mu, że chcę Ugly Dollsa.

– Którego?

– Tego zielonego, co nie ma oka. Myślisz, że przywiezie? W Zamościu jest sklep z nimi.

– Skąd wiesz?

– Bo wiem – odparła Lidka i skrzyżowała ręce na piersi.

Kiedy ksiądz Wiesiek wrócił, musiała mu wytłumaczyć, co to są Ugly Dollsy. Dziwiła się, że nie zna Paskud. Tata je lubił i mówił, że są fajne.

– Są trochę brzydkie, ale miłe i uprzejme – tłumaczyła cierpliwie. – No i mają problemy, jak trafiają do miasta lalek idealnych.

– Bo nie pasują? – spytał ksiądz.

– Ehe – potwierdziła Lidka, kiwając głową.

Usiadł przy niewielkim stoliku i popatrzył na prawie zjedzoną czekoladę.

– Chciałabyś taką lalkę?

– Tak, bo nie musisz być piękny, żeby być wspaniały!

– To prawda.

– No i paskudne jest cudne!

Ksiądz Wiesiek zrobił śmieszną minę i chyba chciał pokazać, że sam jest jak taki Ugly Dolls. Lidka pokręciła głową, a on od razu przestał się krzywić. Siedział przez chwilę przy stole, a potem wstał i powiedział, że ma rzeczy do zrobienia.

– To ja pomogę – zaproponowała Ada.

– Jeśli chcesz, to oczywiście.

– A co to za rzeczy? – włączyła się Lidka.

– Dla dużych dziewczynek.

– To ja też chcę.

Ksiądz Wiesiek uśmiechnął się, podszedł do niej, a potem pogłaskał ją po włosach. Nie spodobało jej się to i odsunęła się trochę.

– Ty poczekaj tutaj – powiedział.

– I co mam robić?

– Możesz zjeść jeszcze trochę czekolady, jeśli masz ochotę.

– Tata mówi, że nie możemy tyle, bo będziemy grube berty.

Ksiądz Wiesiek kucnął obok jej krzesła i położył jej rękę na kolanie.

– Tata nie zawsze ma rację – powiedział.

– To teraz też nie?

Cicho się zaśmiał i tym razem pogłaskał ją po udzie.

– Teraz akurat może mieć trochę racji – przyznał. – Ale w innych sprawach niekoniecznie. Pamiętajcie, że nie jesteście własnością taty. Jesteście własnością i darem od Pana Boga.

– Aha.

Podniósł się, pocałował ją w czubek głowy i powiedział, że dobra z niej dziewczynka. Potem razem z Adą poszedł do innego pokoju, a Lidka zaczęła szukać sobie zajęcia. Trochę chodziła po korytarzu, potem sprawdzała szafki i szuflady. Nie było tu zbyt dużo ciekawych rzeczy. Położyła się na kanapie w jednym z pokoi i zajęła się graniem na komórce.

Zaczynała już ziewać, kiedy starsza siostra w końcu się pojawiła. Szła jakoś dziwnie, jakby gdzieś wiał mocno wiatr. Wyglądała bardziej jak któraś z Paskud niż ona. I sprawiała wrażenie, jakby w ogóle Lidki nie widziała.

Minęła młodszą siostrę i poszła do innego pokoju. Lidka ruszyła za nią, ale bała się zapytać, co się stało.

Chwilę później usłyszała ijo-ijo. Podeszła do okna i zobaczyła dwa samochody policyjne na podwórku. Wybiegli z nich czterej panowie, którzy wyglądali, jakby stało się coś strasznego.

Od razu zadzwoniła do taty, ale nie odbierał.

3

Seweryn zastąpił drogę zbliżającym się mięśniakom. Było ich dwóch i sprawiali wrażenie, jakby służyli idącemu za nimi Dydulowi za taran.

– Co to za ludzie? – spytała Kaja.

– Znajomi.

– Mam wzywać posiłki? Jesteśmy niedaleko i…

– Nie – uciął natychmiast Zaorski, oglądając się przez ramię. – Pozwól mi to załatwić.

Komórka dzwoniła w jego kieszeni, ale to zignorował. Obecność Dydula i jego ludzi komplikowała sytuację – na tyle, że nie wiedział, jak się z tego wywinąć. Jeśli Burza usłyszy choć słowo za dużo, skończy się to tragicznie.

Jeden z mężczyzn zatrzymał się obok niego i zerknął na Kaję. Zanim Zaorski zdążył się odezwać, drugi powitał go ciosem w podbrzusze. Seweryn zgiął się wpół, a napastnik od razu złapał go za kurtkę. Rzucił nim jak szmacianą lalką, a Zaorski wyrżnął na ziemię i przetoczył się kawałek. Drugi z osiłków natychmiast zaszedł drogę Burzy.

Krzyknęła coś, ale Sewerynowi tak huczało w głowie, że nie usłyszał konkretnych słów. Dopiero po chwili zorientował się, co starała się zakomunikować.

– Jestem policjantką! – ryknęła.

Musiał być to odruch bezwarunkowy, bo fakt z pewnością nie uszedł agresorom. Granatowy mundur mówił sam za siebie.

Zaorski obrócił się do niej i jęknął.

– Chyba to widzą – powiedział.

– Chyba nie – odparła przez zęby, podchodząc do niego.

Trzej mężczyźni stali z uniesionymi głowami, patrząc na nich jak na istoty znajdujące się niżej w łańcuchu pokarmowym.

– Albo nie wiedzą, co grozi za czynną napaść na funkcjonariusza policji.

– Czynna napaść jest chyba z nożem albo z inną bronią…

Kaja pomogła mu usiąść, delikatnie kładąc mu rękę na plecach. Nie odrywała wzroku od mięśniaków, a oni równie intensywnie wpatrywali się w nią.

– Za pięści grozi do trzech lat – powiedziała na tyle głośno, by usłyszeli, a potem zbliżyła się do Seweryna.

Znalazła się w tak małej odległości, że jej zapach podziałał na niego jak sole trzeźwiące.

– Co to za ludzie? – spytała jeszcze raz. Szeptem, ale w sposób na tyle zdecydowany, że trudno było dłużej migać się od odpowiedzi.

Znów miał kłamać? Już raz mijał się z prawdą, układając historyjkę o tym, dlaczego widywał się z jej ojcem. Nie chciał tego robić drugi raz.

Mimo to wiedział, że nie ma innego wyjścia. Musiał dalej konfabulować.

– To ci, których nająłem do pilnowania chałupy – mruknął. – I chyba zapomniałem im zapłacić.

Na dłuższe wyjaśnienia nie starczyło czasu. Dydul podszedł do nich, a dwóch towarzyszy ustawiło się za nim, gotowych w każdej chwili kontynuować okładanie Zaorskiego.

– Nikt na nikogo nie napadł – odezwał się Dydul.

– Nie? – spytała Kaja, wskazując wciąż zgiętego Seweryna. – A dziwnie przypominało to…

– To nie był atak.

– A co niby? – bąknął Zaorski.

– Zapowiedź.

Skinął na dwóch osiłków, a ci natychmiast ruszyli w kierunku Seweryna. Burza zerwała się na równe nogi, zupełnie jakby mogła stawić opór temu, co nadchodziło.

– Spokojnie – rzucił Dydul. – Pogadamy tylko. Bez świadków w mundurach.

Kaja drgnęła i zacisnęła pięści. Nie ulegało wątpliwości, że po wydarzeniach sprzed pół roku każdy funkcjonariusz w Żeromicach przeszedł dodatkowe przeszkolenie.

Zaorski podniósł się z jękiem, a potem powstrzymał mężczyzn ruchem ręki i obrócił się do Burzy. Położył dłonie na jej ramionach i przez moment patrzył na nią na tyle uspokajająco, na ile potrafił.

– To nie najgorszy ruch – oznajmił. – Pogadam z nimi, a…

– Oni nie wyglądają na takich, którzy lubią gadać.

– Poradzę sobie. Po prostu poczekaj chwilę.

Złapała go za rękę, tym razem mocno i zdecydowanie.

– To nie jest dobry pomysł.

– Rzadko kiedy mam dobre – odparł, a potem posłał jej bezbronne spojrzenie i wyswobodził dłoń.

W towarzystwie Dydula ruszył w kierunku jednego z samochodów, raz po raz zerkając na Burzę.

– Jeśli którykolwiek z twoich przydupasów jej dotknie…

– Żaden z kiepów jej nie ruszy.

– Lepiej, żeby tak było.

Dydul zatrzymał się, kiedy jego ludzie stojący przy SUV-ie w końcu zainteresowali się, dlaczego szef prowadzi do nich Zaorskiego.

– Mam na kancie chuja, co jej się stanie – odezwał się Dydul. – I jeszcze bardziej pierdolą mnie twoje groźby. Chcesz, żeby pizdeczce nic się nie stało, to się spowiadaj.

Seweryn zmrużył oczy. Wciąż nie bardzo rozumiał, dlaczego ci ludzie ich zatrzymali.

– Z czego?

– Z tego, że tłukłeś się do Zamościa, żeby, kurwa, piskorzyć z Burzyńskim.

Zaorski skontrolował sytuację Burzy. Dwaj mężczyźni stali obok niej, przyglądali jej się leniwie, ale ona zdawała się ich ignorować, skupiając się jedynie na Sewerynie.

– Skąd wiesz, gdzie byłem?

Dydul charknął i splunął na ziemię.

– Przyczaj, że ja wiem wszystko.

– Wysłałeś kogoś za mną?

Właściwie nie musiał pytać. Było oczywiste, że dwóch gości, którzy mieli pilnować jego domu, w istocie pilnowali Zaorskiego. I donosili na bieżąco szefowi.

– Po ciula tam pojechałeś? Układasz się z nim?

– Nie. Sam mówiłeś, że Burzyński jest już skończony.

– To o co chodzi?

– O inną sprawę.

– Po chuju fest – żachnął się rozmówca i znów splunął. – Mów, bo będzie kiepsko.

A więc o to chodziło. Dydul obawiał się, że Burzyński zza krat może jeszcze stanowić niebezpieczeństwo, wykorzystując do tego Seweryna. W istocie obawa była na wyrost. Ojciec Kai rzeczywiście został spacyfikowany i nie miał już żadnych kontaktów w przestępczym świecie. Był zdany wyłącznie na siebie.

– Mówiłem ci o tych dzieciakach…

– No – rzucił Dydul. – I nie musiałeś, wszyscy o nich mówią.

– Pojechałem tam w ich sprawie.

– Znaczy się, kurwa, w jakiej?

– Zabójca mnie tam skierował.

Rozmówca zmrużył oczy, a Zaorskiemu zajęło chwilę wyjaśnienie wszystkiego, co było istotne dla zrozumienia sprawy. Nie miał powodu zatajać tego przed Dydulem. Zresztą zdawało się to jedynym sposobem, by go uspokoić.

– Ciśniesz bekę.

– Nie – odparł Seweryn.

Liczył na bardziej wymowną reakcję, ale jej się nie doczekał. Dydul zdawał się przyjąć wszystko na słowo, a potem po prostu odpuścił. Nie dopytywał, nie drążył, nie upewniał się, czy Zaorski nie stara się go ograć.

Zwyczajnie spasował. Rzucił jeszcze, by Zaorski był gotowy, bo niedługo chcą zrobić z niego użytek, a potem skinął na swoich towarzyszy. Chwilę później wszyscy wsiedli do aut i odjechali, zostawiając Seweryna zarówno z ulgą, jak i kolejnymi pytaniami.

Co się właściwie wydarzyło?

Dydul nie powinien był tak łatwo uwierzyć ani tym bardziej odpuszczać. Była to dziwna, nienaturalna reakcja, sprzeczna z naturą takich ludzi. Zresztą na jego miejscu prawdopodobnie każdy zacząłby dopytywać o szczegóły.

Kaja podeszła do Zaorskiego, złapała go za ramię i obróciła ku sobie. Omiotła go wzrokiem, jakby chciała sprawdzić, czy w jakiś niezauważalny sposób nikt go nie uszkodził.

– Co im powiedziałeś? – spytała.

– Właściwie… nic.

– Czyli tyle, co mnie – rzuciła ostrym tonem.

Stali naprzeciw siebie, lustrując się wzajemnie.

– Mam tego dosyć – powiedziała. – Od początku mydlisz mi oczy, kombinujesz i mijasz się z prawdą.

Seweryn przełknął ślinę. Musiał szybko dojść do siebie.

– Nikt nie jest święty – odezwał się. – Każdy z nas na pewnym etapie życia kopnął ciężarną kobietę.

– Co?

– Większość mniej więcej w dwudziestym szóstym tygodniu ciąży.

Jej mocno zaciśnięte usta kazały sądzić, że z trudem powstrzymuje się od emocjonalnej reakcji. Właściwie nie było sposobu, by jej uniknąć. Dalsze wykręty mogły rozsierdzić Kaję tylko bardziej.

Ratunkiem okazał się ponownie dzwoniący telefon. Seweryn w końcu wyjął go z kieszeni i rzucił przepraszające spojrzenie Burzy.

– Moment – powiedziała. – Najpierw wyjaśnisz mi, co to za ludzie, czego chcieli i jakim cudem ich spławiłeś.

– Cóż...

– Albo załatwimy to tutaj, albo na komisariacie.

– Znam lepsze miejsca, które moglibyśmy odwiedzić.

– Ja nie – odparła sucho Kaja, a potem zbliżyła się o krok.

Komórka nadal wibrowała w dłoni Zaorskiego, ale w tej chwili nie mógł się na niej skupić. Znalazł się tak blisko Burzy, że wszystko poza nią powoli traciło na znaczeniu. Tym razem jednak nie było mowy o tym, by istniało niebezpieczeństwo przejścia o jeden most za daleko.

Chłodny wzrok Kai dobitnie świadczył o tym, że interesuje ją tylko prawda.

– Więc chcesz mnie zamknąć?

– Ostatecznie tak. Ale na razie wystarczy mi przesłuchanie.

W jej zachowaniu było coś mocno konfrontacyjnego, ale także uwodzącego. A może jedynie widział to, co chciał.

– Na jaką okoliczność? – spytał, podchodząc jeszcze bliżej. Telefon w jego ręce przestał dzwonić. – Podejrzanego spotkania na parkingu? Czy może chciałabyś, żebym złożył doniesienie o niespodziewanym ciosie w brzuch?

Burza znów zacisnęła usta tak mocno, że zbielały.

– Czego chcieli ci ludzie?

– Pogadać.

– Na jaki temat?

Komórka znów zaczęła wibrować. Seweryn bezsilnie wzruszył ramionami, a potem wreszcie podniósł telefon i zerknął na wyświetlacz. Kiedy zobaczył, że dzwoni Lidka, cofnął się o pół kroku.

– Diablica mniejsza – powiedział. – Mogę?

Twarz Kai natychmiast lekko złagodniała.

– Mhm – odparła Burza.

Przesunął palcem po wyświetlaczu, przyłożył komórkę do ucha i zerknął na zegarek. Dziewczyny powinny być jeszcze na plebanii, Lidka pewnie chciała jedynie podzielić się jakimś nowym odkryciem. Na przykład, że dzieci Billa Gatesa nie muszą mu wyjaśniać komputerowych spraw. Lub coś w tym stylu.

To tłumaczyłoby nawet liczbę telefonów.

– Czołem, słońce – rzucił do słuchawki.

– Siatadajta, tateł.

Przez moment nie był do końca pewien, co właśnie usłyszał.

– Co?

– To takie cześć – wyjaśniła rzeczowo młodsza córka i westchnęła ze współczuciem. – Ty nic nie wiesz.

– Tata wie dużo, tylko niekoniecznie jeśli chodzi o… zresztą nieważne – uciął. – Co tam?

Głos miała normalny, nie wydarzyło się nic złego. W innej sytuacji raczej szybko skończyłby rozmowę, ale teraz była jedynym ratunkiem przed dalszym zwarciem z Burzą.

– Policjanci tutaj są – odparła beztrosko Lidka.

– Hm?

– Przyjechali na sygnale, a potem zaczęli biegać.

– O czym ty mówisz?

Nagle poczuł się, jakby tuż nad nim nastąpiło oberwanie chmury. Machinalnie obrócił się w kierunku Burzy, która też wisiała na telefonie. I sprawiała wrażenie, jakby znalazła się w podobnym szoku.

– Lidka? Mów tacie, co się stało.

– Nie wiem.

– Co tam robi policja?

– Nie wiem.

– W takim razie kogoś…

– Ada coś wie, ale nie chce mi powiedzieć – przerwała mu córka. – W ogóle nic nie mówi.

– Jak to?

Seweryn natychmiast ruszył w kierunku auta. Widząc pełen niepokoju wyraz twarzy Kai, poczuł się jeszcze bardziej zdezorientowany.

– Dziwnie wygląda, jakby zobaczyła ducha – dodała Lidka.

– Coś jej się stało? Ktoś jej coś zrobił?

– Nie wiem, tateł. Nic nie mówi!

Zaorski zatrzymał się obok Burzy, a ona uspokoiła go ruchem dłoni. Nie było w tym geście jednak nic, co ostudziłoby jego emocje. Kaja zdawała się zaaferowana i przerażona tym, co usłyszała.

– Gdzie ona teraz jest?

– Koło mnie. Siedzi i patrzy przed siebie.

– Ktoś się wami zajmuje? Ktoś z wami jest?

– Taki gruby pan.

– Komendant?

– Nie wiem. Rozmawia przez komórkę i się poci.

– Dobra – rzucił Seweryn, otwierając drzwi hondy. Kaja bez słowa zajęła miejsce pasażera. – Czekajcie tam na mnie. Trzymajcie się tego pana, w porządku?

– On trochę nieładnie pachnie.

Zaorski włączył silnik, kiedy Burza zamykała drzwi. Wycofał gwałtownie, aż koła zabuksowały, a potem wjechał na ulicę, cisnąc gaz do dechy.

– Zostańcie z nim – powiedział. – Tata już jedzie.

Rozłączył się, a potem spojrzał ponaglająco na Kaję. Ta otrzymywała jeszcze jakieś informacje od rozmówcy i kiwała głową. Z jej zdawkowych pytań trudno było się domyślić, czego w ogóle dotyczy rozmowa.

Kiedy w końcu się zakończyła, Burza ściszyła Bachman-Turner Overdrive i obróciła się do Zaorskiego. Otworzyła usta, szukała słów, ale bezskutecznie.

– Co tam się stało? – spytał gorączkowo.

– Seweryn…

– Mów.

Rzadko zwracał się do niej w taki sposób, być może pierwszy raz. Od razu poczuł się winny i chciał przeprosić. Zamiast tego jednak przyspieszył, zdjęty strachem o to, co mogło przydarzyć się starszej córce.

Na plebanii? Pod opieką Wieśka? Do kurwy nędzy, tam nie mogło wydarzyć się nic złego. Jeśli miałby komukolwiek w tej pierdolonej mieścinie powierzyć dzieci, to właśnie temu człowiekowi. Prędzej sam zasłoniłby je własnym ciałem, niż pozwolił, by stała im się jakaś krzywda.

– Burza, mów – powtórzył, tym razem tonem, w którym kryła się jedynie prośba.

– Znaleźli kolejne ciało.

Miał ochotę wbić hamulec. Spodziewali się tego, właściwie byli przekonani, że kolejna ofiara została zabita, już w momencie, kiedy Seweryn dostał AirDropem trzeci plik.

– W kościele – dodała Kaja. – I pierwsza... pierwsza odkryła je twoja córka.

Poczuł się, jakby coś przeszyło mu klatkę piersiową. Ból, który się z tym wiązał, sprawiał, że niedawne uderzenie było niczym.

Chciał się odezwać, ale nie potrafił. Oczami wyobraźni natychmiast zobaczył, jak Ada wchodzi do kościoła i trafia na zwłoki dziewczynki w wieku jej siostry.

Znów poczuł potrzebę, by natychmiast się zatrzymać, zupełnie jakby miał zaraz dostać ataku, przez który nie będzie w stanie prowadzić. Mógł myśleć tylko o tej makabrycznej scenie, mimo że nie znał szczegółów.

Gdzie on był? Dlaczego nie tam, nie przy córkach? Jak mógł ich nie ochronić?

– Trzecia ofiara znajdowała się na ołtarzu – powiedziała cicho Burza. – Miała białą sukienkę, ciało było ułożone równo na ziemi, ręce złożone jak do modlitwy.

Zaorski ścisnął mocniej kierownicę.

– Ada podeszła do niej, próbowała ją budzić. Potem chyba zrozumiała, że dziewczynka nie żyje. Poszła po księdza, a on od razu zadzwonił na komisariat.

Seweryn czuł, że zaczyna cały się trząść. Ściskanie kierownicy nie pomagało, przeciwnie, zdawało mu się, że kiedy unieruchamia ręce, wszystkie pozostałe partie ciała zaczynają dygotać.

Kaja odwróciła się do niego i położyła mu rękę na ramieniu.

– Nic jej nie jest – powiedziała.

Zaorski z trudem przełknął ślinę.

– Widziała martwe dziecko – odezwał się w końcu. – Będzie pamiętała to do końca życia.

– Poradzi sobie.

Burza powiedziała to w sposób, który dodał mu otuchy. Jakby była pewna. Jakby nie było innej możliwości.

– To twarda dziewczyna – dodała. – I ma ojca, który zrobi dla niej wszystko. Jeśli ktoś ma sobie z tym poradzić, to właśnie ona.

Zaorski skinął lekko głową.

– W dodatku ma siostrę, która nie daje jej żyć – ciągnęła Kaja. – Przy Lidce nie będzie miała wiele czasu na zajmowanie się innymi rzeczami.

– Bez dwóch zdań – przyznał Seweryn.

Starał się choć lekko uśmiechnąć, ale okazało się to ponad jego siły. Przyspieszył jeszcze bardziej, a Kaja cofnęła rękę.

Zaparkował pod plebanią parę minut później i natychmiast wypatrzył córki. Ksiądz szybko je przyprowadził, a on przykucnął i przytulił je tak mocno, jakby mógł objęciem sprawić, że we trójkę na chwilę znikną z tego świata.

W tej chwili nie interesowały go wskazówki Fenola, rola Burzyńskiego czy ofiara znajdująca się w kościele. Liczyły się tylko dwie osoby, które trzymał w ramionach.

Córki tuliły się do niego mocno, nawet Lidka, która wedle wszelkiego prawdopodobieństwa do końca nie wiedziała, co się dzieje. Obydwie potrzebowały poczucia bezpieczeństwa, a dla niego nie było nic ważniejszego od tego, by je im zapewnić.

– Seweryn? – spytała Kaja.

Podniósł wzrok i zerknął na stojącą obok Burzę.

– Korolew jest w środku – powiedziała. – Chce, żebyś do niego dołączył.

– Po co?

– Nie ma jeszcze Sawickiego. Pewnie...

– Nie pracuję dla niego – uciął Zaorski. – I muszę zabrać dziewczyny do domu.

Burza popatrzyła na niego z pełnym zrozumieniem. Sprawiała wrażenie, jakby sama odetchnęła na myśl, że córki są dla niego ważniejsze niż zbadanie miejsca zbrodni.

Wyprostował się i złapał dziewczynki za ręce. Zerknął kontrolnie na Adę, starając się ocenić, w jak dużym jest szoku. Jej lekki uśmiech kazał sądzić, że być może nie jest tak źle, jak sądził.

W końcu nie trafiła na zmasakrowane, brutalnie okaleczone ciało, tylko właściwie nienaruszoną powłokę. Musiało być to traumatyczne, jak każdy kontakt ze śmiercią, ale koniec końców mogło być dużo gorzej.

– Akcja: ewakuacja? – spytał.

– Taaak – odparła Lidka. – Ale przywiozłeś Paskudy?

– Hm?

Nie zdążył dopytać. Zorientował się, że od strony kościoła szybkim krokiem zbliża się jakiś mężczyzna, i dopiero po chwili rozpoznał Michała Ozgę. Ten jednak zdawał się go nie dostrzegać, całą uwagę skupiając na żonie.

Podszedł do Kai i mocno ją objął, jakby to ona potrzebowała największego wsparcia. Przytulając ją, lekko skinął głową do Zaorskiego, a ten odpowiedział tym samym.

– Co ty tu robisz? – spytała Burza, odsuwając się.

Zerknął na Lidkę, a potem na Adę.

– Znaleźli dziecko w kościele.

– Wiem – odparła spokojnie Kaja. – Ale nie powinno cię tutaj być.

Seweryn doskonale wiedział, czego się spodziewać. Znał Ozzy'ego na tyle dobrze, by przewidzieć, że teraz nastąpi krótka pogadanka o tym, iż burmistrz nie może stać z boku, kiedy po raz drugi w tak krótkim czasie w jego mieście dochodzi do zabójstwa małej dziewczynki.

Zaorski nie słuchał. Otworzył drzwi samochodu, a potem usadził Lidkę i Adę na ich miejscach z tyłu, jakby ubyło im przynajmniej kilka lat i znów potrzebowały asysty. Kiedy zamknął drzwi, Kai już nie było. Michał wciąż jednak stał przy samochodzie.

– Makabra – odezwał się.

– Mhm.

– Widziałeś ciało?

– Nie – odparł Seweryn, a potem złapał za klamkę przednich drzwi.

– Będziesz robił autopsję?

– To nie moja robota.

Ozzy zmarszczył czoło, z pewnością nieco skołowany tym, że Seweryn zbywa go półsłówkami. Przez ostatnie pół roku ich relacja znacznie się poprawiła, rzadko kiedy odbywali tak oschłe rozmowy.

– Wszystko okej?

– Tak – odparł szybko Zaorski. – Muszę tylko zabrać dziewczyny do domu.

– Pewnie. Nie zatrzymuję.

Uścisnęli sobie ręce, po czym Seweryn z ulgą wsiadł do samochodu. Im szybciej oddali się od tego miejsca, tym lepiej się poczuje. Zerknął na dziewczynki w lusterku i zmusił się do uniesienia kącików ust.

– Puścić du, du, du? – spytał.

– Taaaaak! – odpowiedziały unisono diablice.

Tym razem nie musiał już pozorować uśmiechu. Przekręcił kluczyk w stacyjce i ruszył powoli naprzód.

Nie ujechał nawet kilku metrów. Tuż przed nim pojawił się policyjny samochód, który zajechał mu drogę. Wysiadło z niego dwóch funkcjonariuszy, trzymających dłonie na kaburach. Popatrzyli na niego w sposób, który jasno informował, że z jakiegoś powodu nie może się oddalić.

Jeden z nich podszedł do hondy od strony kierowcy. Drugi był w gotowości, by zapobiec ewentualnej ucieczce.

Seweryn opuścił szybę.

– Proszę wyjść z samochodu – oznajmił policjant.

– Po co?

– Proszę wykonywać polecenia.

Nie było w tym ani cienia prośby, a funkcjonariusz sprawiał wrażenie, jakby miał do czynienia z groźnym przestępcą. Zaorski spojrzał z niepokojem na córki, po czym odpiął pas i powoli wysiadł z auta.

4

Biały zegarek na ręku dziewczynki był jak memento, że morderca jeszcze nie skończył. Kaja patrzyła na cyfrowy wyświetlacz, zastanawiając się, jak bardzo zwyrodniały musiał być człowiek, który się tego wszystkiego dopuścił.

Głośne skrzypnięcie drzwi wejściowych sprawiło, że Burza się odwróciła. Dwóch funkcjonariuszy pospiesznie wprowadziło Seweryna do środka, po czym zatrzymało się przy kropielnicach z wodą święconą. Wskazali mu ołtarz, a Zaorski ruszył przed siebie.

Nie mieli pojęcia, co się dzieje. Ani oni, ani pozostali policjanci na zewnątrz. Od Konarzewskiego dowiedzieli się jedynie, że muszą natychmiast przyprowadzić Seweryna. A jeśli będzie się stawiał, byli uprawnieni, by użyć przymusu bezpośredniego.

Zaorski raz po raz obracał się w ich stronę, jakby nie rozumiał, dlaczego nie idą za nim.

Powód był prosty. Komendant postanowił, że im mniej osób wie o zegarku, tym lepiej. Spokój był w tej chwili kluczowy.

Niestety okazał się także nieosiągalny dla wszystkich, którzy wiedzieli, co się dzieje. Oprócz Burzyńskiej przy ciele stali jedynie Korolew i Konarzewski. Czekali na nową kierowniczkę zakładu patomorfologii, Natalię Bromnicką, ale ta z jakiegoś powodu mogła zjawić się dopiero za parenaście minut.

– O co chodzi? – spytał Seweryn, wchodząc do prezbiterium. Zerknął najpierw na krzyż, potem na tabernakulum. Dopiero po chwili skupił wzrok na małej dziewczynce w białej sukience.

– Ty nam powiedz – odparł Konarzewski.

Niepokój w oczach Zaorskiego sprawiał, że Burza nie musiała zastanawiać się, jakie myśli kłębią mu się w głowie. Obawiał się, że został w coś wmanewrowany. Że zabójca zostawił tu ślady obciążające Seweryna. I że po raz kolejny to on stanie się głównym podejrzanym.

Nie miało to jednak nic wspólnego z powodem jego obecności.

– Ja? – spytał Zaorski. – A skąd ja mam cokolwiek wiedzieć? Byłem z Kają w Zamościu, jesteśmy prosto z…

– Wiem – uciął komendant. – Ale najwyraźniej twoja nieobecność nie przeszkadzała zabójcy.

– Nie przeszkadzała? W czym niby?

– W zostawieniu ci wiadomości.

Kiedy przełożony wskazał ciało, Burza przykucnęła obok dziewczynki i poczekała, aż Seweryn zrobi to samo. Potem skinęła dłonią na biały elektroniczny zegarek. Wyglądał jak tania podróbka smartwatcha Samsunga, a na wyświetlaczu zamiast godziny widniało odliczanie.

– Ktoś ustawił timer – powiedziała.

– Widzę. Zostało siedem minut i czterdzieści osiem sekund – odparł Zaorski. – Ale do czego?

Wskazała mu tablet w takim samym kolorze jak zegarek, leżący przy ciele. Także ten sprzęt sprawiał wrażenie tańszego zamiennika markowych modeli.

Zaorski spojrzał na swoje dłonie, a potem na ręce pozostałych, uświadamiając sobie, że jako jedyny z całego towarzystwa nie ma rękawiczek. Kaja podniosła tablet za niego, a potem włączyła ekran.

– Jest kolejne nagranie – powiedziała. – Adresowane do ciebie.

Głosy mówiących po niemiecku dziewczynek z pewnością już odbijały mu się echem w głowie, ilekroć kładł się spać. Za każdym razem zdawały się dochodzić z samego dna otchłani.

Burza włączyła odtwarzanie. Tym razem nagranie rozpoczynało się od dźwięków pozytywki. Równie niewinnych jak poprzednie. I równie przerażających, kiedy wzięło się pod uwagę okoliczności.

Po kilku sekundach ucichły, a ich miejsce zajął głos małej dziewczynki.

– *Severin wird dir die Wahrheit sagen* – odezwała się.

Dźwięki pozytywki wróciły, ale nagranie dość szybko dobiegło końca.

– I? – spytał Konarzewski. – Co to ma znaczyć?

– Trudno powiedzieć – odparł. – Mój niemiecki jest trochę...

– Swojego imienia też nie rozumiesz?

– To akurat wyłapałem. Choć może chodzić też o Snape'a.

Komendant spojrzał na niego nierozumiejącym wzrokiem.

– Nie czyta pan za dużo, co?

Korolew zrobił krok w kierunku Seweryna, a potem wskazał na zegarek na przegubie martwej dziewczynki. Właściwie więcej nie było trzeba, by sprowadzić Zaorskiego na właściwe tory.

– Cokolwiek ma tutaj miejsce, czas się kończy – rzucił prokurator. – A ten przekaz jest jasny.

– Może dla pana. Dla mnie wciąż niezrozumiały.

– Seweryn powie ci prawdę – przetłumaczył oskarżyciel.

Zaorski przesunął ręką po czapce i podrapał się po karku. Rzeczywiście wyglądało na to, że wcześniej nie zrozumiał ani trochę.

– Jaką prawdę? – jęknął.

– Ty nam powiedz – włączył się Konarzewski.

Kaja przypuszczała, że może chodzić tylko o jedną rzecz, a konkretnie to, czego dowiedzieli się od jej ojca. Streściła przełożonemu i prokuratorowi wszystko, co istotne, ale w niczym to nie pomogło. To wtedy postanowili, by natychmiast ściągnąć tu Zaorskiego.

Seweryn spojrzał na Burzę. Doskonale wiedziała, o co chciał zapytać.

– Powiedziałam im o wszystkim – uprzedziła go.

– O wszystkim? Znaczy o seksie w przydrożnym motelu po drodze też?

– Nie. Twoich marzeń nie relacjonowałam.

– Szkoda. Są warte uwagi.

– Dość – syknął komendant i rozłożył ręce. – Do kurwy nędzy, masz obok siebie martwe dziecko i zbiera ci się na durne żarty?

– A co w tym dziwnego?

Konarzewski uniósł bezradnie wzrok.

– Nikt nie odchodzi z tego świata żywy – dodał Seweryn, jakby miało to wszystko tłumaczyć.

Może tłumaczyło, uznała w duchu Kaja, a potem skupiła się na timerze. Czas upływał nieubłaganie, a ona miała coraz czarniejsze myśli. Człowiek, z którym mieli do czynienia, nie znał żadnych barier. Skoro zabił trójkę małych dziewczynek, z pewnością był gotów podłożyć ładunek wybuchowy pod szkołę, kino czy plac zabaw.

– Powinniśmy zarządzić ewakuację – odezwała się.

– Hę? – rzucił komendant.

– To odliczanie kojarzy mi się tylko z jednym, panie inspektorze. I przypuszczam, że nie tylko mnie.

Zaorski ponownie rozejrzał się za rękawiczkami.

– Co sugerujesz? Że gdzieś jest bomba?

– Nie możemy tego wykluczyć.

– Ale…

– Tu musi być więcej informacji – odezwał się Seweryn.

Wszyscy skupili na nim wzrok, a on najwyraźniej w końcu postanowił, że przy tykającym zegarze kontaminacja materiału dowodowego schodzi na drugi plan. Podniósł tablet, co wywołało natychmiastową reakcję Korolewa.

– Odciski! – rzucił.

– Mniejsza z nimi. Sprzęt i tak jest wyczyszczony.

Zaorski aktywował ekran, a Burza ponownie sprawdziła czas. Kilka minut. Tyle mieli, żeby ustalić, co tu się dzieje.

– Panie komendancie – podjęła. – Powinniśmy przynajmniej ewakuować budynki użyteczności publicznej i miejsca, w których zbierają się ludzie.

– Na jakiej podstawie? Timera w komunijnym zegarku?

Biorąc pod uwagę, na czyim przegubie się znajdował, wydawało jej się to wystarczającym powodem.

– Mój mąż jest na zewnątrz – powiedziała. – Może szybko skoordynować całą akcję.

Inspektor zdawał się nieprzekonany, Seweryn zaś nie miał zamiaru włączać się do dyskusji i skupiał się wyłącznie na tablecie.

– Lepiej być nadgorliwym niż potem żałować. Szczególnie kiedy chodzi o ludzkie życie.

Konarzewski oddychał ciężko, jakby sam proces myślowy fizycznie go męczył. W końcu skinął głową i skierował się ku wyjściu z kościoła. Szedł powoli, zdając się nie przejmować faktem, że zostało parę minut.

– Mam coś – odezwał się Zaorski.

– Co? – spytała Burza, na powrót przy nim kucając.

– Plik tekstowy o nazwie „Prawda".

Wyświetlił go i oboje w jednym momencie poczuli, jakby grunt usunął im się spod nóg.

„Dwudziesty ósmy wyraz liczb Catalana.

Siedem początkowych elementów jest bez znaczenia.

Liczy się to, co dalej.

I długość zdjęcia z wąwozu w milimetrach".

– Jezu… – jęknęła Kaja.

Jeśli dotychczas mieli jakiekolwiek wątpliwości, że wszystko to związane jest z wydarzeniami sprzed pół roku, teraz otrzymali ostateczne potwierdzenie. Oboje także wiedzieli doskonale, co oznacza ta wiadomość. Oni i tylko oni.

Właśnie dzięki wspomnianym wskazówkom otrzymali współrzędne geograficzne, które prowadziły do lasu pod Delawą. Miejsca, gdzie Burza odebrała życie dwóm mieszkańcom wioski.

Prawda mogła odnosić się tylko do tego.

Nie chodziło o matkę Zaorskiego ani Dzieci Zamojszczyzny. W tym wypadku była to groźba wymierzona w Kaję i sprowadzająca się do ujawnienia tego, co zrobiła.

– O co chodzi? – spytał Korolew, stając za nimi.

Seweryn popatrzył na Burzę w sposób, który jasno informował, że on także połączył jedno z drugim.

– To zupełny bełkot – odezwał się. – Nic z tego nie wynika.

Kaja nie potrafiła się obrócić, ale czuła na sobie ciężkie spojrzenie prokuratora. Jej reakcja z pewnością nie uszła jego uwagi. Musiał domyślić się, że ten kod coś dla niej znaczy.

– Na pewno?

– Tak – potwierdził Zaorski. – Zabójca stara się zbić nas z tropu, odwołując się do cieni Meduzy.

– Mogę?

Seweryn podał mu tablet, a potem jeszcze raz zerknął na Kaję. Tym razem w jego spojrzeniu było coś, co ją uspokoiło. Zupełnie jakby chciał ją zapewnić, że się tym zajmie, a ona nie ma się czym martwić.

Często tak się przy nim czuła. Nawet kiedy nie było żadnego zagrożenia, poczucie bezpieczeństwa stanowiło wytchnienie i odskocznię od normalnej, pełnej problemów rzeczywistości.

Miała wrażenie, że teraz ta uderzy w nią ze zdwojoną mocą. Fenol wiedział o tym, co wydarzyło się pod Delawą. Skąd? I co zamierzał z tą wiedzą zrobić? Los Burzy najwyraźniej spoczął w jego rękach – wystarczyło złożyć anonimowy donos, a byłoby po sprawie.

Odliczanie.

Boże, może ten zegar tykał właśnie dla niej? To miałoby sens.

Popatrzyła na nieruchome, martwe oblicze niewinnej dziewczynki i w jednej chwili wszystko inne przestało mieć znaczenie. Liczyła się tylko ona. Trzecia ofiara, którą z rąk wciąż anonimowego człowieka spotkał tak okrutny los.

Człowieka, którego należało znaleźć i ująć. A to można było zrobić jedynie, jeśli śledczy znali całą prawdę o sprawie.

Burza podniosła się i jeszcze raz spojrzała na dziewczynkę. Wystarczyło tylko powiedzieć, że to współrzędne niewielkiej wioski na Lubelszczyźnie. Resztę Korolew natychmiast by z niej wyciągnął.

Nabrała tchu, ale w tym samym momencie Zaorski również wstał. Spokojnie, nie raptownie, by nie wzbudzać podejrzliwości u Korolewa. Popatrzył jednak na Kaję ostrzegawczo.

Domyślił się, co zamierzała zrobić.

I podobnie jak ona, także on musiał przypuszczać, że kiedy czas dobiegnie końca, prawda i tak wyjdzie na jaw. To ona była ofiarą, ona była celem. Fenol nie potrzebował ani trucizn, ani ładunków wybuchowych, by ją zniszczyć. Wystarczył jeden telefon do właściwej osoby.

– Coś nie tak? – spytał Korolew.

Zanim którekolwiek zdążyło się odezwać, do kościoła wpadł zziajany Konarzewski. Unosił rękę, jakby tylko dzięki temu mógł zostać dostrzeżony przez stojących w prezbiterium.

– Zaorski! – krzyknął, ledwo łapiąc oddech.

Burza dostrzegła, jak Seweryn mimowolnie napina mięśnie. Odruch obronny był całkowicie uzasadniony – komendant sprawiał wrażenie, jakby miał zamiar kogoś zaatakować.

– Zaorski! – wydusił, zbliżając się. – Twoje dzieci…

Seweryn potrząsnął głową i natychmiast ruszył w stronę policjanta.

– Nie ma… ich – wysapał Konarzewski. – Drzwi otwarte… samochód pusty…

Burza od razu popędziła za Zaorskim. W tym samym momencie zegarek martwej dziewczynki zaczął wydawać piskliwy sygnał. Czas dobiegł końca.

5

Zgromadzeni przed kościołem funkcjonariusze mieli ważniejsze rzeczy do roboty niż szukanie dwóch dziewczynek. Poczuli się do odpowiedzialności dopiero, kiedy rozgorączkowany przełożony wydał rozkaz, by natychmiast zlokalizować córki Zaorskiego.

Seweryn stał przy samochodzie, nerwowo się rozglądając.

– Nic nie mogło im się tutaj stać – odezwała się Burza.

Nie odpowiadał. Przez jego głowę przechodziło zbyt wiele myśli.

– Fenol nie dałby rady nawet się zbliżyć.

Słowa docierały do niego niewyraźnie, jakby zza szyby. Ocknął się dopiero, kiedy Kaja ujęła go za rękę. Zamrugał i gwałtownie obrócił do niej głowę.

– Co mówiłaś?

– Że wokół są sami policjanci. Zabójca na pewno nie ryzykowałby zjawienia się tu.

– Chyba że to któryś z nich.

Burza rozejrzała się niepewnie, a jej wzrok niespodziewanie padł na męża, który zbliżał się do nich szybkim krokiem. Natychmiast puściła dłoń Zaorskiego, a on poczuł, jakby wymierzyła mu policzek.

Dopiero wtedy zorientował się, że podchodzi do nich Ozzy. Widział? Prawdopodobnie tak, trudno było nie dostrzec, że trzymała go za rękę.

– Wszyscy już ich szukają – odezwał się Michał, stając przy Zaorskim.

Poklepał go po plecach, a potem posłał podnoszące na duchu spojrzenie żonie.

– Na pewno gdzieś tutaj są – dodała Burza.

– I zaraz się znajdą.

Tak, tak musiało być. Zakładanie, że Fenol był w istocie którymś z policjantów, ocierało się o absurd. Morderca z pewnością nawet nie zbliżyłby się do kościoła, był zbyt ostrożny.

Ale gdzie one w takim razie są?

Gorączkowo się rozglądając, Seweryn nie wiedział nawet, w którym kierunku pójść. Zanim zdążył podjąć decyzję, usłyszał krzyk jednego z mundurowych. W pierwszej chwili nie zrozumiał słów i zdjął go strach.

Oczami wyobraźni zobaczył Lidkę i Adę leżące gdzieś na ziemi w białych sukienkach. Blade twarze, wyraźne cienie w dolnych partiach ciała. Zrobiło mu się niedobrze.

– Są! – krzyknął funkcjonariusz.

Kaja i Ozzy natychmiast ruszyli w jego kierunku, Zaorski potrzebował chwili, by impuls z mózgu dotarł do ciała. Popędził przed siebie, już z oddali dostrzegając córki. Nic im się nie stało, były całe.

Dopadł do nich i znów przytulił je tak mocno, jakby miał za moment je stracić. Przeszło mu przez myśl, że powinien zabrać je z Żeromic. Uciec, zostawić wszystko to za sobą i po prostu zapewnić im bezpieczeństwo.

Odsunął się, by spojrzeć im w oczy, ale dalej trzymał je mocno za ramiona.

– Siatadajta, tateł – rzuciła Lidka.

– Gdzieście były?

– W lasku.

– Po co?

Burza stanęła tuż za nim, tak blisko, że poczuł, jak jej ciało dotyka jego pleców. W ułamku sekundy odniósł wrażenie, jakby ktoś przyłożył coś pod napięciem prosto do jego skóry.

Nawet lekki dotyk wystarczał. Wystarczał do wszystkiego. Całokształt przeżyć zgromadzony w jednym, pozornie nieznaczącym, powierzchownym kontakcie. Wszystkie chwile zgromadzone w jednej.

Seweryn obejrzał się tylko na okamgnienie, ale tyle wystarczyło, by wzrok Kai pozwolił mu wierzyć, że dotyk nie był przypadkowy. Szybko na powrót skupił się na Lidce.

– Po co tam byłyście? – powtórzył.

– Po gazetę.

– Jaką gazetę? – odparł, starając się uspokoić. – O czym wy mówicie?

– Akcja: publikacja.

– Co? – spytał nieco głośniej i ostrzej, niż zamierzał.

Lidka zrobiła naburmuszoną minę, Ada zdawała się wciąż nieobecna. Zaorski znów przyciągnął do siebie dziewczynki, na moment sprawiając, że cała trójka znalazła się w innym świecie.

Kiedy je puścił, popatrzył Lidce w oczy z powagą, na którą mogła zareagować tylko w jeden sposób.

– Znowu dostałyśmy plik – powiedziała. – Ale teraz od Paskuda.

W Sewerynie aż się zagotowało. Zmusił się jednak do tego, żeby stłumić wszelkie emocje.

– Nie rozumiem, słońce – odparł. – Od jakiego Paskuda?

– Od Oxa.

– O czym ty mówisz?

– Ox. Ta zielona Paskuda bez oka!

Zaorski był zbyt roztrzęsiony, by myśleć racjonalnie. Coś kołatało mu się w głowie, jakiś film animowany, na którym był z diablicami w kinie. Zanim jednak poukładał fakty, Lidka podała mu swój telefon.

– Zobacz sobie.

Plik tekstowy, podobnie jak na tablecie. Tym razem treść także była krótka.

„Paskuda wam coś zostawiła.

Akcja: publikacja!

Znaleźć to możecie w lasku za plebanią".

– Skurwysyn... – szepnął Zaorski.

– Co mówisz, tateł?

– Nic – odparł szybko. – Nadawcą był „Ox"?

Lidka pokiwała głową, a on zaczął się zastanawiać, co to wszystko ma znaczyć. Cokolwiek się działo, wiązało się zarówno z Kają, jak i z nim. I to na tyle, że Fenol zadał sobie trud, by ustalić, co jest aktualnie u dziewczynek na tapecie.

Teraz przypomniał sobie, że Lidka męczyła go o przytulankę Oxa. Zielone brzydactwo z iksem zamiast oka.

– No i tam znalazłyśmy gazetę.

– Jaką gazetę?

Wskazała rulon, który Ada trzymała w dłoni. Zaorski sięgnął po niego, ale córka lekko się cofnęła, jakby się czegoś przestraszyła. Kaja przykucnęła obok niego, a potem uśmiechnęła się do niej i wyciągnęła rękę. Ada podała jej gazetę.

Kiedy Burza ją rozłożyła, oboje spojrzeli na zdjęcia zagłodzonych, wyniszczonych, umierających lub już martwych dzieci. Wszystkie fotografie były czarno-białe i nie ulegało wątpliwości, że zrobiono je w czterdziestym drugim lub trzecim.

Dzieci Zamojszczyzny.

Widok był porażający. Wystające żebra sprawiały wrażenie, jakby miały przebić skórę. Zapadnięte oczodoły pozwalały dostrzec wyraźny kształt czaszki. Pusty wzrok świadczył o zgasłej nadziei, a brak włosów o chorobach lub o tym, że dzieci trafiły do obozowego piekła.

Ich ręce i nogi były tak chude, że przywodziły na myśl gałęzie rachitycznych drzew tuż po srogiej zimie. Wydawało się, że wystarczyłaby minimalna siła, by je połamać. Twarze dzieci były tak wychudzone, że niektóre ledwo przypominały istoty ludzkie. Te w lepszym stanie nie wyglądały już jak dzieci, ale jak skurczeni, toczeni chorobą starcy.

Wykrzywione w cierpieniu twarze były tak makabryczne i nierealne, że trudno było uwierzyć, iż ktokolwiek mógł obojętnie na to patrzeć, co dopiero stać za rabunkiem i umęczeniem młodych więźniów.

Poniżej znajdowała się wiadomość od Fenola.

„Od listopada 1942 do marca 1943 roku ponad 30 000 dzieci zostało wysiedlonych z Zamojszczyzny, by zrobić miejsce osadnikom niemieckim. Trafiły do obozów przejściowych, gdzie zostały oddzielone siłą od rodziców. Niektóre bito, inne zabijano. Część zmarła z powodu zimna, głodu i chorób. Te, które przeżyły, ładowano do bydlęcych wagonów i wieziono do obozów koncentracyjnych lub fabryk w Rzeszy.

To Dzieci Zamojszczyzny.

Młodzi Polacy, którzy przeszli selekcję rasową i zostali poddani brutalnej germanizacji. Ślad po wielu z nich zaginął. Nieliczni wrócili w rodzinne strony.

Po wojnie Międzynarodowy Trybunał Wojskowy w Norymberdze uznał rabunek polskich dzieci przez Niemców za zbrodnię ludobójstwa.

A my dziś nie pamiętamy.

Dlaczego?

Jak możemy o nich nie mówić? Jak możemy nie pielęgnować pamięci?

Jak mogliśmy zapomnieć?

Śmierć trzech dziewczynek to nic w porównaniu z tym, co działo się na tych ziemiach kilkadziesiąt lat temu.

To jeszcze nie koniec. Ale żadne dziecko już z mojej ręki nie zginie.

Cel bowiem został osiągnięty".

Zaorski jeszcze raz przebiegł wzrokiem tekst. Był to manifest fanatyka i ostateczne potwierdzenie tego, że Fenol jest szaleńcem. Szaleńcem, który postanowił po raz kolejny zbliżyć się do córek Seweryna.

Przyglądając się Adzie, Zaorski zastanawiał się nad tym, ile zdążyła przeczytać. Nie, to nie miało żadnego znaczenia. Na zdjęcia musiała zwrócić uwagę, a one same wystarczyły, by przez kilka kolejnych nocy nie mogła zasnąć. Najpierw ciało, potem to. Znów nie zdołał ochronić córki.

Zaklął w duchu, kiedy Kaja złożyła gazetę, a potem oddała ją jednemu z funkcjonariuszy, uprzedzając, by nie zatarł żadnych śladów. Seweryn spojrzał w kierunku kościoła.

– Co z odliczaniem? – spytał.

– Dobiegło końca, kiedy wybiegliśmy. Najwyraźniej chodziło o… cóż, o akcję: publikację.

– Nie sądzę.

– Nie?

Zaorski podniósł się i podszedł do Burzy na tyle blisko, by mogli rozmawiać półszeptem.

– Dziewczyny dostały plik AirDropem dużo wcześniej – odparł. – Musiało chodzić o coś innego.

Oboje zwrócili się do stojącego obok Michała, ale ten wzruszył ramionami.

– Ewakuowaliśmy, co się tylko dało – oznajmił. – Nigdzie nie pojawiło się żadne zagrożenie.

– Więc o co chodziło? – spytała Kaja.

Odpowiedź przyszła dość szybko – i okazało się, że akcja: publikacja ma znacznie szersze znaczenie. Ten sam manifest, który trafił do nich, został rozesłany także do wszystkich lokalnych mediów.

Fenol nie opublikował go w internecie, nie zamieścił w żadnym ogólnodostępnym miejscu. Przypuszczalnie po to, by stworzyć przynajmniej namiastkę atmosfery tajemniczości. O tekście wiedzieli wszyscy, mało kto jednak miał do niego dostęp. A ludzie zawsze pragnęli tego, czego mieć nie mogli. Zaorski wiedział o tym najlepiej.

Wieść o treści manifestu szybko rozeszła się po Żeromicach. Groźba wyrażona na końcu sprawiła zaś, że w całym miasteczku zapanowała atmosfera paniki. Każdy czuł się zagrożony.

Późnym wieczorem Zaorski położył diablice do snu. Na dobranoc czytał im książkę o najnowszej wyprawie Neli, małej reporterki. Lubił ją nie mniej niż córki, ale dziś kompletnie nie mógł się skupić. Diablice szczęśliwie nie miały z tym problemu – ledwo zaczął, a jakaś zapadka przeskoczyła w ich umyśle. Interesowała je już wyłącznie Nela, nie myślały o niczym, co zdarzyło się tego dnia.

Seweryn oddałby wiele, by móc równie łatwo się od tego odciąć. Kiedy zasiadł w garażu po usypianiu – zwanym też akcją: hibernacją – zaczął żłopać whisky, jakby pił wodę. Czuł się niepewnie we własnym domu. Zabójca zbliżał się do niego już kilkakrotnie, a raz przecież bez trudu zabrał jego samochód z podjazdu.

Teraz w dodatku nie było już obstawy. Cokolwiek sprawiło, że Dydul i reszta tak szybko spasowali na parkingu, zaowocowało także tym, że trzymali się na dystans. Zgłoszą się zapewne dopiero, kiedy będą chcieli wyegzekwować od Zaorskiego to, za co mu płacili.

Pociągnął łyk drogiej whisky, zastanawiając się nad tym, czy wszedł w konszachty z tymi ludźmi dla siebie, czy dla dziewczynek. Oczywiście, chodziło o środki na ich utrzymanie. Ale przecież poradziłby sobie jakoś bez tego. Może zwyczajnie potrzebował przeświadczenia, że jest dobrym ojcem, który nie pozwoli na obniżenie poziomu ich życia?

Odstawił whisky i spojrzał na zegarek. O pierwszej był umówiony z Burzą, miała przyjechać do niego prosto z prosektorium. Tej nocy nikt w Żeromicach nie spał. Emocje były zbyt duże, a strach wszechogarniający.

Przed pierwszą Seweryn podniósł się z chybotliwego krzesełka, naciągnął czapkę i wyszedł przez bramę garażową. Wciągnął głęboko nocne, chłodne powietrze, licząc na to, że nieco go otrzeźwi.

Wypił o dwie, może trzy szklaneczki za dużo. W tych okolicznościach jednak Kaja z pewnością powinna się tego spodziewać.

Przyjechała sama, choć obawiał się, że zabierze ze sobą kogoś z komisariatu, może nawet Korolewa. To przekreślałoby cel wizyty, ale Seweryn zakładał, że ostatecznie Burza może nie mieć innego wyjścia.

Najwyraźniej jednak nie powiedziała nikomu, z kim zamierza się spotkać. Zaparkowała obok hondy, a potem wyszła z auta i... nie ruszyła się o krok. Patrzyli na siebie z tak dużej odległości, że trudno było dostrzec wyraz twarzy.

Zaorski poszedł w jej kierunku, a ona w tym samym momencie ruszyła ku niemu. Kiedy znaleźli się kilka metrów od siebie, oboje zwolnili, jakby bali się, że zbyt szybkie spotkanie okaże się niebezpieczne.

Seweryn zbliżył się powoli, a potem lekko uniósł ręce. Tyle wystarczyło, by wsunęła się w jego ramiona, jakby odnajdywała coś dawno zagubionego. Wtuliła się w niego, a on mocno przycisnął ją do siebie. Obojgu szybko zabrakło tchu, ale żadne nie zwracało na to uwagi.

– Chyba musimy pogadać – odezwał się Zaorski.

– Chyba tak – odparła cicho, nie odsuwając się. – Ale najpierw musisz powiedzieć mi całą prawdę.

– Prawda jest taka, że cię...

– O moim ojcu, Seweryn – ucięła karcąco, jakby wciąż miała do czynienia z tym niesfornym nastolatkiem, który ponad dwadzieścia lat temu chciał zabrać ją na studniówkę.

Wypuścił ją z ramion i spojrzał jej głęboko w oczy.

– Co chcesz wiedzieć?

– Wszystko – odparła. – Dlaczego się z nim widywałeś, jaki ma z tym wszystkim związek i kim są ci ludzie, którzy śledzili nas i zatrzymali przed Żeromicami. Chcę wiedzieć wszystko, rozumiesz? Koniec kłamstw.

Skinął lekko głową, a potem zaprowadził ją do garażu. Nalał im po szklance whisky i zaczął mówić.

6

Trudno było oprzeć się wrażeniu, że Seweryn tej nocy powinien już odstawić alkohol. W innych okolicznościach Burza być może nawet by go do tego namawiała, teraz jednak wyszła z założenia, że *in whisky veritas*.

– Pojechałem do twojego ojca nie po to, żeby obracać jego funduszami – zaczął. – Nie wiem nawet, czy ma jeszcze jakieś pieniądze. A jeśli tak, to czy ich przepływy nie są monitorowane przez służby.

– Pewnie są.

Napił się i pociągnął nosem.

– Wymyśliłem coś innego.

– Czyli?

– Założyłem, że po zamknięciu całego kierownictwa Grupy Białopolskiej ktoś będzie chciał zająć ich miejsce.

Kaja słuchała uważnie, przypatrując mu się z nie mniejszą wnikliwością. Szukała jakichkolwiek oznak fałszu, ale na razie ich nie dostrzegała.

– To była quasi-sekta, jak wiesz – ciągnął. – A raczej sekta połączona ze strukturą mafijną.

– Albo na odwrót.

– Tak – przyznał. – W każdym razie ci ludzie znaleźli złoty środek, by wymuszać lojalność i absolutną dyskrecję. Działali tak przez lata, bo byli zamkniętym, homogenicznym gronem, do którego można było się dostać tylko dzięki…

– Pamiętam aż za dobrze, dzięki czemu.

Odstawił szklankę i pokiwał głową.

– To sprawiło też, że organizacja nie mogła tak po prostu się rozpaść. Ktoś zajął miejsce twojego ojca i innych, bo zaprojektowali wszystko tak, by Grupa Białopolska przetrwała. Co więcej, zadbali o to, by nikt się nie połapał i nikt nie dotarł do nowego kierownictwa. Musisz przyznać, że potrafią ukrywać co nieco.

– Może.

– To trochę jak z tymi zabezpieczeniami na Titanicu, jedno nawali, to drugie…

– Titanic jakoś się nie utrzymał na wodzie, Seweryn.

– Ano nie. Ale projektanci chcieli mieć podwójny kadłub, na wypadek gdyby statek się z czymś zderzył. Jeden zostałby uszkodzony, to drugi spełniłby swoją funkcję. Tylko że funduszy zabrakło.

– I uważasz, że Grupa Białopolska miała dwa kadłuby?

– Taka była moja hipoteza, zanim odwiedziłem twojego tatela.

– No dobrze – odparła Kaja. – Pytam o to, na ile się obroniła.

– Na sto procent – powiedział i głęboko westchnął. – Wydusiłem od twojego ojca informację o tym, z kim się skontaktować i w jaki sposób. Wierz mi, że nie było łatwo.

Niełatwo? Burza powiedziałaby raczej, że to absolutnie beznadziejne zadanie. Ojciec nie miał żadnego powodu, by ufać Sewerynowi ani tym bardziej pomagać mu w czymkolwiek.

– Musiałem sporo się nagimnastykować.

– W jaki sposób?

– Skrętoskłony, opady, krążenia i odrzuty.

Kaja spojrzała na niego ponaglająco, a on ściągnął czapkę i zawiesił ją na metalowej szafce przy ścianie.

– Mam jeszcze trochę znajomości w Zamościu – powiedział. – Część osób w służbie więziennej wie, że siedziałem za nic. A oprócz tego uzbierałem parę przysług.

Bała się nawet pytać, czym na nie zapracował.

– Załatwiłem twojemu ojcu to i owo.

– Czyli?

– Dobre warunki, większą szansę na warunkowe przedterminowe zwolnienie, trochę wygód…

– Tyle by nie wystarczyło.

Zdawała sobie sprawę, że nie musi tego mówić. I czekała, aż Seweryn w końcu wyjawi, co przeważyło szalę.

– Obiecałem pomóc mu z tobą – powiedział.

– Pomóc ze mną? To znaczy urobić mnie? – odparowała. – Tu i ówdzie przemycać jakieś dobre słowo na jego temat? Niby mimochodem rzucić, że Dominik nigdy nie poznał dziadka?

Właściwie powinna była się tego spodziewać. Kiedy ojciec zrozumiał, że większość z pozostałego mu czasu spędzi za murami więzienia, musiał dokonać pewnego przewartościowania. Ostatecznie jedyne, co mógł jeszcze zrobić, to naprawić relacje z rodziną.

– Musiałeś też obiecać mu jakieś efekty, inaczej tak łatwo by ci nie poszło – ciągnęła. – Co mu zagwarantowałeś? Że zjawię się…

Na widzeniu. Oczywiście. Doprowadził do tego, wywiązał się z umowy. Inaczej Burza nigdy nie postawiłaby stopy w zamojskim zakładzie karnym.

Ale czy Zaorski rzeczywiście miał na to wpływ? Przecież przyjechała tam tylko dlatego, że dziewczynka na nagraniu wskazała na ojca.

Nie, zaraz. Informacja o tym, by udać się po odpowiedzi do tego, kto napisał listy, nie znajdowała się w nagraniach, ale w pliku tekstowym, który Seweryn rzekomo dostał razem z empetrójką.

Rzekomo? Naprawdę to słowo pojawiło się w jej umyśle?

Zaczynała go podejrzewać i dopuszczać realną możliwość, że zdobyłby się na tak daleko idącą manipulację?

– Nie miałem zamiaru robić niczego przeciwko tobie – odezwał się. – Chciałem tylko…

– Dostać się do nowego kierownictwa Grupy Białopolskiej.

– Tak, ale…

– Ale nie interesowała cię cena. Liczyło się dla ciebie to, żebyś dalej mógł dla nich pracować. I żeby strumień pieniędzy nie przestał płynąć.

– Burza…

Uniosła rękę i podniosła się z krzesła. Przez chwilę chodziła po garażu, zastanawiając się, jak daleko Seweryn mógł się posunąć, by zapewnić córkom godne życie.

Odpowiedź mogła być tylko jedna. W tej konkretnej sprawie nie istniały żadne granice.

Kaja zatrzymała się przed miejscem, gdzie pół roku temu Zaorski znalazł skrytkę z dyskietkami. Dziura była zamurowana, ale posadzka w tym miejscu znacznie się różniła. Nie sposób było tego nie zauważyć.

– Dlaczego wcześniej mi o tym nie powiedziałeś? – spytała Burza. – Po co ta druga wersja?

– Nie chciałem, żebyś miała mnie za…

– Przestępcę? Zdrajcę?

Obróciła się i spojrzała na niego w poszukiwaniu choćby cienia zażenowania. Nie dostrzegła go. Seweryn najwyraźniej składał wszystko na karb zapewniania dobrego bytu córkom. I w ten sposób się rozgrzeszał.

– To komplikowałoby ci sprawę też z zawodowego punktu widzenia – powiedział.

– Bo powinnam donieść przełożonym o twoich nowych związkach z przestępczością zorganizowaną?

– Cóż…

– Masz rację. To pewna komplikacja.

Wróciła na poprzednie miejsce i napiła się whisky. Nie powinna, ale uznała, że korzysta z okoliczności łagodzących. W najgorszym wypadku wróci do domu na piechotę.

– Co dla nich robisz? – spytała.

– Na razie niewiele.

– Czyli? Znów jakiś nielegalny obrót lekami? A może narkotyki, co?

– Nie – odparł, uciekając wzrokiem. – Trochę czasu zajęło mi w ogóle przekonanie ich, że mogą mi zaufać. Kontaktuję się tylko z jednym człowiekiem, do kierownictwa w ogóle mnie nie dopuszcza i…

– I odpowiadaj na pytanie.

Seweryn skinął głową, a ona odniosła wrażenie, że kategoryczny, policyjny ton wywołał w nim pewne zadowolenie.

– Łatałem kilku koksów.

– Co?

Zabrzmiało to jak pierwszy wers jakiegoś hiphopowego kawałka, a nie wyjaśnienie.

– Raz szyłem ranę kłutą, przy innej okazji jakieś draśnięcie, które wyglądało na ranę postrzałową. Oprócz tego standardowe obrażenia po bijatykach. Nic wielkiego, ale gdyby zgłosili się z tym do szpitala, wzbudziliby waszą ciekawość.

Kaja milczała, myśląc o tym, że całkiem słusznie użył takiego zaimka. Ostatecznie Burza i Seweryn znajdowali się po przeciwnych stronach konfliktu. Próbowała o tym zapomnieć, on z pewnością także, ale w końcu należało zmierzyć się z prawdą.

Od kiedy wyszedł z więzienia, w taki czy inny sposób współpracował z przestępcami. Nawet więcej, sam był jednym z nich. I nie uniknąłby kary, gdyby nie to, że doprowadził śledczych do osób znajdujących się najwyżej w hierarchii Grupy Białopolskiej.

– I co teraz? – spytał.

Znów napiła się whisky.

– Dobra odpowiedź – zauważył.

– Innej nie mam.

– Ja też nie.

Przez chwilę siedzieli w milczeniu, unikając patrzenia na siebie i myślenia o tym, co niewypowiedziane.

Oboje skrywali tajemnice drugiej strony i żadne z nich nie miało zamiaru kiedykolwiek narażać się wzajemnie na konsekwencje.

– Jaki masz plan, Seweryn? – odezwała się w końcu. – Jak bardzo chcesz się związać z tymi ludźmi?

– Możliwie jak najbardziej.

Uniosła pytająco brwi.

– W tej chwili nowe kierownictwo jest mi poniekąd wdzięczne, bo wyczyściłem im przedpole do przejęcia sterów organizacji. Jednocześnie niespecjalnie mi ufają. Zakładam, że będę musiał zrobić kilka rzeczy dla Dydula, zanim dotrę wyżej.

– Dydula?

– Tego gościa, który zatrzymał nas na parkingu.

Burza pokiwała głową.

– Doszedłeś do tego, dlaczego nas wtedy ot tak puścił?

– Nie. Ale wystarczyło, że wspomniałem o zabójcy. I o tym, że działamy niejako pod jego dyktando – odparł Zaorski i nabrał tchu. – Wygląda na to, że Dydul coś wie. I że boi się tego człowieka nie mniej niż w tej chwili wszyscy mieszkańcy Żeromic.

Rzeczywiście zdawało się to najlogiczniejszym wyjaśnieniem. Ale jeśli członkowie Grupy Białopolskiej obawiali się Fenola, oznaczało to także, że jest groźniejszy, niż Kaja się spodziewała.

– I tym sposobem docieramy do sedna – dorzucił Seweryn i opróżnił szklankę.

– Czyli?

– Do ostatniej wiadomości zabójcy – wyjaśnił nieco bełkotliwie. – Skąd wiedział o Delawie? Ja się z nikim tym nie dzieliłem, ty przypuszczalnie tym bardziej.

Burza się nie odzywała.

– Kto o tym wie? – ciągnął. – Znajdziemy odpowiedź na to pytanie, to zawęzimy krąg podejrzanych.

Kaja wciąż nie odpowiadała.

– Burza?

– Zastanawiam się.

– Nad czym? Chyba wiesz, czy komuś powiedziałaś, czy nie?

– Wiem – przyznała, a potem zakryła dłonią szklankę, kiedy Seweryn chciał dolać. – Powiedziałam tylko Michałowi.

Zaorski zamarł z butelką nad stołem. Potrząsnął głową, a potem polał sobie i odstawił whisky na podłogę. Czekała na jakiś komentarz, ale Seweryn najwyraźniej nie miał zamiaru oceniać tego ruchu.

– Właściwie sam zrozumiał, co się stało…

– Szczegółów na pewno nie znał.

– Nie – przyznała. – Ale nie mogłam go dłużej okłamywać.

Czy naprawdę to było powodem, dla którego mu powiedziała? Nie pamiętała już swojego toku myśli z tamtych chwil. Targały nią emocje, rozmowa odbywała się w jej starym domu, tuż po strzelaninie w lesie, a ona zastanawiała się wtedy tylko nad tym, czy Zaorski przeżyje.

– Jego możemy wyjąć z kręgu podejrzeń – powiedziała.

Seweryn zgodził się, kiwając głową.

– Nie protestujesz?

– Nie.

– Dlaczego?

– Bo Ozzy naprawdę cię kocha – odparł bez wahania. – Nawet gdyby okazał się zabójcą niewinnych dzieciaków i psycholem, nigdy nie pozwoliłby sobie na to, żeby fundować ci taki rollercoaster.

Znów pociągnął stanowczo zbyt duży łyk. Niedawna decyzja o odstawieniu butelki za moment z pewnością okaże się jedynie przejściowa.

Po raz kolejny żadne z nich nie wiedziało, co więcej powiedzieć.

– Nikomu by też o tym nie powiedział, więc ten zaułek jest ślepy – dorzucił po chwili Seweryn.

– A Ragan? On i jego ludzie przewozili ciała.

– Ale nie wiedzieli o twoim udziale. Zadbałem o to.

Kto w takim razie zostawał? I jakim cudem w ogóle dowiedział się o tragedii, która wydarzyła się w miejscu wskazanym w ostatniej wiadomości Fenola?

– A mój ojciec?

– Nie ma pojęcia, co się wydarzyło.

– Mógł połączyć fakty – zaoponowała Kaja. – Ragan mógł mu donieść, gdzie był, skąd przewoził ciała.

– Dlaczego miałby to robić? Przypuszczam, że nie zawracał głowy szefom z byle powodu.

– Dwa ciała to byle powód?

– Dla nich tak.

Dla niej z całą pewnością nie. Szczególnie biorąc pod uwagę, kto pozbawił te dwie osoby życia. Od tamtej pory Burza nie wróciła do siebie. Nawet jeśli wydawało jej się, że na moment się udało, zaraz przypominała sobie o tym, co zaszło pod Delawą.

– Poza tym, nawet jeśli twój ojciec powiązał ze sobą fakty, to nie zrobiłby z tego użytku.

– W jakim sensie?

– Choćby w takim, że siedzi w więzieniu. Nie może być Fenolem.

– Mógł przekazać komuś informacje.

– Teoretycznie tak – przyznał Zaorski. – W praktyce to nierealne. Zależy mu na tym, żeby naprawić relacje z córką, a nie doszczętnie je niszczyć.

– Są już doszczętnie zniszczone.

– W jego oczach nie.

Przez moment miała wrażenie, że nie rozmawiają o tym, co jest między nią a ojcem, ale nią i Sewerynem. Ich spojrzenia znów krzyżowały się stanowczo za długo. Tym razem to ona odwróciła wzrok.

– Nie rozwiążemy tego dzisiaj – powiedziała.

– Nie, pewnie nie.

– Ale musimy do tego dojść, Seweryn – podkreśliła. – Ten człowiek wciąż jest niebezpieczny, mimo swoich zapowiedzi.

– Wiem.

Krótkie, niezbyt znaczące repliki kazały jej sądzić, że Zaorski zaczął mocno się kontrolować i chciał jak najszybciej zakończyć to spotkanie. Być może whisky podziałała jak katalizator uczuć, a ostatki trzeźwego rozumu podpowiadały, że albo teraz się rozstaną, albo za chwilę będą mieli problem.

Przeprosił na moment, a potem wszedł do domu. Wrócił po paru minutach z dwiema komórkami w ręku.

– Diablic – powiedział. – Miałem przekazać do sprawdzenia waszym informatykom.

Kaja podniosła się, odebrała od niego telefony, a potem przeszła się po garażu. Zatrzymała się przy czapce wiszącej na szafce i ją poprawiła.

– Wracasz do domu? – spytał Seweryn.

– Tak.

– W takim razie widzimy się jutro na komisariacie. Odstawię diablice do szkoły i przyjadę zeznać wszystko, co wiem na temat mojej matki. Czyli niewiele.

– W porządku.

– Choć wątpię, żeby to w czymkolwiek pomogło.

– Pomoże – odparła. – Wszystko, co związane z Dziećmi Zamojszczyzny, najwyraźniej ma znaczenie.

Ton, którego używali, nie mógł być już bardziej chłodny i służbowy. Widać oboje podjęli decyzję, że lepiej uważać niż potem żałować.

Seweryn uśmiechnął się lekko, a następnie odprowadził Kaję do samochodu. Otworzył jej drzwi i znów zmusił się, by unieść kąciki ust.

Burza złapała za klamkę i się zawahała. Uniosła wzrok, przez moment patrzyła na ciemne niebo, po czym nagle trzasnęła drzwiami.

– Co ty robisz? – spytał Zaorski.

Wbiła wzrok w jego oczy.

– A ty?

– Staram się…

– No? – rzuciła. – Co my tak właściwie robimy?

Odwrócił głowę, stała jednak na tyle blisko, że jej ręce natychmiast same powędrowały do góry i objęły jego szyję. Natychmiast na nią spojrzał, ale pragnienie w jego oczach mieszało się ze strachem.

– Wracaj do domu – odezwał się.

Cofnęła ręce. Potrzebowała chwili, by upewnić się, czy się nie przesłyszała.

– Tak będzie najlepiej – dodał, a potem odwrócił się i powolnym krokiem odszedł w kierunku domu.

Kaja odprowadzała go wzrokiem. Dopiero kiedy wszedł do garażu i uniósł rękę na pożegnanie, wsiadła do samochodu. Widziała, jak opuszcza bramę garażową i zgarbiony idzie w kierunku butelki whisky.

Słusznie zrobił, nie pozwalając im na postawienie kroku za daleko. Mimo że to on wypił znacznie więcej, najwyraźniej potrafił myśleć dużo trzeźwiej niż ona.

Burza włączyła silnik i czym prędzej odjechała. Obawiała się, że chwila wystarczy, by brama garażowa znów się podniosła, a Zaorski wybiegł na zewnątrz. Wszystkie bariery, jakie sobie stawiali, były kruche, zdawały się ulotne. Teraz mogło być tak samo.

Dojechała do domu, słuchając *Love Will Tear Us Apart* Joy Division. Wyłapała ten kawałek na playliście Seweryna i od tamtej pory towarzyszył jej niemal codziennie. Był jej tak bliski, że gdyby miała wybrać jedną piosenkę do słuchania przez resztę życia, nie wahałaby się ani chwili.

Otworzyła drzwi, ale nie wyszła z samochodu. Myśl, że Seweryn wciąż nie wyjawił całej prawdy, nie dawała jej spokoju. Naprawdę mu nie ufała? Pytanie sprawiało jej niemal fizyczny ból, ale musiała obiektywnie przyznać, że nie dał jej powodów, by bezgranicznie wierzyła we wszystko, co mówi.

Nie zaszkodzi sprawdzić, uznała w duchu. Sięgnęła po komórkę i wybrała numer Korolewa. Spodziewała się, że o tej porze dawno śpi i ma dzwonki wyłączone, ale odebrał natychmiast.

– Coś nie tak? – spytał.

– Nie. Potrzebuję, żeby coś pan dla mnie sprawdził.

Cisza.

– Halo?

– Jest środek nocy – odparł Anton.

– To dość istotne. Zna pan kogoś z administracji zakładu karnego w Zamościu?

– Oczywiście, ale obawiam się, że…

– Nie chcę żadnych przysług dla ojca – ucięła. – Wręcz przeciwnie. Zależy mi na dowiedzeniu się, czy ktokolwiek mu coś obiecał. To naprawdę ważne.

– Rozeznam się.

Tak szybkie zapewnienie kazało jej sądzić, że Korolew po prostu chce ją zbyć. Rankiem jednak okazało się, że faktycznie postanowił pomóc – być może spodziewając się, z kim ma to związek.

Ojcu nie obiecano żadnych lepszych warunków. Nikt w administracji nie był mu przychylny i żaden sędzia nie miał zamiaru pozwalać na przedterminowe warunkowe zwolnienie.

Dwukrotnie upewniała się, czy Korolew na pewno wszystko sprawdził. Zagwarantował, że tak. Właściwie było to dość logiczne – jakie znajomości Seweryn mógłby mieć w Zamościu? W Krakowie – być może. Tam znalazłoby się kilka przychylnych mu osób. W stolicy powiatu nie znał nikogo.

A zatem ją okłamał. Pozostawało pytanie, dlaczego to zrobił.

7

Po tym, jak Burza odjechała, nie było już mowy o zapadnięciu w sen. Zaorski opróżnił jeszcze dwie szklanki, po czym dość chwiejnym krokiem poszedł do kuchni i usiadł przy stole z kartką papieru. Przez moment pisał odręcznie, ostatecznie jednak stwierdził, że nie ma to sensu.

List napisze na komputerze, a potem wydrukuje. Kopertę dostarczy Kai rano, kiedy ta odwiezie Dominika do szkoły. Plan Seweryna zakładał, że niepostrzeżenie wrzuci wiadomość do samochodu, a Burza otworzy ją dopiero po pewnym czasie. Obojętnie kiedy, byleby jego nie było w pobliżu.

Dziś coś w nim pękło. W momencie, kiedy była gotowa posunąć się o krok za daleko, a on ją powstrzymał, zrozumiał, że bardziej zależy mu na jej długofalowym szczęściu niż własnym chwilowym błogostanie.

Przyniósł laptopa i przez moment patrzył na pustą kartkę w edytorze tekstu. Potem zaczął powoli stukać w klawiaturę.

Początkowo nie szło mu dobrze, dużo kasował. Słowa nie chciały się kleić, a poszczególne litery były jak pojedyncze, ciężkie krople deszczu. Odczekał chwilę. Zdania w końcu zaczęły formować się same.

„Nigdy nie napisałem do nikogo podobnej wiadomości. I już nigdy tego nie zrobię.

Może nie powinienem, szczególnie kiedy myślę o tym, jak takie listy muszą ci się kojarzyć. Ale koniec końców, jeśli przestaniemy je pisać, cała epistolografia przetrwa tylko w więzieniach".

Epistolografia? Co to, kurwa, miało być? I jeszcze to odniesienie do więźniów jako jedynych ludzi piszących listy? Nie, musiał zacząć od początku. Chciał się przed nią otworzyć, jednocześnie zamykając wszystko, co niedokończone, a nie utyskiwać na to, jakie to teraz czasy.

Zaczął jeszcze raz. Miał zamiar wszystko z siebie wyrzucić, wypruć flaki i nie zważać na nic. Całkowita otwartość, pełna szczerość. Kaja zasługiwała na to, żeby wiedzieć o wszystkim. Co potem zrobi z tą wiedzą, to już jej sprawa. On po prostu musiał zamknąć ten etap.

„Nigdy nie napisałem takiego listu do nikogo. I już nigdy tego nie zrobię.

Bo nigdy nie spotkam kogoś takiego jak Ty, Burza. Nigdy nie poczuję tego, co dajesz mi samym spojrzeniem. Nigdy już żaden dotyk nie podziała na mnie tak jak Twój. Żaden zapach nie sprawi, że nagle zabraknie mi tchu. Niczyja obecność nie da mi takiego szczęścia. Nikt nigdy nie będzie imponował mi hartem ducha tak jak Ty. Nigdy nie zobaczę w nikim takiego piękna jak w Tobie. Nigdy niczyje słowa nie będą znaczyły dla mnie tyle co Twoje. Nigdy nie będę chciał z nikim dzielić życia.

Ani go dla kogoś oddawać. Bo nigdy nikogo tak nie pokocham.

I nigdy nie przestanę kochać Ciebie".

Seweryn odstawił dłonie od klawiatury, jakby go parzyła. Przez moment siedział w bezruchu, wpatrując się w napisany tekst. Nie chciał go czytać, po chwili nie wiedział już nawet, co z siebie wyrzucił.

List miał być długi i zawierać wszystkie wyjaśnienia. Tylko czy więcej słów mogło temu sprostać? Miał wrażenie, że jego i Burzę łączy to, co przemilczane. Najmocniejsze spoiwo.

Machinalnie poszukał dłonią szklanki, zapominając, że nie zabrał whisky z garażu. Jeszcze raz spojrzał na tekst.

Powinien dodać, że ostatnim, czego chce, jest rozpieprzanie jej małżeństwa i doprowadzanie do tego, że Dominik będzie musiał w niektóre dni tygodnia widzieć się z mamą, w inne z tatą.

Powinien napisać, że Kaja ma męża, który skoczy za nią w ogień. Nigdy jej nie zawiedzie, nigdy nie postąpi wbrew niej i zawsze będzie o nią dbał. Na przestrzeni lat Ozzy udowodnił, że takie słowa nie byłyby przesadzone. Był dobry mężem – na tyle, że nigdy nie podejrzewał, by mogła go zdradzić – i porządnym człowiekiem. Spotykając się z nim ostatnimi czasy w Kawalądku, Seweryn jedynie utwierdził się w tym przekonaniu.

Powinien też dorzucić, że gdyby nie dwa powyższe argumenty, już pędziłby do jej domu, by wziąć ją w ramiona, całować i wielbić, zachwycając się każdym kawałkiem jej ciała.

Zamiast tego jednak sięgnął do touchpada i zaznaczył cały tekst. Spojrzał na niego jeszcze raz i pokręcił głową. Co on, kurwa, chciał osiągnąć? Otworzyć się, żeby co? Być szczerym w stosunku do niej?

Nie, oczywiście, że nie o to chodziło. Napisał to i planował wrzucić do jej auta tylko dlatego, że liczył, iż to coś zmieni.

Odznaczył tekst, a potem umieścił kursor na końcu ostatniego zdania. Ze złością wcisnął backspace, kasując wszystko po kolei.

Nie miał prawa pisać Kai takich rzeczy.

Wrócił do łóżka i na chwilę zamknął powieki. Czuł, że powinien coś zjeść, bo w żołądku miał właściwie jedynie alkohol.

Zbyt dużo emocji, zbyt mało rozumu. Uczucia osiągnęły apogeum, bo wszystko, co się działo, uświadamiało Sewerynowi, w jak niebezpiecznym, niepewnym świecie żyją. I jak niewiele trzeba, by z niego odejść. Wystarczył szaleniec, który był przekonany, że w jakiś sposób czyni zadość temu, co spotkało Dzieci Zamojszczyzny.

Zaorski otworzył oczy i usiadł na łóżku. Sięgnął po telefon i po chwilowym zawahaniu wybrał jedyny numer, pod który nie powinien dzwonić. Musiał wpisać go ręcznie, nie wprowadził go do pamięci komórki.

Nikt nie odbierał. Spodziewał się tego, o tej porze ten człowiek z pewnością spał.

Dopiero przy trzeciej próbie w końcu się udało.

Mężczyzna odebrał, ale się nie odzywał. Wszystko zgodnie z planem.

– Muszę powiedzieć Kai – powiedział Seweryn.

Na odpowiedź czekał dość długo. Z pewnością nie dlatego, że rozmówca się namyślał. Nie musiał tego robić, zasady były jasne i ustalili je już na samym początku.

– Nie – odparł.

– I tak wie już dość dużo.

Cisza.

– W końcu dojdzie do prawdy, a my będziemy mieć wtedy...

– Nie – uciął rozmówca.

Zanim Zaorski zdążył zaoponować, mężczyzna się rozłączył. Tego także należało się spodziewać.

Seweryn usunął wszystkie trzy połączenia z rejestru, a potem na powrót się położył. Złapał się za głowę, jakby ta pękała mu od bólu. W rzeczywistości był jednak tak znieczulony, że nie odnotowałby nawet mocnego ciosu między oczy.

O poranku Zaorski wciąż był wstawiony. Nieraz zdarzało mu się w podobnym stanie siadać za kółkiem, ale dziś nie miał zamiaru nawet zbliżać się do samochodu. Oznajmił dziewczynkom, że odprowadzi je do szkoły na piechotę i z tego względu muszą wyrobić się trochę szybciej.

– Nie chcemy – burknęła Lidka.

– Trudno.

– Czemu nie możemy pojechać samochodem?

– Bo tata za dużo zatankował.

Młodsza córka popatrzyła na niego przenikliwym wzrokiem, ale nie było najmniejszych szans, by zrozumiała dwuznaczność tego stwierdzenia.

– Czemu? – spytała.

– Bo potrzebował paliwa.

– Czemu?

– Żeby jechać dalej.

– Ale to przecież bez sensu i…

– Wystarczy tego – rzucił Zaorski, a potem klasnął. – Akcja: ekscytacja. Zrobimy sobie spacerek.

Córki miały grobowe wyrazy twarzy i nie było sensu łudzić się, że wykrzesze z nich choć trochę entuzjazmu.

– Nie zawsze trzeba jeździć samochodem.

– Czemu?

– Bo to nie służy dobrze środowisku.

– Ale wszyscy jeżdżą.

– Bo wszyscy są głupi.

– Ty też jeździsz.

Seweryn puścił uwagę mimo uszu.

– Poza tym to niebezpieczne – dodał. – Nie dość, że musisz zaufać swoim zdolnościom przeżycia przy operowaniu ciężką maszynerią, to jeszcze trzeba liczyć na to, że inni, obcy ludzie, cię nie zabiją.

– Coooo?

Chyba nie powinien wdawać się w takie rozmowy z córkami, kiedy był jeszcze pijany. Machnął ręką, po czym raz po raz zerkając na zegarek, poganiał je, by wyrobiły się szybciej. Potem złapał je za ręce i ciągnąc za sobą, szybkim krokiem skierował się ku szkole.

Ada spóźni się na pierwszą lekcję, ale biorąc pod uwagę to, co wczoraj przeszła, nauczycielka i tak powinna cieszyć się, że dziecko wyszło z domu. Skupił się na starszej córce, starając się stwierdzić, jak się czuje. Podczas pobudki i śniadania zachowywała się jak malkontent, więc wszystko zdawało się w normie.

– Tateł… – odezwała się Lidka.

– Tak, bombelku?

– Nie mów tak na mnie! – obruszyła się, próbując wyswobodzić rękę. – I chciałam się zapytać o coś.

Seweryn błagalnie uniósł wzrok ku niebu.

– O co?

– Czemu nie dajemy gejom praw?

– Co? – wypalił Zaorski, zastanawiając się, czy coś przegapił. Mianowicie to, czy siedmiolatka przez noc aby nie postarzała się o kilka lat. – Skąd to pytanie?

– Z kątowni przy siłowni.

– Lidka…

– To obok kotłowni naprzeciwko walcowni – dodała i zachichotała.

Seweryn poczuł, że zaczyna się ból głowy. Trudno, pracował na niego całą noc, a oprócz tego mógł po prostu odpowiedzieć, kiedy córka czegoś chciała.

– To czemu nie dajemy im tych praw?

– Wiesz w ogóle, o czym mowa? – odbąknął Zaorski.

– No tak.

– To może mi powiesz?

– Może ty mi najpierw – rzuciła tonem nieznoszącym sprzeciwu.

Seweryn westchnął i przyspieszył kroku. Najwyraźniej diablica mniejsza usłyszała coś rankiem w radiu; może przy Wiejskiej głosowali nad jakimś projektem albo omawiali przy porannej kawie taką czy inną międzynarodową konwencję.

– Niektórzy nie chcą przyznać im praw, bo…

– Bo wtedy im ich zabraknie?

– Nie. Prawa człowieka czy obywatela to nie pizza. Nikt nie spałaszuje twojego kawałka.

– Aha.

Czekała na więcej, ale Zaorski uznał, że właściwie wyczerpał temat. Przeciągnął się i ziewnął, na moment tracąc przy tym równowagę.

– Chyba się nie wyspałeś – odezwała się w końcu Ada.

– Ano nie.

– Tateł... – rzuciła Lidka. – A czemu ludzie nie mają takich baterii jak telefony?

– Co?

– Czemu nie można naładować się na potem?

Słuszne pytanie, uznał w duchu Zaorski. Oddałby wszystko za sięgnięcie po zapas energii, a podpięcie się do powerbanka byłoby na wagę złota.

– No czemu?

– Bo...

Szukał czegoś, co raz a dobrze uciszy diablice, ale na nic dobrego nie wpadł. Szybko jednak przestał o tym myśleć, dostrzegając, że przejeżdżający samochód zwolnił niemal do prędkości ich chodu.

W pierwszej chwili Zaorskiemu przeszło przez myśl, że to może Kaja. Pojechała do niego do domu, zobaczyła, że honda stoi na podjeździe, a potem uznała, że poszli na piechotę.

Auto było jednak dużo większe. I Seweryn dobrze kojarzył czarnego SUV-a.

W mimowolnym, atawistycznym odruchu szarpnął dziewczynki za ręce i się zatrzymał. Lidka zaprotestowała, tupiąc nogą, Ada spojrzała na niego z pretensją.

SUV wjechał na chodnik i się zatrzymał. Dydul otworzył drzwi od strony pasażera i z szerokim uśmiechem się wychylił. Powiódł wzrokiem po dziewczynkach, a Zaorski poczuł, jak obie lekko się cofają.

Dziecięcy wykrywacz zagrożenia zawsze działał bezbłędnie.

– Podobne do ciebie, Sewcio – rzucił mężczyzna.

Seweryn zrobił krok do przodu, a dziewczyny jak na dany znak schowały się za nim. Nie miał zamiaru się odzywać, nie chcąc prowokować kryminalisty. Przeklął się w duchu za wypitą whisky i fakt, że był zmuszony iść na piechotę.

– Jesteś potrzebny – rzucił Dydul. – Wsiadaj.

– Nie mogę teraz.

– Gówno mnie to obchodzi.

– Słuchaj…

– Albo wsiądziesz w tej chwili do wozu, albo władujemy cię do niego razem z gówniarami.

Zaorski poczuł, jak dłoń Ady staje się wilgotna. Obydwie cofnęły się jeszcze bardziej, jakby schowanie się za tatą mogło sprawić, że staną się niewidzialne.

Seweryn zacisnął mocno usta. Był gotów rzucić się na skurwiela z pięściami nie tyle z powodu groźby, ile w odpowiedzi na określenie, którego użył.

– No dawaj, dawaj. Mamy mało czasu.

– Muszę odprowadzić dzieci do szkoły – syknął Zaorski.

W samochodzie zapanowała chwilowa konsternacja, po czym kierowca i pasażer ryknęli śmiechem. Seweryn trwał z niewzruszoną miną.

– Niedaleko mają, dadzą sobie radę – powiedział Dydul. – Wsiadaj. Albo pojedziecie w trójkę.

Siedzący z tyłu mięśniak sprawiał wrażenie, jakby tylko czekał na sygnał. Zaorski rozejrzał się nerwowo, zastanawiając, jakie ma wyjścia. Właściwie mógł zrobić jedynie to, czego domagał się Dydul.

Nie ulegało wątpliwości, że w przeciwnym wypadku załadują dziewczyny do samochodu, a jego protesty i próby postawienia się skończą się jedynie traumą dla dzieci.

Zaklął w duchu i obrócił się do córek. Posłał im uspokajające spojrzenie.

– Poczekajcie chwilę, porozmawiam z panem.

Nie wyglądało na to, by miały zamiar choć na chwilę puścić jego rękę. W końcu udało mu się jednak nieco zapanować nad ich niepewnością i podejść do samochodu.

– To tylko parę minut – powiedział. – Odprowadzę je i…

– Nie. Jesteś potrzebny teraz.

– Dlaczego?

– Wsiadaj do auta albo zaraz was wszystkich tu, kurwa, wrzucimy. I młode pojadą z nami zobaczyć rzeczy, które zapamiętają sobie do końca życia. Tego chcesz?

Nie było sensu dłużej prowadzić tej rozmowy. Nie chodziło o kilka minut, tylko o fakt, że Dydul korzystał z okazji, by pokazać, kto tu rządzi. Seweryn zacisnął usta i przełknął gorzki smak uległości, na którą musiał się zdecydować.

Kucnął przy diablicach.

– Tata musi pojechać z panem, a wy same pójdziecie do szkoły, dobrze?

Popatrzył z nadzieją na Adę, czując się jak najgorszy ojciec na planecie. Powtórzył sobie w duchu, że nie ma innego wyjścia. I że do przejścia dziewczyny mają jedynie kawałek prostą drogą.

– Dobra – odezwała się w końcu Ada. – Jak musisz iść, to musisz iść.

Trudno było odmówić jej logiki.

– Traficie?

– Tak – zapewniła starsza córka. – Idzie się prosto.

Lidka też skinęła głową. Nagle obydwie zaczęły sprawiać wrażenie, jakby powierzał im jakąś dziejową misję.

– Hej! – krzyknął Dydul. – Dawaj.

Zaorski nawet się nie odwrócił.

– Tata przyjedzie po was po szkole – powiedział. – A gdyby mnie nie było, poczekajcie w świetlicy, dobrze?

– A u księdza Wieśka nie możemy? – spytała Ada.

– Możecie – odparł bez wahania.

Właściwie ostatnio chętniej zostawiał dziewczyny z duchownym niż z opiekunką. Jola zaczynała kręcić nosem, domagać się wyższej stawki i przebąkiwać, że przychodzenie do domu Zaorskiego sprawia, że inni patrzą na nią krzywo.

Seweryn ucałował dziewczyny w czoło, a potem poklepał je dziarsko po ramieniu. Miał nadzieję, że choć trochę tej pozorowanej pewności siebie przeleje na córki.

Wsiadł do auta, a potem patrzył na Adę i Lidkę aż do momentu, kiedy zjechali na drogę wylotową z Żeromic. Przez kilka minut nikt się nie odzywał, a jedynymi dźwiękami w samochodzie były słowa hiphopowca rapującego o tych samych twarzach, wpierdolu od życia i niewymiękaniu.

– Dokąd jedziemy? – odezwał się Zaorski.

Nikt mu nie odpowiedział, a on uznał, że dalsze dopytywanie będzie bezcelowe.

Przejechali dwadzieścia, może dwadzieścia kilka kilometrów. Minęli las i nieurodzajne pola, a potem wjechali do wioski, w której diabeł nie pokusił się nawet o mówienie dobranoc. Na jej obrzeżach znajdował się stary, zaniedbany budynek, być może dawny PGR. Kierowca zaparkował przy drewnianych drzwiach, a potem jeden z mężczyzn wyprowadził Seweryna na zewnątrz.

– Co mam tu robić?

– Zobaczysz – uciął Dydul.

Ściągnęli łańcuch z drzwi, otworzyli zamek, po czym wprowadzili go do środka. Zaorski spodziewał się, że w nozdrza uderzy go zapach stęchlizny, ale zamiast tego poczuł jedynie środki do czyszczenia.

W środku budynek był znacznie bardziej zadbany niż na zewnątrz.

– Co to za miejsce?

Zamiast odpowiedzi popchnęli go mocniej. Wprowadzili go do jednego z pomieszczeń, także zamykanego na klucz. Wewnątrz znajdowały się leżanka, sporo przyrządów medycznych i środków odkażających. Brakowało okien, a pod sufitem zamontowano mocną jarzeniówkę.

– Co mam tu robić?

– Czekać.

Zostawili go samego, a on zapoznał się ze wszystkim, co znajdowało się w tym osobliwym gabinecie. Wyposażenie właściwie pasowało do przychodni, trudno było przesądzić, do jakiego konkretnego celu to miejsce ma służyć.

Po kilkunastu minutach Seweryn zaczął się denerwować. Godzinę po przybyciu wiedział już, że coś jest nie w porządku. Spróbował się wydostać, ale drzwi ani drgnęły. Nawoływał kogokolwiek, nikt jednak nie odpowiadał.

Dwie godziny później był już pewien, że został tutaj zamknięty nie po to, by zrobić coś dla Dydula i jego ludzi. Musiało chodzić o coś innego. I była tylko jedna logiczna możliwość.

Chodziło o jego córki. I o to, by pozostały bez opieki.

8

Podczas porannego briefingu Burza długo nie potrafiła się skupić. Wracała myślami do powodu, dla którego Zaorski po raz kolejny ją okłamał, i próbowała zrozumieć, w jakim celu odwiedzał jej ojca w więzieniu.

Nic mu nie załatwił, a więc także niczego od niego nie dostał.

Co w takim razie sprawiło, że dwukrotnie się widzieli? Wspólne konszachty? Ale dotyczące czego? Ojciec przyjmował teraz tylko jedna walutę – przysługi ze strony administracji więziennej. A tych nie otrzymał.

– Pani aspirant? – odezwał się Korolew.

Kaja dopiero teraz wróciła myślami do tego, co tu i teraz. Powiodła wzrokiem po wszystkich siedzących przy niewielkim stoliku w komisariacie. Pomieszczenie nie było duże, w niczym nie przypominało salek konferencyjnych w dużych miastach, gdzie gromadził się zespół śledczych. Przywodziło na myśl raczej szkolną świetlicę.

Na stole stały paluszki, w termosach była gorąca kawa. Oprócz tego ktoś wyłożył ciastka z pobliskiego polomarketu.

Burza zjadła jedno i popatrzyła pytająco na Antona. To on grał tu pierwsze skrzypce, Konarzewski od czasu do czasu coś dodawał. Następczyni Seweryna, Natalia Bromnicka, miała zrelacjonować im wszystko, do czego udało się dojść, podczas gdy medyk sądowy odsypiał nocną sekcję zwłok.

Ostatnią osobą przy stole był Jarek Hajduk-Szulc, młody funkcjonariusz w stopniu sierżanta sztabowego, który na polecenie Konara miał dowiedzieć się wszystkiego, co się dało, na temat Dzieci Zamojszczyzny, a szczególnie matki Zaorskiego. Był rozgarnięty, właściwie Burza dziwiła się, że został w Żeromicach zamiast wyjechać do Zamościa czy innego większego miasta. Przystojny, z dobrym wykształceniem i niezłą gadką, zrobiłby pewnie całkiem sensowną karierę. Problem z tym chłopakiem polegał na tym, że sam doskonale zdawał sobie sprawę z potencjalnych perspektyw i z tego względu traktował większość ludzi z góry.

– Jest pani z nami? – spytał Korolew.

– Tak, przepraszam.

– Pytałem, co udało się pani ustalić, jeśli chodzi o Seweryna Zaorskiego.

Tylko to, że kłamie, odpowiedziała w myśli.

– Niewiele.

– To znaczy?

– To człowiek z natury zamknięty.

– Przed panią zdaje się otwierać.

Kaja zerknęła na siedzącego obok Konarzewskiego, zastanawiając się, jak dużo na temat ich relacji komendant przekazał prokuratorowi.

– I miał zjawić się na komisariacie celem złożenia wyjaśnień, prawda? – dodał Anton.

– Tak. Choć sam niewiele może powiedzieć o swojej matce.

– A jednak powinniśmy się nią zainteresować, bo najwyraźniej jest ona z tym jakoś związana.

– Na to wygląda – odparła Burza i ciężko westchnęła. Wszystko to było zbyt poplątane, by dojść do choćby jednego klarownego wniosku.

– To pewne – włączył się Konar i lekko się wyprostował, jakby fałdy na brzuchu miażdżyły mu przeponę. – Fenol się mści.

– Mści się? – spytała z powątpiewaniem Kaja.

– Za rabunek polskich dzieci. To ewidentna wendeta.

Może rzeczywiście była to najbardziej racjonalna hipoteza śledcza, mimo to nikt nie podjął tematu.

– Dziewczynki mówiące po niemiecku, zakodowane daty i fakty związane z Dziećmi Zamojszczyzny... to wszystko zemsta za to, co się wydarzyło. W dodatku ta wersja tłumaczy, dlaczego nikt nie zgłosił zaginięcia tych trzech dziewczynek.

Kaja uniosła brwi.

– Myśli pan, że Fenol porywał je w Niemczech? – spytał Hajduk-Szulc.

– Oczywiście. Trzeba sprawdzić tamtejsze child alerty i inne takie – oświadczył komendant i powiódł wzrokiem po zebranych. Przez moment milczał. – Wszyscy zdajecie sobie sprawę, że to najbardziej logiczna wersja.

Zemsta po tylu latach? Właściwie nie można było tego wykluczyć, jeśli wzięło się pod uwagę, że zabójca jest przecież chory na umyśle. Odbierał życie niewinnym dzieciom, każdy powód mógł być dla niego dobry.

– Wybrał sobie Zaorskiego, by przekazać wskazówki, bo wie, że jego matka była jednym z Dzieci Zamojszczyzny – ciągnął Konarzewski. – Chciał odpowiedniego posłańca i go znalazł.

Komendant wciąż patrzył na pozostałych, ale nikt nie zabierał głosu. Dopiero kiedy zatrzymał spojrzenie na młodym sierżancie sztabowym, ten zrozumiał, że jego kolej.

– Matka Zaorskiego rzeczywiście została wywieziona w czterdziestym drugim – powiedział Jarek. – Na kilka tygodni trafiła do obozu przejściowego w Zwierzyńcu. Tam działała komisja antropologiczna, która ustalała stopień wartości rasowej Polaków. Ją zakwalifikowano jako nadającą się do zniemczenia.

Mimowolnie przed oczami Burzy pojawiły się sceny, które musiały rozgrywać się w tamtym czasie. Czarna rozpacz rodziców, płaczące, zagubione i zdezorientowane dzieci. I naziści w mundurach, wyrywający niemowlęta z rąk matek.

– Młodsze, czyste rasowo dzieci brano na indoktrynację – ciągnął tonem wykładowcy Hajduk-Szulc. – Starsze słano do obozów, bo uznawano, że szkoda zachodu z wcielaniem ich do społeczeństwa.

– Matka Seweryna należała do tych najmłodszych? – zapytała Kaja.

– Tak. Nie wiem, ile dokładnie miała lat, ale z pewnością nie tyle, by potem móc odnaleźć rodziców – odparł Jarek i poprawił mundur, jakby miało znaczenie, że źle układa się na ramionach. – Trafiła do Rzeszy, do rodziny zastępczej. Żyła z tymi ludźmi aż do końca wojny, a potem wróciła do kraju. Nigdy nie ustaliła, kim byli jej matka i ojciec.

– Mieszkała wcześniej w Żeromicach? Przed wywózką?

– Brak danych.

– A co z tą rodziną niemiecką? Wiadomo, z kim mieszkała po wywózce?

– Nie.

Korolew syknął z dezaprobatą, skupiając na sobie uwagę zebranych.

– Wiadomo w ogóle coś więcej?

– Nie za bardzo – odparł Jarek. – Tyle udało się wyciągnąć z ocalałej dokumentacji Oddziału Centrali Przesiedleńczej. Oprócz tego jest też trochę spisanych relacji tych, którzy przeżyli, ale duża część w ogóle nie chciała o tym mówić. W tym matka Zaorskiego.

To by tłumaczyło, dlaczego Seweryn nie wiedział o jej przeszłości. Musiała być tak traumatyczna, że jedynym wyjściem było zakopanie jej głęboko w odmętach umysłu.

– Ci ludzie najboleśniej wspominali pobyt w obozie i jazdę bydlęcymi wagonami. W tym pierwszym miejscu głodzono ich, nie leczono chorób i znęcano się nad nimi. W transporcie było może jeszcze gorzej. Zero picia, zero jedzenia, zero prywatności, załatwianie potrzeb w wagonach. Prawie całkowity brak powietrza, no i mało miejsca, większość dzieciaków jechała setki kilometrów na stojąco. Do tego trzeba pamiętać, że to była dość sroga zima. Większość dzieci miała liczne odmrożenia, ale nikt się tym nie przejmował.

Hajduk-Szulc nabrał tchu, jakby chciał kontynuować. Burza miała jednak wrażenie, że usłyszeli wszystko, czego potrzebowali. Może nawet za dużo.

– Jednym słowem barbarzyństwo – zauważył Konarzewski. – I Fenol zna te wszystkie historie. Może ktoś w jego rodzinie doświadczył ich na własnej skórze.

Jarek zgodził się, kiwając głową w zamyśleniu, jakby był najbardziej doświadczonym śledczym w tym towarzystwie.

– Jeśli nadal wydaje wam się, że to nie zemsta, to coś z wami nie tak – dodał Konar.

– Sprawdzimy zaginięcia w Niemczech – zapewnił Korolew. – Jeśli ten trop okaże się prawdopodobny, pójdziemy dalej.

– Świetnie.

– Wróćmy jednak do Zaorskiego – powiedział prokurator. – Może Fenol wybrał go nie tylko dlatego, że jego matka została wysiedlona.

– A dlaczego? – włączyła się Kaja.

Korolew wstał z krzesła, obszedł je, a potem złapał za oparcie i pochylił się trochę.

– On wydaje się centralną postacią – powiedział. – Był w tym samym przydrożnym motelu, w którym widziano pierwszą ofiarę. To jego samochód ktoś sobie pożyczył, by rzucić na niego cień podejrzeń. To on dostawał wszystkie wiadomości i…

Anton urwał, kiedy Hajduk-Szulc głośno odchrząknął.

– Przepraszam – powiedział sierżant. – Ale czy tylko mnie się wydaje, że ten facet powinien być głównym podejrzanym? Z pewnością potrafiłby podać dzieciakom wszystkie te substancje, a poza tym pasuje do profilu.

– Jakiego profilu? – rzuciła pod nosem Burza.

– Standardowego.

Nie było sensu chyba nawet na to odpowiadać, uznała w duchu.

– Znamy przecież jego przeszłość, niektórzy aż za dobrze – dodał Jarek, ignorując ostrzegawcze spojrzenie Kai. – Pamiętamy też wszyscy tę całą sprawę z listami, co tłumaczyłoby, dlaczego teraz powtarza kody i szyfry. I nie zapominajmy, że motyw, który ustaliliśmy, też pasuje do niego.

– Na papierze – włączyła się w końcu kierowniczka zakładu patomorfologii. – W rzeczywistości ten człowiek nie podniósłby ręki na żadne dziecko.

– I wie to pani skąd?

– Z opinii, jaką ma w tym mieście.

– Nie jest zbyt dobra.

– Nie – przyznała. – I właśnie dlatego wierzę tym, którzy twierdzą, że nie skrzywdziłby niewinnej dziewczynki.

W myślach Burza podziękowała Natalii Bromnickiej za głos rozsądku. Skupianie się na Sewerynie było ślepą uliczką i zupełną stratą czasu. Owszem, coś przeskrobał, ale nie w tej sprawie. Jego podejrzane działania miały związek z ojcem Kai, nie z Fenolem.

– Matka to słuszny trop – zabrał głos Korolew. – Nie wiemy, czy naprawdę nie udało jej się ustalić, kim byli jej rodzice. Być może to jest kluczowe.

– W jakim sensie? – spytała Burza.

– Wracam do tego, że Zaorski to postać centralna – odparł Anton. – Moim zdaniem może być tak dlatego, że ktoś z jego rodziny, ktoś, o kim nawet nie wie, może dokonywać tej zemsty.

– To miałoby jakiś sens – przyznał Konarzewski.

– I tłumaczyłoby, dlaczego padło akurat na Zaorskiego.

Hipoteza była dość mętna, ale Kaja musiała przyznać, że do niej także przemawiała. Może dlatego, że wiedziała, jak niewiele trzeba, by sprawy rodzinne okazały się największymi możliwymi komplikacjami w życiu człowieka.

W dodatku skoro przeszłość matki Seweryna była jedną wielką niewiadomą, mogła skrywać zasadniczo wszystko. Także rzeczy niewyobrażalne.

– Jarek – rzucił komendant. – Posprawdzaj wszystko, co się da. Wszystko, co dotyczy matki.

– Już to zrobiłem.

– I?

– I wszystko to przed chwilą przedstawiłem – odparł Hajduk-Szulc i rozłożył ręce. – Nic więcej nie ma, ani w żadnych archiwach, ani w urzędach, ani w parafiach. Obdzwoniłem wszystko.

– To może ktoś z rodziny?

– Jej rodziny? Przecież ona nie…

– Nie jej, sierżancie – odburknął Konarzewski. – Ojca Seweryna. Przecież musieli o tym rozmawiać, może ktoś z jego strony coś wie.

Wszyscy spojrzeli na Burzę, jakby była obeznana w temacie. W istocie wiedziała tylko, że ojciec Seweryna zmarł niedługo po żonie, kiedy syn na stałe osiadł w Krakowie. Stary Zaorski był poczciwym człowiekiem, w dodatku związanym z jedyną kobietą w swoim życiu tak mocno, że kiedy odeszła, niemal od razu sam zaczął niknąć w oczach. Umarł na smutek, z braku życia, tak mówili co poniektórzy w Żeromicach.

Komendant jeszcze przez chwilę rozdzielał zadania, ale niewiele z tego wynikało. Śledztwo znalazło się w martwym punkcie, a jedyne postępy sprowadzały się do motywu związanego z dziejową zemstą.

Kaja usiadła za swoim biurkiem w przestrzeni wspólnej i zerknęła na komórki diablic leżące na blacie. Informatyk najwyraźniej już skończył i niczego pomocnego nie ustalił.

Westchnęła, a potem podniosła jedną z nich. Na etui widniała któraś z Atomówek, robiąca dość wojownicze wrażenie, więc Burza uznała, że komórka należy do Lidki. Uśmiechnęła się, a potem włączyła ekran. Nie dziwiła się, że nie miał blokady, Seweryn musiał pomyśleć o tym, by mieli dostęp.

Od razu zobaczyła siedem nieodebranych połączeń. Wszystkie od „TATEŁ".

Dziwne. Dlaczego Seweryn miałby dzwonić do córki, skoro doskonale wiedział, że jej telefon jest w komisariacie? Podniosła smartfona Ady, rejestr był identyczny. Sprawdziła godziny i przekonała się, że Zaorski kontaktował się dość niedawno. Może zapomniał, że oddał Kai komórki córek? Niewykluczone, że był jeszcze pijany. Albo znalazł się w sytuacji, w której nie myślał logicznie.

Nie, na pewno nie. W takim razie chciał skontaktować się właśnie z nią.

Wyciągnęła swój telefon, przekonana, że jest rozładowany i stąd cała sytuacja. Bateria była jednak prawie pełna.

Burza wybrała numer Seweryna, ale nadaremno. O co tu chodziło?

Dopiero kiedy zadzwoniła z telefonu Lidki, Zaorski w końcu odebrał.

– Cześć, bombelku – powiedział.

– Seweryn, co ty odpier…

– Tata dzwoni tylko kontrolnie – uciął. – Wszystko u was w porządku?

Cokolwiek się działo, dla Kai stało się jasne, że z jakiegoś powodu musi podjąć tę grę.

– Zjadłyście? – spytał.

Burza przycisnęła komórkę do ucha.

– Chcesz, żebym sprawdziła, czy z nimi wszystko okej? – podsunęła.

– Tak, tak – odparł spokojnie, jakby starał się spławić rozmówcę. – Gdzie jesteście?

– Na komisariacie.

– Świetnie. Po szkole idziecie prosto do księdza Wieśka i tam na mnie czekacie, tak?

Burza pochyliła się nad biurkiem i zakryła ręką telefon, jakby obawiała się, że ktoś podsłucha rozmowę.

– Chcesz, żebym sprawdziła, czy dotarły na plebanię?

– Właśnie tak – odparł szybko. – Muszę kończyć. Tateł was kocha.

Rozłączył się, zanim zdążyła o cokolwiek zapytać.

9

Segregowanie dokumentów dla księdza robiło się już nudne. Najpierw Ada myślała, że to odpowiedzialne zadanie dla odpowiedzialnej osoby, które świadczy o jej dorosłości, ale teraz miała już dosyć.

Chciała, żeby tata wreszcie przyjechał i odwiózł je do domu, szczególnie że zabrał im komórki i nie było na czym grać. Dominik pożyczył jej na przerwie swoją, ale tylko na chwilę, bo jego mama chciała z nią pogadać. Ada nie wiedziała za bardzo po co, bo pani Kaja pytała tylko, czy wszystko w porządku i czy razem z Lidką są w szkole.

Obydwie ją lubiły, była miła i fajna, poza tym robiła dobre spaghetti i im nie żałowała. No i była mamą Dominika, a z nim Ada chętnie się przyjaźniła. Pani Kaja czasem patrzyła na tatę dziwnie, jakby czegoś od niego bardzo potrzebowała.

Może powinny z Lidką powiedzieć mu, żeby jej to dał, a nie trzymał dla siebie.

Ada postawiła pieczątkę na jakiejś kartce, a potem ją odsunęła i westchnęła, wiercąc się na krześle. Przez chwilę wodziła wzrokiem po pokoju, szukając czegoś ciekawego do roboty. Ostatecznie zaczęła przeglądać szafki i szuflady.

Lidka była w pokoju obok, robiła coś na komputerze, chociaż ten działał tak wolno, że więcej można było się nadenerwować niż skorzystać z internetu.

– Już ci się sprzykrzyło? – rozległ się głos zza pleców Ady.

Obróciła się i zobaczyła księdza Wieśka wchodzącego do gabinetu.

– Stawianie pieczątek? – dodał.

– Trochę.

– To bardzo poważne zadanie. Dla dużej dziewczynki.

Ada pokiwała głową. Teraz już jej to nie interesowało.

– Ty jesteś duża?

– Tak, ale już nie chce mi się tego robić.

Zamknął za sobą drzwi, przysiadł na biurku, położył ręce na udach i się jej przyjrzał.

– A może ty jesteś już za duża na takie rzeczy – powiedział, mrużąc oczy. – Może potrzebujesz czegoś dla jeszcze starszych dziewczynek.

No tak, tak właśnie! Pieczątki mogła sobie stawiać Lidka, a ona mogła zająć się przecież dużo ważniejszymi rzeczami.

– Może tak – powiedziała.

Ksiądz Wiesiek podrapał się po szyi, głęboko się zastanawiając. Ada też myślała o tym, jakie zadania można tu wykonywać. Widziała różne dokumenty i inne takie, ale zupełnie się na tym nie znała. Miała nadzieję, że ksiądz da jej coś, z czym sobie poradzi. Powiedziała mu już przecież, że jest duża. Gdyby okazało się, że jednak nie da rady, chyba zapadłaby się pod ziemię.

– O której twój tatuś przyjeżdża?

– Nie wiem.

– A tak mniej więcej?

– Jeszcze nie teraz.

Ksiądz Wiesiek wydał z siebie dziwny pomruk, jakby wcale głęboko się nie zastanawiał, tylko udawał, że to robi.

– Pytam, bo nie wiem, czy to może być duże zadanie, czy coś małego.

– Aha.

– Jak myślisz?

– Może być duże – odparła, starając się, by w jej głosie nie było słychać niepewności.

Poradzi sobie. Nawet jak ksiądz będzie chciał, żeby zajmowała się tymi tabelkami, co były w niektórych segregatorach. Znała tabliczkę mnożenia i kolejność wykonywania działań. Dobrze radziła sobie z dzieleniem.

Ksiądz pochylił się nad nią i w trochę śmieszny sposób popatrzył jej głęboko w oczy. Pomyślała, że chce sprawdzić, jak dużo Ada wie.

Uśmiechnął się i pogłaskał ją po głowie. Jak małe dziecko! Skrzywiła się i nadąsała lekko.

– Coś nie tak?

Skrzyżowała ręce tak jak on przed chwilą.

– Jesteś już za duża na takie głaskanie?

– No tak.

– Masz rację. Wiesz, co robią takie dziewczynki jak ty?

– Nie.

– Daj rękę, to ci pokażę.

Wyciągnęła do niego dłoń, a on położył ją na swoim udzie. Nie bardzo rozumiała, co ma robić, ale ufała księdzu Wieśkowi. Tata mówił, że razie czego zawsze można na niego liczyć.

– To robią starsze dziewczynki, które przychodzą tutaj.

– Tak?

– Mhm… – odparł niewyraźnie ksiądz, a potem przesunął jej dłoń w kierunku swojego brzucha.

Poczuła coś twardego i zmarszczyła czoło.

– W ten sposób możesz mi tutaj pomóc – powiedział. – Ale to zajęcie tylko dla bardzo, bardzo dużych dziewczynek.

Mówił niewyraźnie i oczy miał przymknięte, jakby zachciało mu się spać.

– Nic się nie bój – dodał.

– Nie boję się.

– To dobrze. Wszystko jest w porządku.

Zaczął przesuwać jej dłonią po swoim kroczu i zamknął oczy. Oddychał szybciej, jakby się czymś męczył. Coraz mocniej naciskał na jej rękę.

– Ściśnij go – powiedział.

Ada nie wiedziała, co ma robić. Złapała mocniej, a on jęknął cicho i odchylił lekko głowę. Przesuwał jej ręką coraz szybciej.

– Proszę księdza…

– Wszystko jest dobrze. Bardzo dobrze sobie radzisz.

– Ale…

– Jesteś cudowna. Nic złego się nie dzieje.

Poczuła się trochę niepewnie, chociaż ksiądz Wiesiek cały czas ją prowadził. Po chwili na moment przestał, popatrzył na nią, a potem podciągnął sutannę i włożył jej rękę w swoje majtki.

Wzdrygnęła się i chciała natychmiast cofnąć dłoń. Czuła, że było to złe, ale przecież tu chodziło o księdza Wieśka. On był porządny. Najporządniejszy. Nawet jak wszyscy inni znielubili tatę, on był dla niego miły.

To było dziwne, ale przecież nie robiłby niczego niedobrego. Nie on.

– Spokojnie, spokojnie – powiedział cicho. – Tylko małe dziewczynki boją się takich rzeczy. Między dorosłymi to jest normalne.

Przygryzła dolną wargę i przez chwilę się zastanawiała. No, chłopacy w klasie mówili o takich czy innych rzeczach. Z nimi nie chciałaby nawet o tym rozmawiać, ale przecież księdza Wieśka nie musiała się bać.

Poza tym tata zaraz przyjdzie, przecież niedługo je odbierze. Będzie dobrze.

– Wszystko ci powiem – odezwał się. – Wszystkiego cię nauczę. Na początek ściśnij go trochę. Rób tak, jak ja robiłem przed chwilą. Tak jak ci pokazałem.

Nie umiała za bardzo robić tego, co chciał, ale pomagał jej swoją ręką. Potem na chwilę przestał, nabrał głęboko tchu i popatrzył na nią.

– Świetnie ci idzie – powiedział. – Teraz spróbujmy czegoś innego.

Ucieszyła się. Powoli zaczynała myśleć już tylko o tym, że nie chce dalej tego robić.

– To będzie przypominało lizanie lizaka – dodał.

10

Burza miała wrażenie, że nie uda jej się tego dnia zamknąć papierkowej roboty. Przeglądała materiały zgromadzone przez Jarka, a potem dostała wstępne wyniki sekcji zwłok ostatniej ofiary. Podobnie jak w przypadku poprzednich, dopiero toksykologia mogła odpowiedzieć na pytanie, w jaki sposób doszło do zabójstwa.

Z trudem skupiała się na pracy. Myślami cały czas wracała do telefonu Seweryna i układała coraz bardziej absurdalne wersje zdarzeń. Pewne wydawało jej się, że musiał kombinować coś z Dydulem. Może coś poszło nie tak i pozwolono mu, by wykonał telefon jedynie do córek. Może ktoś wybierał za niego ich numery, a potem podał mu komórkę. Tylko w ten sposób Kaja potrafiła wytłumaczyć sobie tę dziwną sytuację.

Tak czy inaczej, nie ulegało wątpliwości, że Zaorski jest w niebezpieczeństwie. Co rusz sprawdzała doniesienia z okolicy, obawiając się, że ktoś zaraportuje o odnalezieniu kolejnych zwłok, tym razem należących do mężczyzny.

Burza odsunęła od siebie te myśli. Jeśli kiedykolwiek był dobry moment na tak ponure czarnowidztwo, to z pewnością nie teraz.

Podciągnęła rękaw i zerknęła na zegarek. Kurwa mać, zagapiła się. Dominik i Ada skończyli lekcje piętnaście minut temu. Kaja nie miała pojęcia, do której w szkole jest dziś Lidka.

Podniosła telefon i dopiero widząc nieodebrane połączenie od syna, zreflektowała się, że miała wyciszone dzwonki. Szybko oddzwoniła.

– Gdzie jesteś? – spytał nieco poirytowany.

– Musiałam zostać chwilę dłużej w pracy, ale niedługo będę.

– Może tata…

– Tata dzisiaj nie może cię odebrać – odparła zgodnie z prawdą. Michał miał jakieś urzędowe obowiązki.

– To kiedy przyjedziesz?

Spojrzała na papiery, a potem przeniosła wzrok na siedzącego w swoim gabinecie komendanta.

– Zaraz wychodzę – powiedziała.

– To ja pójdę do świetlicy.

– Nie musisz. Za pięć minut jestem.

Chwilę później rozłączyła się i skierowała prosto do Konarzewskiego. Weszła po krótkim, szybkim zapukaniu, bez czekania na pozwolenie.

– Muszę iść, panie inspektorze.

– Nie ma mowy.

– Muszę odebrać syna ze szkoły.

Komendant popatrzył na nią, jakby to ona była dzieckiem, które nagle wymyśliło sobie zupełnie niezrozumiałą zachciankę.

– Teraz? – jęknął.

– Niestety nie wybieram, o której kończą się lekcje.

Wcześniej wydał rozkaz, w myśl którego wszyscy mieli zostać dopóty, dopóki nie skończą swoich działań. Umotywował to całkiem nieźle, zresztą nie musiał specjalnie się starać – gdzieś w okolicy ukrywał się zabójca. Konar nie uwzględnił jednak, że koniec końców matki mają ważniejsze rzeczy do roboty.

– Zaraz przyjedzie Sawicki omówić wyniki toksykologii – odparł komendant.

– Rozumiem, ale…

– Jesteś obeznana z tym wszystkim – uciął. – I jako jedyna chyba w miarę to rozumiesz.

– Nie powiedziałabym.

Konarzewski posłał jej długie spojrzenie spod oka.

– Powiedz mi, wolisz nosić ten mundur czy fartuch? – rzucił.

– Słucham?

– Albo to, albo to – odparł ciężko. – Masz tu jeszcze obowiązki służbowe do wykonania. Domowe możesz sobie załatwiać, jak uporasz się z tymi pierwszymi.

Burza potrzebowała chwili, by powściągnąć emocje. Z pewnością podpadało to pod jakiś wewnętrzny przepis regulujący traktowanie podkomendnych, ale zachowała tę myśl dla siebie.

– Gdzie jest ten twój syn?

Na tak postawione pytanie też nie mogła odpowiedzieć od razu. Zacisnęła usta.

– No?

– W szkole.

– To bezpieczne miejsce, jak ostatnio sprawdzałem. Może tam poczekać przez pół godziny.

– Panie komendancie…

– Albo odebrać może go twój mąż lub kochanek.

– Co proszę?

Konar machnął ręką, jakby zbywał temat, którego w ogóle nie trzeba omawiać.

– Mówię tylko, że są inne wyjścia. A ty dostałaś rozkaz, by siedzieć na dupie.

Nie było sensu dalej dyskutować. Zresztą po tylu latach służby sam fakt sprzeczania się z przełożonym budził w niej wewnętrzny sprzeciw. Instynkt macierzyński to jedno, ale tłoczone do głowy podporządkowanie służbowe to zupełnie co innego.

Wyszła z gabinetu komendanta i od razu zadzwoniła do syna.

– Muszę zostać chwilę dłużej – powiedziała.

– To może pójdę na plebanię.

Usiadła przy biurku i spojrzała na wyniki toksykologii. Nic jej nie mówiły, wbrew temu, co twierdził Konarzewski. Tymczasem morderca był na wolności. Mógł zagrażać kolejnym osobom, a te, którym odebrał życie, czekały, by ktoś wymierzył ich oprawcy sprawiedliwość.

– Mamo?

Burza potrząsnęła głową i poprawiła włosy.

– Co mówiłeś?

– Że pójdę na plebanię. Ada tam poszła po lekcjach.

– Nie, poczekaj na mnie w świetlicy.

– Ale…

– Dominik, czekaj w świetlicy.

– No dobra.

– Kocham cię – powiedziała.

– No pa.

Rozłączył się, a ona starała się objąć wzrokiem wszystko, co miała na biurku. Wystarczy pół godziny? Nie, raczej nie. Syn będzie musiał poczekać trochę dłużej, córki Zaorskiego też. On jest w świetlicy, one u księdza Wieśka. Nie stanie im się nic złego, są w bezpiecznych miejscach. Nic im tam nie grozi.

11

– Nie chcę – powiedziała Ada, kiedy ksiądz Wiesiek opisał jej, co i jak powinna robić.

Uśmiechnął się, ale nie wyglądał na zadowolonego. Czuła, że go zawiodła i jednak nie jest tak duża, jak mu to wcześniej mówiła. Odwróciła wzrok i pociągnęła nosem. Szybko tego pożałowała, bo nieprzyjemny zapach z krocza księdza poczuła jeszcze wyraźniej.

– Nic się nie stało – odezwał się. – Nic nie szkodzi.

Ada nie wiedziała, co powiedzieć. Zrobiła ręką to, co chciał, ale nie chciała tego robić buzią. Zresztą jak miałby się tam zmieścić? Nie, to było głupie. Bardzo głupie.

– Czasem trzeba trochę czasu – dodał ksiądz Wiesio.

– Ale nie chcę…

– Dlaczego nie? To nic takiego. Pokażesz mi tylko, że mnie lubisz.

Ada milczała.

– Bo lubisz mnie, prawda?

– Tak.

– Ja ciebie też – odparł, głaszcząc ją po ramieniu.

Cofnęła rękę i uciekła wzrokiem. Źle się tutaj czuła i chciała, żeby chociaż Lidka była w pobliżu.

Gdzie jest tata? Czemu nie przyjeżdża?

– Dwie lubiące się osoby tak sobie to okazują – powiedział ksiądz Wiesiek. – Nigdy o tym nie słyszałaś?

– Chyba nie.

– Ach, no tak. O tym rozmawiają tylko dorośli.

Ada pokiwała głową. Powoli przestawało ją interesować, co robią dorośli. Chciałaby po prostu, żeby tata się zjawił, przytulił ją i zabrał do domu. Wolała nawet bawić się z Lidką tymi głupimi Paskudami, mimo że było to zajęcie dla dzieci.

– Ty też nie możesz z nikim rozmawiać o tym, co robimy – dodał ksiądz Wiesio. – Nawet na spowiedzi.

Obróciła się przez ramię i popatrzyła na drzwi.

– A wiesz, jak ważna jest spowiedź, prawda? Rozmawialiśmy o tym na naukach.

– Tak.

Ksiądz zsunął się z biurka i przykucnął tuż przed nią. Długo patrzył jej w oczy, jakby na coś czekał.

– Więc skoro nawet w konfesjonale nie możesz o tym mówić, rozumiesz, jak wielka to tajemnica?

– Rozumiem.

– Nasza tajemnica. Dobrze?

– Dobrze – powiedziała.

– Nawet siostra nie może wiedzieć. Wiesz dlaczego?

– Bo jest za mała.

– Tak.

Ada lekko się zdenerwowała. Ile razy miała mu powtarzać? Przecież już wiedział, że nikomu nie powie. Nie chciała się narażać księdzu ani Panu Bogu, w trakcie przygotowań do komunii zrozumiała, że lepiej tego nie robić.

– Niedługo zostaniesz ministrantką – powiedział. – I będziesz najlepszą ze wszystkich. Nawet ważniejszą od chłopców.

– Tak?

– Oczywiście. Widzę to w tobie.

Ucieszyła się. Ostatnio nie mogła myśleć o niczym innym, tylko o tym, jak fajnie będzie po komunii, kiedy w końcu będzie mogła pomagać księżom. Nie tak jak chłopcy, oni jako ministranci mogli więcej, ale ksiądz ją o tym uprzedził.

A teraz chciał, żeby była ważniejsza od nich? Może to dzięki temu, że pokazała mu, jaka jest już dorosła. Tak, na pewno tak!

Ksiądz Wiesiek poklepał ją lekko po udzie, a potem wstał i obszedł biurko.

– Lubisz się przytulać?

– Lubię.

– Z tatą się przytulasz?

Pokiwała głową. Ona i Lidka lubiły tulić się do taty, a jeszcze bardziej łaskotać go z obydwu stron i wbijać palce w żebra. Ksiądz Wiesiek wyciągnął z szuflady malutką, czarno-niebieską paczkę, a Ada pomyślała, że ma dla niej coś słodkiego. Uśmiechnął się i podszedł z tym do niej. Przeczytała napis na opakowaniu. „Unimil".

– Co to? – spytała.

– Nic takiego. To dla mnie.

Skinęła głową, średnio zainteresowana.

– Zaraz pokażę ci jeszcze jedną rzecz.

– Ale ja nie chcę…

– Nie będziesz musiała nic robić buzią. Obiecuję.

12

Mimo świadomości, że dzieciakom nic nie grozi, Kaja nie mogła skupić się na materiałach przed sobą. Albo myślała o nich, albo o tym, w co władował się Seweryn. I jaki ma to związek ze wszystkim, co się dzieje.

Raz po raz zerkała w kierunku gabinetu szefa. Może powinna zainteresować się tym, czy NSZZ Policjantów nie ma jakichś wytycznych w sprawie wykonywania obowiązków rodzicielskich przez matki z małoletnimi dziećmi.

Pokręciła głową. Powinna chociaż sprawdzić, co z córkami Zaorskiego, może zrobi jej się nieco lepiej. Przekona się, czy dotarły bezpiecznie na plebanię, a oprócz tego dowie się, czy Seweryn już ich stamtąd nie odebrał.

Podniosła telefon, a potem znalazła numer. Czekała z telefonem przy uchu, ale na plebanii nikt nie odbierał. Spróbowała jeszcze raz i drugi, skutek jednak był identyczny.

Spojrzała w kierunku gabinetu komendanta.

Niech go szlag, uznała w duchu. Jakim prawem będzie jej mówił, co matka może, a czego nie? To, że nosił mundur z innymi oznaczeniami niż ona, nie usprawiedliwiało takiego traktowania. Srał go pies.

Włożyła dokumenty do szuflady, zasunęła ją z impetem i opuściła komisariat. Wróci, zanim Konar się zorientuje. A jeśli nawet jej się to nie uda, powie, że musiała nagle wyjść. Niech sobie wyciąga konsekwencje.

Wsiadła do volva i przy dźwiękach ulubionych kawałków Seweryna ruszyła przed siebie. Diablice nazywały tę muzykę tatełorockiem i wydawało jej się, że to dość pieszczotliwe określenie – mimo że sam Zaorski zżymał się, ilekroć je słyszał.

Miał z dziewczynami świetne relacje, zazdrościła mu ich. Dobrze się dogadywali i przynajmniej z zewnątrz wyglądało na to, że nigdy nie dojdzie między nimi do żadnej poważnej scysji. Z drugiej strony dźwigał na swoich barkach cały ciężar samotnego wychowywania dzieci. Tego trudno było mu pozazdrościć.

Burza odebrała Dominika ze szkoły, a potem razem z nim pojechała na plebanię. Zaparkowała przed głównym wejściem i wyszła z auta, rozglądając się uważnie. Po hondzie Zaorskiego nie było śladu.

Zapukała do drzwi kilkakrotnie, ale nikt nie odpowiadał. Dzwonka ani domofonu nie wypatrzyła.

– Może po prostu spróbuj otworzyć? – zapytał stojący obok Dominik.

– Bez zaproszenia?

– Przecież do kościoła można bez.

Właściwie coś w tym było. Rzuciwszy okiem na zegarek, nacisnęła klamkę i weszła do środka.

Przeszli korytarzem w kierunku gabinetu księdza. Już z oddali zobaczyła, że drzwi są zamknięte, więc spodziewała się, że on pracuje, a dziewczyny gdzieś biegają. Nigdzie ich jednak nie dostrzegła.

Zatrzymała się przed biurem i usłyszała głos Wieśka.

– Nic się nie stało – powiedział.

Zatem jednak był w gabinecie, a dziewczyny z pewnością razem z nim. Ale czemu się tam zamknęli?

Zapukała, ale nikt nie odpowiedział. Dominik drgnął nerwowo, jakby wyczuł napięcie matki.

– Halo? – spytała. – Proszę księdza?

Nadal cisza, jakby nabożna, ale może po prostu taki był urok tego miejsca.

– Tak? – odezwał się Wiesław.

– Starsza aspirant Burzyńska.

Znów brak odpowiedzi. Kaja podeszła bliżej drzwi i nasłuchiwała.

– Słucham panią?

– Miałam odebrać córki Seweryna Zaorskiego.

– Tak?

Co to za rozmowa? I skąd te zamknięte drzwi?

Kaja zapukała jeszcze raz, ale czuła się, jakby znalazła się w domu wariatów. Obróciła się i powiodła wzrokiem po korytarzu. Wtedy drzwi się otworzyły, a w progu zobaczyła przyjaźnie uśmiechniętego księdza Wiesława. Popatrzył ciepłym wzrokiem najpierw na nią, a potem na Dominika.

Nie znała go za dobrze, bo większość niedzielnych mszy opuszczała – pojawiała się w kościele najczęściej tylko w święta. I to głównie ze względu na to, że jako żona burmistrza musiała. Michał za to znał go dość dobrze, zresztą to on przychodził na spotkania rodziców w ramach przygotowań komunijnych.

Słyszała na temat księdza jednak tylko dobre opinie. Wierni w Żeromicach cieszyli się, że trafił im się taki proboszcz, i mieli nadzieję, że zostanie z nimi na dobre. Pewnie tak będzie. Wśród wikariuszy była dość duża rotacja, ale ci wyżej w hierarchii chyba osiadali na stałe.

– Przepraszam – odezwał się ksiądz Wiesiek. – Musiałem skończyć rozmowę. – Wskazał telefon stojący na biurku.

Ada siedziała po drugiej stronie, tyłem do wejścia, i przybijała jakieś pieczątki.

– Pani ma odebrać Adę i Lidię?

– Tak.

Burzy przeszło przez myśl, że duchowny może robić problemy. W końcu nie miał pewności, czy Seweryn naprawdę ją wysłał.

– A ty, młody człowieku, jesteś jako obstawa? – spytał, patrząc na Dominika.

Zamiast wyprężyć się i oznajmić, że owszem, syn Kai spuścił głowę.

– Może przy okazji wymienisz siedem sakramentów świętych? – dodał ksiądz Wiesiek, a potem spojrzał na Burzę. – Mama pomoże?

– Cóż…

Chrzest, bierzmowanie… Cholera, co tam jeszcze było? Chyba powinna nieco odświeżyć wiedzę albo zjawiać się w kościele nieco częściej. Próbowała załagodzić sytuację równie poprawnym uśmiechem jak ten duchownego, ale niespecjalnie jej wyszło.

– Chrzest, bierzmowanie, eucharystia, sakrament pokuty, namaszczenie chorych, kapłaństwo, męczeństwo – wyrecytował nieco zawstydzony Dominik.

Ksiądz Wiesław się roześmiał.

– To ostatnie to małżeństwo – poprawił go.

– A tak.

Burza prychnęła i położyła dłoń na plecach syna. Niewiele się pomylił.

– Właściwie ksiądz chyba mógłby mu zaliczyć tę odpowiedź – powiedziała.

– Z relacji wiernych wynika, że tak.

Michał miał rację, duchowny był całkiem w porządku.

– Lidka jest w pokoju komputerowym, Dominik panią zaprowadzi – dorzucił. – A my z Adą zaraz przyjdziemy, dobrze? Pokażę jej jeszcze tylko jedną rzecz.

Starsza z córek Zaorskiego obejrzała się przez ramię, słysząc, że o niej mowa. Pomachała do Dominika, a potem uśmiechnęła się do Burzy. Nie było w tym wiele wesołości i niemal nic z dziecięcej niewinności.

Kaja na dobrą sprawę się tego spodziewała. Po tym, co dziewczynka niedawno widziała, osowiałość z pewnością była

zrozumiała. Gdyby jej ojcem był ktoś inny, Burza obawiała-
by się, czy wróci do siebie. Seweryn jednak z pewnością sobie z tym poradzi. Ada ani się obejrzy, a wszystko będzie jak
dawniej.

Po chwili dziewczyny wyszły z Dominikiem na zewnątrz,
a Kaja zatrzymała duchownego w progu. Znów się uśmiechnął. Lekko, nienachalnie i chyba szczerze, ale przesadzał
z częstotliwością.

– Seweryn się do księdza odzywał? – spytała.

– Nie. A miał?

– Komórka mu się rozładowała, a telefony dziewczynek
mam ja.

– Pani? – zapytał podejrzliwie Wiesław.

Dopiero teraz zorientowała się, jak dwuznacznie musiało
to zabrzmieć. Szczególnie dla kogoś, kto musiał w konfesjonale nieustannie wysłuchiwać małżeńskich grzechów.

– Musieliśmy sprawdzić je na komisariacie – wyjaśniła. –
W każdym razie nie mam się jak z nim skontaktować. Gdyby
tu przyjechał, proszę mu powiedzieć, że jesteśmy u mnie.

Znów niepewne spojrzenie.

– Razem z moim mężem i synem, proszę księdza.

– Ależ oczywiście, ja nie…

– Nie ma sprawy.

– Po prostu chodzą o państwu różne słuchy po mieście.

Burza jeszcze moment wcześniej miała zamiar odejść, ta
krótka uwaga sprawiła jednak, że się zatrzymała. Nie chodziło o to, co powiedział Wiesław, ale w jaki sposób to zrobił.
Jakby był po jej stronie, jakby chciał donieść jej o wszystkim,
co mówiono za jej plecami.

Zerknęła na niego, a potem na dzieci stojące przy samochodzie.

– Może innym razem o tym porozmawiamy? – spytał duchowny. – Proszę wpaść, kiedy pani odpowiada.

– W ten sposób zdobywa się teraz wiernych?

Ksiądz Wiesiek wzruszył ramionami, jakby chciał zasygnalizować, że wszystkie drogi prowadzące do celu są tymi właściwymi.

– Pani chyba nie muszę – odparł. – Jest pani wierząca, prawda?

– Tak.

– Tylko nie zawsze praktykująca – dodał z wyrozumiałością dobrego wujka. – W przeciwieństwie do męża, który... cóż, czasem mam wrażenie, że przychodzi nawet za często.

Uśmiechnął się, a ona odpowiedziała mu tak samo. Miał rację, Michał nieraz zjawiał się tylko po to, by ucieszyć swoich konserwatywnych wyborców. Sądziła, że duchowny tego nie dostrzega, ale najwyraźniej się pomyliła.

– Dlatego nie zapisali państwo Dominika na obóz? – spytał.

– Obóz?

– Chrześcijański. Dla dzieci, które chcą zbliżyć się do Boga.

– Nie wiedziałam nawet, że taki jest.

– Organizuję go pierwszy raz, będzie połączony z nauką języka angielskiego i... zresztą, możemy o tym pogadać, jak wpadnie pani na plebanię. Nie będę teraz zatrzymywał.

Popatrzył na dzieciaki, pomachał im, a potem podał rękę Kai.

Pożegnała go z poczuciem, że być może zyskała potencjalnego sojusznika. Jedno zdawało się pewne – cokolwiek by mu powiedziała, zostałoby to między nimi. Duchowni byli arcymistrzami w dochowywaniu tajemnic. Wszelakich.

Jadąc z dziećmi do domu, wciąż zastanawiała się, w jaki sposób mogłaby skontaktować się z Zaorskim. I co się z nim dzieje. Wypytała diablice o wszystko, co mogły wiedzieć, ale dowiedziała się jedynie tyle, że ktoś przyjechał po tatę, kiedy szli do szkoły.

– Puści pani jakąś fajną piosenkę? – spytała Lidka.

Ada wpatrywała się pustym wzrokiem za okno.

– A jaką byś chciała?

– Lokomouszon.

– Chyba nie znam.

Lidka zaczęła nucić jakąś melodię i kręcić biodrami w lewo i w prawo. Szturchnęła siostrę, by do niej dołączyła, ale ta wyraźnie nie miała ochoty. Dominik siedział obok równie skołowany.

Młodsza z sióstr w końcu przestała, a potem uniosła bezradnie wzrok i westchnęła, jakby nie mogła przeżyć takiego oporu materii.

– Może być coś innego – powiedziała. – Ma pani tatełorocka?

– Jasne, że mam – odparła Burza.

Włączyła *Dancing with Myself* Generation X, a Lidka natychmiast się rozpromieniła. Znów zaczęła podrygiwać, a do tego śpiewać z prawdziwym przejęciem. Tekst ułożyła swój, ale Kaja musiała przyznać, że brzmiał całkiem nieźle.

Przeszło jej przez myśl, że Zaorski urobił muzycznie nie tylko córki, ale także ją.

Boże, jak jej go brakowało.

Spojrzała w tylne lusterko, a potem nieco ściszyła. Lidka podejrzliwie zmrużyła oczy, ewidentnie przekonana, że nie zanosi się na nic dobrego.

– Pamiętasz, do jakiego samochodu wsiadł tata? – spytała Kaja.

– Do jakiegoś czarnego.

– Dużego? Małego?

– Dużego. Takiego wysokiego. – Zakreśliła w powietrzu kształt, który mógł oznaczać zarówno ciężarówkę, SUV-a, okręt morski, jak i statek kosmiczny. – Ale nie chciał wsiadać.

– Nie? Skąd wiesz?

– Bo tak wyglądał – odparła Lidka, patrząc krytycznie na ustawione zbyt cicho radio.

– I ilu panów było w środku?

– Chyba trzech.

– Mówili coś?

– Tylko: „Wsiadaj, wsiadaj" – odbąknęła dziewczynka. – Możemy już dać głośniej?

– Powiedz mi jeszcze tylko, w którą stronę pojechali.

– Tak jak do szkoły, tylko że skręcili szybko w lewo.

A zatem w kierunku wylotówki z miasta. Właściwie nie było to specjalnie pomocne, ale dawało nadzieję, że któraś z kamer po drodze złapała tablicę rejestracyjną.

Kaja wzdrygnęła się i pogłośniła muzykę. Uświadomiła sobie, że rozważa zniknięcie Seweryna w kategoriach porwania. Poczuła się jeszcze gorzej, gdy naszło ją, że to całkiem słuszne założenie.

Ale co w związku z tym powinna zrobić? Nie chciała zawiadamiać przełożonego, bo niechybnie prowadziłoby to do pytań, co Zaorski w ogóle robił z podejrzanymi typami. Wpędziłoby go to w poważniejsze kłopoty niż te, w których być może teraz się znajdował.

Kiedy dojeżdżała do domu, rozległ się dzwonek jej telefonu. Sięgnęła po niego natychmiast, ale jej nadzieja prysła, kiedy zobaczyła, że dzwoni komendant. Odebrała niechętnie.

– Gdzie ty jesteś? – syknął.

– Musiałam odebrać syna ze szkoły.

– Chyba ustaliliśmy, że…

– Przepraszam, panie inspektorze, ale obowiązki matki okazały się ważniejsze od służbowych – przerwała mu pewnym głosem. – Z pewnością pan rozumie, że mój mąż jest dość zajętym człowiekiem i czasem muszę wziąć na siebie więcej odpowiedzialności. Taki już los żony burmistrza.

Ostatnie słowo podkreśliła wyraźnie, by Konar nie miał żadnych wątpliwości, co w istocie chciała mu przekazać. Cisza po drugiej stronie zdawała się świadczyć o tym, że odebrał sygnał.

– Staw się jak najszybciej – rzucił po chwili.

Była już po służbie, ale nie chciała nadwerężać cierpliwości komendanta, przypominając o tym.

– Oczywiście, panie inspektorze.

Rozłączył się bez słowa, a ona odetchnęła. Najczęściej żałowała, że Michał poszedł w lokalną politykę, ale w tym wypadku była mu za to wdzięczna.

Ledwo weszła do domu, znów zadzwonił telefon. Tym razem nie znała numeru.

– Tak? – spytała niepewnie.

– Hej – rzucił Seweryn.

Kaja odłożyła torebkę na szafkę w przedpokoju i uniosła wzrok. Wzięła głęboki oddech, a potem wskazała dzieciakom, by poszły do salonu.

– Cisza przed burzą? – dodał Zaorski.

Przysiadła na szafce na buty.

– Zastanawiam się po prostu, od czego zacząć – odparła.

– Może od tego, czy się martwiłaś.

– O ciebie?

– Masz rację, o mnie nigdy nie trzeba.

– Nie to miałam na myśli.

Wydał z siebie coś między charkliwym śmiechem a kaszlnięciem. Nie brzmiało to dobrze, zupełnie jakby się czymś dławił.

– Gdzie jesteś? – zapytała.

– Na plebanii – odparł i odchrząknął. – Ksiądz Wiesio powiedział mi, że zwinęłaś moje dwa małe, chodzące szczęścia.

– Możliwe.

– Chcesz je zatrzymać? Podzielę się, weź chociaż jedną.

– Chętnie – odparła, mimowolnie się uśmiechając. – Oszczędzę im słuchania w kółko kawałków z lat siedemdziesiątych.

Przez chwilę oboje milczeli, jakby nie wiedzieli, czy to dobry moment, by wejść na tory poważniejszej rozmowy. W końcu Burza uznała, że tak.

– Co się z tobą działo?

– Spotkania trzeciego stopnia.

– Z kim?

– Pogadamy na żywo – odparł. – Jesteś w domu?

– Mhm – potwierdziła. – Zaraz zabieram się do robienia spaghetti z krewetkami.

Dopiero teraz dotarło do niej, że rozmawiają nie jak dwoje unikających się ludzi z przeszłości, ale jak para omawiająca zupełnie prozaiczne, wspólne sprawy. Powinna szybko zmienić ton tej rozmowy, ale nie potrafiła.

– Zrobić dla pięciu osób? – spytała.

– Jeśli chcesz wykarmić diablice, to raczej dla dziesięciu. One są jak buldożer.

– Zdążyłam się zorientować.

Seweryn długo milczał, a ona nie bardzo wiedziała dlaczego. Może również poczuł osobliwy charakter całej tej rozmowy? Wymieniali się słowami, jakby szukali swojego dotyku w ciemności. A przynajmniej takie wrażenie odnosiła Burza.

– Zrób tylko dla was – odezwał się w końcu.

Nie bardzo wiedziała, jak ma to potraktować. Nie przyjdzie? Zostawi tu córki na dłużej?

– Nie planujesz wpaść? – rzuciła lekkim tonem.

– Nie mogę teraz.

– Dlaczego nie?

– Muszę doprowadzić się do porządku.

Nie brzmiało to dobrze. W dodatku dopiero teraz Kaja przypomniała sobie, że nie dzwonił ze swojego telefonu. Stracił komórkę?

– Co to znaczy? – spytała. – Co jest?

– Wyglądam nie najlepiej. Nie chcę, żeby mnie takiego widziały.

– Nie najlepiej, to znaczy?

– Czekaj – odparł mrukliwie. – Masz WhatsAppa?

– Mam, ale…

– To dobrze. Ksiądz też ma.

Zaraz potem zobaczyła, że numer, z którym rozmawia, stara się połączyć z nią w trybie wideo. Natychmiast potwierdziła, a potem odsunęła od siebie komórkę, by Seweryn nie widział jej ze zbyt bliskiej odległości. Nie znosiła tych pieprzonych nowinek, przy których trzeba było nie tylko przejmować się tym, co się mówi, ale też jak się wygląda, pod jakim kątem ustawić komórkę i tak dalej.

Wszystko to przestało mieć znaczenie, kiedy zobaczyła obraz na wyświetlaczu. Twarz Zaorskiego była zalana krwią. Łuk brwiowy miał rozcięty, lewe oko tak spuchnięte, że z pewnością na nie nie widział, a włosy posklejane zaschniętą krwią.

– Jezu!

– Mówiłem, cisza przed burzą.

– Coś ty najlepszego...

– Wystarczy powiedzieć, że nie mam więcej ochoty spędzać czasu z Dydulem i jego kumplami.

– Seweryn...

– Wszystko ci wyjaśnię, jak się zobaczymy. Daj mi pół godziny.

– Pół godziny? – spytała nerwowo. – Czy ty w ogóle widziałeś, jak wyglądasz? I czemu ksiądz nie dał ci czegoś, żebyś chociaż...

– Chciał mi powycierać gębę, ale dopadłem najpierw do telefonu. Coś tam teraz przygotowuje.

Kaja pokręciła głową z rezygnacją.

– Tateł? – rozległo się zza jej pleców.

Natychmiast się obróciła, dostrzegając stojącą w przedpokoju Lidkę. Wyjadała suche musli prosto z paczki, przynajmniej do momentu, gdy zobaczyła ojca. Teraz trwała w bezruchu z otwartymi ustami.

– Tatuś? – spytała jeszcze raz, patrząc na trzymany przez Burzę telefon.

Oczy powoli jej się zaszkliły, a Kaja natychmiast odłożyła komórkę na szafkę. Zbliżyła się do Lidki i kucnęła przy niej, kiedy ta powoli zaczynała poddawać się nadciągającej fali płaczu.

Trochę trwało, nim Burzy udało się ją uspokoić. Cały czas zapewniała, że tata po prostu się przewrócił i trochę potłukł, ale wszystko jest w porządku i zaraz się tu zjawi. Mała nie przestawała płakać, kompletnie przerażona, więc ostatecznie Kaja po prostu dała jej telefon, wcześniej wyłączywszy wideo.

Nie wiedziała, co powiedział jej Seweryn, ale podziałało. Już minutę później dziewczynka śmiała się przez łzy, a potem pociągała nosem z uśmiechem. Oddała Kai komórkę i wróciła do jedzenia musli.

Zaorski zjawił się pół godziny później. Wyglądał okropnie, ale przynajmniej nie miał już na twarzy ani świeżej, ani zaschniętej krwi. Kaja powitała go w progu, a potem wbrew sobie ujęła jego twarz w dłonie. Przyglądała się każdej ranie i siniakowi i dopiero po chwili zdała sobie sprawę, że Seweryn wbija wzrok w jej oczy.

Od razu opuściła ręce i się cofnęła, ale Zaorski złapał jej dłoń, jakby nie chciał pozwolić, by za bardzo się oddaliła. Dopiero po chwili zrozumiał, gdzie jest, i zapewne upomniał się, że Michał może być w domu.

Przesunął ręką po włosach.

– Zgubiłem czapkę – powiedział.

– Widzę.

– Za to znalazłem ciebie.

Wzięła od niego kurtkę i zawiesiła ją w szafie, starając się zignorować to, co właśnie powiedział. Nie potrafiła.

– W jakim sensie?

– Kiedy mnie okładali i nie wiedziałem, czy w ogóle wypuszczą mnie żywego, myślałem tylko o tym…

– Daj spokój.

– …żeby jeszcze cię zobaczyć – dokończył.

Wypalił to tak swobodnie, tak naturalnie, że wątpiła, by wcześniej sobie to przygotował. Stała odwrócona tyłem, nie mając zamiaru się poruszać. Poczuła jego dłonie na biodrach i impuls przechodzący przez całe jej ciało. Zamknęła oczy. Żadne z nich się nie odzywało.

– Dzieci… – powiedziała w końcu.

– Wiem, przepraszam.

Poczuła, jak cofa ręce. Odwróciła się w stronę salonu i ruszyła przed siebie, uważając, by nawet nie zerknąć na Zaorskiego. Jedno krótkie spojrzenie mogłoby okazać się tragiczne w skutkach.

Usiedli przy stole i zabrali się do spaghetti. Seweryn jadł, jakby podała mu najbardziej wykwintne danie na świecie. Nie zważając na pełne usta, nie mógł się nachwalić. Dzieciaki się śmiały, głośno wciągały nitki, a atmosfera była jak z bajki.

Aż do momentu, kiedy rozległ się dzwonek do drzwi.

Michał? Burza sprawdziła godzinę. Było jeszcze nieco za wcześnie, ale nie mógł to być nikt inny.

Kaja wymieniła się znaczącym spojrzeniem z Sewerynem, a ten od razu się podniósł, gotów tłumaczyć, co robi w domu dawnego przyjaciela, zajadając z nią i ich dziećmi spaghetti.

Podeszli do drzwi, Burza otworzyła. W progu zamiast Michała zobaczyła jednak kobietę, której nie znała, i młodego sierżanta, Jarka.

– O co chodzi? – spytała.

Hajduk-Szulc wskazał Zaorskiego.

– My nie do pani – zaznaczył. – Powiedziano nam na plebanii, że tutaj znajdziemy tego człowieka.

Obejrzała się na Seweryna, a ten ściągnął brwi, nie bardzo rozumiejąc, skąd ten ewidentnie wrogi ton.

– Tego człowieka? – zapytała Burza, po czym spojrzała na kobietę. – A pani to kto?

– Maria Czereszewska, ośrodek pomocy społecznej – przedstawiła się, a potem zrobiła krok do przodu i wręczyła Zaorskiemu kilka spiętych kartek. – Na podstawie artykułu dwanaście a ustawy o przeciwdziałaniu przemocy w rodzinie zostałam upoważniona do odebrania panu dzieci w trybie natychmiastowym i umieszczenia ich w placówce opiekuńczo-wychowawczej.

Seweryn sprawiał wrażenie, jakby prosto w niego grzmotnął piorun. Wbił nieruchomy wzrok w kartkę.

– Zaraz… – powiedziała Kaja.

Hajduk-Szulc zbliżył się powoli i uniósł lekko ręce.

– Procedura została wszczęta z uwagi na bezpośrednie zagrożenie zdrowia dzieci – powiedział.

Zaorskiemu odebrało dech. Nawałnica zdarzeń sprawiła, że nie mógł się odnaleźć. Burza była podobnie zdezorientowana.

W końcu jednak się otrząsnął.

– Nie możecie… – powiedział. – Nie bez wyroku sądu.

– Proponuję przeczytać pouczenie – zasugerowała Czereszewska. – Procedura jest tam opisana.

– Że co?

– Odebranie następuje bez wcześniejszego orzeczenia sądu, na podstawie zgodnej opinii funkcjonariusza policji, pracownika socjalnego oraz lekarza.

Seweryn z trudem przełknął ślinę.

– Znajdzie pan je wszystkie w załączeniu – dodała Czereszewska. – A teraz proszę się odsunąć.

– Ale…

– Przysługuje panu zażalenie do sądu opiekuńczego właściwego miejscowo do jego rozpatrzenia – wyrecytowała kobieta.

– Proszę się odsunąć – powtórzył jej słowa Hajduk-Szulc.

Zaorski panicznie szukał ratunku u Kai, ona jednak nie miała pojęcia, co robić. Zauważyła, że początkowy szok ustępuje miejsca narastającej wściekłości. Chyba dopiero teraz zrozumiał, że ktoś naprawdę zamierza odebrać mu córki.

Pracowniczka socjalna również musiała to dostrzec.

– Możemy to przeprowadzić spokojnie – powiedziała. – I tak, by dzieci nie wspominały tego z traumą.

– Chyba panią…

– Możemy też zabrać je siłą – nie dała mu dojść do słowa. – Ale zapewniam, że odbędzie się to ze szkodą dla ich psychiki.

Co tu się działo? Czy to był kolejny element tego, co robił Fenol?

Pewne w tej chwili było dla Burzy jedynie to, że za moment Seweryn straci córki.

13

Pierwszym odruchem Zaorskiego była silna, atawistyczna potrzeba podjęcia walki. Obrony dzieci. Rzucenia się z pięściami na Hajduk-Szulca, zastraszenia pracowniczki socjalnej, a potem ucieczki.

Adrenalina buzowała w nim jeszcze po zajściu z Dydulem i ludźmi, którzy pojawili się po długim oczekiwaniu. W końcu dotarł do kierownictwa. Do tych, z którymi mógł zacząć robić to, po co w ogóle nawiązał kontakt z Dydulem.

Kosztowało go to całkiem sporo. Siniaki i rozcięcia dobitnie o tym świadczyły, ale przemoc fizyczna była z punktu widzenia tych ludzi jedynym narzędziem, dzięki któremu mogli ustalić, czy Seweryn rzeczywiście się nadawał.

Przeszedł test pomyślnie. Tyle że teraz nie miało to żadnego znaczenia.

– Ostatni raz wzywam pana do ustąpienia – powiedział sierżant.

Zaorski był gotów zaatakować go w każdej chwili. Znał jednak dokładnie scenariusz, którym takie posunięcie by się zakończyło. Hajduk-Szulc albo dobyłby broni, albo wezwałby posiłki. Koniec końców Seweryna wyprowadzono by siłą, a dziewczynki i tak mu odebrano.

Do kurwy nędzy, w co on się władował? Kto to wszystko zaplanował?

Odpowiedź mogła być tylko jedna. Fenol.

Ale dlaczego miałoby mu zależeć na tym, by zadać ten najdotkliwszy z ciosów? Zaorski nie zbliżył się do niczego, co rzuciłoby choć trochę światła na tego człowieka. W badaniach sekcyjnych nie mógł doprowadzić do żadnego przełomu. Był niegroźny.

A mimo to od początku z jakiegoś powodu stanowił ważny element. On lub jego matka.

– Seweryn… – odezwała się cicho Kaja.

Musiała zorientować się, że jest bliski ruszenia na mundurowego z pięściami. Pomijając wszystko inne, rykoszetem oberwałaby także ona. Z pewnością nie pozostałaby bierna, za co ostatecznie spotkałyby ją dotkliwe konsekwencje.

– Z drogi – rzucił Hajduk-Szulc i ruszył przed siebie.

Burza złapała Zaorskiego za rękę i ścisnęła mocno.

– Myśl o dziewczynkach – powiedziała.

Miała rację. Całkowitą rację.

Seweryn przepraszająco uniósł dłoń, a policjant zatrzymał się tuż przed nim. Ręka na kaburze była jasnym sygnałem, że zna reputację Zaorskiego i wie, że powinien spodziewać się problemów.

– Jak będzie? – zapytał sierżant.

– Pozwólcie mi tylko…

– Nie – włączyła się Czereszewska. – Nie zostanie pan z tymi dziećmi ani na moment sam.

– Ale…

– Niech pan decyduje. Idą z nami spokojnie albo po awanturze.

Kaja weszła między nich i popatrzyła kobiecie prosto w oczy. Nie było to konfrontacyjne, wprost przeciwnie. Zaorski odniósł wrażenie, że stara się do niej zaapelować jako matka.

– Doszło do jakiegoś nieporozumienia – powiedziała Burza. – Ten człowiek to najlepszy…

– Nieporozumieniem jest to, że dzieci tak długo z nim były.

Wyrok za przestępstwa natury seksualnej, oczywiście. Ale to przecież było załatwione, nie mogło ot tak sprawić, że opieka społeczna postanowiła odebrać mu dziewczynki. Właściwe organy były na bieżąco z sytuacją, miały wszelkie informacje. Coś musiało się stać.

– Proszę, to naprawdę… – zaczęła Kaja.

– Pani aspirant, ta procedura jest nieunikniona – przerwał jej Hajduk-Szulc.

– Ale skąd w ogóle ta interwencja?

– Wszystko jest w dokumentach – odparła Czereszewska.

– Co? – spytał ostro Seweryn. – Co jest, kurwa mać, w dokumentach? Jakieś spreparowane gówno, które…

– Uspokój się – polecił służbowym, stanowczym tonem Hajduk-Szulc.

– Wypierdalaj.

– Jeśli jeszcze raz…

– Co? – przerwał mu Zaorski.

Kaja znów zainterweniowała i tylko dzięki temu sytuacja nie wymknęła się spod kontroli. Tym razem jednak stanęła przodem nie do Czereszewskiej i policjanta, ale do Seweryna. To jego musiała uspokoić.

Patrzyła mu w oczy tak długo, aż zobaczyła namiastkę równowagi.

– Cokolwiek się dzieje, ci ludzie nic ci nie wyjaśnią – powiedziała cicho, znów biorąc go za rękę. – Ktoś ewidentnie sfałszował dowody.

– Wiem, ale…

– I oni działają na ich podstawie – nie dała sobie przerwać Burza, ściskając jego dłoń nieco mocniej. – Z jakiegoś powodu z ich punktu widzenia jesteś zagrożeniem dla dzieci. Możesz tylko pogorszyć sprawę.

W głębi duszy wiedział, że Kaja ma rację.

– Wszystkiego się dowiem, obiecuję – dodała. – Ale musisz mi na to pozwolić.

Uświadomił sobie, że on ściska jej rękę jeszcze mocniej. Na moment zamknął oczy, a potem skinął głową. Burza odsunęła się i zasugerowała sierżantowi, że ten może podjąć czynności.

Zaorski czuł, że trzymane przez niego kartki nasiąkają potem. Spojrzał na nie, a wtedy funkcjonariusz ruszył przed siebie. Nie miał zamiaru pozwolić na dłuższą zwłokę.

– Moment, przyprowadzę je – powiedział szybko Seweryn, oddając Burzy dokumentację. – Proszę ich nie wyprowadzać w ten sposób.

– Nie – odparła pracowniczka socjalna. – Nie zbliży się pan do nich nawet na krok.

– Przecież…

– Sierżancie, proszę go wyprowadzić.

– Chwila…

– Natychmiast.

Twarde spojrzenie Hajduk-Szulca i wciąż trzymana w gotowości broń sprawiły, że Zaorski podjął jedyną możliwą decyzję. Rzucił długie spojrzenie w kierunku salonu, a potem wbił wzrok w Burzę.

– Powiedz im, że wszystko będzie dobrze.

– W porządku.

– I że tata niedługo je zabierze.

Położyła mu rękę na plecach, a potem delikatnie zasugerowała, żeby wyszedł z sierżantem. Seweryn się nie opierał. Jeśli nie chciał, by doszło do krwawej jatki, musiał powierzyć sprawę Kai i jak najszybciej się usunąć.

Boże, dlaczego?

Z oddali obserwował, jak pracowniczka prowadzi jego córki. Nachylała się do nich i mówiła coś, czego Zaorski nie był w stanie usłyszeć. Lidka była wyraźnie nieufna, Ada zdawała się całkowicie obojętna. Kobieta zaś przywodziła na myśl daleką ciotkę lub kuzynkę, która chce zabrać dziewczynki na przejażdżkę.

Kiedy wchodziły do samochodu, rozglądając się uważnie, Seweryn zacisnął mocno powieki. Wzbierały w nim tak silne emocje, jakich jeszcze nigdy nie czuł.

Stojący obok Hajduk-Szulc kątem oka kontrolował, czy Zaorski się nie wyrwie.

– Nie rób niczego głupiego – powiedział.

Seweryn obrócił się do niego.

– Pierdol się.

– Chcesz odpowiadać za znieważanie funkcjonariusza?

Zaorski zacisnął usta, starając się myśleć o tym, co powiedziała Burza. Ktoś musiał spreparować jakieś dowody. Ci ludzie traktowali go w taki sposób, bo byli przekonani, że skrzywdził dzieci.

Ten tok myśli niespecjalnie pomógł. Wyzwolił jeszcze większą agresję wobec stojącego obok policjanta.

– Gdybym chciał cię znieważyć, powiedziałbym, żebyś jebał się na ryj, skurwysynu – rzucił.

Hajduk-Szulc też się do niego obrócił, a wzrok Zaorskiego zsunął się na kaburę. Zanim którykolwiek z nich zdążył zrobić coś, po czym nie byłoby odwrotu, obaj zwrócili uwagę na zbliżającą się szybkim krokiem Kaję.

– Spokój! – rzuciła z oddali, widząc, co się dzieje.

W mig znalazła się przy nich, a potem posłała Jarkowi długie, pełne pogardy spojrzenie.

– Popełniliście bardzo duży błąd – powiedziała.

– Nie sądzę. Ten facet jest gwałcicielem i…

– Zamknij mordę – uciął Seweryn, ruszając ku niemu.

Burza natychmiast położyła dłonie na jego piersi i go powstrzymała. Sprawiała wrażenie, jakby starała się doprowadzić do wyhamowania rozpędzonego pociągu.

– Nie wie pani, jaki donos złożono na komisariat – oznajmił Hajduk-Szulc.

– Wiem, że jest kompletnie bzdurny.

– Pani zdaniem.

Kiedy zobaczyła, że Seweryn odpuścił, obróciła się do niższego stopniem funkcjonariusza.

– Więc może wyjaśnisz, co to za donos?

– Wszystko jest w dokumentach.

Burza syknęła z irytacją, podczas gdy Zaorski skupiał się już wyłącznie na oddalającym się samochodzie.

– Dokąd je zabieracie? – spytał.

– Do ośrodka opiekuńczo-wychowawczego w…

– Do domu dziecka? – przerwał mu. – Pojebało was?!

– Nie ma pan żadnej rodziny, do której…

– W głowach wam się, kurwa, nasrało!

Znowu dłonie Kai na jego klatce piersiowej. Znowu fizyczna presja i prośba w oczach. Gdyby powstrzymać go starał się ktokolwiek inny, poniósłby fiasko. W przypadku Burzy jednak tyle wystarczyło.

Hajduk-Szulc nie czekał na rozwój wydarzeń. Rzucił coś pod nosem, a potem oddalił się, raz po raz oglądając się kontrolnie. Odprowadzili go wzrokiem, a kiedy zniknął za zakrętem, Seweryn poczuł, jak Kaja przyciąga go do siebie.

Zarzuciła mu ręce na szyję i objęła tak mocno, jakby to on miał być dla niej ratunkiem, a nie odwrotnie.

– Jak? – spytał Zaorski. – Jak to się stało?

– Nie wiem. Ale dojdziemy do tego.

Miał wrażenie, że odebrano mu dzieci na dobre. Że już nigdy ich nie zobaczy, nigdy nie posłucha z nimi du, du, du, nigdy nie będzie wymyślał słów pasujących do słowa „akcja", nigdy nie pochowa w domu waniliowych belriso i nigdy nie będzie naokoło próbował wytłumaczyć, czym są wstydliwe dolegliwości starszych ludzi.

– Znajdę go – odezwał się niewyraźnie.

Kaja odsunęła się na moment i spojrzała mu głęboko w oczy.

– Kogo?

– Fenola – odparł. – Znajdę go i zajebię.

ROZDZIAŁ 3

1

Noc bez Lidki i Ady sprawiła, że Zaorski czuł się, jakby ktoś wyrwał mu serce, a potem na jego oczach rozgniótł je na miazgę. Wypił stanowczo za dużo, opróżnił pół butelki piętnastoletniego chivas regala, dojrzewającego w japońskich beczkach. Wybrał tę whisky, bo uznał, że będzie miał opory przed zbyt szybkim opróżnieniem butelki. Świadomość tego, co pije, niewiele jednak pomogła.

Wciąż wracała do niego jedna, paraliżująca myśl. Pozwolił odebrać sobie dziewczynki.

Co miał jednak zrobić? Pracowniczka socjalna i Hajduk-
-Szulc mieli na wszystko papiery. Gdyby stawił fizyczny opór, zostałby unieszkodliwiony, a Lidka, Ada i Dominik pamiętaliby te zdarzenia do końca życia.

Spojrzał na zegarek. Dziewczyny od wielu godzin były już w domu dziecka.

Ile rzeczy mogło im się przez ten czas przydarzyć? Seweryn nie miał pojęcia, co dzieje się z córkami, nie miał jak się z nimi kontaktować. Po powrocie do domu od razu zadzwonił do Zamościa, szukając pomocy prawnika, ale ta na niewiele się zdała.

Przeczytał wszystko, co było w papierach, i nie wyglądało to najlepiej. Z punktu widzenia państwa należało jak najszybciej odebrać dzieci ojcu i chronić je przed przemocą w rodzinie.

Z samego rana Seweryn miał złożyć zażalenie do sądu. Obawiał się, że tak jak w sprawach karnych, sędzia nie będzie związany żadnym terminem i będzie odwlekał wszystko w nieskończoność. Prawnik poinformował go jednak, że prawo rodzinne to nie karne. W tej sytuacji sąd miał dwadzieścia cztery godziny, żeby rozpatrzyć jego pismo.

Zaorski popijał whisky, która sprawiała, że jego umysł stawał się coraz bardziej zamglony. Jeszcze wczoraj wydawało mu się, że bardziej od losu nie oberwie. Teraz stało się jasne, że wszystko jest możliwe.

Ale jak do tego doszło? I co Fenol chciał osiągnąć?

Z dokumentacji wyłaniał się scenariusz, którego Seweryn kompletnie nie rozumiał. Na linię interwencyjną zadzwonił anonimowy człowiek i poinformował pracownika, że Zaorski dopuszcza się przemocy psychicznej wobec dzieci. Chodziło o zaniedbania i brak odpowiedniej opieki, ale oprócz tego pojawiły się zarzuty wykorzystywania fizycznego. Konkretnie zmuszania córek do tak zwanych innych czynności seksualnych.

Seweryn nie potrafił spokojnie przeczytać ani uzasadnienia, ani pouczenia. Czekał, aż zjawi się Burza, by razem z nią wszystko omówić. Spóźniała się. Miała być już pół godziny temu.

Zaorski chodził po domu, raz po raz pociągając whisky ze szklanki. Niewiele brakowało, by godzinę lub dwie temu postanowił pić prosto z butelki. Szczęśliwie w ostatniej chwili się powstrzymał.

Kiedy Kaja w końcu się zjawiła, nie wyglądała najlepiej.

– Czego się dowiedziałaś? – spytał, zapraszając ją do środka. – Wiesz, kto złożył to zawiadomienie?

– Nie – odparła ciężko.

Powiodła wzrokiem po korytarzu, a on dopiero teraz uświadomił sobie, że było to jedno z ostatnich miejsc, w których chciała się znaleźć. Mimo to ruszyła przed siebie. Weszła do kuchni i rozejrzała się uważnie. Dostrzegłszy butelkę chivas regala, zakręciła ją, a potem odstawiła na bok. Usiadła przy stole, patrząc na Seweryna ze współczuciem.

– Jak to nie? – spytał.

– To anonimowy donos.

Zaorski stanął przy stole i włożył ręce do kieszeni.

– Leci na mnie gówno i nie wiem nawet, z której strony?

– Niestety.

– Tak nie może być.

Kaja wciąż toczyła wzrokiem po pomieszczeniu, a Zaorski uświadomił sobie, czego jej tutaj brakuje. Podszedł do ekspresu, zwiększył moc naparu i podstawił kubek pod dyszę. Najpierw kawa, potem życie.

– Nazywają to telefonem zaufania nie bez powodu – odezwała się Burza. – Próbowałam na wszystkie sposoby dotrzeć do osoby, która złożyła doniesienie, ale niczego się nie dowiedziałam. Zadzwoniła na linię interwencyjną, a potem pracownicy przekazali tę sprawę do ośrodka pomocy społecznej. Tam podjęto decyzję, że trzeba działać natychmiast. Skontaktowano się z policją i dalszy ciąg znasz.

Seweryn wcisnął guzik. Rozległ się głośny dźwięk mielenia ziaren.

– Aż za dobrze – powiedział. – Co mogę zrobić?

– Złożyć zażalenie.

– To zaraz zrobimy, tak?

Skinęła głową, a on postawił przed nią kawę i usiadł naprzeciwko.

– Jaka jest szansa, że to coś da? – spytał.

Wzrok Kai nie pozostawiał złudzeń, że nie usłyszy odpowiedzi, na którą liczył.

– Niewielka – powiedziała cicho Burza. – Sprawdzałam statystyki. Sądy uwzględniają jakieś trzy procent złożonych przez rodziców zażaleń.

Zaorski zaklął w duchu i miał ochotę znów sięgnąć po butelkę. Zestrofował się w myślach i uznał, że jeśli szybko nad tym nie zapanuje, w żaden sposób nie uda mu się pomóc córkom.

– Dobra, jedźmy do tego sądu – powiedział.

– Nie musimy.

– Nie?

– Możesz złożyć to zażalenie nawet ustnie pracownikowi socjalnemu.

– Ale…

– Ale nie poinformowała cię o tym, wiem – ucięła Burza. – Powinna to zrobić i sporządzić protokół, ale pewnie będzie się tłumaczyła, że byłeś zbyt rozemocjonowany, stwarzałeś zagrożenie, nie stosowałeś się do poleceń i tak dalej. A notatka służbowa Hajduk-Szulca to potwierdzi.

Seweryn przesunął dłonią po włosach. Z pewnością nie on jeden właśnie tak zachował się w takiej sytuacji.

– To niestety nic nie zmienia – dodała Kaja. – Błędy formalne nie wpływają na całą procedurę. Zabranie dzieci z niebezpiecznego środowiska jest wartością nadrzędną.

Dopiero teraz przeszło mu przez myśl, że cały ranek musiała spędzić na rozmowach z kimś, kto znał się na rzeczy, ewentualnie na samodzielnym zgłębianiu tematu. Podczas gdy on, kurwa, wlewał w siebie alkohol.

– Nasze prawo stosuje prymat dobra dziecka – kontynuowała. – Cokolwiek byś zrobił, sąd zawsze będzie patrzył tylko na to.

– Tym bardziej powinni natychmiast oddać mi córki.

– Wiem – powiedziała, przesuwając rękę po blacie. – Ale jeśli spreparowano mocne dowody…

– Na pewno można je obalić.

Spojrzał na jej dłoń, ale nie wykonał podobnego ruchu. Nie mógł teraz pozwolić na jakąkolwiek bliskość, musiał zachowywać ostry umysł i nie dać złości opaść. Była paliwem, które go napędzało, a kontakt fizyczny z Kają sprawiłby, że w jej miejsce pojawiłby się spokój.

– Obalimy wszystko, Seweryn – odparła. – Ale dopiero na rozprawie.

– A co do tego czasu? Będą siedziały zamknięte w bidulu?

– Będę miała na nie oko i…

– To nie wystarczy.

– Wiem – przyznała. – Ale nic innego nie możemy zrobić.

Odsunął raptownie krzesło i się poderwał. Odwrócił się, zaciskając mocno usta i z trudem powściągając emocje. Na lekką utratę kontroli mógł sobie pozwolić, na wybuch z pewnością nie. Burza zobaczyłaby wówczas człowieka, którego z trudem by poznała.

– Możemy – odezwał się.

– Hm?

– Możemy coś zrobić.

Usłyszał, jak Kaja się podnosi.

– Co masz na myśli? – spytała.

– To, żeby dorwać Fenola. Skoro twierdzisz, że nie mogę liczyć na sąd, muszę...

– Co? – wpadła mu w słowo. – Wziąć sprawy w swoje ręce?

Wczoraj nie skomentowała jego deklaracji, z pewnością złożyła ją na karb emocji. Zaorski jednak nie rzucił jej lekko. Miał zamiar dorwać tego, kto za tym wszystkim stał. Zanim zdążył to powtórzyć, usłyszał dzwonek telefonu Kai. Nie odebrała od razu, zamiast tego wbijała wzrok w oczy Seweryna.

Potem zerknęła na wyświetlacz i włączywszy głośnik, położyła telefon na stole. Nawet do góry nogami Zaorski bez trudu rozpoznał zdjęcie Ozzy'ego.

– Cześć – powiedział Michał.

Burza powitała go i oznajmiła, że jest na linii z Zaorskim. Seweryn czuł się nieco dziwnie, kiedy oboje nachylili się nad komórką, ale zamiast patrzeć na nią, spoglądali na siebie.

– Dowiedziałeś się czegoś? – odezwała się.

– Tak, ale niewiele – odparł Michał. – Gadałem z sędzią, do której trafiła ta sprawa.

Dzięki Bogu za polityczne nominacje w środowisku sędziowskim, pomyślał Zaorski. Gdyby nie to, sędzia z pewnością nawet nie chciałaby rozmawiać z przedstawicielem partii rządzącej.

– Sprawa będzie toczyć się w Zamościu – dodał. – Sędzia zdaje się... no cóż, normalną osobą. Niewiele mogę o niej powiedzieć.

– Mniejsza z nią, Ozzy – włączył się Seweryn. – Co z moimi dziećmi?

– Wszystko z nimi w porządku.

– Chyba sobie, kurwa, żartujesz.

Michał odchrząknął i chyba dopiero teraz zorientował się, jak niefortunnie to zabrzmiało.

– Nie miałem na myśli...

– Wiem, wiem – uciął szybko Zaorski. – Mów, co ustaliłeś.

Nabrał głęboko tchu, jakby miał nie tyle relacjonować sprawę odebrania dzieci, ile przedstawiać diagnozę o chorobie, na którą nie wymyślono jeszcze leku. Nie zapowiadało to niczego dobrego.

– Po tym, jak zgłosił się świadek, pracownicy socjalni zaczęli cię sprawdzać – podjął Ozzy. – Nie muszę ci chyba mówić, na co trafili.

– Nie musisz.

W pierwszej kolejności na prawomocny wyrok za przestępstwa seksualne, w drugiej na wpis w rejestrze, a w trzeciej z pewnością na wszystko, co miało związek ze sprawą sprzed pół roku.

– Wykonali kilka telefonów i...

– Telefonów do kogo?

– Na policję i do szkoły – odparł ciężko Michał. – Wygląda na to, że dość często Ada i Lidka czekały na ciebie same po skończonych lekcjach. A na komisariacie przekazali kilka innych faktów, które nie stawiały cię w dobrym świetle.

Seweryn patrzył na Kaję, a ona na niego. Pomijając sam temat, była to chyba najdziwniejsza rozmowa, jaką można było prowadzić.

– Aż do rozprawy niczego nie wskórasz – ciągnął Ozzy. – Co będzie potem, nie wiem. Ale pewnie będziesz musiał obalić każdy z dowodów po kolei.

Teoretycznie nie powinno być z tym problemu. W praktyce jednak Fenol dotychczas przygotowywał wszystko tak skrupulatnie, że mógł zadbać także o odpowiednie spreparowanie materiału dowodowego.

– Muszę je stamtąd wyciągnąć – odezwał się Zaorski. – Nie mogą spędzić tam choćby dnia dłużej.

– Wiem.

– Nie możesz niczego zrobić?

Seweryn w końcu oderwał wzrok od Burzy. Było coś niewłaściwego w tym, że chciał pomocy od męża kobiety, która w tej chwili patrzyła na niego tak, jakby mogła razem z nim umierać.

– Formalnie nie – odparł Ozzy.

– A nieformalnie?

– Jest pewne wyjście. Słyszałeś, że ksiądz Wiesiek organizuje obóz chrześcijański?

– Nie.

– Trwa tydzień i myślę, że gdybym pogadał z opieką społeczną, może pozwoliliby na taki wyjazd. Oczywiście pod warunkiem, że ty zostałbyś pod obserwacją w Żeromicach.

Obóz z księdzem Wiesiem z pewnością był lepszym rozwiązaniem niż dom dziecka, jedynie ta obserwacja nastręczałaby pewnych problemów. Być może mimo wszystko udałoby się wykombinować coś, dzięki czemu nikt nie zorientuje się, z kim Zaorski wszedł we współpracę.

– Co sądzisz? – spytał Michał.

– Uratowałbyś mi życie.

– W takim razie już dzwonię do OPS-u.

– Dzięki, Ozzy.

– Nie ma sprawy – odparł lekkim tonem Michał, jakby angażowanie się w tego typu działania rzeczywiście nie stanowiło problemu. – Jak będziesz czegoś jeszcze potrzebował, dzwoń.

– Dzięki – powtórzył Seweryn.

– Z Kają zawsze chętnie ci pomożemy.

– Tak jest – przyznała Burza.

Znów na siebie patrzyli. Znów z taką intensywnością, jakby chcieli się pochłonąć. Przez moment nikt się nie odzywał, a Zaorski zaczął zastanawiać się nad tym, czy Ozzy cokolwiek podejrzewa. Domyśla się, co się teraz dzieje w kuchni dawnego domu Burzyńskich? Może oczami wyobraźni widzi ich pochylonych nad telefonem, patrzących sobie głęboko w oczy i niewiedzących, jak się zachować?

Co za chora sytuacja.

– I nie przejmuj się – dodał Michał. – To wszystko da się jakoś wyprostować. Wszyscy wiemy, że nie skrzywdziłbyś córek.

– Nie musisz mu tego mówić – rzuciła Burza.

– Wiem, ale…

– Zadzwoń może do tego OPS-u. Lepiej wysłać je z księdzem na indoktrynację, niż żeby były w domu dziecka.

– Musisz?

– Co?

Seweryn poczuł się nie na miejscu.

– Nieważne – odparł Ozzy. – Już dzwonię. Odbierzesz dzisiaj Dominika?

– Tak.

Zaorski odniósł wrażenie, że ich spojrzenia splotły się na dobre. Teraz patrzenie na siebie wydawało się już nie tyle kwestią wyboru, ile przymusem. Nawet gdyby któreś chciało odwrócić wzrok, najpewniej by nie potrafiło.

Chciał, żeby ta rozmowa się już zakończyła. By mógł wstać, obejść stół, a potem objąć Burzę i pozwolić, by świat choć na moment stał się lepszym miejscem.

– Dobra, to pa – odparł Michał. – A ty się trzymaj, chłopie.

– Jasne.

Po tym, jak się rozłączyli, Kaja i Seweryn w końcu oderwali od siebie wzrok. Żadne z nich nie wiedziało, jak odnaleźć się w kłopotliwej sytuacji.

– Może nie róbmy więcej takich telekonferencji – odezwał się Zaorski.

– Może nie…

– I skupmy się na tym, co możemy zrobić w sprawie moich dzieci.

Skinęła zdecydowanie głową, choć widział w jej oczach, że nie ma pojęcia, jak mogliby pomóc Lidce i Adzie.

– Powiedz tylko…

– Muszę ustalić, kim jest Fenol – przerwał jej. – Muszę go znaleźć. Muszę go przycisnąć i wyciągnąć z niego, jak spreparował dowody.

Burza dopiero teraz napiła się kawy. Odstawiła kubek, wyraźnie szukając właściwej odpowiedzi.

– Chcesz mi powiedzieć, że nie mogę tego zrobić – dodał. – Że nie jestem ani od tropienia przestępców, ani od wymierzania sprawiedliwości. Wiem o tym. Ale chodzi o moje córki, do kurwy nędzy. Ten człowiek wciągnął mnie w swoją grę, mnie bezpośrednio.

Bezsilność na twarzy Kai sprawiała, że emocje jeszcze szybciej brały górę nad rozsądkiem. Widział, że nie jest gotowa dopuścić go do śledztwa, mimo że sama z pewnością zrobi wszystko, by to jak najszybciej przyniosło owoce.

– Chcesz też pewnie powiedzieć, że nie mam żadnej pewności, że to robota Fenola – ciągnął. – I że brakuje mocnego dowodu na jakikolwiek związek zabójstw z odebraniem mi dzieci. Ale ja nie potrzebuję dowodów. Potrzebuję dorwać tego człowieka.

Pociągnęła duży łyk, a potem przez moment obracała kubek w dłoni.

– Czego oczekujesz? – spytała.

– Dostępu do ostatniego ciała. I wyników toksykologii.

– W porządku.

– Tak po prostu?

Burza wzruszyła ramionami.

– Wiesz dobrze, że zrobiłabym dla ciebie znacznie więcej.

Nie miał pojęcia, jak na to odpowiedzieć. Wiedział jedynie, że zrobi wszystko, by odnaleźć człowieka, który zabił trzy dziewczynki, a jemu odebrał córki. Żeby to osiągnąć, musiał zagrać w otwarte karty. Całkowicie otwarte.

Koniec z kłamstwami i mydleniem jej oczu. Być może szybko tego pożałuje, ale w tej chwili był przekonany, że robi dobrze.

– Muszę ci kogoś przedstawić – powiedział, a potem pożyczył sobie jej telefon i wyszedł do innego pokoju.

2

O tej porze Burza nie musiała przejmować się tym, że wpadną
na kogoś w prosektorium. Poszła do administracji po klucz,
spodziewając się, że mundur zrobi swoje. I zrobił. Natalia
Bromnicka wydała go bez żadnych obiekcji i nie dopytywała,
w jakim celu starsza aspirant chce zobaczyć zwłoki.

Chwilę później Kaja z Sewerynem stali nad stołem sekcyjnym. Zaorski przeglądał wyniki toksykologii i mruczał coś
pod nosem. W pewnym momencie sięgnął do czoła, by obrócić czapkę, i po fakcie uzmysłowił sobie, że ją stracił.

Burza wciąż nie widziała, do czego wtedy doszło. Nie miała także pojęcia, kogo zamierzał jej dziś przedstawić. Czuła
jednak, że w końcu dowie się tego, na co tak długo czekała.
Prawdy.

– I? – spytała.

Seweryn na moment oderwał wzrok od wydruków.

– Sawicki coś z tego wyciągnął? – spytał.

– Nic.

– Nie dziwię się.

– Też nic nie widzisz?

Pokręcił głową z irytacją, a ona zaczęła zastanawiać się,
czy na trzeźwo skończyłoby się to równie bezowocnie. Pewnie tak. Medyk sądowy wiedział już przecież, na co zwracać
uwagę, i przyglądał się toksykologii jeszcze pilniej. A mimo
to nie zdołał ustalić przyczyny zgonu.

– Kurwa mać…

– Co jest? – spytała Kaja.

– Tu naprawdę nic nie ma. Toksykologia czysta, wszystko
w normie.

O ile normą można było nazywać stan ciała małej dziewczynki po tym, jak jakiś zwyrodnialec odebrał jej życie, dodała w duchu Burza.

– Więc co teraz? – spytała.

– Kroimy.

– Co takiego?

– Muszę przeprowadzić otwarcie zwłok i pobrać wycinek z mięśnia części tylnej przegrody serca. Z lewej komory też.

– Ale…

– Coś doprowadziło do zawału mięśnia, Burza. Ale nic tutaj nie wskazuje na to, co się stało. Może to *vitium cordis*, może coś innego, a ja…

– *Vitium* co?

– Wrodzona lub nabyta nieprawidłowość anatomiczna budowy serca – odparł i kontynuował poprzedni wątek. – A ja przede wszystkim muszę sprawdzić kwasochłonność włókien mięśniowych, ich prążkowanie poprzeczne, falistość, fragmentacje…

– Dobra, dobra – ucięła. – Tyle mi wystarczy.

– A chciałem powiedzieć jeszcze o ewentualnych naciekach z granulocytów obojętnochłonnych.

– Naprawdę nie musisz – odparła pod nosem. – Wystarczy mi wiedzieć, że potrzebujesz skrawka serca pod mikroskopem.

Pokiwał głową, a potem spojrzał na dziewczynkę. Wolała nie myśleć, co Seweryn w tej chwili rozważa i do czego się przymierza.

– Dlaczego akurat one? – spytał. – I czemu wciąż nikt ich nie szuka?

– Nie wiem.

– Sprawdziliście trop niemiecki?

– Tak – odparła od razu. – Ślepy zaułek. Nikt w ostatnim czasie nie zgłosił zaginięcia dzieci, których cechy zewnętrzne pasowałyby do naszych ofiar.

Seweryn podszedł bliżej dziewczynki. Spojrzał na jej twarz, a potem na podłużny ślad na klatce piersiowej. Kaja nie mogła opędzić się od obrazów scen, które musiały rozgrywać się tutaj nieco wcześniej. Piła tnąca kości, technicy sekcyjni rozchylający żebra. Medyk sądowy grzebiący we wnętrznościach ofiary.

– Dlaczego w ogóle poprzestał na tych trzech? – mruknął Zaorski, podchodząc do szafek. – Przecież się nie nasycił. Oni tak nie działają.

– Twierdził, że przekazał już wszystko, co chciał. I że znajdzie inną formę wyrazu, a przynajmniej ja tak to zrozumiałam.

Zaorski przeglądał zawartość szafek, stołu laboratoryjnego z próbkami, a potem skupił się na stanowisku z mikroskopem.

– Tak, wiem, pamiętam – odparł. – Ale to bez sensu.

W prosektorium zalegla cisza, która sprawiała, że Kaja chciała jak najszybciej opuścić to miejsce. Nic w tej sprawie nie miało sensu. Ani same zabójstwa, ani fakt, że nikt nigdy nie zgłosił się po zaginione dziewczynki.

– Nie ma… – mruknął z niezadowoleniem Seweryn.

– Czego?

Wciąż czegoś szukał, ale chyba już porzucił nadzieję, że to znajdzie.

– Próbek mięśnia sercowego – odparł. – Myślałem, że może pobrali do preparatów, nie trzeba byłoby znowu otwierać zwłok.

Zatrzasnął ostatnią z szafek, po czym odwrócił się do Kai i wzruszył ramionami.

– Jak mus, to mus – dodał. – Pomożesz?

– Tylko duchowo.

– Burza…

– Nie będę grzebać w ciele tej dziewczynki – zaoponowała od razu. – Sam sobie poradzisz.

– Niezupełnie – odparł. – Sekcja to nie przebieżka, raczej triathlon. Wymaga trochę wysiłku.

Milczała, nie mając najmniejszego zamiaru w tym uczestniczyć. Z trudem brała udział w sekcjach jako bierna obserwatorka; aktywna rola nie wchodziła w grę.

– Większość patologów robi, co może, żeby jej uniknąć – dodał Zaorski.

– Ale nie ty.

– Nie, nie ja – odparł, zupełnie jakby mówił o jednym ze swoich hobby. – Ale jestem dinozaurem. Generalnie odchodzi się od diagnostyki sekcyjnej, a przeciętny adept na specjalizacji z patomorfologii wykonuje góra sto sekcji. Zresztą niedługo pewnie utną to o połowę.

Rozkręcał się, jakby zapomniał o powodzie, dla którego to wszystko robią, i skupiał się wyłącznie na tym, czym zajmie się za moment.

– Ale mniejsza z tym – ciągnął. – Powinniśmy teraz…

Nie dokończył, gdyż rozległ się dźwięk otwieranych drzwi. Kaja machinalnie spojrzała na zegarek. Kierowniczka zakładu zapewniała ją, że jeszcze długo nikt nie powinien ich niepokoić.

Zanim Burza zdążyła ułożyć choćby liche wytłumaczenie obecności Seweryna, zobaczyła, że do prosektorium wchodzi Natalia Bromnicka. Kierowniczka popatrzyła najpierw na Zaorskiego, a dopiero potem na nią.

– Powinnam była się tego spodziewać, prawda?

Kaja i Seweryn wymienili się niepewnymi spojrzeniami.

– Cóż… – zaczęła Burza.

Właściwie była to chyba najbardziej wymowna odpowiedź, jakiej mogła udzielić. Miała zresztą wrażenie, że już kiedy Natalia dawała jej klucz, zdawała sobie sprawę, że nie tylko ją wpuszcza do prosektorium.

– Chyba należą mi się jakieś wytłumaczenia – rzuciła Bromnicka, zamykając za sobą drzwi.

– Chyba tak – przyznał Seweryn. – A więc jeśli chodzi o wyjaśnienie powodu, dla którego znienawidzą nas przyszłe pokolenia, mam dwie teorie. Po pierwsze zepsuliśmy środowisko, to jasne. Po drugie zajęliśmy wszystkie dobre loginy maili.

Kierowniczka zakładu popatrzyła na niego z niedowierzaniem.

– Mogę zaoferować też wyjaśnienie tego, dlaczego żaden dzieciak obecnie nie musi uczyć się procentów na matematyce – kontynuował Zaorski. – I bynajmniej nie chodzi o alkohol. Po prostu od najmłodszych lat obcują ze stopniem naładowania baterii w telefonach, stąd ta niemal wrodzona biegłość.

Natalia wciąż się nie odzywała.

– Oprócz tego mogę wyjaśnić też, dlaczego dzieci kłamią. Otóż przez całe życie powtarzamy im, że to złe, ale jednocześnie cały czas sami kłamiemy, żeby chronić ich niewinność.

– Seweryn… – odezwała się Kaja.

– Co? – spytał. – Dużo kontempluję. Mam trochę wniosków.

Bromnicka podeszła do niego, rozglądając się uważnie.

– A masz jakieś związane z tym, co tutaj robisz? – spytała.

– Chciałem pogrzebać w zwłokach.

– Aha.

– Niektórzy lubią leżeć na plaży, inni grać w piłkę. Nie oceniajmy ludzi przez to, jak spędzają wolny czas.

Przez moment Burza obawiała się, że kierowniczce skończy się cierpliwość. Ta jednak po chwilowym zawahaniu tylko lekko się uśmiechnęła.

– Naprawdę żałuję, że nie dane nam było razem popracować – powiedziała, kręcąc głową.

– Ja chyba też – odparł. – Ale może nie wszystko stracone.

– Nie?

– Chcę przeprowadzić sekcję – oznajmił, wskazując ciało na stole. – A ty możesz mi pomóc.

Kaja odetchnęła z ulgą, kiedy nie usłyszała kategorycznej odmowy. Bromnicka tylko zmarszczyła czoło, jakby zastanawiała się, czy była to poważna propozycja.

– Zamierzałem zrobić to z Burzą, jak wiele innych rzeczy, prawdę mówiąc… ale ona należy do tych, którzy wolą wylegiwanie się na plaży.

– Rozumiem. I co pozwoliło ci myśleć, że ja się zgodzę?

– Pewnie dawno nie otwierałaś zwłok.

– Jakoś za tym nie tęsknię.

Wzrok Seweryna kazał sądzić, że on tego samego nie mógł powiedzieć. Wyglądało na to, że przez moment zastanawiał się, czy należy dalej pozwalać sobie na krotochwile, czy może przeciwnie, zmienić ton na poważny.

Ostatecznie wybrał drugą możliwość.

– Posłuchaj… – podjął, robiąc krok w kierunku Natalii. – Te dziewczynki mówią.

– Hm?

Kaja się wzdrygnęła. Dla niej też zabrzmiało to cokolwiek niepokojąco.

– Nie słyszymy ich, bo nie mamy do tego narzędzi. Ale ich głosy proszą o to, żeby zostać wysłuchane.

– Próbowałeś już przecież...

– Wszystkiego oprócz przyjrzenia się tkankom pod mikroskopem – uciął. – Najwyższa pora to sprawdzić.

– Ale co konkretnie?

– Mięsień sercowy.

– W jakim celu?

– Wszystkie dziewczynki zginęły z powodu zawału, więc może...

– Może co? – ucięła. – Co chcesz tam znaleźć? Jakąś wadę genetyczną, która zabiła wszystkie trzy niespokrewnione ze sobą ofiary w jednym momencie? To absurd.

– Mogą wyjść inne rzeczy.

– Jakie?

– Inne – odparł stanowczo Seweryn i westchnął. – Nie dowiemy się, dopóki nie otworzymy zwłok i nie wytniemy kawałka do preparatu.

Burza nie za dobrze orientowała się w temacie, ale nawet pobieżna wiedza wystarczyła, by stwierdzić, że logika stoi po stronie Bromnickiej. Dwie dziewczynki zmarły z powodu podania im trucizny, a nagłe zatrzymanie akcji serca było po prostu tego rezultatem. W trzecim wypadku musiało być podobnie, jeśli nie identycznie.

– W dwóch poprzednich przypadkach odpowiedź tkwiła w toksykologii – zauważyła Natalia. – W tym także tam jest, tylko jej nie widzimy. Nie musimy wcale...

– Czekaj – przerwał jej Zaorski i ruszył do szafki.

– Na co?

– Na to, aż przyznam ci rację. Przynajmniej częściowo.

Takiej deklaracji nie spodziewała się ani Kaja, ani Bromnicka. Seweryn odnalazł wyniki trzeciej toksykologii, a potem na nowo zaczął je przeglądać, jakby kierowniczka zakładu coś mu uświadomiła.

– Musisz mieć choć trochę racji... – dodał pod nosem. – Te odpowiedzi muszą tu być. Fenol nie zmieniłby sposobu działania. Sam pseudonim świadczy przecież o jego *modus operandi*... – Zaorski przesuwał palcem po wynikach. – Truje swoje ofiary, a więc... – Mrużył oczy, sprawdzał coś, a potem potrząsał lekko kartkami. – A więc w tym przypadku też musiał to zrobić.

– To właśnie mówiłam.

– Wiem – odparł, nie odrywając wzroku od wyników. – Wcześniej użył tojadu i chlorku sukcynylocholiny, bo ich elementy rozkładały się w organizmie tak, że były praktycznie niedostrzegalne.

– I co w związku z tym?

– To, że tym razem musiał użyć czegoś podobnego. Tylko jeszcze bardziej mylącego.

– Masz coś konkretnego na myśli?

– Tak – odparł, a potem pstryknął palcem w kartkę. – Spójrz na stężenie chloru i potasu.

Natalia stanęła obok niego i popatrzyła we wskazane miejsce. Nie sprawiała jednak wrażenia, jakby była czymkolwiek zaskoczona.

– Dość wysokie – dodał Zaorski.

– I? – odparła z powątpiewaniem. – Tak jest zawsze przy uszkodzeniu mięśnia sercowego. Powinieneś o tym wiedzieć.

– Wiem. I Fenol też najwyraźniej zdaje sobie z tego sprawę.

– Więc...

– Tych elementów jest jednak za dużo. Stanowczo za dużo.

Bromnicka nie wydawała się przekonana. Przynajmniej dopóty, dopóki nie usiadła przy komputerze i nie sprawdziła, jakie stężenie zazwyczaj występuje w przypadku najwyżej dziesięcioletniego dziecka.

– Cholera, masz rację – przyznała. – A to znaczy, że...

– Że skurwiel użył chlorku potasu.

Kaja odchrząknęła, przypominając o obecności laika w pomieszczeniu.

– Tego związku używa się w połączeniu z tiopentalem do wykonywania kary śmierci – wyjaśnił Zaorski. – Albo samego w sobie do usypiania zwierząt. Na człowieka też podziała, a potem rozpadnie się na elementy, które mogą umknąć podczas sekcji.

Burzyńska właściwie nie potrzebowała wiedzieć więcej.

– A więc wiemy, jak zginęła trzecia ofiara?

– Tak.

– I co nam to daje?

– Nic.

– Zaraz...

– Zawęzi to nieco krąg podejrzanych, bo teraz trzeba tylko znaleźć kogoś, kto miał dostęp do chlorku potasu, sukcynylocholiny oraz tojadu, ale w gruncie rzeczy to nie daje żadnych odpowiedzi.

Bromnicka rozłożyła ręce.

– Dalej chcesz ją otwierać?

– Tak.

– I nadal jesteś pewny, że zabójca coś tam dla ciebie zostawił?

Seweryn niemal nieznacznie skinął głową, ale w geście tym była taka stanowczość, że trudno było ją kwestionować.

– Wybrał patomorfologa nie bez powodu – powiedział, a potem zerknął na zegarek. – Otwierajmy ją. Nie mamy dużo czasu.

Natalia spojrzała na niego i na Burzę.

– Spieszy wam się gdzieś?

– Jesteśmy umówieni na spotkanie, którego nie możemy przegapić – odparł Zaorski.

Kaja potrzebowała chwili, by upewnić się, że nie żartuje. I że chodzi o człowieka, do którego dzwonił z jej komórki. Człowieka, który miał wyjawić jej całą prawdę.

3

Otwarcie zwłok z pomocą Natalii poszło sprawniej, niż Zaorski się spodziewał. Pobrał niewielką próbkę mięśnia sercowego, przygotował preparat, a potem zasiadł przed mikroskopem. Przez moment poprawiał ułożenie płytki, a kiedy ją zablokował, ustawił pokrętło potencjometru w odpowiednim położeniu i spojrzał w okular. Musiał poprawić jeszcze ostrość, po czym przez chwilę się nie odzywał.

Starał się skupić, ale dość szybko poczuł zapach, który paraliżował wszystkie jego zmysły w najprzyjemniejszy z możliwych sposobów. Nie musiał zerkać w bok, by wiedzieć, kto stoi obok. Perfumy wystarczały.

– Chcesz łypnąć? – spytał.

– A jest na co? – odparła Burza.

Oderwał wzrok od obrazu pod mikroskopem i posłał jej powątpiewające spojrzenie.

– To tak, jakbyś pytała, czy w bezchmurną noc jest co obserwować na niebie.

– Okej – rzuciła. – Posuń się.

Zrobił jej miejsce, ale odsunął się tylko o kilka centymetrów. Kiedy nachyliła się nad stanowiskiem, przylgnęli do siebie ramionami.

– W tym obrazie jest wszystko – powiedział.

– Brzmisz, jakbyś mówił o eksponacie, który można podziwiać na drugim piętrze pawilonu Richelieu w Luwrze.

Nie odpowiadał, czekając, aż Burza sama będzie mogła zobaczyć próbkę. Podczas gdy to robiła, on przyglądał się jej profilowi, włosom opadającym na czoło i starał się zapamiętać każdy szczegół. Jej bliskość była jedyną rzeczą, która sprawiała, że czuł nadzieję. Na odzyskanie dziewczynek, na złapanie zabójcy, na wszystko.

– I jak? – spytał.

– Widzę tylko nic niemówiące maziaje, które przypominają farbę rozchlapaną przez wyjątkowo nawalonego malarza.

Odsunęła się i popatrzyła na niego z bliska.

– Ty coś tu widzisz?

– Wszystko.

Mówili niemal szeptem, ale Seweryn obawiał się, że przez ciszę panującą w prosektorium Bromnicka i tak wszystko usłyszy. Niewiele było trzeba, by dodać dwa do dwóch.

– Mam na myśli próbkę.

– A – odparł i lekko się uśmiechnął. – Nie, w próbce nic nie ma. Brak proliferacji elementów ziarniny, blizn, fibroblastów, wzmożonej kwasochłonności… mógłbym tak wymieniać i wymieniać. Starczy powiedzieć, że wszystko jest w normie. Oprócz tego, że dziewczynka nie żyje.

– Więc już skończyłeś badanie?

– Dopiero zacząłem.

Przysunął się bliżej mikroskopu, sądząc, że Kaja zrobi mu miejsce. Ta jednak się nie odsunęła. Znaleźli się tak blisko siebie, że gdyby siedząca po drugiej stronie pomieszczenia Natalia na nich zerknęła, nie miałaby wątpliwości, co jest między nimi.

Spojrzał w jej kierunku, a Burza kontrolnie zrobiła to samo. Kierowniczka zakładu nadal przeglądała wyniki jakichś badań, obrócona do nich plecami.

Kaja głęboko wciągnęła powietrze, a on powoli podniósł dłoń i położył ją delikatnie na jej policzku. Zamknął oczy i przesunął nią do tyłu, zakładając jej kosmyk włosów za ucho.

– Co robisz?

– Zapytaj moich nieszczęśliwych palców.

Otworzył oczy i spojrzał na nią przewrotnie. Pokręciła głową, jakby musiała ścierać się z flirtującym nastolatkiem, którego pamiętała ze szkoły. Odchrząknęła i lekko się odsunęła, a on zrobił to samo.

Znów spojrzeli na Bromnicką. Była całkowicie nieświadoma tego, co działo się za jej plecami.

– Zadzwonię do Michała – odezwała się Burza.

Zaorski uniósł brwi.

– Niedobry moment? – dodała.

– Taki sobie. Chyba że chcesz sprawdzić, co z diablicami i tym wyjazdem, wtedy każdy będzie dobry.

– Właśnie o to mi chodzi.

Położyła mu rękę na plecach, starając się dodać mu otuchy. Po chwili wyszła na zewnątrz, a on wrócił do analizowania tego, co znajdowało się na płytce laboratoryjnej. Nadal widział jedynie rzeczy, które mieściły się w normie.

Niczego podejrzanego, żadnej wiadomości od zabójcy. Ale może powinien się tego spodziewać. W jaki sposób Fenol mógłby coś przemycić? Inaczej byłoby, gdyby przyczyną zgonu okazało się uduszenie. Wystarczyłoby umieścić coś wielkości ziarnka kukurydzy w przewodzie oddechowym. Czasem tyle wystarczyło, szczególnie w przypadku dzieci, a potem Seweryn odnajdywał takie rzeczy w oskrzelach podczas sekcji. Do tego momentu rodzice często nie zdawali sobie sprawy, dlaczego ich dziecko umarło.

Tutaj jednak do niczego takiego nie doszło. Przeciwnie. Dzieci zdawały się zdrowe i…

Zaraz.

Zaorski drgnął nerwowo, a potem szybko pokręcił śrubą mikrometryczną. Obraz się wyostrzył, a Seweryn dostrzegł wyraźniej to, co wydawało mu się, że zobaczył. Bingo. Miał coś.

Wyprostował się i zacisnął pięść.

– W końcu – powiedział.

– Co jest? – spytała Natalia.

W tym samym momencie do prosektorium wróciła Burza. Zaorski od razu popatrzył na nią pytająco, ale w odpowiedzi jedynie pokręciła głową.

– Nic? – spytał. – Żadnych informacji?

– Jeszcze nie.

Tyle godzin w domu dziecka. Tyle możliwych zdarzeń. Kurwa.

Nie, nie mógł się na tym skupiać, musiał zająć się tym, co pozwoli na ujęcie Fenola i jak najszybsze wyprostowanie tej sprawy.

Bromnicka podeszła i wskazała mikroskop, a Burza dopiero teraz zorientowała się, że Zaorskiemu z jakiegoś powodu zaświeciły się oczy.

– Znalazłeś coś? – spytała Natalia.

– Aha – potwierdził. – Sama zobacz.

Ustąpił jej miejsca przed mikroskopem, a sam stanął obok Burzy. Sprzęt był wyregulowany i ustawiony tak, by nawet niewprawne oko dostrzegło to, co wyłowił z obrazu tkanki Seweryn.

– Niech mnie cholera… – jęknęła Bromnicka. – Jak to zobaczyłeś?

– Po prostu miałem dobrą motywację.

Natalia popatrzyła na niego z uznaniem, co było miłą odmianą. Ostatnimi czasy rzadko spotykał się z taką reakcją.

– O czym mowa? – włączyła się Kaja.

– O niewielkich, niedających objawów guzkach nowotworowych – odparł Zaorski. – Są prawie niedostrzegalne, ale nie mam żadnych wątpliwości, że to pierwotne zmiany w mięśniu sercowym.

– Znaczy?

– Znaczy, że to nie są przerzuty z innego miejsca.

Burza spojrzała na leżące na stole zwłoki.

– Ta dziewczynka miała raka?

– Aha – potwierdził Seweryn. – I to wyjątkowo rzadkiego. Nowotwory serca, szczególnie pierwotne, zdarzają się niezbyt często. Z pewnością o tym nie wiedziała, ale prędzej czy później czekałaby ją operacja.

Kaja potarła się nerwowo po karku.

– Co nam to daje? – spytała.

– Na razie nic.

– Świetnie.

– Ale mam pewien pomysł – odparł Zaorski, pozwalając sobie na nieco optymizmu.

Nie podzielała go z pewnością Natalia, bo kiedy się odwróciła, wyglądała, jakby dotarło do niej, że to żaden przełom. Odkrycie nie dawało żadnej odpowiedzi na pytanie, co przydarzyło się tym dziewczynkom.

– Jaki to pomysł? – spytała.

– Taki, że muszę zobaczyć Heidi i drugą ofiarę.

– W jakim celu?

– Weryfikacyjnym.

Kierowniczka zakładu wyraźnie nie miała zamiaru tak łatwo się zgodzić, ale Zaorski sądził, że przy odrobinie umiejętnej perswazji w końcu przystanie na to, czego potrzebował.

– Załatw mi to, a może uda mi się odpowiedzieć na kilka pytań.

– Jakich?

Wzruszył ramionami.

– Szukasz tropu medycznego? – dodała Natalia. – Sądzisz, że wszystkie trzy miały jakieś nowotwory i były gdzieś leczone? I że to tam podano im trucizny tak, by nie dało się tego wykryć?

Powtórzył gest.

– Kompletna bzdura. Jeśli chcesz otwierać tamte ofiary, musisz dać mi więcej.

– Nie mogę.

– Dlaczego nie? – spytała poirytowana.

Podciągnął rękaw i postukał palcem wskazującym w zegarek.

– Bo nie mam czasu. Musimy z Burzą już wychodzić, żeby się nie spóźnić.

– Na co?

– Na spotkanie z prawdą.

Zanim Natalia zdążyła dopytać, a Kaja zaoponować przed niepotrzebnym dramatyzmem, Zaorski ruszył już w kierunku wyjścia. Machinalnie rozejrzał się za czapką i po raz kolejny upomniał się, że została razem z Dydulem i jego ludźmi. Do tej pory pewnie zrobili sobie z niej popielniczkę. W najlepszym wypadku.

Kiedy wsiedli do samochodu Kai, z głośników dobyły się dźwięki Dire Straits. Rockowi mistrzowie z lat siedemdziesiątych grali *Romeo and Juliet*, jedną z ballad, które Zaorski lubił najbardziej. I jedną z tych, których nie spodziewał się usłyszeć w aucie Burzy.

– Skrzywiłem twój gust muzyczny – powiedział.

– Chyba nie tylko muzyczny.

Odpowiedział jej pełnym wdzięczności uśmiechem. Potrzebował takich rzeczy, by nie zwariować. Fakt, że trafił na dobry trop i być może zbliżył się do złapania Fenola, podnosił go na duchu, ale nie tak, jak drobne zalotne akcenty ze strony Kai.

– Naprawdę myślisz, że coś mamy? – spytała, wycofując spod budynku.

– Tak. Nieprzypadkowo trafiłem na ten trop. Fenol chciał patomorfologa, bo tylko w ten sposób mógł liczyć na to, że tkanki trafią pod mikroskop. Medyk sądowy nie sprawdzałby takich rzeczy, bo byłoby to nieistotne dla określenia przyczyny zgonu.

Pokiwała głową, a potem zatrzymała samochód przed wjazdem na główną drogę.

– Dokąd? – zapytała.

– W kierunku Krasnobrodu.

– A powiesz mi, gdzie konkretnie?

– Nie, ale powiem ci, kiedy zjechać z drogi.

Wystarczyło jej to, choć nie omieszkała posłać mu krytycznego spojrzenia. Po chwili jechali w stronę umówionego miejsca spotkania, słuchając Marka Knopflera pozornie śpiewającego o dwójce kochanków, a w istocie o tym, że ich oczekiwania rozmijały się ze sobą w czasie.

– Dire Straits to chyba definicja twoich upodobań, co? – odezwała się Burza.

Spojrzał na nią z głębokim szacunkiem. Jakby wszystkiego było mało, ta kobieta potrafiła nie tylko uzbroić odtwarzacz samochodowy w jego muzykę, ale też trafić w samo sedno.

– Powstali w latach siedemdziesiątych, rozpadli się, potem zeszli, teraz nie istnieją – dodała. – A więc cię nie zawiodą.

– To fakt.

– W dodatku dają radę – dorzuciła.

Jak na zawołanie kawałek się skończył, a jego miejsce zajął *Tunnel of Love*.

– Dużo masz tu jeszcze ich piosenek? – spytał Zaorski.

– Sporo.

– To niedobrze – odparł. – Jak tak dalej pójdzie, zaraz będziesz musiała się zatrzymać, bo naprawdę niebezpiecznie jest prowadzić i jednocześnie opędzać się od klejącego się do ciebie faceta.

Powiedział to lekkim tonem, ale kiedy na niego spojrzała, atmosfera natychmiast stała się ciężka.

– Może lepiej zmień muzykę – dodał.

– Może nie.

Przejechali dwa, trzy kilometry w milczeniu. Nie patrzyli na siebie, wbijali wzrok w drogę przed nimi. Czuli się komfortowo, cisza nie była ani krępująca, ani niewygodna. Może dlatego, że była tak wymowna.

W końcu Zaorski wskazał niewielką dróżkę odchodzącą od głównej. Przydrożny znak informował, że na jej końcu znajduje się rolnicza spółdzielnia produkcyjna.

– Co to za miejsce? – spytała Kaja, dostrzegając w oddali wysokie zabudowania przywodzące na myśl fabrykę.

– Produkują tu jakieś substraty, a oprócz tego hodują chyba krakeny – odparł Zaorski, wskazując stawy znajdujące się przed budynkami magazynowymi.

– A my co tu będziemy robić?

– Rozmawiać z Grzegorzem Cichym.

– Nie znam.

– Poznasz – odparł cicho Seweryn. – I na długo zapamiętasz to spotkanie.

Zabrzmiało to nieco bardziej niepokojąco, niż planował, ale na tym etapie i tak nie miało to znaczenia. Burza chciała wreszcie uzyskać wszystkie odpowiedzi. Postawiła auto na parkingu dla pracowników, a potem oboje skierowali się ku stawom.

– Nie pytaj, dlaczego wybrał akurat takie miejsce – odezwał się Zaorski.

– Jest przypadkowe?

– Zupełnie. Twierdzi, że tutaj nikt nie zwróci na nas uwagi, bo będziemy sprawiać wrażenie potencjalnych kontrahentów zainteresowanych karpiami.

– Karpiami?

– Tu je hodują – odparł Zaorski i wskazał jeden ze stawów. – Poza tym Cichy dogadał wszystko z właścicielem tego miejsca. Mówi, że to jeden z nielicznych legalnych biznesów w okolicy.

Kaja zatrzymała się, a on zrobił jeszcze krok i również stanął.

– Brzmi to, jakbyś dobrze go znał – zauważyła.

– Nie powiedziałbym, że dobrze.

– Ale długo?

– Od jakichś sześciu miesięcy.

Widział, że Kaja stara się połączyć wszystko w spójną całość i powstrzymuje się przed zarzuceniem go serią pytań.

– Zaraz wszystkiego się dowiesz – powiedział, a potem ruszyli przed siebie.

Grzegorz stał przy jednym ze stawów, obserwując spokojne lustro wody. Dopiero po chwili zorientował się, że osoby, na które czekał, zbliżają się od strony parkingu. Miał na sobie sportową bluzę, jakby zaraz wybierał się na bieg, i spodnie na górskie wędrówki. Kamienna twarz nie zdradzała żadnych emocji.

Jedynym ruchem, jaki wykonał, było skinienie głową do Seweryna, kiedy do niego podchodzili. Potem zerknął na Kaję i wyciągnął do niej rękę.

– Dzień dobry, pani aspirant – powiedział. – Miło panią w końcu poznać.

– W końcu?

– Trochę na pani temat słyszałem.

Burza uścisnęła mu dłoń, patrzyła jednak na mężczyznę z podejrzliwością.

– Może by się pan przedstawił? – spytała.

– Grzegorz Cichy. Centralne Biuro Śledcze Policji.

4

Okazanie legitymacji było właściwie niepotrzebne. Pewność w głosie tego człowieka, jego stanowcze spojrzenie, postawa i mowa ciała kojarzyły się jedynie z oficerem którejś z wyspecjalizowanych formacji. Mimo to Cichy pokazał jej papiery, a potem ostrożnie się rozejrzał, upewniając, że nikt tego nie dostrzegł.

Podinspektor. Wydział do Zwalczania Zorganizowanej Przestępczości Kryminalnej.

O cokolwiek tutaj chodziło, sprawa musiała być poważna.

– Przepraszam za wybór miejsca – odezwał się Grzegorz. – Ale tutaj w określonych godzinach mam pewność, że nikt przypadkowy nas nie zobaczy. I gdyby ktoś nas śledził, cóż…

– Nie spodziewałby się, że kombinujemy coś w rolniczej spółdzielni produkcyjnej – dokończyła za niego Kaja.

– Otóż to.

Seweryn się nie odzywał, a Burza odniosła wrażenie, jakby między dwoma mężczyznami zawiązana była nie tyle nić porozumienia, ile wzajemnego szacunku. Zupełnie jakby znali się od lat.

Cichy spojrzał na Zaorskiego wzrokiem trudnym do rozszyfrowania.

– Słyszałem o córkach.

Seweryn skinął głową.

– Jesteś świadom, że niczego nie mogę zrobić.

– Tak.

– Gdybym ruszył tę sprawę, ktoś mógłby natychmiast zwęszyć, co się dzieje.

Zaorski znów potwierdził lekkim skinieniem głowy i nie ulegało wątpliwości, że sam dobrze to sobie przemyślał.

– A co się dzieje? – włączyła się Kaja. – Może któryś z was mi to wyjaśnić?

Seweryn wskazał podinspektora, a ten włożył ręce do kieszeni sportowych spodni i nabrał tchu. Nie wyglądał na zadowolonego z faktu, że musi się przed kimkolwiek tłumaczyć, i Burza zrozumiała, że przekonanie go do wyjawienia prawdy kosztowało Zaorskiego całkiem sporo. Ostatecznie jednak oficer nie miał zamiaru zwlekać. Nie wyglądał na takiego, który traci czas na bzdury.

– Współpracujemy z Sewerynem, od kiedy zamknęliśmy całe kierownictwo Grupy Białopolskiej.

– Współpracujemy... znaczy...

– My. Biuro.

Burza poczuła, jak jeżą jej się włoski na karku. Potarła szyję, zamrugała kilkakrotnie, a potem zgromiła wzrokiem stojącego obok Zaorskiego.

– Pracujesz pod przykrywką dla CBŚ-u? – rzuciła ostro.

– Tak – odparł za niego Cichy.

– Od kiedy?

– Od dość dawna. Jak pani wie, skontaktowaliśmy się jeszcze przed ujęciem Grupy Białopolskiej. To dzięki Sewerynowi do niej dotarliśmy i skorzystaliśmy z jego pomocy, by ująć ścisłe kierownictwo.

Bynajmniej nie musiał jej tego przypominać.

– Pani ojciec i jego towarzysze oczywiście wiedzieli, kto wpakował ich za kratki, ale rola Seweryna pozostawała niejasna dla wszystkich niżej w hierarchii tej organizacji. Dzięki temu…

– Postanowiliście użyć go jako kreta?

– To prawda – przyznał. – Wiedzieliśmy, że dojdzie do dużych przetasowań, i potrzebowaliśmy człowieka, który może w nich uczestniczyć. Zaorski był idealnym wyborem, w końcu współdziałał z Raganem dość długo i miał doprowadzić do zasilenia kasy organizacji niebotycznymi kwotami.

Kaja przygryzła dolną wargę, starając się nie uronić ani słowa.

– To dlatego nie poniósł konsekwencji – powiedziała niewyraźnie. – Ani za utrudnianie śledztwa, ani za przestępstwa, w których brał udział.

– Zgadza się.

Przez moment wszyscy milczeli, a jedyne dźwięki w okolicy wydawały ryby raz po raz wynurzające się spod tafli wody.

– Musieliśmy działać szybko – podjął Cichy. – Uznaliśmy, że ktoś niebawem będzie chciał zająć wakat po pani ojcu. I tak się stało. Pojawiło się kilku istotnych graczy, z których ostatecznie wyłonił się jeden główny.

– Dydul.

– Nie – odparł Grzegorz. – Dydul to tylko pośrednik, szeregowy żołnierz, który ma pod sobą kilku karków. Kluczowe było pozyskanie jego zaufania i wydaje się, że nam się to udało.

Wciąż widoczne rany i siniaki na twarzy Zaorskiego zdawały się temu przeczyć, ale może rzeczywiście okładanie go służyło właśnie temu celowi, uznała w duchu Kaja. Tylko dlaczego nic jej nie powiedział? Skoro to trwało od pół roku, miał przecież...

Nie, nie miał zbyt wielu okazji. Ale w ostatnim czasie z pewnością mógł wyjawić prawdę.

– Do niedawna nie wiedzieliśmy, kto znajduje się w hierarchii nad nim – kontynuował Grzegorz. – Na ostatnim spotkaniu Dydula z Sewerynem doszło jednak do przełomu. W końcu pojawił się zwierzchnik.

– I nie było to miłe zapoznanie – odezwał się w końcu Zaorski. – Bardziej przypominało przesłuchiwanie potencjalnych dżihadystów i czekanie na to, aż przyznają się do wszystkiego, co przyjdzie na myśl śledczym.

Cichy tylko przelotnie spojrzał na obrażenia Zaorskiego.

– Grunt, że wytrzymałeś. I dałeś nam informacje, dzięki którym mogliśmy ustalić kilka rzeczy.

Burza potrząsnęła głową. Powoli zaczynało do niej to wszystko docierać, ale wciąż istniało sporo znaków zapytania.

– Ksiądz, od którego dzwoniłeś, jest godzien zaufania? – dodał Cichy.

– Chyba tak. Zresztą nie słyszał, o czym rozmawialiśmy.

Kaja zrozumiała, że zanim Seweryn wybrał jej numer po dotarciu na plebanię, skontaktował się z CBŚP i przekazał im wszystko, co ustalił. Ile razy dochodziło do takich lub podobnych sytuacji? Ile rzeczy źle zinterpretowała dlatego, że nie miała pełnego obrazu?

– Dlaczego nic mi nie powiedziałeś? – rzuciła.

Seweryn otworzył usta, ale nie zdążył odpowiedzieć. Znów zrobił to za niego Grzegorz.

– Chciał. Nasza umowa była jednak jasna, nikt nie mógł się dowiedzieć. Nawet pani.

– Ale...

– Wciąż nie wiemy, jak daleko sięgają kontakty tych ludzi – uciął Cichy. – I dopóty, dopóki tego nie ustalimy, wszystko jest na zasadzie *need to know*.

Jej nie mogli podejrzewać, skoro tutaj była. Kogo w takim razie? Michała? A może zakładali, że ona skontaktuje się z ojcem?

Ojciec. Oczywiście.

To był kolejny element układanki, który teraz zdawał się trafić na swoje miejsce.

– Nie dalibyście rady ot tak umieścić Seweryna jako kreta w Grupie Białopolskiej – powiedziała. – Potrzebowaliście pomocy.

– Zgadza się. Pomocy pani ojca, jak już z pewnością się pani domyśliła.

Zaorski odwrócił wzrok.

– To po to były te wizyty w więzieniu? – spytała.

– Tak – potwierdził Cichy. – Podczas pierwszej Seweryn złożył pani ojcu propozycję, której ten zwyczajnie nie mógł odrzucić. W trakcie drugiej dostał w zamian wszystko, czego potrzebowaliśmy.

– Ale administracja więzienna nic o tym nie wie.

– I się nie dowie. *Need to know*.

– Więc z kim to załatwiliście?

– Z sędzią, co do którego nie mamy żadnych obaw – wyjaśnił Cichy. – Pani ojciec po zakończeniu naszych działań operacyjnych zostanie przeniesiony do innego zakładu karnego, gdzie będzie mógł liczyć nie tylko na lepsze warunki, ale i...

– Jezu, nie – przerwała mu. – Nie przedterminowe zwolnienie.

Wyraz twarzy podinspektora jasno świadczył o tym, że właśnie taka była cena za otrzymanie dojścia do Grupy Białopolskiej lub ludzi, którzy chcieli zająć jej miejsce na przestępczej mapie wschodniej Polski.

– Jasne jest dla pani z pewnością, że nikt nie mógł o tym wiedzieć. Ani ten prokurator, który komplikuje nam kolejne plany, ani żaden z miejscowych stróżów prawa.

Rzeczywiście, z ich punktu widzenia Korolew musiał być zawalidrogą i elementem, który mógł wsadzić ich na minę. Nie dziwiła się, że nie wtajemniczyli go w całą akcję. Spośród potencjalnie podejrzanych osób on z pewnością wysuwał się na pierwszy plan.

– Stąd także obecność Seweryna w miejscu, które państwo całkiem słusznie nazywają Kurewską Przystanią – ciągnął oficer CBŚP.

– Nie chodziłeś na dziwki? – rzuciła do Zaorskiego.

– Nie.

Cichy w końcu pozwolił sobie na lekki uśmiech, jakby cieszyło go, że tych dwoje sobie to wyjaśniło.

– Umówiliśmy tam spotkanie z kimś od Dydula, ale ten człowiek się nie zjawił. Przypuszczamy, że było to jedynie badanie terenu i sprawdzanie Zaorskiego.

– A dziewczynka?

– Nic o niej nie wiedzieliśmy.

Burza odgarnęła włosy z czoła, ale te od razu wróciły na swoje miejsce.

– Samochód? – spytała. – To nocne pożyczenie hondy Seweryna to wasza sprawka?

– Nie. Z tym także nie mieliśmy nic wspólnego.

Kaja dopiero teraz zrozumiała, że wiąże ze sobą zbyt dużo rzeczy. Działania Zaorskiego i Centralnego Biura Śledczego to jedno, ale seria zabójstw dziewczynek to zupełnie co innego.

Jedynym spoiwem wydawał się jej ojciec. To do niego skierował ich Fenol w celu rozwiązania zagadki. I to on pozwolił Sewerynowi dotrzeć do ludzi z przestępczości zorganizowanej.

Głęboko westchnęła.

– Potrzebuję kawy – oznajmiła.

– Mało pani wrażeń?

– Dużo. Ale kawa potrzebna mi do życia.

– Powinna pani z niej zrezygnować. Wypłukuje wapń.

Takie dyrdymały słyszała od lat i bynajmniej się nimi nie przejmowała.

– Ja nie piję – dodał Cichy.

– Więc należy pan do mniejszości. Kawę trudno przecenić, panie inspektorze. Nie bez powodu miliardy ludzi na świecie mają stolik przeznaczony specjalnie do jej picia. Pan pewnie też.

Zmrużył oczy i skinął głową.

– Widzi pan – dodała. – A nawet jej pan nie pije.

Potrzebowała chwili wytchnienia od natłoku myśli. Odniosła wrażenie, że przyswoiła zbyt wiele informacji i jej umysł nieco się przeładował. Było z pewnością jeszcze mnóstwo rzeczy, o które powinna zapytać, ale tylko jedno nie dawało jej spokoju.

– Jak bezpieczne to jest? – spytała, unikając wzroku Zaorskiego.

– To zależy, ile filiżanek dziennie pani…

– Mam na myśli infiltrowanie przestępczości zorganizowanej, nie bzdury na temat kofeiny – odparła i dopiero po chwili uświadomiła sobie, że nieco się zagalopowała.

Cichy i Seweryn znów wymienili się niewiele mówiącymi spojrzeniami.

– Tak trudno znaleźć odpowiedź?

– Niestety – odparł Grzegorz. – Poruszamy się po nieznanym terenie. Jedyne informacje, które udało nam się zdobyć, pozyskaliśmy dzięki ostatniemu spotkaniu.

– I jakie to informacje?

Zaorski też w końcu zainteresował się tym, co mówił oficer. Kai zaś przeszło przez myśl, że Cichy zgodził się na to spotkanie właśnie dlatego, by przekazać te wieści. Nie wyglądał na człowieka, który pozwalałby sobie na niepotrzebne ryzyko. Owszem, miejsce było ustronne, ale Grupa Białopolska mogła przecież mieć swoich ludzi także w tych okolicach.

– Są dość niepokojące – powiedział Grzegorz. – Odkryliśmy pewne powiązania, które rzucają nowe światło na ostatnie zdarzenia.

Seweryn zbliżył się do niego, w końcu sprawiając wrażenie, jakby miał zamiar na dobre włączyć się w rozmowę.

– O czym ty mówisz? – rzucił.

– Zasadziliśmy się w miejscu, gdzie cię przetrzymywali – odparł Cichy. – Nikt nas nie widział, za to my zobaczyliśmy dokładnie tyle, ile potrzebowaliśmy, żeby ustalić personalia tych ludzi.

– Wiecie, kim są? – spytała z niedowierzaniem Kaja.

To dawało szansę, że Zaorski już teraz wywinie się z układu, który mógł okazać się dla niego tragiczny. Wystarczyło, żeby ktoś z Grupy Białopolskiej zwęszył, że pracuje dla CBŚP, a z pewnością nie wahaliby się ani chwili. Skończyłby w anonimowym grobie gdzieś w środku lasu.

– Znamy personalia – powtórzył podinspektor. – To osoby, które przewijały się już w innych postępowaniach, ale nigdy nie potknęły się na tyle, byśmy to zauważyli. Ich tożsamość to jednak sprawa drugorzędna.

– A co jest pierwszorzędną? – spytała Burza.

– To, czym się zajmują.

Oficer popatrzył na Seweryna tak, jakby chciał przeprosić go za to, w co go nieumyślnie wciągnął.

– Śledziliśmy nie tylko ich, ale także ich podwładnych. Nie zrobili w zasadzie niczego, dzięki czemu moglibyśmy ich ująć, ale nawiązali kontakt z ludźmi zajmującymi się sprawą, która powinna was zainteresować.

– Czyli? – spytał chłodno Zaorski.

– Handlem dziećmi. A konkretnie dziewczynkami w wieku do dziesięciu lat.

Kaja poczuła, jakby ziemia usuwała jej się spod nóg. Przez moment była jak sparaliżowana, czekała tylko na to, aż otchłań pod nią ją pochłonie. Doszła do siebie dopiero, kiedy usłyszała głos Seweryna.

– O czym ty, kurwa, mówisz? – spytał.

– Grupa Białopolska organizuje…

– Tak, zrozumiałem to za pierwszym razem – uciął Zaorski. – Ale nie chcesz chyba powiedzieć, że to ma jakiś związek z Fenolem?

Grzegorz Cichy nie musiał się odzywać, by zrozumieli, że nie ma co do tego żadnych wątpliwości.

– Masz na to jakieś dowody? – spytał Seweryn.

– Oprócz zwykłej ludzkiej logiki?

– Tak, oprócz niej.

– A czego więcej potrzebujesz? – odparował podinspektor. – W tym samym czasie, kiedy mafijna struktura zajmuje się handlem małymi dziećmi, te giną w niewyjaśnionych okolicznościach. I nikt ich nie szuka. Pomijam to, że wszystko rozgrywa się na tym samym terenie.

Wnioski w umyśle Kai pędziły tak szybko, że część z nich była ulotna. Oczywiście, te sprawy musiały być ze sobą powiązane. Organizacja, którą próbował zinfiltrować Seweryn, była w jakiś sposób odpowiedzialna za śmierć trzech dziewczynek.

Jezu, w co oni go władowali?

– To nie ma żadnego sensu – odparł Zaorski, przesuwając nerwowo ręką po włosach. – Dlaczego mieliby robić takie rzeczy?

– Handlować żywym towarem?

– Nie – odparł pod nosem. – Zabijać te dziewczynki, zamiast… oferować je kupcom. I to jeszcze w taki sposób. Nie, to absurd.

Cichy powiódł bacznym wzrokiem dookoła, sugerując, że ta rozmowa niebawem się zakończy. Jeśli był tak ostrożny, jak wynikało to z jego słów, i tak zdecydował się dość długo przebywać w jednym miejscu.

– Nie udaję nawet, że wiem, o co chodzi – powiedział. – Przedstawiam wam te informacje, bo mogą okazać się pomocne.

Używał liczby mnogiej, ale patrzył wyłącznie na Burzę. Jej zaś dopiero teraz przeszło przez myśl, że zgoda na to spotkanie z pewnością wiązała się też z pozyskanymi przez CBŚP informacjami. Nie zajmowali się zabójstwami dziewczynek, ale chcieli podzielić się tym, co mieli.

– Potrzebuję jakichś konkretów – odezwała się Kaja.

Cichy wzruszył ramionami.

– Czegokolwiek, co pozwoli mi dalej ruszyć tym tropem.

– Niestety nic więcej nie wiemy. Skupiamy się na Grupie Białopolskiej, a nie ludziach, którzy z nimi współpracują.

Zaklęła w duchu. Wyglądało na to, że zbliżyli się do Fenola tylko po to, by zorientować się, że stoją w ślepej uliczce.

– A kiedy będziecie coś wiedzieli? – spytała.

– Kiedy tylko Sewerynowi uda się coś ustalić.

Burza ponownie odniosła wrażenie, jakby ziemia, na której stała, rozstępowała się pod jej stopami. Momentalnie zrobiło jej się gorąco.

– Chcecie, żeby przeniknął do tej organizacji jeszcze bardziej?

– Taki jest plan.

– Ale…

– Wiedział, na co się pisze – uciął Grzegorz, a potem znacząco zerknął w stronę parkingu. – I na was już pora.

– Zaraz, zaraz.

– Powiedziałem pani wszystko, co mogłem. Proszę zrobić z tej wiedzy użytek lub nie.

Czekała tylko, aż doda, że miło było ją poznać, ale więcej się już nie zobaczą. Cichy uznał jednak najwyraźniej, że nie musi tego robić.

– Teraz wszystko w rękach Seweryna – zakończył.

Nie brzmiało to wcale jak wotum zaufania, a Kaja nie mogła się dziwić. Zaorski nie był przeszkolony do pracy pod przykrywką. Do cholery, w ogóle nie był szkolony do jakiejkolwiek pracy operacyjnej. Fakt, że udało mu się wyciągnąć coś z jej ojca i trafić przez Dydula do jego zwierzchników, nie był nawet preludium do tego, co go czekało.

Naprawdę chcieli, żeby wniknął w struktury przestępczości zorganizowanej? Jeśli tak, to z pewnością spisali go na straty. W końcu nic nie ryzykowali.

On zaś ryzykował wszystko.

5

Druga noc bez dziewczynek była jeszcze cięższa niż pierwsza. Seweryn nie pił już tyle, ile podczas ostatniej, a to sprawiało, że myślał jeszcze więcej o tym, co dzieje się z Lidką i Adą. Przed dwunastą włożył zapasową czapkę, skórzaną kurtkę, a potem wyszedł na spacer po lesie. Usiadł w Gałęźniku, rozganiając mrok nocy światłem z komórki. Miał wrażenie, że jest sam na świecie.

Długo zastanawiał się nad tym, czy Cichy byłby w stanie sprawić, by opieka społeczna oddała mu dzieci. Pewnie wystarczyłoby kilka telefonów, ewentualnie przyobiecanie komuś rewanżu za w gruncie rzeczy niewielką przysługę.

Tyle że było to nierealne. Nigdy nie przekonałby Grzegorza do takiego ruchu, ten wychodził bowiem z założenia, że to nic innego jak test. Cichy był przekonany, że to nie Fenol wpędził Zaorskiego w te kłopoty, ale ktoś z Grupy Białopolskiej.

Może miał rację. Jako sprawdzian było to wprost idealne rozwiązanie – jeśli dziewczynki wróciłyby do ojca, oznaczałoby to, że pociągnął za jakieś urzędowe sznurki. Dojście do tego, kto konkretnie mu pomógł, nie zajęłoby wiele czasu, i Seweryn byłby kompletnie spalony.

Zaorski nie miałby nic przeciwko temu. Mógłby zakończyć całą akcję już teraz, a potem uciec z dziewczynkami gdzieś, gdzie nie sięga polska jurysdykcja. Zerwanie współpracy z CBŚP oznaczałoby bowiem, że odpowie za wszystko, co robił dla Ragana.

Seweryn wbił wzrok w rozgwieżdżone niebo. Powinien był zabrać ze sobą butelkę, nie musiałby zmagać się z tak uporczywymi myślami, a czarne scenariusze nieco by się rozmyły.

Wrócił do domu, napił się trochę otwartego wczoraj glenliveta, a potem położył się do łóżka. Nie spodziewał się, że zaśnie, ale po godzinie lub dwóch organizm w końcu dopomniał się o nieco odpoczynku.

Zaorski spał raptem kilka godzin, z samego rana zaś zbudził go telefon od Burzy. Spojrzał na nowy smartfon i uznał, że musi zmienić dzwonek. Ewentualnie w ogóle wyciszyć urządzenie. Kiedyś wyznacznikiem dobrego stylu było wgrywanie niestandardowych, jak najbardziej oryginalnych melodii – teraz szacunek budził jedynie permanentnie ustawiony tryb cichy.

Przeciągnął się i zanim zdążył odebrać, Kaja się rozłączyła. Trudno, zaraz oddzwoni, musi tylko wziąć szybki prysznic, żeby wrócić do żywych.

Kiedy woda z deszczownicy obmywała jego obolałe ciało, myślał o uldze spowodowanej wyjawieniem Kai całej prawdy. W końcu mógł spokojnie spojrzeć jej w oczy, bez poczucia, że jest najgorszym skurwielem.

Szybko skończył prysznic, wyszedł z łazienki z ręcznikiem przewieszonym przez szyję, a potem wybrał numer Burzy.

– Wreszcie – powiedziała.

Seweryn miał całkiem sporo ulubionych rockowych melodii, które sprawiały, że czuł ciarki na całym ciele. Wszystkie jednak były niczym w porównaniu z głosem Kai.

– Jesteś na nogach? – spytała.

– Trochę.

– To wypij kawę i jedź do szpitala – powiedziała rozgorączkowana. – Mamy preparaty od dwóch pozostałych ofiar.

Zaorski wytarł ręcznikiem wodę z klatki piersiowej.

– Natalia rzuciła już na to okiem? – spytał.

– Nie, jest zajęta jakimiś sprawami w zakładzie. Będzie wolna za jakiś kwadrans, ale wolałabym, żebyś ty zobaczył to pierwszy.

– W takim razie musimy się rozłączyć, bo jednoręczna obsługa ręcznika nastręcza mi pewnych problemów.

Cisza.

– Co jest? – spytał.

– Nic – odparła cicho. – Wyszedłeś z kąpieli?

– Spod prysznica.

– Mhm…

– Co to miało znaczyć?

– Nic. To tylko taka mała akcja: ekscytacja.

Wiedziała doskonale, jak sprawić, żeby cień uśmiechu pojawił się na jego ustach. Pokręcił głową, a potem wytarł ramię.

– Rozłączam się – powiedział. – Zanim przyjdą ci do głowy sprośności.

– Za późno.

Była dziś w dobrym humorze, z pewnością dzięki temu, że mieli wszystkie trzy próbki. Zaorski też poczuł przypływ optymizmu. Miał pewną hipotezę, którą być może niebawem uda się potwierdzić. Jeśli tak, będzie to pierwszy konkret w śledztwie. I krok do odzyskania diablic.

Ubrał się ekspresowo, wpadł do hondy, a potem popędził w stronę prosektorium. Spieszył się tak, że nie miał nawet czasu zmienić muzyki i musiał słuchać tego, co od pewnego czasu leciało w kółko.

Na miejscu czekała na niego Kaja w towarzystwie osoby, którą niespecjalnie chciał widzieć. Korolew skinął nieznacznie głową, ledwo odnotowując obecność Zaorskiego. Burza zbliżyła się i dotknęła jego ramienia.

– Michał rozmawiał z domem dziecka – powiedziała. – Z dziewczynkami wszystko w porządku. Pierwszej nocy mało spały, ale dzisiaj było już lepiej. Nie mają tam złych warunków, nikt ich nie zaczepia, żadna krzywda im się nie dzieje.

Seweryn na moment zamknął oczy.

– Michał pojechał tam dziś rano na wizytację – dodała. – Nie masz się czym martwić. Nic im nie będzie i niedługo do ciebie wrócą.

Powinien był się domyślić, że to stąd jej dobry humor. Powinien także docenić to, że Ozzy naprawdę stanął na wysokości zadania.

– Podziękuj mu.

Cofnęła się o krok, jakby dopiero teraz uświadomiła sobie, kto jest jej mężem.

– Jasne.

– Idziemy? – spytał Zaorski, wskazując wejście.

Po chwili razem z Korolewem przeszli przez skrzydło, gdzie znajdowała się część histopatologiczna zakładu patomorfologii, i znaleźli się w laboratorium. Próbki były już przygotowane w archiwum na preparaty.

Seweryn zajął miejsce, sprawdził jeszcze część tkanki ostatniej ofiary, a potem zabrał się do wcześniejszych. Jeśli zobaczy podobne zmiany, będzie miał pewność, że hipoteza jest właściwa. Jeśli nie, znów znajdzie się w punkcie wyjścia.

Przyglądał się drugiemu preparatowi, ale niczego nie dostrzegał. Zwiększał, przesuwał, analizował każdy skrawek, rezultat pozostawał jednak ten sam. Zaorski zaklął pod nosem, a potem wziął próbkę od Heidi. I tym razem efekt okazał się identyczny.

Zmieniał płytki, wdzięczny technikom, którzy przygotowali ich tyle, że właściwie pozwalały zobaczyć obraz wszystkich kluczowych dla Seweryna organów. Przekrój był odpowiedni, ale efektów brakowało. W pewnym momencie Zaorski stracił nadzieję, świadomy, że przy takim materiale powinien już na coś trafić.

Potarł oczy i na moment odsunął się od mikroskopu. Korolew coś mówił, chyba do niego, raczej nie do Kai, Seweryn jednak zupełnie go zignorował. Na dobrą sprawę nawet nie docierały do niego słowa prokuratora.

Przysunął się do biurka i spojrzał w okular. Tym razem przyglądał się preparatom spokojniej, uważniej, już nie tak łapczywie. Nadal nic nie widział i zaczynał coraz bardziej tracić cierpliwość. Nie wiedział, ile czasu minęło, zewnętrzny świat na moment przestał istnieć.

W końcu to dostrzegł. Niewielkie, niemal niezauważalne guzki. Właściwie niemożliwe do wyłapania, o ile to nie ich konkretnie się szukało.

Szybko wymienił szkiełka z kawałkami tkanek i na powrót zaczął analizę. Czuł, że serce bije mu coraz szybciej i robi mu się coraz goręcej. Temperatura w laboratorium była niska, mimo to T-shirt zaczął przyklejać mu się do pleców.

W końcu raptownie odsunął się od biurka i obrócił na krześle do Burzy i Antona.

– Masz coś? – spytała Kaja.

– Mam więcej niż coś.

Zbliżyli się do niego, jakby chcieli sami przekonać się, co zobaczył pod mikroskopem. Ostatecznie żadne z nich nawet nie zerknęło.

– Wszystkie trzy dziewczynki mają zmiany nowotworowe – powiedział. – Rozumiecie, co to oznacza?

– Że są spokrewnione? – podsunął Korolew. – I wszystkie mają jakieś wady genetyczne po rodzicach?

– Nie. Nie łączą ich żadne więzy krwi.

– Więc co?

– Miejsce, w którym się urodziły – odparł Seweryn, po czym przesunął krzesło na kółkach w kierunku stojącego obok mikroskopu komputera.

Wyświetlił mapę Europy, a potem przesunął na wschód.

– Prawdopodobieństwo, że trzy tak młode osoby miałyby podobne zmiany nowotworowe, jest bliskie zeru – powiedział. – Chyba że one lub ich rodzice zostali narażeni na określone czynniki kancerogenne.

Kaja i Korolew ustawili się za jego plecami.

– Jak się domyślacie, w okolicy tylko jedno zdarzenie w historii miało taki efekt – dodał.

– Czarnobyl – powiedział Anton.

Seweryn skinął głową.

– Największa katastrofa jądrowa w dziejach ludzkości – powiedział. – I moment, w którym byliśmy o krok od zagłady.

– Oglądaliśmy wszyscy serial na HBO, Seweryn – odparła Burza. – Ale wybuch był w osiemdziesiątym szóstym. Te dzieci urodziły się najwcześniej w dwa tysiące dziesiątym.

– Wiem.

Wyświetlił rejon na pograniczu Białorusi i Ukrainy. Przesunął palcem od Prypeci na północny zachód, a potem zakreślił kilka innych obszarów.

– To były w pierwszych dniach najbardziej napromieniowane regiony – powiedział. – Potem chmura rozeszła się na niemal całą Europę, ale kluczowy, najbardziej napromieniowany obszar to jakieś sto pięćdziesiąt tysięcy kilometrów kwadratowych. Na Ukrainie dziewięć procent terytorium odczuło skutki. Na Białorusi…

– To nie zmienia faktu, że miało to miejsce ponad trzydzieści lat temu – przerwał mu Korolew. – I doskonale znam te statystyki. Może lepiej niż pan.

Zaorski odwrócił się do nich.

– Więc wie pan też, że skutki nie ustępowały przez wiele lat. W Polsce dopiero w dziewięćdziesiątym siódmym rozpoczęto profilaktykę jodową. Z terenów pierwotnie skażonych wysiedlono trzysta tysięcy ludzi, którzy przecież gdzieś się osiedlili, mieli dzieci i…

– I nie znaczy to, że drugie pokolenie ma jakiekolwiek wady genetyczne. Były prowadzone badania.

Seweryn popatrzył na niego spode łba.

– Długo będzie mi pan tak jeszcze przerywał?

– Tak długo, dopóki nie przejdzie pan do konkretów.

– Konkret jest taki, że przedstawia pan propagandę – odparował ostro Zaorski. – Należał pan swego czasu do partii?

– Nie – zaoponował Anton. – A badania zostały przeprowadzone przez ONZ.

– Na określonej liczbie ludzi z określonego terytorium i na okoliczność określonych chorób.

– Bzdury pan gada.

Zaorski podniósł się i stanął przed prokuratorem.

– Kto tu kończył medycynę? – spytał. – Ja czy pan?

– Nie potrzebuję…

– Obawiam się, że potrzebuje pan być lekarzem, żeby zrozumieć, czym są wady cewy nerwowej, i połączyć to z faktem, że w samym obwodzie rówieńskim stopień występowania ich u niemowląt jest wyższy niż w całej Europie. A jeszcze gorzej jest na Polesiu, że już nie wspomnę o innych wadach wrodzonych, jak mikrocefalia lub mikroftalmia.

– Terminy medyczne niewiele mnie interesują.

– Może powinny.

– Może nie, bo do pełnego obrazu wystarczą mi statystyki.

– Właśnie o nich mówię, do kurwy nędzy. Tyle że pan nie widzi różnicy między skażeniem cezem sto trzydzieści siedem a strontem…

– Nie muszę – przerwał mu prokurator, czerwieniejąc na twarzy. – A pan niech się opanuje, bo w przeciwnym wypadku będę zmuszony…

– Jestem zajebiście opanowany.

Zanim Korolew zdążył się odezwać, Kaja zwróciła na siebie ich uwagę, unosząc dłoń. Dopiero przy tym dość wymownym geście zorientowali się, że niewiele brakowało, a pozwoliliby jeszcze bardziej ponieść się emocjom. Uspokoili się, choć prokurator wciąż świdrował Zaorskiego napastliwym spojrzeniem.

– Jaja mi się kurczą, jak pan tak na mnie łypie – rzucił Seweryn.

– To już pański problem.

– A pański polega na tym, że nie ma pan bladego pojęcia o badaniach Amerykańskiej Agencji Pediatrycznej.

– Seweryn... – zaapelowała Burza.

Podziałało przynajmniej na tyle, że Zaorski wziął głębszy wdech.

– Pracujący w niej naukowcy ustalili bezpośredni związek między skażeniem strontem dziewięćdziesiąt a kurewsko wysokim stopniem występowania określonych wad genetycznych. Ma je według UNICEF-u prawie dwadzieścia procent dzieci na Białorusi, gdzie stężenie było najwyższe. Jeśli pan nie wierzy, proszę znaleźć sobie w sieci zdjęcia dzieci z białoruskich ośrodków dla...

Zaorski urwał, obrócił się do komputera i zaczął stukać w klawiaturę.

– Zresztą pokażę panu – dodał. – Stront dziewięćdziesiąt stanowił tylko parę procent tego, co uwolniło się z elektrowni w Czarnobylu, ale to piekielnie zabójczy pierwiastek.

Seweryn nie musiał długo szukać zdjęć, było ich mnóstwo. Wydawało się, że niejeden reporter za punkt honoru postawił sobie, by pokazać, jak zdeformowane dzieci rodziły się na terenach skażonych po wybuchu. Zaorski przeglądał to tylko raz, kiedy postawił wstępną hipotezę po badaniu pierwszej próbki, ale obiecał sobie, że nigdy więcej tego nie zrobi.

Teraz jednak nie miał innego wyjścia. Przez moment wszyscy milczeli, a kiedy skończyli oglądać część materiału fotograficznego, Seweryn miał pewność, że Korolew więcej mu nie przerwie.

Zaorski wskazał na zdjęcie czterolatka przygotowywanego do operacji.

– Chłopak urodził się długo po eksplozji – powiedział. – Mimo to ma całkowicie spieprzoną zastawkę serca i dwa ubytki przegrody międzykomorowej.

Znów zaległa cisza.

– Dwie dziury w sercu – wyjaśnił Seweryn. – I biorąc pod uwagę przypadki hydrocefalii, epilepsji, mózgowego porażenia dziecięcego, mikrocefalii, guzów mózgu, zespołu Dandy'ego-Walkera, do dzisiaj występujące na tych terenach u noworodków, miał szczęście.

Kaja ani Anton się nie odzywali.

– Takie dzieci wymagają nie tylko opieki, ale często także zewnętrznej aparatury, żeby w ogóle przeżyć dzień – ciągnął Zaorski, patrząc na prokuratora. – I pan kontruje to stwierdzeniem, że są badania, które podają to w wątpliwość? Niech pan, kurwa…

– W porządku – uciął Korolew. – Nie ma sensu się unosić.

Seweryn rozłożył bezradnie ręce.

– Widział pan te zdjęcia?

– Nie jesteśmy tu od tego, żeby się tym zajmować – odparował prokurator. – Udowodnił pan, że te dziewczynki mogą zaliczać się do ofiar tamtych zdarzeń.

Zaorski zamknął oczy i nabrał tchu. Musiał przyznać Korolewowi rację – pozwolił emocjom wziąć górę nad tym, co próbował osiągnąć. Nie mógł jednak zachować zimnej krwi, kiedy przypomniał sobie o tym wszystkim, do czego doprowadziły sowieckie zaniedbania.

Nie odzywając się, wyszukał mapę najbardziej skażonych terenów na Białorusi i Ukrainie, a potem wskazał je Antonowi.

– Obszar jest dość duży – powiedział. – Ale jeśli gdzieś zniknęły trzy dziewczynki, z pewnością służby o tym wiedzą. – Przeniósł wzrok na prokuratora. – Pytaliście Ukraińców i Białorusinów?

– Nie – przyznał Korolew. – Nie było podstaw, by sądzić, że ofiary pochodzą z tych krajów.

– A możecie w ogóle to sprawdzić?

– Z Ukrainą nie będzie problemu. Z Białorusią też jakoś sobie poradzimy.

Zaorski odetchnął, a potem podniósł się z krzesła i ruszył w stronę wyjścia. Z jakiegoś powodu nie mógł dłużej zostać w tym miejscu. Wyszedł na zewnątrz i poczuł, że robi mu się niedobrze.

Za dużo emocji, za dużo whisky. I stanowczo za mało spokoju.

Nie spodziewał się, by sytuacja szybko się poprawiła, ale kolejne godziny przyniosły mu nieco wytchnienia. Michałowi udało się dogadać z opieką społeczną – diablice mogły pojechać na chrześcijański obóz z księdzem Wieśkiem.

Zaraz potem okazało się, że trop ukraiński okazał się chybiony. Białoruski jednak nie.

Komenda milicji w Czeczersku, mieście położonym na północny wschód od Czarnobyla, doniosła o zaginięciu trzech dziewczynek. Larysy Nowikowej, Tatiany Żyliny i Poliny Kozłowej. Lat odpowiednio siedem, osiem i siedem.

Prawdopodobieństwo pomyłki było zerowe. W końcu mieli konkretny trop.

Kiedy tylko nadeszła informacja z Białorusi, Seweryn od razu zadzwonił do Grzegorza Cichego. Nie miał zamiaru tracić ani sekundy, kiedy wreszcie na horyzoncie zarysowała się szansa znalezienia Fenola.

– Mówiłem, żebyś dzwonił tylko w awaryjnych sytuacjach – powitał go oficer CBŚP.

– Ta jest bardzo awaryjna – odparł Seweryn. – Potrzebuję od ciebie informacji.

– Jakich?

– Właściwie jednej – rzucił Zaorski, czując, że serce bije mu coraz szybciej. – Ten handel dziećmi, o którym mówiłeś, ma coś wspólnego z Białorusią?

Milczenie zdawało się przeciągać bez końca. Jeśli trop był słuszny, przesądzałoby to, że Fenol jest bezpośrednio związany z Grupą Białopolską. A jeśli tak, to wystarczyło, by Seweryn na dobre znalazł się w jej szeregach. Jeśli się uda, znajdzie Fenola.

– Jesteś tam? – spytał Zaorski.

– Tak – odparł Cichy. – Zastanawiam się po prostu, skąd o tym wiesz.

6

Wieczór u Kai i Ozzy'ego zapowiadał się świetnie, przynajmniej w teorii. Najpierw razem z synem obejrzeli najnowszą produkcję Marvela na Netfliksie, a potem rodzinnie zasiedli do stołu, by spożytkować pizzę w rozmiarze XXL.

Dominik skończył jako pierwszy, mimo że jak zwykle kawałków dla niego było najwięcej. Popił colą, której normalnie Kaja wprawdzie nie kupowała, ale dziś zrobiła wyjątek. Właściwie byłaby gotowa na wszystko, byleby syn zapomniał o tym, co się w ostatnim czasie działo w Żeromicach.

– Mogę jeszcze trochę? – spytał Dominik, wstając. Skierował się do lodówki i zawahał dopiero, kiedy trzymał już dwulitrową butelkę w ręce.

– Wyjątkowo dzisiaj tak – odparła Kaja.

– A mogę iść do siebie?

– A co będziesz robił? Lekcje?

– Nie mam żadnych.

Oczywiście. Żaden nauczyciel nigdy ich nie zadawał.

– Mam sprawdzić w systemie? – spytała Burza, przechylając głowę na bok.

– Nie musisz. Zobaczę w zeszycie.

Nalał sobie coli i czekał niczym żołnierz na upragnioną przepustkę.

– Idź, idź – odezwał się Michał.

Nie trzeba było dwa razy mu tego powtarzać. Odstawił colę na stół, a potem popędził do swojego pokoju, zapewne po to, by odpalić którąś z gier osadzonych w uniwersum Marvela. Burza powoli zaczynała odnosić wrażenie, że Dominik częściej egzystuje w MCU niż w realnym świecie.

Starała się trzymać rękę na pulsie, ale ostatnio było niełatwo. Widziała skutki tego w pogarszających się ocenach i niemal codziennie powtarzała sobie, że przyciśnie go nieco bardziej. Szczególnie jeśli chodziło o przedmioty ścisłe, bo zaczynał radzić sobie z nimi coraz gorzej.

Spuściła wzrok i na chwilę zamknęła oczy. O czym ona w ogóle myślała? Czym się przejmowała? Kilkoma trójami? W porównaniu z tym, co przechodził teraz Seweryn, była to betka.

– Co jest? – odezwał się Michał, wyrywając ją z zamyślenia.

– Nic – odparła, nalewając sobie coli.

Mąż spojrzał na nią z niedowierzaniem.

– Ma trochę kofeiny, nie? – usprawiedliwiła się Kaja.

– Może nawet więcej niż trochę. A ty wyglądasz, jakbyś rzeczywiście jej potrzebowała.

– Tak?

Żadna nowość. Zawsze jej potrzebowała.

– Przed chwilą zupełnie się wyłączyłaś.

– Zastanawiałam się.

– Nad czym?

Polała Michałowi, żeby ugrać nieco czasu. Właściwie nie było powodu, dla którego miałaby nie rozmawiać z nim o tym, co działo się z Zaorskim. W końcu był jego przyjacielem.

Ilekroć o tym myślała, czuła się ohydnie.

– Nad Lidką i Adą – odparła. – A konkretnie nad tym, że ja martwię się o ostatnią klasówkę, a Seweryn… sam rozumiesz.

– Rozumiem – przyznał Michał. – Ale wszystko będzie okej. Teraz spędzą trochę czasu na obozie z Wiesiem, a potem będzie rozprawa i…

– I wszyscy świadkowie poświadczą przeciwko Sewerynowi.

Nawet nie oponował. Na palcach jednej ręki można było policzyć zwolenników Zaorskiego w Żeromicach. Ona i Michał, do tego może Kalamus, o ile wybaczył już Sewerynowi to, do czego ten chciał wykorzystać szpital.

– W dodatku jeśli dowody są umiejętnie spreparowane, niełatwo będzie je obalić – dodała Burza.

– Zostają jeszcze dzieci. I to, co powiedzą.

– Nie wiem, czy będą miały coś do gadania, jeśli wszystko będzie świadczyło o tym, że były ofiarami przemocy.

Michał zmrużył oczy, a ona dopiero teraz pomyślała, że kurczowe trzymanie się tego tematu może wydać się mężowi podejrzane. Mimo to nie planowała przestać.

– Naprawdę nie możesz nic zrobić?

– Pytałaś mnie o to już przynajmniej dziesięć razy – odparł pod nosem. – I wiesz, że gdybym tylko mógł, od razu bym mu pomógł.

– Ale może…

– Musimy czekać do rozprawy – uciął. – Zapewniam cię, że wtedy wystawię mu takie świadectwo, że od razu dostanie odznakę ojca roku.

Wstał i podszedł do niej, zbierając talerze ze stołu. Zanim przeszedł do kuchni, pocałował ją w usta z uczuciem i jeszcze raz powtórzył, że wszystko będzie dobrze.

Chciała w to wierzyć. I jeszcze bardziej chciała usłyszeć to z ust kogoś innego.

Znów zamknęła oczy. W momentach, kiedy uczucie do Seweryna było tak wyraźne, że niemal całkowicie ją zaślepiało, nienawidziła siebie. Przestawała być sobą. Była gotowa wyjść z domu, wsiąść do auta i pojechać prosto do Zaorskiego. Nie myśląc o niczym, a już w szczególności nie o tym, że rozbiłaby własną rodzinę.

Noc była jak przerywany film, a rano Kaja nie była w stanie poskładać jej w całość. Tym razem nawet kawa nie pomogła.

– Sprawdzałaś listy? – odezwał się Michał, myjąc talerze po śniadaniu.

– Nie.

– Zobacz, jest coś do ciebie.

Nie przeglądała poczty od kilku dni, bo od całej tej sprawy z ojcem bynajmniej nie czuła potrzeby zbliżania się do tradycyjnej korespondencji. Zresztą kto miałby do niej pisać? Bank, by zaktualizować dane. Sieć komórkowa, by przedstawić nową ofertę. W najgorszym wypadku skarbówka.

Istniało też pewne ryzyko, że napisze ojciec. Roztropnie jednak od momentu, kiedy go zamknęli, nie przysłał ani jednego listu. Może wiedział, że to tylko pogorszyłoby sprawę.

Tym bardziej zdziwiła się Burza, kiedy zobaczyła, że trzy koperty są faktycznie zaadresowane do niej. Wszystkie identyczne, białe, bez żadnej informacji o zawartości. Nadawcy także nie było.

Kaja rozerwała pierwszą z nich, która musiała przyjść dobre trzy dni temu. Wyjęła kartkę A4 i znieruchomiała.

„SPRAWIEDLIWOŚĆ DOSIĘGNIE CIĘ ZA TO, CO ZROBIŁAŚ POD DELAWĄ".

Wbijała wzrok w samotny, napisany fontem Times New Roman tekst i czuła się, jakby świat właśnie się skończył. Rozejrzała się nerwowo, a potem jeszcze raz popatrzyła na kartkę.

Nie, to niemożliwe, powiedziała sobie w duchu. To nie mogło dziać się naprawdę.

Boże, nie. Proszę, nie.

Gardło natychmiast jej się zwęziło, a może ślina po prostu była tak gęsta, że nie chciała przejść przez przełyk. Spływająca znikąd fala gorąca przywodziła na myśl największe letnie upały.

Natychmiast złożyła kartkę na pół i postarała się opanować. Fenol, to musiał być Fenol.

Tylko on w jakiś sposób mógł się o tym dowiedzieć. Udowodnił to już wcześniej, kiedy doszło do trzeciego zabójstwa. A może nie? Może wtedy źle zinterpretowała fakty? Wydawało się, że tamta wskazówka była wymierzona w nią, ale przecież mogło być tak, że w ciemności każdy ruch postrzegała jako zbliżające się zło.

Zanim otworzyła drugi list, zabrała z kuchni jednorazowe rękawiczki, których normalnie używała podczas czyszczenia łazienki. Szanse, że Fenol zostawił odciski palców, były właściwie bliskie zeru, ale wolała niczego nie zatrzeć.

Dopiero kiedy ostrożnie rozcięła kopertę, uświadomiła sobie, że środki ostrożności są zupełnie niepotrzebne. Rozumowała jak policjantka, a powinna przecież jak ktoś stojący po drugiej stronie barykady. Jak morderczyni. Nie mogła wszak nikomu pokazać tych listów, co dopiero mówić o oddaniu ich do analizy daktyloskopijnej.

Wyjęła kolejną kartkę i ją rozłożyła.

„SPRAWIEDLIWOŚĆ DOSIĘGNIE CIĘ ZA TRZY DNI".

Drżącymi rękoma sięgnęła po ostatni, dzisiejszy list. Słyszała, że Michał skończył myć naczynia i ziewając, poszedł do garderoby. Jedyny dylemat, jaki będzie tego dnia miał, to to, czy założyć czerwony, czy może niebieski krawat.

Burza weszła do kuchni i usiadła przy stole z trzema listami. Jeszcze raz przyjrzała się dwóm pierwszym.

Starała się uspokoić oddech i drżenie rąk. Mimowolnie pomyślała o tym, że z czysto śledczego punktu widzenia za głównych podejrzanych powinna uznać swojego męża i...

kochanka? Nie, to słowo chyba było nieodpowiednie. A przynajmniej wydało jej się takie, kiedy pojawiło się w jej umyśle.

Tak czy inaczej, to Michał i Seweryn zgodnie ze sztuką powinni stać się przedmiotem śledztwa. Gdyby tylko jakiekolwiek wchodziło w grę.

Tyle teorii. W praktyce żaden z nich nie mógłby tego zrobić. Ewentualnego tropu Burza powinna szukać raczej w powiązaniu z Grupą Białopolską. Ragan nie transportował przecież ciał spod Delawy sam. Któryś z jego ludzi mógł powiązać ze sobą fakty i…

– Co robisz? – odezwał się Michał, wchodząc do kuchni.

Natychmiast obróciła list i spojrzała na pustą kartkę.

Szybko, wymyśl coś, co go spławi.

– Nic – odparła. – Narysowałam portret mężczyzny idealnego.

Podszedł do niej od tyłu, pochylił się i spojrzał na czystą kartkę. Zaśmiał się cicho i pogłaskał ją po plecach.

– Nie za bardzo podobny do mnie.

– Ano nie – przyznała, obracając głowę ku niemu.

Natychmiast się opanowała. Zupełnie jak w momentach, kiedy musiała odsunąć myśli o Zaorskim, by nie dać po sobie znać, co do niego czuje. Brak treningu nie uczyni mistrza, pomyślała gorzko.

Michał pocałował ją, początkowo delikatnie, a potem tak, jakby miała to być zapowiedź czegoś więcej. Przesunął ręką po jej karku, przylegając do niej ciałem, ale Kaja mogła myśleć tylko o elektryzującym uczuciu, które w takiej sytuacji wyzwalał w niej Seweryn. I którego brakowało, ilekroć zbliżała się do męża.

W końcu się wyprostował, a potem zerknął w kierunku pokoju Dominika.

– Myślisz, że zdążylibyśmy... – urwał i uniósł znacząco brwi.

Była to niespodziewana odmiana. Dzień seksu wypadał we wtorek lub w piątek, było tak od lat, jakby zawsze musieli działać wedle takiego samego, określonego schematu. Burza nie miała pojęcia, kiedy ostatnim razem Michał próbował się z tego wyłamać. Może po którejś imprezie z politykami, kiedy oboje wstawili się tak, że na drugi dzień prawie nic nie pamiętali.

– Dominik zaraz musi wychodzić – odparła.

Zrobił zawiedzioną minę, a ona załagodziła cios uśmiechem. Miała nadzieję, że tyle wystarczy. I że dzięki temu Michał skupi się na tym, czego mu brakowało, a nie na tym, co znajdowało się na stole przed Burzą.

Mąż jednak przylgnął do niej mocniej, a ona poczuła, że jest gotowy. Pochylił się, przesuwając rękę z jej szyi na piersi, a potem na uda.

– Zdążymy – szepnął jej do ucha.

– Nie wydaje mi się, żeby...

Zamknął jej usta pocałunkiem, a potem delikatnym ruchem zasugerował, by się podniosła. Burza zaklęła w duchu. Moment nie był dobry. Uczucia nie były dobre. I partner nie był dobry.

Boże, co za ohydne myśli. Natychmiast zdusiła je w zalążku, powtarzając sobie, że chodzi o jej męża. Za każdym razem, kiedy się zbliżali, miała wrażenie, jakby zdradzała Seweryna, ale przecież było dokładnie odwrotnie.

Pozwoliła zaprowadzić się do sypialni, a potem rozebrała. Kiedy mąż chciał w nią wejść, napotkał opór, z którym nie potrafiła nic zrobić. Całowała go, bijąc się z myślami. Z obrazami. W końcu im uległa. Wyobraziła sobie, że to nie Michał na niej leży. Oczami wyobraźni widziała Zaorskiego i starała się wrócić do tego, co czuła, kiedy kochali się w Gałęźniku.

Chwilę później siedziała już w kuchni nad listami. Czuła się jeszcze gorzej niż przed chwilą, ale koniec końców Michał przynajmniej nie zainteresował się tym, co znajdowało się na stole.

Kiedy wyszedł do pracy, rozcięła trzecią kopertę i wyjęła ostatni list.

„SPRAWIEDLIWOŚĆ DOSIĘGNIE CIĘ ZA DWA DNI".

Kaja schowała kartkę z powrotem, zakryła twarz i położyła łokcie na stole. Trwała tak przez chwilę, mocno zaciskając powieki. Chciała, by to wszystko znikło. Miała wrażenie, że zaczyna się koszmar, o którym nigdy nie zapomni. I który będzie miał tak przemożne konsekwencje, jak nic innego.

Opuściła dłonie i zrobiła kilka głębszych wdechów. Najpierw kawa, potem wszystko inne, pomyślała, po czym zrobiła sobie duży kubek americano. Skończyła przygotowywać Dominikowi jedzenie do szkoły, usiłując skupić się na dobrze znanych, mechanicznych czynnościach.

Odwiozła syna do szkoły, mimowolnie i na próżno wypatrując bordowej hondy accord kombi. Trzy koperty znajdowały się w schowku i Kaja oddałaby wszystko, by tak łatwo zamknąć gdzieś wydarzenia spod Delawy.

Ruszyła na komisariat, ale już po kilkuset metrach zahamowała i zawróciła. Skierowała się prosto do Zaorskiego.

Spodziewała się ujrzeć obraz nędzy i rozpaczy, ale szybko przekonała się, w jak dużym była błędzie. Seweryn otworzył jej drzwi rześki i gotowy do działania. W jego oczach nie było nawet cienia bezsilności, w oddechu nie wyczuła ani kropli alkoholu.

– Co tu robisz? – spytał.

– Nie wiem.

Przez chwilę czekał, aż doda coś jeszcze, ale właściwie nie miała takiego zamiaru.

– Okej – powiedział. – Wejdziesz?

Usiedli w kuchni, Zaorski zaparzył kawę. Upiła tylko łyk, kofeiny na następną godzinę miała odpowiednio dużo. W pomieszczeniu panowała niewygodna cisza, żadne z nich nie wiedziało, co powiedzieć. Kaja chciała wyciągnąć listy, które zabrała ze sobą z samochodu, ale Seweryn ubiegł ją, przejmując inicjatywę.

– Poranny seks? – rzucił.

– Słucham?

Od razu uniósł dłonie.

– Nie chodziło mi o to, żebyśmy go uskutecznili – dorzucił szybko. – Po prostu mam dobry węch.

– Że co?

Poprawił się na krześle, jakby siedzisko go uwierało.

– Czuć, że miałaś dobry początek dnia – powiedział w końcu.

Burza otworzyła usta, ale nie dobył się z nich żaden dźwięk. Przez moment się nie odzywała. Istniało zbyt wiele sposobów, by odpowiedzieć – i żaden nie był dobry.

Zaorski nie miał pojęcia, jak bardzo się mylił.

– Zapachu seksu nie ma się co wstydzić – ciągnął. – To w dużej mierze feromony. Nie wszyscy je wyczuwają, ale wszyscy im ulegają.

Sądziła, że na tym poprzestanie, ale najwyraźniej się na to nie zanosiło.

– Są liczne eksperymenty, które dowodzą aktywacji części podwzgórza u ludzi wyczuwających je. To zwyczajna biologia.

W końcu uznała, że milczenie będzie najwłaściwsze. Zmiana tematu zaś jeszcze lepsza. Wyjęła listy i przesunęła je po stole w jego kierunku.

– Co to jest? – spytał.

– Zobacz sam.

Szybko sprawdził wszystkie koperty, a niedowierzanie na jego twarzy świadczyło, że był w podobnym szoku co ona. Wytłumaczenie wszystkiego zajęło jej więcej czasu, niż się spodziewała, bo Seweryn wyraźnie nie potrafił się skupić.

Potem zawiesił wzrok gdzieś w oddali, a ona długo czekała, aż skomentuje.

– Jebany Fenol – rzucił w końcu. – Igra sobie nie tylko ze mną, ale także z tobą.

– Na to wygląda.

– Więc też stawiasz na niego?

– A na kogo innego? – odparła.

Nadawcą nie mógł być nikt inny. Nawet gdy pominąć wszystkie poszlaki, wydawało się absolutnie nierealne, by kilka osób realizowało swoje cele niezależnie od siebie. Taka kumulacja zła w jednym czasie i miejscu była niemożliwa.

– W takim razie możemy zawęzić nieco krąg podejrzanych – powiedział Seweryn. – Zakładając, że Fenol i nadawca to ta sama osoba...

– Zostają tylko te, które wiedziały o Delawie.

Zaorski skinął głową.

– Ja i Michał – odparł. – Oprócz tego prawdopodobnie też Ragan lub któryś z jego ludzi. Ewentualnie twój ojciec. To by chyba wyczerpywało krąg podejrzanych?

– Chyba tak.

Seweryn przesunął dłonią po czarnym T-shircie z logo Dire Straits, jakby spodziewał się, że zostały na nim okruchy po śniadaniu.

– Może w takim razie powinnaś…

– Daj spokój – ucięła. – Ty i Michał nie wchodzicie w grę.

– A więc ktoś z Grupy Białopolskiej.

– Tak.

Ich spojrzenia się splotły, a Kaja dopiero teraz zrozumiała jedną, istotną rzecz.

– To wszystko się łączy – powiedziała. – Właśnie z nimi.

– Z nimi i ze mną.

– W jakim sensie?

– W takim, że mam szansę dojść do całej prawdy – odparł ciężko. – Wystarczy, że zrobię to, do czego przygotowywał mnie Cichy. Wniknę w tę organizację i…

– I myślisz, że za jednym zamachem rozwiążesz wszystko?

– Tak – rzucił bez wahania.

Nie mogła wykluczyć, że miał rację. Tropy krzyżowały się gdzieś w strukturach Grupy Białopolskiej. Trzy dziewczynki znalazły się w Polsce właśnie za jej sprawą. I tylko oni mogli wiedzieć o Delawie.

To zdawało się przesądzać, że Fenol znajduje się w jej szeregach.

– Jeśli mamy rację… – podjęła Kaja. – To mogą wiedzieć, co kombinujesz.

– Skąd?

– Fenol zdaje się dość dobrze obeznany.

– Ale nie, jeśli chodzi o CBŚP – zaoponował Seweryn. – Na tym polu jestem bezpieczny.

– Bezpieczny? Ładujesz się w coś, o czym nie masz pojęcia.

– Poradzę sobie.

– W jaki sposób?

Typowe, uznała w duchu Burza. Poradzi sobie, wszystko będzie dobrze, jakoś się uda i tak dalej. Cała filozofia życiowa Seweryna zamknięta w jednej postawie, która do tej pory niespecjalnie się sprawdziła.

– No? – spytała. – Jak sobie poradzisz, kiedy przyjdzie co do czego? Co zrobisz, jeśli cię przejrzą? Albo jeśli zrobi się gorąco i będziesz musiał w jakiś sposób skontaktować się z CBŚ-em?

Wzruszył ramionami, a Kaja w odpowiedzi pokręciła głową.

– No właśnie – powiedziała. – Wiesz w ogóle, jakiego przygotowania wymaga branie udziału w tego typu działaniach operacyjnych?

– Nie, ale wiem, jak zaznać spokoju, kiedy twoje dzieci mają zabawki wydające mnóstwo głośnych dźwięków.

Nie chciała nawet dopytywać.

– Musisz rozkręcić dziadostwo, a potem zakleić głośnik od wewnątrz. To kluczowe, bo jeśli zrobisz to od przodu, przebiegłe smarki po prostu zerwą taśmę.

Czekał na uznanie, ale nie miała zamiaru w ogóle podejmować tego tematu.

– Sprytne, co? – dodał.

– Ze sprytem nie masz wiele wspólnego. Z głupotą za to jak najbardziej.

Uśmiechnął się lekko.

– Mówisz tak, bo jesteś zła.

– Żebyś wiedział, że jestem. Bo chcesz się zabić, do cholery.

– Nie – odparł. – Bo mąż nie zaspokoił cię seksualnie, a teraz zjawiłaś się tutaj, czujesz moje feromony tak, jak ja twoje, i masz ochotę na…

– Seweryn, błagam cię.

– Nie musisz. Zgodzę się i bez tego.

Podniosła kubek i przez moment udawała, że ma zamiar chlusnąć mu kawą prosto w twarz. Potem wstała od stołu i zaczęła chodzić po kuchni.

– Liczysz, że uda ci się zmienić temat, co? – spytała.

– Liczę zupełnie na co innego.

Zatrzymała się, przysiadła na kuchennej szafce i posłała mu niecierpliwe spojrzenie.

– Nie rób tego – rzuciła.

– Niczego nie robię. To biologia.

– Mam na myśli Grupę Białopolską.

On też się podniósł, ale zamiast do niej podejść, usiadł na stole i skrzyżował ręce na piersi. Do cholery, nie mylił się, przyciągał ją tak bardzo, fizycznie, intelektualnie i na każdy inny sposób, że trudno jej było się opanować. Było w tym coś pierwotnego, zwierzęcego, z czym nie potrafiła sobie poradzić. I co nie pojawiało się w jej relacji z mężem.

– Nie mam wyjścia – odezwał się po chwili. – Ty też nie.

W głębi duszy również zdawała sobie z tego sprawę.

– Wszystkie drogi prowadzą tam – dodał. – I tylko w ten sposób dowiemy się, o co tutaj tak naprawdę chodzi.

Kaja odgarnęła włosy z czoła.

– Zapominasz o jednym – zauważyła.

– To znaczy?

– O tym, że jeśli Fenol jest członkiem Grupy Białopolskiej, będzie miał cię podanego na tacy.

– Nie szkodzi.

– Nie?

– Mógł mnie zaatakować już wielokrotnie – odparł Seweryn, wskazując stojącego za oknem kombiaka. – A jednak tego nie zrobił.

– Do tej pory.

Żonglowali argumentami i kontrargumentami jeszcze przez chwilę, ale oboje zdawali sobie sprawę, że klamka już zapadła. Tudzież że ciągną temat jedynie po to, by nie mówić o tym, co było między nimi.

– Cichy proponuje, żebyś ty była moim kontaktem – kontynuował Zaorski. – Według niego ci ludzie zdają sobie sprawę z tego, że…

– No?

– Że wzdycham do ciebie, więc nie będą nic podejrzewali.

Burza uniosła bezradnie wzrok.

– Tak to chcesz określać? – spytała.

– Na użytek tej rozmowy tak – odparł szybko.

– Przy prokuratorze byłeś bardziej wylewny.

– Bo mnie przesłuchiwał, a ja chciałem zbić go z tropu.

– Jasne.

Zaorski popatrzył na nią z przewrotnym wyrazem twarzy i lekkim, nonszalanckim uśmiechem, ale Kaja szybko zrozumiała, że to wszystko zasłona dymna. Patrzyła na niego dopóty, dopóki maska nie znikła.

– Co jest? – spytał. – Łypiesz na mnie, jakbyś oceniała potencjalną ofiarę.

– Masz ból w oczach.

Zsunął się ze stołu i usiadł na krześle, krzyżując ręce na oparciu. Tym razem to on przez moment uważnie jej się przyglądał.

– Dziwisz się? – spytał. – Moje córki są w bidulu, jakiś psychol wziął nas na celownik, a ja mam niedługo spędzać większość czasu z bandą kryminalistów. Nie miałabyś bólu w oczach?

– Jest w tym coś jeszcze.

– Co?

– Nie wiem.

Oparł głowę na skrzyżowanych rękach i przez chwilę trwał w tej pozycji bez ruchu.

– Może to, że przyszłaś do mnie prosto z małżeńskiego łoża – mruknął.

Na dobrą sprawę dopiero teraz pomyślała, jak musiał się czuć. Gdyby sytuacja była odwrócona, z pewnością nie stać byłoby jej na prowadzenie rozmowy w tak lekkim tonie, jak dotychczas robił to Seweryn.

Chciała do niego podejść, ale się powstrzymała.

– Mniejsza z tym – dodał. – Ważne jest to, co zaproponował Cichy. Chce, żebyśmy codziennie widywali się w Gałęźniku, niby na schadzkach.

– Okej.

– Będę ci przekazywał wszystko, czego uda mi się dowiedzieć – zapewnił. – Przy odrobinie szczęścia ustalimy, kiedy ci ludzie planują coś większego, a potem CBŚP ich zgarnie na gorącym uczynku. Fenol wpadnie razem z nimi, rozwiążemy sprawę trzech ofiar, znajdziemy dowody na zmanipulowanie pomocy społecznej i...

– Widzę, że wszystko masz ułożone – przerwała mu. – I że to w gruncie rzeczy dość proste.

– Aha – potwierdził.

Ustalali szczegóły jeszcze przez dobrą godzinę, mimo że Kaja nie miała pojęcia, jak wytłumaczy Konarowi spóźnienie. Wtajemniczyć go nie mogła, Cichy nie tylko urwałby jej łeb, ale także przetrącił kręgosłup jej karierze.

Choć i bez tego cała jej przyszłość właściwie wisiała na włosku.

Dwa dni. Tyle miał Seweryn, by dowiedzieć się, co wie Fenol i jak sprawić, by milczał. Wzdrygnęła się na myśl o jedynym pewnym i niezawodnym sposobie.

Jutrzejszy dzień miał być kluczowy. Zaorski był umówiony z Dydulem z samego rana, mieli pojechać gdzieś poza miasto. Na szczegóły nie było co liczyć, ale po przejściu ostatniego sprawdzianu Seweryn z pewnością postrzegany był jako osoba godna zaufania.

Wszystko mogło ruszyć naprzód. I już jutro mogły pojawić się pierwsze konkrety.

Niedługo po tym, jak Kaja i Zaorski skończyli wszystko omawiać, telefon Seweryna zawibrował na kuchennym blacie. Burza spodziewała się, że być może Cichy dzwoni z ostatnimi wskazówkami, ale okazało się, że skontaktować próbuje się Michał.

Zaorski odebrał od razu i rozmawiał z mężem Kai, niemal cały czas na nią spoglądając. Czuła się dziwnie, on pewnie jeszcze bardziej. Z wyrazu twarzy wyczytywała to bez trudu.

Kiedy odłożył komórkę, głęboko westchnął.

– Ozzy przyspieszył trybiki sądu rodzinnego – oznajmił.

– Jak bardzo?

– Tak, że jutro rano mam się stawić – odparł Seweryn. – Sąd zdecyduje, co zrobić.

– Ale…

– Dydul, wiem – uciął.

Nie zazdrościła mu. Z jednej strony szansa na odzyskanie dziewczynek, jeszcze zanim pojadą na obóz. Z drugiej szansa na znalezienie odpowiedzi. Z którejś musiał zrezygnować.

7

Dydul rzadko dostępował zaszczytu audiencji, ale dziś z jakiegoś względu Kapłan wezwał go do siebie. To on zawiadywał całą Grupą Białopolską po tym, jak rozbito dawne szefostwo. To on odpowiadał za wszystko, co się działo na ścianie wschodniej. I to on był tym, którego należało się obawiać.

Mówili na niego różnie, a wszystkie ksywy pochodziły od nazwiska – Pasterski. O ile Dydul dobrze pamiętał, zaczęło się od Pasterza, potem był Pastor, a na końcu Kapłan. Teraz wszystkie stosowano wymiennie.

Szef zazwyczaj nie zajmował się rozmowami z takimi jak Dydul. A jeśli już, to audiencja odbywała się u Kapłana, a nie w terenie. Dziś jednak było inaczej.

Dydul zjawił się w Kurewskiej Przystani, a potem przeszedł przez główną salę i zajął miejsce przy stoliku na samym końcu, w strefie VIP. Skłonił się lekko szefowi i otarł dłonie o spodnie.

– Wyciągnij ręce spod stołu – odezwał się Pasterz.

Nie dobiegł jeszcze pięćdziesiątki, ale głos miał głęboki i chropowaty, jakby zdzierał sobie gardło przez ponad pół

wieku. Nosił się na czarno, jakby nieustannie przeżywał ża
łobę, a jego koszule zawsze miały charakterystyczny poblask.

– Przepraszam – odparł Dydul i położył dłonie na blacie.

Pastor przez chwilę milczał, rozglądając się po przybytku,
który jego ludziom dostarczał więcej uciech fizycznych niż
korzyści majątkowych.

– Lepiej zawsze patrzeć innym na ręce – odezwał się.

– No jasne.

– Szczególnie takim jak ty.

Dydul przesunął dłonią po stole i chrząknął. Nigdy nie
wiedział, jak z tym typem, kurwa, gadać. Wydawało mu się,
że cokolwiek powie, ten strzela z pizdy.

– Jak ty się w ogóle nazywasz? – spytał Pasterz.

– Dydul.

– To imię?

– Na imię mam Paweł.

Kapłan lekko skinął głową, ale nie wyglądało na to, żeby
sobie to zakodował.

– Jak wygląda sprawa z Zaorskim? – spytał.

– Bardzo dobrze.

Szef westchnął zniecierpliwiony.

– A konkretniej? – mruknął. – Nie fatygowałem się tutaj,
żebyś rzucał mi monosylabami.

– Ale ja…

– Przemodelowaliście mu gębę?

– Tak – odparł od razu Dydul. – Wiadomo.

– Uwierzył, że go sprawdzacie?

– Tak.

– I myśli, że został dopuszczony do ścisłego kierownictwa?

Dydul pokiwał głową z głębokim przekonaniem. Nie miał żadnych wątpliwości co do tego, że Seweryn we wszystko uwierzył. Zresztą dlaczego miałby tego nie robić? Po pierwsze urządzili mu naprawdę niezłą jazdę, przesłuchali go i mocno przycisnęli. Po drugie byli tam wyżej postawieni od Pawła ludzie, Zaorski musiał zdawać sobie z tego sprawę.

Tylko dlaczego to nie z nimi, ale z nim chciał gadać Kapłan? Było to trochę niepokojące, ale może szef po prostu chciał dać mu więcej odpowiedzialności. Dobrze. Był na to gotowy. Burzyński i inni traktowali jego i jemu podobnych jak śmieci, szanowali tylko tych, którzy przeszli ich pojebane testy. Teraz czasy się zmieniały.

Pasterz też nie był idealnym szefem, ale przynajmniej nikim nie gardził.

– Rozprawa dotycząca jego dzieci jest jutro? – spytał Kapłan.

– No.

– I rzekomo kluczowe spotkanie z nami też?

– Tak.

Pastor przysunął się bliżej stołu.

– Musisz przekonać go, że jak się nie zjawi, nici z naszej współpracy. Jak będzie protestował…

– Na pewno będzie.

Pasterz wyraźnie nie był zadowolony, że mu się przerywa.

– Jeśli będzie protestował, przekonaj go, że zdąży wszystko załatwić i sam odwieziesz go do Zamościa. Jasne?

– Jasne.

– Miejsce, gdzie macie się pojawić, i tak jest po drodze. Pokażesz mu je na mapie i wyjaśnisz, że zdążycie na rozprawę bez problemu. I masz to zrobić tak, żeby nie miał co do tego najmniejszych wątpliwości.

Po co w ogóle mu to powtarzał? Dydul dostatecznie dużo razy słyszał to od innych i wiedział doskonale, co i w jaki sposób miał robić. Najwyraźniej jednak dla Kapłana było to wyjątkowo istotne.

– On musi się zjawić na tym spotkaniu.

– No wiem.

– To jest kluczowe dla całej sprawy, rozumiesz? – dodał szef.

– Rozumiem.

Dydul kiwał głową z przekonaniem, ale prawda była taka, że gówno rozumiał. Wiedział tylko, że to element większego scenariusza, którym nie dzielono się z takimi jak on.

Niedługo po rozmowie z Kapłanem zadzwonił do Zaorskiego. Rozmowa miała być krótka i konkretna, ale szybko okazało się, że tak łatwo nie będzie. Seweryn nawet nie przyjmował do wiadomości, że nazajutrz może być gdzie indziej niż w sądzie.

Paweł sięgnął po wszystkie argumenty, jakie mu przygotowano. Groził, straszył, przestrzegał, wszystko na nic. Zaorski był nieugięty i wyglądało na to, że gotów jest zrezygnować ze współpracy, narazić się na wściekłość Grupy Białopolskiej i zaprzepaścić wszystko, co do tej pory ugrał.

W końcu Dydul musiał spasować. Nie było sensu przepychać się z ojcem, który miał zamiar do upadłego walczyć o swoje córki.

Pasterz nie będzie zadowolony, ale chuj z nim. Przecież to, czego tak naprawdę chciał, można było osiągnąć w inny sposób. Żaden problem.

– Dobra – rzucił do słuchawki Dydul. – Nie ma co pierdolić przez telefon.

– Słuchaj…

– Chodź do Kurewskiej Przystani. Pogadamy.

– Nie ma o czym – odparł stanowczo Seweryn. – Jutro jadę do Zamościa.

– To wymyślimy coś, żebyś wcześniej załatwił tę sprawę dla nas.

– A co to konkretnie jest?

– Dowiesz się, jak przyjdziesz – rzucił z irytacją Paweł. – Byle szybko, nie będę tu na ciebie dłużej czekał.

– Nie musisz czekać w ogóle, bo nigdzie się nie wybieram.

Co za uparty kawał skurwysyna.

– Chyba nie rozumiesz – odparł Dydul. – Jak się nie pojawisz…

– Chyba ty nie rozumiesz – przerwał mu Zaorski. – Ale przypuszczam, że po prostu potrzebujesz trochę czasu. I nie ty jeden. Newton przecież przez całe życie robił siku.

– Co?

– Widział, na czym polega grawitacja, ale odkrył ją dopiero, jak jabłko spadło mu na łeb.

– Eee…

Seweryn wypuścił powietrze prosto do słuchawki.

– Mam jutro rozprawę o władzę na dziećmi – rzucił. – Jeśli wydaje ci się, że zrezygnuję z tego, żeby zszywać rany kłute jednego z waszych albo szprycować czymś kogoś, to jesteś większym debilem, niż myślałem.

Dydul niemal podniósł się z krzesła.

– Słuchaj no, ty, kurwa, jebany…

Zanim zdążył ułożyć odpowiednie określenie, zorientował się, że Zaorski się rozłączył. Uderzył pięścią w stół, a potem rozejrzał się, jakby ktoś mógł usłyszeć tę rozmowę i zrozumieć, jak został potraktowany.

Zasrany kutas. Poznał kilka osób wyżej postawionych od Dydula i wydawało mu się, że dzięki temu może nim pomiatać? Nie, tak na pewno nie będzie.

Paweł wyszedł z lokalu, żałując, że nic nie zjadł ani nie wypił. Dobrze wiedział, że ci, którzy przychodzą tutaj z Kapłanem lub innymi wysoko postawionymi typkami, mają wszystko za frajer.

Wsiadł do SUV-a, chcąc od razu pojechać do Zaorskiego i zrobić porządek. W porę się upomniał. Gdyby zadziałał dziś, Seweryn zorientowałby się w sytuacji. Lepiej było uspokoić się, poczekać, a jutro z samego rana dorwać go, zanim zdąży pojechać do Zamościa.

Chuja zobaczy, a nie dzieci.

8

Noc upłynęła Sewerynowi raczej na pobudkach i wierceniu się w łóżku niż na spaniu. Nie zaprawił się odpowiednio whisky, bo ostatnim, czego potrzebował, były poranne alkoholowe wyziewy.

Walczył ze sobą do piątej, potem ostatecznie zrezygnował z dalszych prób. Przegryzł coś, co chwilę sprawdzając telefon. Burza miała dać mu znać, jak tylko wstanie i sprawdzi skrzynkę na listy. Była to właściwie formalność, bo Fenol z pewnością także tego dnia będzie kontynuował swoje odliczanie.

Do czego? Zaorski nie miał pojęcia. Gdyby chodziło tylko o ujawnienie tego, co stało się pod Delawą, doszłoby do tego dużo wcześniej.

W końcu przyszedł esemes. Informacja była tak krótka, że aż bolesna.

„Jest list. Sprawiedliwość dosięgnie mnie jutro. Nie mogę teraz rozmawiać, powodzenia w sądzie".

Seweryn przez moment wpatrywał się w wyświetlacz. Wyobrażał sobie, że Kaja siedzi z mężem i synem przy stole, jedząc śniadanie, i ukradkiem pisze mu tego esemesa.

Westchnął i rozejrzał się po pustej kuchni. Już niedługo. Jeszcze trochę, a wyprostuje wszystkie sprawy i dziewczynki do niego wrócą.

Włożył świeżo uprasowaną białą koszulę, zawiązał czarny krawat, a potem narzucił na siebie marynarkę. Spodnie od garnituru gdzieś mu się zapodziały, pewnie przy przeprowadzce z Krakowa, więc wybrał dżinsy.

Kiedy wyszedł na zewnątrz, zobaczył, że hondę zastawił czarny SUV. Wysiadł z niego Dydul w towarzystwie trzech karków.

Tylko tego mu było potrzeba.

– Nie przyjmuję dzisiaj gości – odezwał się.

– A w ryj przyjmujesz? – odparował Dydul.

Seweryn cofnął się w kierunku domu, a potem spojrzał na zegarek. Miał duży zapas, bo nie chciał się spóźnić, ale te komplikacje z pewnością nie były przejściowe.

– Mówiłem ci, że…

– Gówno mnie obchodzą twoje bachory.

Zaorski przestał się wycofywać.

– Jedziesz z nami, zrobisz, co masz do zrobienia, a potem może zdążysz do sądu.

– Nie ma mowy.

Paweł dał znak swoim towarzyszom, by poczekali, a sam ruszył szybszym krokiem w stronę Seweryna. Zatrzymał się tuż przed nim i popatrzył na niego tak, jakby miał zamiar przywalić mu z byka.

– Nie wiem, o co chodzi ani dlaczego jesteś tak ważny, ale…

– Ważny? – przerwał mu Zaorski. – W jakim sensie?

– Takim, że kierownictwo chce się z tobą spotkać.

Dydul być może potrafił całkiem sprawnie dawać po mordzie, ale z całą pewnością nie nadawał się na negocjatora.

– A jak oni chcą, to zbierasz dupę w troki i zapierdalasz im na spotkanie – dodał Paweł.

– Po rozprawie.

Dydul zaśmiał się cicho.

– Nie będą przecież na ciebie czekać, człowieku. Wsiadaj do auta i jedziemy.

Mógł protestować, mógł się postawić, a w końcu mógł też próbować siłowo rozwiązać problem. Ostatecznie wszystko miałoby taki sam, opłakany efekt.

– Dokąd? – spytał.

– Jest taka wiocha, niedaleko Zamościa.

– Jaka konkretnie?

– Zajebiście się nazywa. Czarnowoda.

– I co tam jest?

Dydul wzruszył ramionami. Nie ulegało wątpliwości, że sam nie ma pojęcia, w jakim celu kierownictwo Grupy Białopolskiej ciągnie tam Seweryna.

– Nie interesuj się – rzucił. – I wsiadaj.

Co robić? Przekonywanie Dydula i apelowanie do jego człowieczeństwa miałoby efekt dokładnie taki sam jak rzucanie się na niego z pięściami. Zaorski nie mógł jednak przegapić rozprawy. Doskonale wiedział, jak istotna będzie jego obecność. Sam na miejscu sądu uznałby sprawę za zamkniętą, widząc, że ojciec nie pofatygował się nawet na rozprawę.

Czy jednak miał jakiekolwiek wyjście?

Przemoc odpadała, perswazja także. Co mu zostało, pieniądze? Same w sobie pewnie przekonałyby Dydula, ale nie kiedy wykonywał polecenia przełożonych. Mimo to Seweryn postanowił spróbować. Innego ratunku nie miał.

– Dogadajmy się – zaproponował.

– Dogadamy się na miejscu.

– Tam się nie wzbogacisz o kilkanaście tysięcy – odparł Zaorski nieco ciszej. – Tutaj tak. Wystarczy, że powiesz…

– Co? Że mi spierdoliłeś sprzed nosa? – spytał Dydul i się zaśmiał. – Chłopie, oni nie chcieli, żebym w ogóle cię tam ciągnął siłą. Kazali mi przyprowadzić cię po dobroci.

Brzmiało to tyle ciekawie, co niepokojąco.

– Po dobroci? – spytał Seweryn. – Dlaczego?

– A ja wiem? Miałem nie obijać ci pyska, nie łamać rąk i tak dalej. Chcieli, żebyś zjawił się w formie. Pewnie mają dla ciebie jakieś zadanie.

Zaorski przesunął dłonią po włosach, czując się dziwnie bez czapki. Starał się zrozumieć, o co tak naprawdę chodziło tym ludziom. Niewykluczone, że to pomoże mu znaleźć jakieś wyjście z sytuacji.

– Nie wiedzą, że mam rozprawę w sądzie rodzinnym? – spytał.

– Wiedzą. Ale kazali cię zapewnić, że zdążysz.

– Więc dlaczego tego nie zrobiłeś?

Dydul gwałtownie rozłożył ręce, wyraźnie poirytowany.

– No jak, kurwa, nie? – rzucił opryskliwie. – Mówiłem ci przecież, że będziesz na czas.

Co to za cyrk? Zaorski spodziewał się po Grupie Biało-polskiej właściwie wszystkiego, ale z pewnością nie takich rzeczy. O empatię i współczucie ich nie podejrzewał. Ale musiał być jakiś powód, dla którego zagrali tak, a nie inaczej.

– Nieważne – dodał Paweł. – Pojechalibyśmy bladym świtem, tobyś ze wszystkim się wyrobił.

Może rzeczywiście tak by było? Gdyby wyjechali rano, być może udałoby się szybko załatwić to, czego wymagali ci ludzie. A potem zdążyć na rozprawę. Teraz jednak wydawało się to niemal nierealne.

Wciąż nie widział sposobu, by się z tego wywinąć. Zanim zdążył się nad tym zastanowić, poczuł, że telefon wibruje mu w kieszeni. Sięgnął po niego, spodziewając się, że dzwoni prawnik z Krakowa, którego zatrudnił krótko po tym, jak odebrano mu dzieci.

– Nie czas na rozmowy – rzucił Dydul.

Seweryn spojrzał na wyświetlacz. Kaja.

Pewnie skończyła rodzinne śniadanie i chciała ustnie przekazać mu to, o czym poinformowała go już esemesem. O nic innego raczej nie mogło chodzić, więc Zaorski odrzucił połączenie i schował telefon.

Spojrzał na Dydula, myśląc o tym, że musi istnieć jakaś ostatnia deska ratunku.

– Idziemy – oznajmił Paweł.

Komórka znów zawibrowała.

– Spław tego, kto się do ciebie tak, kurwa, dobija.

Seweryn znów odrzucił połączenie od Burzy, ale natychmiast zadzwoniła jeszcze raz. Obrócił telefon i pokazał Dydulowi, kto próbuje się z nim skontaktować.

– Co ta dupa chce?

Zaorski posłał mu ostrzegawcze spojrzenie, ale ten zdawał się zupełnie je zignorować.

– Odbierz i każ jej spierdalać.

– Zaraz tobie każę.

Paweł przewrócił oczami.

– Wyluzuj – odparł. – I gadaj, ile chcesz, ale w aucie.

– Daj mi…

– Albo to, albo następnym razem będziesz do niej seplenił bez jebanych zębów.

Jego cierpliwość się skończyła. Nie musiał się nawet odzywać, by to zakomunikować, wystarczyła sama mowa jego ciała. Pozostali także musieli to zauważyć, bo ruszyli w ich stronę.

– Dobra, dobra – rzucił Seweryn, kierując się do samochodu.

Klamka zapadła, nie było sposobu, by się wywinął. W najgorszym wypadku jego prawnik będzie musiał sam przekonać sąd, że nieobecny ojciec nie jest tak złym rodzicem, na jakiego wygląda na papierze. W najlepszym Serynowi być może uda się zdążyć na końcówkę rozprawy.

Zaorski odebrał, siadając z tyłu w SUV-ie.

– Tak?

– W końcu – odezwała się z ulgą Burza. – Co tak długo?

– Miałem inną rozmowę.

– Przecież nie było zajęte.

– Wiem – odparł Seweryn z nadzieją, że Kaja wszystko zrozumie.

Przez chwilę milczała, zapewne łącząc jego nieco oziębły ton ze skąpymi informacjami, które jej podawał.

– Jesteś sam? – spytała.

– Niezupełnie.

– Ale możesz rozmawiać?

– Trochę.

Była spięta, w jej głosie bez trudu wychwytywał duże zdenerwowanie. Kiedy Dydul zamknął drzwi, Zaorski pomyślał, że do pełni szczęścia brakuje mu tylko tego, żeby Kaja również wpadła w tej chwili w jakieś kłopoty.

– Jedziesz do Zamościa? – zapytała.

– Nie do końca. Muszę najpierw coś załatwić, więc...

– W Czarnowodzie?

Seweryn poruszył się nerwowo i szybko ściszył połączenie. W samochodzie głośno dudnił jakiś hiphopowy kawałek, ale ostrożności nigdy za wiele. Szczególnie że Kaja najwyraźniej wiedziała więcej niż on.

– Tak – potwierdził. – Skąd wiesz?

– Stąd, że przed chwilą dzwonił do mnie Cichy.

– Do ciebie? – spytał niepewnie Seweryn.

Nie miało to żadnego sensu. Ani to, że oficer CBŚP kontaktował się bezpośrednio z nią, ani że wiedziała o tym, dokąd zmierza Zaorski z Dydulem.

– Wyobraź sobie, że też byłam lekko zdziwiona.

– Wyobrażam sobie.

– Twierdził, że do ciebie zadzwonić nie może.

– Dlaczego?

– Też od razu o to zapytałam, ale odpowiedzi się nie doczekałam – odparła ciężko. – Może założył, że będziesz z ludźmi, przy których nie powinieneś z nim gadać.

– Ale z tobą mogę?

– Najwyraźniej.

Właściwie nie było to takie bezsensowne. Gdyby pokazał Dydulowi, że dzwoni ktoś z nieznanego numeru, ten pewnie nie zgodziłby się, by Zaorski odebrał. Co dopiero prowadził dłuższą rozmowę. A Cichy doskonale wiedział, że dziś Seweryn miał spotkać się z ludźmi z Grupy Białopolskiej.

– Powiedział, że jest organizowany nalot – dodała Kaja.

– Co? Gdzie?

– W Czarnowodzie. CBŚP dostało anonimowy donos, że dojdzie tam do próby handlu niedozwolonymi substancjami. W dość dużych ilościach.

– Ale…

– Też tego nie rozumiem – przerwała mu Burza. – I Cichy tak samo. Nie wiedzą, od kogo przyszedł cynk, ale jedno jest pewne: ktoś chce cię wrobić. A potem ująć na gorącym uczynku.

Ktoś? Z pewnością ten, komu wybitnie zależało, żeby tam się pojawił.

Tylko co to wszystko miało znaczyć?

– I co zrobią? – spytał.

– Żeby nie spalić twojej przykrywki, mogą zrobić tylko jedno. Zwalą się tam całym oddziałem. Zatrzymają wszystkich, łącznie z tobą.

Oczywiście, innego wyjścia nie mieli.

– Co zamierzasz? – spytała Kaja.

– Nie wiem – odparł od razu. – Ale jakoś sobie poradzę. O ile mi pomożesz.

– Jak?

Żadnego zawahania. Seweryna całkowicie ujmowało to, że Burza była gotowa wyciągnąć do niego pomocną dłoń właściwie dwadzieścia cztery godziny na dobę, bez względu na własne problemy. Chciała tylko wiedzieć, w jaki sposób może to zrobić.

– Pojedź na rozprawę – powiedział.

– A ty?

– Na razie wygląda na to, że nie dotrę.

Bo albo wyląduje w mamrze, albo spędzi niezbyt miłe popołudnie z ludźmi, którzy chcieli wrobić go w nieciekawą sytuację.

– Mówisz poważnie?

– Tak.

Tym razem powinna zastanowić się chociaż przez chwilę. Okazało się jednak, że tego nie potrzebuje. Od razu zapewniła go, że pojedzie do Zamościa i zrobi wszystko, żeby sąd zrozumiał, że dziewczynki nie mogłyby wymarzyć sobie lepszego ojca.

Podziękował jej i szybko się rozłączył. W tej sytuacji nie mógł pozwolić sobie nawet na najmniejsze rozczulenie. Spojrzał na siedzącego przed nim Pawła i nabrał tchu. Mógł zrobić tylko jedną rzecz.

Niezbyt roztropną, ale konieczną.

– Dydul – rzucił.

Paweł niechętnie obejrzał się przez ramię.

– Mamy problem – kontynuował Zaorski.

– Jaki?

– W Czarnowodzie CBŚP zrobiło na nas zasadzkę.

Słysząc czteroliterowy skrót, wszyscy w samochodzie natychmiast się ożywili. Kierowca się nie zatrzymał, ale wyraźnie zwolnił.

– Co ty pierdolisz? – bąknął Dydul. – I skąd o tym wiesz?

– Stąd, że jestem wtyką CBŚ-u.

Nie miał innego wyjścia. Była to jedna z być może nielicznych sytuacji, kiedy tylko prawda mogła go uratować. Mogła też oznaczać jego koniec.

– Co?

– To, co słyszałeś. Pracuję dla Centralnego...

– Hamuj – rzucił Dydul do kierowcy.

Czarny SUV natychmiast zjechał na pobocze i zaraz potem się zatrzymał. Paweł wysiadł z samochodu, a jeden z mięśniaków otworzył drzwi i wyciągnął Seweryna na zewnątrz. Przyparli go do auta, ale wciąż sprawiali wrażenie, jakby nie dowierzali albo uznali, że robi sobie z nich żarty.

– Myślicie, że sobie z was pompuję – rzucił Zaorski.

– Lepiej żeby.

– Bo nikt normalny nie przyznawałby się grupie przestępców, że pracuje dla CBŚP – kontynuował Seweryn. – Chyba że nie miałby innego wyjścia, a ja nie mam. Jeśli pojedziemy do Czarnowody, wszystkich nas zatrzymają. Ja za jakiś czas wyjdę, bo pracuję dla policji, ale wy pójdziecie siedzieć na długo.

Nikt się nie odzywał.

– Ktoś was wrobił – dodał Zaorski. – Ktoś z Grupy Białopolskiej. Nie wiem, kto konkretnie, nie wiem dlaczego, ale najwyraźniej zostaliście spisani na straty.

Wszyscy spoglądali na siebie, jakby czekali, aż któryś z nich przesądzi, czy Seweryn mówi prawdę, czy po prostu lubi igrać z ogniem.

– Chyba nie wiesz, co się robi z...

– Ze szpiclami? Wiem. Dlatego doceń to, że o tym wszystkim mówię.

Dydul patrzył na niego z niedowierzaniem, a Zaorski szukał w jego spojrzeniu czegoś, co powiedziałoby mu, czy ma żegnać się z życiem.

Upływały cenne sekundy, oddalając go od szansy na to, że zdąży na rozprawę. Ponaglał Pawła w duchu, zaklinając go, by myślał racjonalnie.

Ten w końcu obrócił się do jednego ze swoich ludzi. Wyglądało na to, że zamierza wydać jakiś rozkaz, ale była to jedynie złuda. Kiedy odwracając się, wziął zamach, Zaorski wiedział już, że nic nie poszło po jego myśli.

Cios wylądował na podbrzuszu. Seweryn zgiął się wpół, ale zaraz jeden z kafarów złapał go za szyję i wyprostował. Wtedy Zaorski zobaczył nóż w dłoni Dydula.

Ostrze weszło w brzuch Seweryna bez oporu.

9

Burza nie miała innego wyjścia, musiała pójść na L4. Konarzewski z pewnością będzie robił sobie żarty o psiej grypie, ale koniec końców nie miało to znaczenia. ZUS nie mógł kontrolować policji, a żeby sprawdzić zasadność wystawienia zwolnienia, trzeba było komisji w ministerstwie. Nikt nie będzie zadawał sobie tyle trudu.

Po stosowny papierek Kaja poszła do Natalii Bromnickiej. Zakaszlała kilkakrotnie, pociągnęła nosem, a do tego zapewniła, że jest przemęczona i ledwo trzyma się na nogach. W tym ostatnim względzie właściwie nie przesadzała. Była wykończona.

W dodatku wciąż czuła ciężar wiszącego nad nią fatum, a przed oczami widziała treść dzisiejszego listu.

„SPRAWIEDLIWOŚĆ DOSIĘGNIE CIĘ JUTRO".

W pewnym stopniu pogodziła się już z tym, że naprawdę może tak się zdarzyć. Świadomość nieuchronnych konsekwencji towarzyszyła jej przecież, od kiedy tylko zabiła tych dwóch ludzi pod Delawą.

– Kaja? – rozległ się głos Bromnickiej.

Burza odgarnęła włosy z czoła.

– O co tak naprawdę chodzi? – dopytywała lekarka.

– Może jakiś wirus krąży po komisariacie.

– Mam na myśli realny powód, dla którego potrzebujesz tego – powiedziała, podając jej wypisane zwolnienie.

Kaja przez moment przyglądała się kierowniczce zakładu i ostatecznie uznała, że nie ma sensu mydlić jej oczu. Wykonywała zawód na tyle długo, że diagnozę o wysokim stężeniu gównoprawdy u pacjenta stawiała już na wejściu.

– Muszę załatwić coś dla Seweryna – powiedziała Burza.

– Co konkretnie?

– Pomóc mu odzyskać dzieci – odparła krótko Kaja i się podniosła. Nie miała zbyt wiele czasu na pogaduchy, a ochoty jeszcze mniej. – W każdym razie dziękuję, ratujesz mi tyłek.

Natalia też wstała zza biurka.

– Nie ma sprawy – rzuciła. – Przyda mu się każda pomoc, szczególnie po tym dzisiejszym artykule.

– Po jakim artykule?

Bromnicka popatrzyła na nią, jakby nie mogła przesądzić, czy Kaja rzeczywiście nie wie, o co chodzi.

– W dzisiejszym „Głosie Obywatelskim" – odparła lekarka. – Naprawdę nie widziałaś?

– Nie.

Burza nie chciała nawet myśleć o tym, co mogło znajdować się w publikacji.

– Czekaj, gdzieś tutaj go mam… – oznajmiła Natalia, przeszukując rozłożone na biurku gazety. W końcu z mrowia medycznych periodyków wyłowiła najnowsze wydanie „Głosu" i podała jej.

– Piąta strona.

Kaja usiadła z powrotem przed biurkiem i przerzuciła kilka kartek. Trafiła na artykuł, o którym mówiła Bromnicka, bez problemu. Duże, stare, czarno-białe zdjęcie zagłodzonych kilkulatków od razu rzucało się w oczy.

– Jezu… – szepnęła. – Piszą o Dzieciach Zamojszczyzny?

Artykuł miał parę stron, tekstu było tyle, że nie ulegało wątpliwości, iż to temat numeru.

– Nie tylko o nich – odparła Natalia. – Dziennikarze jakimś sposobem dotarli do informacji o tym, co się dzieje.

Kaja przesunęła wzrokiem po tekście. „Nasze źródła w policji", „prokuratura nie chce komentować śledztwa w toku", „rozmówca, który pragnie pozostać anonimowy".

Tyle wystarczyło, by Burza zrozumiała, że dziennikarz „Głosu" dotarł do rzeczy, które powinny pozostać nieujawnione.

– Piszą o trzech dziewczynkach znalezionych na Zamojszczyźnie – dodała Bromnicka. – I o tym, co symbolizują.

Kaja oderwała wzrok od gazety i popatrzyła na rozmówczynię.

– To znaczy co?

– Makabryczne przypomnienie o tym, o czym większość Polaków zapomniała – odparła ciężko Natalia. – Sama zobacz. W artykule jest wszystko, informacje o wypędzonych dzieciach, o zabójstwach z ostatnich dni, o niemieckim tropie…

– O niemieckim tropie?

– Autor twierdzi, że te trzy dziewczynki to Niemki.

– Na jakiej podstawie?

– Nagrań, które dostał Seweryn. O tym też jest w artykule.

Kurwa mać. Burza złożyła gazetę, uznając, że Natalia dość dobrze się z nim zaznajomiła i prawdopodobnie dużo szybciej przekaże jej wszystko, co istotne. Bromnicka odebrała niewypowiedzianą sugestię bez trudu.

– Dziennikarz stawia tezę, że to zemsta.

– Myli się – odparła Kaja.

– Bo?

– Bo zakłada, że dziewczynki pochodzą z Niemiec. Tymczasem porwano je na Białorusi.

– O tym nie ma informacji.

– Nie, bo sami dotarliśmy do tego niedawno.

Fenol o tym nie wiedział. I z pewnością nie zależało mu na tym, by wiadomość została upubliczniona. Co do reszty, Burza nie miała wątpliwości, że to właśnie zabójca jest źródłem przecieku. Nic nie działo się bez jego wiedzy.

– Piszą, że Seweryn jest związany ze sprawą – kontynuowała Bromnicka. – Że jego matka była jednym z Dzieci Zamojszczyzny i że to on przekazywał policji nagrania z dziewczynkami mówiącymi po niemiecku.

Kaja jęknęła cicho. Nie mogło być gorzej.

– Wydźwięk artykułu jest jasny – dodała Natalia. – To Zaorski powinien być głównym podejrzanym.

Może rzeczywiście chodziło o zemstę, tyle że nie za to, co stało się podczas drugiej wojny światowej. Może rzecz sprowadzała się do wendety za znacznie świeższe przewinienia.

Myśl jak dochodzeniowiec, upomniała się w duchu Burza. Odsuń emocje, na moment zapomnij o relacjach z potencjalnymi podejrzanymi. Kogo wzięłabyś na celownik, gdybyś nie była z nikim emocjonalnie związana?

Ojca, bo Seweryn zniszczył wszystko, co ten starał się osiągnąć.

Michała, bo...

Cóż, jeśli nawet ksiądz Wiesiek słyszał o plotkach, które na temat Burzy i Seweryna krążyły po Żeromicach, Michał tym bardziej musiał zdawać sobie sprawę z ich istnienia. A fakt, że nigdy się na ten temat nie zająknął, był co najmniej zastanawiający.

Kaja nabrała głęboko tchu, a potem wskazała złożoną gazetę.

– Co tam jeszcze jest? – spytała.

– Wystarczająco dużo, żeby żaden sąd nie zdecydował się na zwrócenie dzieci człowiekowi, o którym tam piszą.

Burza zaklęła cicho.

– Ale to przecież brednie – dodała lekarka.

– Nie w oczach kogoś, kto kupi dziś rano „Głos Obywatelski".

– Znajdziecie winnego, to wszystko się wyjaśni.

Miała rację. Należało zrobić tylko tyle – i aż tyle.

– Są jakieś postępy? – spytała Natalia.

– Są – odparła nieco na wyrost Burza, przygotowując się do wyjścia. – Z Białorusi jedzie jakiś śledczy, który ma nam pomóc. Jeśli powiążemy odpowiednio wiele nici, może uda się stworzyć pajęczynę, w którą wpadnie ten, kogo szukamy.

Wstała i podała rękę kierowniczce zakładu.

– Jeszcze raz dzięki – powiedziała.

– Nie ma za co.

Kaja szła do samochodu zupełnie nieobecna myślami. Kołowrotek w jej głowie obracał się tak szybko, że nie wiedziała nawet, co konkretnie go napędza. Dopiero kiedy ruszyła drogą w kierunku Zamościa, zrozumiała powód tego paraliżu.

To, co Fenol zrobił dziś z Sewerynem, jutro powtórzy z nią. Właśnie w taki sposób miała dosięgnąć ją sprawiedliwość. Wszystko wyjdzie na jaw, a ona znajdzie się w położeniu jeszcze gorszym od Zaorskiego. Pożegna się nie tylko z synem, służbą i dotychczasowym życiem, ale także z wolnością.

Ujechała kilkanaście kilometrów, nie mogąc dojść do siebie. Otrząsnęła się dopiero, kiedy usłyszała dzwonek telefonu i zobaczyła, że dowódca próbuje się z nią skontaktować. Od razu wyłączyła muzykę i zwolniła nieco, by nie słyszał szumu wiatru.

– Jak psia grypa? – spytał.

Kaja ścisnęła mocniej kierownicę.

– Wie pan, panie inspektorze, że ten żart zaczął czerstwieć już jakiś rok temu?

– Nie bardzo mnie to teraz interesuje – odburknął. – Gdzie jesteś?

– W domu.

Volvo było odpowiednio wyciszone, by mogła trzymać się tej wersji.

– Lepiej żeby – powiedział. – Bo jak dowiem się, że…

– Musiałam tylko na chwilę wyjść do lekarza. To chyba zrozumiałe – rzuciła szybko Kaja i uznała, że najlepiej będzie zmienić temat. – Widziałam tam dzisiejsze wydanie „Głosu". Kto chlapnął?

– Ciągle to ustalamy. Ale to nie nasz największy problem.

– Nie?

Chrapliwe westchnięcie zdawało się wymowną odpowiedzią.

– Dziś rano do redakcji „Głosu" przyszedł list od Fenola.

Kaję natychmiast oblała fala gorąca. Zwolniła jeszcze bardziej, zbliżając się do maksymalnej prędkości dozwolonej na drodze krajowej.

– Żartuje pan…

– Nie – odparł swoim tubalnym głosem. – Jest tam wszystko.

– Znaczy co?

– Fenol pisze, że jeszcze nie skończył. Że przypomniał nam o tym, o czym zapomnieliśmy, ale to nie wszystko. Zamierza pokazać nam to, o czym w ogóle nie wiedzieliśmy.

Burza nie miała żadnych wątpliwości co do tego, o kim i o czym mowa.

– Psychol poczuwa się od jakiejś chorej misji – dodał Konar.

Kaja milczała. Nie chodziło o żadną misję i odkrywanie rzeczy zakopanych pod popiołem historii, ale o to, co wydarzyło się pod Delawą.

– Co z tym zrobią? – spytała.

– Gówno mnie to obchodzi.

– Jak to? – wypaliła.

– Pewnie opublikują, ale teraz to już nie moja sprawa. Twoja też nie.

– Nie rozumiem, panie komendancie.

Konarzewski zakaszlał głośno, nie fatygując się, by nie robić tego prosto do słuchawki. Potem charknął raz i drugi, zanim coś oderwało mu się od płuc.

– To pójdzie w prasie ogólnopolskiej – zarzęził. – Śledztwo przejmuje Warszawa, my nie mamy już nic do gadania.

– Ale przecież…

– Białoruś będzie się kontaktowała już tylko z nimi – ciągnął komendant. – Twoja rola się skończyła.

Kaja kątem oka zobaczyła, że wyprzedza ją stary, rozklekotany rzęch, i dopiero teraz zorientowała się, że cały czas zwalniała. Pozwoliła dezelowi zjechać na jej pas, a potem nieco przyspieszyła.

– Wiesz, jak nas potraktują? – spytał Konar. – Jak prowincjonalnych idiotów, którzy robili wszystko to, czego nie powinni. Nawet Korolewowi się oberwie, wszystkim.

– Za co?

– Za to, że zdaniem tych z Warszawy w najlepszym wypadku byliśmy ślepi na powiązania z Zaorskim, a w najgorszym go kryliśmy.

– Przecież to bzdura.

– Tak ci się wydaje? – odburknął szef. – Im nie. Będą patrzeć na nas jak na małe, zamknięte siedlisko wzajemnych powiązań, nepotyzmu, kolesiostwa i tak dalej. Mamy przesrane. A Zaorski jeszcze bardziej, bo dobiorą mu się do dupy na poważnie.

Z punktu widzenia ludzi z zewnątrz z pewnością mógł uchodzić za głównego podejrzanego. Ale wystarczy, że zaczną grzebać bardziej, a dojdą do tego, że wszystkie dowody wskazujące na niego są co najwyżej poszlakowe.

Zresztą nie to było teraz jego największym zmartwieniem. Cokolwiek robił z ludźmi z Grupy Białopolskiej, władował się w bagno. I Kaja miała tylko nadzieję, że wygrzebie się z niego na tyle szybko, by zdążyć choćby na końcówkę rozprawy. Do tego czasu to ona będzie musiała wystawić mu jak najlepsze świadectwo.

Przyspieszyła, by się nie spóźnić. Szybko wyprzedziła samochód, który przed momentem uświadomił jej, jak wolno jechała, a potem pomknęła w kierunku Zamościa.

Zaparkowała przy Wyszyńskiego i zerknęła na nowoczesny gmach, w którym mieścił się wydział rodzinny sądu rejonowego. Nie przywodził na myśl miejsca, gdzie dbało się o dobro nieletnich – raczej część świątyni konsumpcji, która znajdowała się po drugiej stronie. W rzeczywistości jednak sąd z pewnością zrobi wszystko, by zapewnić Adzie i Lidce normalne, pełne dziecięcego szczęścia życie.

Kiedy zaczęła się rozprawa, Kaja zrozumiała, że w oczach kobiety prowadzącej postępowanie to niekoniecznie oznacza to samo, co dla Burzy.

Seweryn od początku był przedstawiany jako element zagrażający rozwojowi dzieci. Mnożyły się zarzuty wobec niego, a wezwani pracownicy opieki społecznej bynajmniej nie wypowiadali się o nim dobrze.

Dziewczynki były zdrowe, nie miały żadnych fizycznych śladów przemocy, ale wszyscy jak jeden mąż twierdzili, że Zaorski stosuje wobec nich agresję psychiczną. Jednej ani drugiej nie miano zamiaru przesłuchiwać, dziś tłumaczyć miał się Seweryn. Miał.

Po półgodzinie stało się jasne, że wszyscy wzywani poświadczają na jego niekorzyść. Gdyby się zjawił, pewnie nie byłoby inaczej. Został przedstawiony jako porywczy, niezrównoważony i brutalny mężczyzna, a na poparcie tej tezy wyciągnięto mu nocną napaść na dom Fabczaków. Nikt nie zająknął się, że całą sytuację sprowokował ich syn, Brajan, który drwił sobie z córek Zaorskiego.

Jedno oskarżenie za drugim. Nieodpowiedzialny, mający niejasne koneksje, skazany za przestępstwa seksualne, i tak dalej, i tak dalej. Połajance nie było końca, a sędzia sprawiała wrażenie, jakby już dawno wyrobiła sobie zdanie.

W końcu jednak pojawiła się pewna nadzieja. Na miejscu dla świadków stanął ksiądz Wiesiek, wyraźnie zmotywowany, a Kaja odetchnęła. Jeśli ktoś miał dać dobre świadectwo, to właśnie ten duchowny. Jeden z niewielu ludzi, którzy w Żeromicach stali po stronie Zaorskiego.

Sędzia szybko załatwiła konieczne formalności, a Wiesław przeszedł do rzeczy.

– Obydwie dziewczynki spędzają trochę czasu u mnie na plebanii – powiedział. – Adę, starszą z sióstr, przygotowuję do pierwszej komunii świętej, ale obie pomagają mi w sprawach parafii. Zresztą nie tylko one. Budujemy więzy z najmłodszymi w naszej społeczności, by wiedzieli, że zawsze mogą liczyć na Kościół.

Sędzia skinęła głową, choć już w połowie wypowiedzi sprawiała wrażenie, jakby miała przerwać. Niedobrze. Im mniej religijna, tym mniej wiary da słowom księdza.

– Widział pan kiedykolwiek jakieś obrażenia na ciałach dzieci?

Pan? To potwierdzało, że koloratka dzisiaj na niewiele się Wieśkowi przyda. Sędzia czekała na odpowiedź, uparcie świdrując go wzrokiem.

– Cóż...

– To niewiele mi mówi.

– Przepraszam – odparł Wiesiek. – Po prostu nie wiem...

– Czego pan nie wie? Czy widział jakieś siniaki?

– Nie wiem, jak o tym mówić.

Burza drgnęła nerwowo i miała ochotę zerwać się na równe nogi. Co on odstawiał? Rozejrzała się po wolnych miejscach na widowni, jakby nagle mógł pojawić się tutaj ktoś, kto pomoże. Ksiądz bowiem najwyraźniej nie miał zamiaru tego robić.

– Prosto – odparła sędzia. – Widział pan jakieś obrażenia czy nie?

– Obawiam się, że tak.

– Jakie?

– Siniaki na przegubach rąk, ale kiedy o nie zapytałem, dziewczynki twierdziły, że powstały podczas zabawy.

Ksiądz Wiesiek pochylił głowę, jakby podawanie tych kłamstw przychodziło mu z wielkim trudem.

– Nie uwierzył pan?

– Nie, bo to nie wyglądało, jakby same mogły to sobie zrobić.

– Co jeszcze?

Nie „czy coś", ale „co". Jeśli Kaja potrzebowała potwierdzenia, że bagno jest głębokie, właśnie je otrzymała. W dodatku duchowny dopiero się rozkręcał.

– Kiedy tylko zrozumiałem, że w ich domu dzieje się coś złego, zacząłem dopytywać – ciągnął. – Nie było łatwo, ale starsza z sióstr zdradziła mi, że ojciec często na nie krzyczy, zamyka je w pokojach, nie daje im jeść i nie pozwala spotykać się z kimkolwiek.

Festiwal bredni trwał w najlepsze przez kilkanaście minut. Kaja słuchała z coraz większym niedowierzaniem, nie mogąc zrozumieć, co musiało się stać, by duchowny kłamał jak najęty.

W pewnym momencie nasłuchała się tak wielu oszczerstw, że zrobiło jej się niedobrze. Przed kolejnymi ustrzegł ją wibrujący w kieszeni telefon. Kiedy tylko zobaczyła, że próbuje się z nią skontaktować Seweryn, natychmiast wyszła z sali.

– Gdzie ty jesteś? – spytała. – I co z tym nalotem CBŚ-ów?

Zaorski nie odpowiadał.

– Halo! – krzyknęła, odchodząc od drzwi do sali. – Jesteś tam?

– Jestem...

– Musisz tu się natychmiast pojawić, rozumiesz? Zaraz odbiorą ci dzieci. Na dobre.

Znów cisza.

– Seweryn!

– Jestem na dole – wydusił w końcu. – Ale chyba musisz mi pomóc...

Zaklęła w duchu, a potem popędziła korytarzem w kierunku wyjścia. Kiedy znalazła się na zewnątrz, zobaczyła Zaorskiego już z oddali. Miał na sobie za dużą bluzę z kapturem, która bardziej pasowała do młodego, zbuntowanego rapera niż do ojca dwójki dzieci.

Był blady jak śmierć i szedł w jej stronę z trudem. Burza szybko znalazła się tuż przy nim, a potem podała mu rękę. Zawisł na niej, jakby od wielu godzin szukał jakiegoś wsparcia.

– Co się stało? – spytała.

– Nic dobrego…

10

Nie miał wiele czasu, by wytłumaczyć jej, jak się tu znalazł i dlaczego wyglądał, jakby porzucił rocka z lat siedemdziesiątych na rzecz hip-hopu. Starał się poukładać wszystko w głowie, kiedy jechał do Zamościa, ale cała delikatna konstrukcja myśli rozbijała się na kawałki, kiedy tylko ruszał którąś z nich.

– Skurwysyn mnie dźgnął – wyrzęził Zaorski.

– Co? Kto i…

– Dydul – uciął. – Wbił mi nóż w brzuch.

– Jesteś ranny? – rzuciła Kaja tak głośno, że kilku przechodniów zwolniło i im się przyjrzało.

Seweryn nie zwalniał kroku.

– To nic groźnego.

– Ktoś wbił ci nóż w brzuch i mówisz, że… Jezu! Pokaż mi to.

– Nie ma czasu.

– Chwila się znajdzie – odparła przez zęby Burza, a potem zatrzymała go siłą.

Obróciła go tak, by jego twarzy nie było widać z ulicy, a potem delikatnie podciągnęła bluzę. Zaorski doskonale wiedział, co ujrzy. Rana była głęboka, opatrunek zaś niespecjalnie dobry i niemal całkowicie przesiąknięty krwią.

– O Boże…

– To tylko tak wygląda – zapewnił.

Popatrzyła na niego, jakby nagle zamiast do sądu chciała zaprowadzić go do szpitala.

– Wytrzymam – dodał. – Potem się tym zajmę, ale najpierw...

– Chcesz tak zeznawać?

Przesunął nogę w kierunku gmachu sądu, co samo w sobie kosztowało go sporo energii. Burza na szczęście nie miała zamiaru protestować i ruszyła w stronę budynku, wciąż go podtrzymując.

– A mam wyjście?

Nie odpowiedziała.

– Bardziej od tej rany przejmuję się bluzą.

– Kurwa mać, Seweryn... – syknęła. – Co się stało?

– Powiedziałem Dydulowi, że pracuję dla służb – rzucił i szybko uniósł dłoń. – Wiem, to nie było do końca mądre. Ale nie miałem innego wyjścia.

Burza szukała odpowiednich słów i wyraźnie nie potrafiła ich znaleźć.

– W zupełnie naturalnym odruchu potraktował mnie tak, jak każdego innego kreta – ciągnął z trudem Zaorski. – Ale był na tyle ostrożny, że wpakował mnie potem do samochodu i zawiózł na miejsce spotkania. Ustawiliśmy się...

Musiał na moment przystanąć. Siły opuszczały go coraz szybciej.

– Ustawiliśmy się tak, żeby nie było nas widać – dodał Seweryn. – Dydul wykazał się minimalnym rozumem.

– I?

– Policja zjawiła się chwilę później i ściągnęła wszystkich, którzy byli na miejscu. Jakieś płotki, nic szczególnego. Dydul ledwo ich kojarzył.

Minęli trzy prostokątne bramy i podeszli do głównego wejścia.

– Potwierdziło się, że mówiłem prawdę – kontynuował Zaorski. – Więc poziom ich sympatii od razu poszedł w górę.

– Na tyle, żeby okleić jakimś syfem ranę, którą sami ci zadali.

– Taśma klejąca jest tylko na zewnątrz – zastrzegł Seweryn, kiedy Burza otwierała mu drzwi. – Samą ranę zalali mi najpierw wódką, a potem przyłożyli gazy opatrunkowe z apteczki. Wyglądało to całkiem nieźle.

Pomagając mu wejść do budynku, bynajmniej nie wyglądała na przekonaną.

– O wizycie w szpitalu nie było mowy, ale podrzucili mnie tutaj.

– Świetni kumple.

Zaorski wzruszył ramionami.

– Mam nosa do ludzi – odparł, a potem lekko uśmiechnął się do ochroniarza, który natychmiast zwrócił na nich uwagę.

Gdyby Kaja nie była w mundurze, przejście przez kontrolę z pewnością wiązałoby się z wieloma pytaniami, a pracownik szybko pomiarkowałby, że mężczyzna w bluzie z kapturem powinien być w szpitalu, nie w sądzie.

– Rozumiesz coś z tego? – spytała Burza, prowadząc go do sali rozpraw.

– Tylko tyle, że ktoś chciał pozbyć się mnie i Dydula.

– On dostałby raczej rykoszetem.

– Raczej tak – przyznał Seweryn. – Tak czy inaczej, mamy czas do jutra, żeby to ustalić i znaleźć Fenola. Ale najpierw zajmijmy się zrobieniem porządku z moją sytuacją rodzinną.

Zatrzymała go przed drzwiami, po czym streściła mu dotychczasowy przebieg rozprawy. Słuchał w osłupieniu i gdyby relację przedstawiał mu ktokolwiek inny, po prostu nie dałby wiary.

– Ksiądz Wiesio? – jęknął. – Ale… dlaczego?

– Nie mam pojęcia.

Człowiek, któremu ufał, który był jednym z nielicznych sojuszników, z którym chciał wysłać dzieci na obóz, kłamał jak z nut i najwyraźniej robił wszystko, by pozbawić go władzy rodzicielskiej.

– To nie ma sensu.

– Wiem – odparła Kaja i wzruszyła ramionami.

– Przecież sąd w końcu przepyta diablice. A one poświadczą, że tata wprawdzie czasem za głośno słucha muzyki w aucie, ale nigdy nie podniósł na nie ręki.

Zaorski oparł się o ścianę i zwiesił głowę. Miał wrażenie, że cały świat sprzysiągł się przeciwko niemu. Jak miał odzyskać dziewczynki? Jak miał wrócić do normalnego życia? Na tym etapie zasadniczo niczego nie pragnął bardziej od wspólnego oglądania zasranych Minionków.

– Dobra – rzucił. – Chodźmy.

Burza otaksowała go wzrokiem.

– Dasz radę?

– Muszę – odparł, a potem nacisnął klamkę.

Wytłumaczenie się ze spóźnienia nie przyszło mu łatwo, w dodatku język trochę mu się plątał. Seweryn robił wszystko, by sprawiać możliwie jak najlepsze wrażenie, ale sam doskonale widział, że niespecjalnie mu to wychodzi.

Wysłuchano jeszcze jednego świadka, Wiesława Kalamusa, zanim w końcu Zaorski doszedł do głosu. Dyrektor szpitala nie wystawił mu laurki – z jego zeznań wynikało, że o tym, jak Seweryn traktuje dzieci, właściwie nie ma pojęcia, ale może poświadczyć o jego wyjątkowo parszywym charakterze.

W końcu Zaorski podniósł się zza ławy, a sędzia obrzuciła go krytycznym spojrzeniem.

– Postanowił pan nie okazać szacunku instytucji, która ma decydować w przedmiocie pańskiej władzy rodzicielskiej.

Seweryn wsparł się o blat.

– Przepraszam, po prostu…

– I naprawdę nie ma pan żadnej koszuli?

Co miał odpowiedzieć? Wszystko, co przyszło mu na myśl, brzmiało jak żart lub afront. Jeśli rzuciłby oględne stwierdzenie, że miał pewne problemy i musiał pożyczyć od kogoś bluzę, sędzia drążyłaby do skutku. Efekt byłby jeszcze gorszy niż w przypadku braku odpowiedzi.

– Przepraszam – odparł w końcu Seweryn.

Uznał, że tak będzie najlepiej, ale sędzia wyraźnie była innego zdania. Pokręciła bezradnie głową, a potem spojrzała na leżący przed nią plik dokumentów. Zaorski musiał odpowiedzieć na kilka standardowych pytań na temat tego, jak wychowuje dzieci. Robił wszystko, by pokazać, że w domu nie dzieje się nic złego, i wydawało mu się, że jest dość przekonujący. Sędzia słyszała jednak pewnie to samo od każdego rodzica, który walczył o nieodebranie mu dzieci.

Prawdziwe problemy zaczęły się jednak dopiero, kiedy kobieta przeszła do szczegółów.

– Czy to prawda, że chowa pan córkom jedzenie?

– Słucham?

– W wywiadzie z pracownikiem socjalnym stwierdziły, że mówi im pan o schowanym w domu jedzeniu, którego *de facto* pan nie kupuje, a zamiast tego…

– Chodzi o belriso?

Seweryn rozłożył ręce i szybko tego pożałował. Taśma trzymająca opatrunek zdawała się lekko odkleić, a on poczuł falę gorąca na myśl o tym, że za moment czerwona plama krwi mogłaby pojawić się na bluzie.

W dodatku każdy ruch zwiększał niebezpieczeństwo, że po sali rozejdzie się wyraźny zapach tego, czego Dydul i reszta użyli do polowej dezynfekcji rany.

Niech ich chuj, rzucił w duchu Seweryn. Ich i idiotów, którzy wzięli zabawy z waniliowym belriso za dowód na głodzenie diablic.

– Nie interesuje mnie rodzaj produktu, panie Zaorski – oznajmiła twardo sędzia.

– Ale to deser ryżowy…

– To także mało istotne.

– Jest istotne, bo chodzi o taką naszą zabawę, która…

Urwał i nie dokończył. Kobieta patrzyła na niego z taką złością, że nie było sensu dalej brnąć.

– Chowanie jedzenia to w pańskim przekonaniu zabawa? – spytała.

– W moim i moich córek. Nie bawiła się pani nigdy w chowanego?

– To sąd jest tutaj od zadawania pytań – zestrofowała go.

Skinął posłusznie głową i przeniósł ciężar ciała na ręce. Coraz trudniej było mu wytrwać na stojąco. Właściwie mógł chyba usiąść, nie było powodu, by rozmawiał z sędzią w ten sposób, ale chciał okazać szacunek.

– Zdaje pan sobie sprawę, że głodzenie dziecka to wręcz modelowy przykład nadużywania władzy rodzicielskiej? I jedna z przesłanek do pozbawienia rodzica tejże władzy?

Zaorski zacisnął usta, starając się opanować.

– Nigdy nie głodziłem dzieci.

– Świadkowie twierdzą inaczej.

– Mylą się. Proszę zapytać moje dzieci.

– Był z nimi przeprowadzany wywiad, z którego wynika właśnie to, że odmawiał pan im jedzenia.

– Nigdy tego nie robiłem – odparł przez zęby. – Prędzej sam bym się zagłodził, niż pozwolił, żeby moje córki chodziły nienażarte. Myli pani zabawy z pieprzonym deserem z...

– Doprowadzam pana do porządku – ucięła sędzia. – I ostrzegam, że nie będę tolerować urągania powadze sądu.

Seweryn zaklął w duchu. Niepotrzebnie dał się ponieść emocjom.

– Przepraszam.

Sędzia westchnęła i przerzuciła kartkę.

– Czy to prawda, że pańskie dzieci nieraz musiały czekać na pana pod szkołą po zakończeniu lekcji?

– Słucham?

– Spóźniał się pan z odbieraniem ich po zajęciach?

– Nie.

– Świadkowie twierdzą inaczej.

I właściwie w tej kwestii nie mijali się z prawdą. Od kiedy zaczęły się wszystkie te komplikacje, Sewerynowi rzeczywiście zdarzało się spóźniać. Diablice czekały w świetlicy lub na plebanii, ale...

Oczywiście, ksiądz musiał o tym donieść. A jeśli nie on, to któryś z rodziców. Wśród mieszkańców Żeromic nie brakowało takich, którzy chętnie by go dobili.

– Komu sąd ma dać wiarę?

– Cóż... może kilka razy zdarzyło mi się spóźnić, ale proszę wskazać mi rodzica, który...

– Nie rozmawiamy o innych, tylko o panu.

Zanim Zaorski zdążył udzielić jakiejkolwiek odpowiedzi, sędzia przeszła dalej.

– Zdarzało się panu nie odbierać od dzieci telefonu?

– Nie.

– A jednak...

– Tak, świadkowie twierdzą inaczej – przerwał jej z irytacją, ale szybko podniósł ręce w obronnym geście. – Przepraszam. I tak, mogło mi się zdarzyć, że nie słyszałem telefonu. Jak każdemu.

Tym razem także wiedział, o co konkretnie pyta. Dziewczynki długo się do niego dobijały, kiedy razem z Kają wracał z Zamościa i Dydul zatrzymał ich na parkingu pod Żeromicami. O tym również z pewnością doniósł Wiesiek.

– Czy to prawda, że pańska starsza córka odnalazła ofiarę zabójstwa? Mówiąc wprost, zwłoki?

Seweryn przez moment miał wrażenie, że to jakiś żart.

– Proszę odpowiedzieć – dodała sędzia.

– Tak, ale...

– Gdzie pan wtedy był?

– W drodze. Jechałem do nich.

– Skąd? I dlaczego tyle to trwało?

– Cóż...

– Często pozostawia pan dzieci bez opieki?

Burza nagle się podniosła, a zebrani natychmiast zwrócili wzrok w jej kierunku. Sędzia także. Zerknęła na oznaczenie stopnia, a potem utkwiła spojrzenie w oczach Kai.

– Proszę siadać, pani aspirant.

– Chciałabym…

– Proszę siadać albo nałożę na panią karę porządkową, która z pewnością nie ucieszy pani zwierzchnika.

Seweryn szybko uspokoił ją ruchem ręki. Nie dziwił się, że chciała zainterweniować. Wszystko to było sprawnie ułożoną bzdurą, która miała tyle znamion prawdy, by obronić się w sądzie.

– Tego samego dnia, chwilę po odnalezieniu ciała, pańskie córki pozostały zupełnie bez opieki – ciągnęła sędzia. – Zostawił je pan w samochodzie, tak?

– Na moment. Musiałem przeprowadzić oględziny zwłok, o których pani wspomniała, bo istniało niebezpieczeństwo, że dojdzie do kolejnego przestępstwa.

Odliczanie, które ostatecznie nie zakończyło się niczym groźnym. I zniknięcie diablic, które chwilę później za kościołem odnalazły kolejną wieść od Fenola. Wszystko to zdawało się wtedy kłopotliwe, ale nie tragiczne w skutkach. Teraz jednak było gwoździem do trumny.

W dodatku świadków mogących potwierdzić wszystko, o czym mówiła sędzia, było tam aż nadto.

– Czy łączył się pan przez Skype'a z córkami tuż po jakiejś bijatyce?

– Co proszę?

– Młodsza z pańskich córek dość sugestywnie opisała tę rozmowę. I doskonale pamięta pańskie obrażenia.

– Nie łączyłem się ani przez Skype'a, ani z nimi, tylko…

– Znów: sądu nie interesuje aplikacja, której pan użył.

Seweryn zaklął w duchu.

– W rozmowie z prokuratorem Antonem Korolewem przyznał pan, że korzysta z usług seksualnych za pieniądze?

Zaorski otworzył usta, ale się nie odezwał. Oczywiście, Korolew. Kolejny człowiek, który miał aż za dużo powodów, by mu dopiec.

– Zeznał pan, że jeździł do motelu na obrzeżach Żeromic, by tam spotykać się z prostytutkami?

Dokładnie to znalazło się w aktach, prawda była jednak taka, że wszystko, co robił, odbywało się na wyraźne polecenie Cichego. Był tam, bo CBŚP chciało, by się zjawił i przeniknął do przestępczej organizacji.

O tym jednak nie mógł się zająknąć.

– Tak – powiedział.

– Nie uważa pan tego za kłopotliwe?

– Nie.

– Rozumiem – odparła pod nosem sędzia. – A córki w tym czasie zostawiał pan z kimś w domu czy zabierał ze sobą?

– Chyba pani sobie…

– Ostrzegam ostatni raz – przerwała mu sędzia. – I upominam, że do sądu należy zwracać się w odpowiedni sposób.

Zaorskiego opuściły siły. W końcu musiał usiąść, co kobieta wyraźnie odebrała jako manifestację lekceważenia. Seweryn sprawdził bluzę. Krwi nie było widać, tyle dobrze.

– Po tym, jak w Żeromicach doszło do zabójstw trzech dziewczynek w wieku pańskich córek, puścił je pan sam do szkoły – odezwała się sędzia. – To prawda?

– Tak.

Nie miał wielkiego wyboru, Dydul praktycznie wciągnął go do SUV-a.

– Zabójca został już wtedy ujęty?

– Nie. Nadal go nie odnaleziono.

– Rozumiem. Zdaje pan sobie sprawę, że był pan jedynym rodzicem, który zdecydował się na tak karygodne, nieodpowiedzialne zachowanie?

To była kropka nad i. Zaorski doskonale o tym wiedział. Mógł tłumaczyć, że byli już niedaleko szkoły, że musiał natychmiast coś załatwić, ale mijałoby się to z celem. Wyrok już zapadł.

– Proszę mi powiedzieć, tak całkiem szczerze: nie uważa pan, że to rażące zaniedbywanie obowiązków rodzicielskich?

Była to druga z przesłanek uzasadniających odebranie praw. Pierwszą było nadużywanie władzy, co w przekonaniu sędzi ewidentnie zostało udowodnione już na początku.

Seweryn musiał pogodzić się z bolesną świadomością, że tego dnia stracił dziewczynki.

Kiedy wyszedł z sądu, czuł się, jakby przed momentem umarł. Resztkami zmysłów odnotował, że jego komórka wibruje. Wyciągnął ją i zobaczył znane okienko z AirDropa.

„Fenol chce udostępnić plik.

Odrzuć. Przyjmij".

11

Zaorski milczał tak długo, że Burza zaczęła obawiać się, czy zaraz zwyczajnie nie zemdleje. Trwał w bezruchu z komórką w ręku, chwiejąc się lekko. Pytanie, czy wszystko w porządku, było bezsensowne.

– Seweryn?

Spojrzał na nią z przestrachem i zamrugał nerwowo oczami, jakby dopiero teraz zorientował się, że Kaja stoi obok. Podeszła bliżej i ujęła go za ramię, ale on natychmiast się wycofał.

– Co się dzieje? – zapytała.

Długo się nie odzywał, jakby udzielenie odpowiedzi na to proste pytanie wymagało głębokiego namysłu.

– Słabo się czuję.

– Widzę – odparła. – Trzeba zabrać cię do szpitala.

– I tłumaczyć się z rany kłutej? Nie ma mowy.

– Powiem im, że wszystko jest już zgłoszone i pod kontrolą – zaoponowała Burza, poklepując naszywkę „POLICJA" na piersi. – Wszystko załatwię.

– Nie – uparł się, choć nadal wyglądał, jakby miał za moment wyzionąć ducha. Mimo to rozejrzał się zaczepnie. – Muszę dorwać księdza... – rzucił, a potem się przeżegnał, jakby tą deklaracją uraził siłę wyższą.

– Nikogo nie dorwiesz – odparła Kaja. – Ledwo trzymasz się na nogach.

– Nie szkodzi.

Burza pokręciła głową.

– Szpital nie wchodzi w grę. Nie będę cię w to wciągał.

– Nie masz wyjścia.

Nie wyglądał, jakby miał odpuścić, ale dla Kai jego opór nie miał żadnego znaczenia. Znów chwyciła go za ramię, tym razem bardziej zdecydowanie, a potem pociągnęła w kierunku samochodu. Niemal siłą musiała usadzić go na siedzeniu pasażera. Kiedy upewniła się, że nie wyjdzie z auta, pojechała prosto do szpitala przy Peowiaków.

Zaorski schował komórkę dopiero w połowie drogi.

– Coś nie tak? – spytała, patrząc na znikający w kieszeni telefon.

– Wszystko.

Spojrzała wymownie na kieszeń.

– Dydul – wyjaśnił Seweryn. – Chyba chciał się upewnić, czy żyję.

– I?

– I sam nie wiem.

Kaja lekko się do niego uśmiechnęła, a on odpowiedział tym samym. Dopiero teraz uświadomiła sobie, że robi się coraz bledszy. Przyspieszyła, kierując się w stronę cmentarza. Od szpitala dzieliły ich maksymalnie dwie minuty.

– To naprawdę nie jest dobry pomysł… – odezwał się cicho Zaorski.

– Zamknij się.

– Będą pytać.

– A ja będę odpowiadać – ucięła. – Ty masz tylko trzymać gębę na kłódkę i dać się zszyć.

– Ale ten opatrunek…

– Powiem, że to ja go założyłam, bo czas naglił.

Widziała, że nie ma siły dłużej protestować. W głębi duszy musiał zdawać sobie sprawę z tego, że jeśli zaraz nie zajmie się nim ktoś w izbie przyjęć, długo już nie pociągnie.

Załatwienie formalności było mniej skomplikowane, niż Kaja się spodziewała. Mundur znów zrobił swoje.

Po tym, jak Burza upewniła się, że Seweryn trafił pod odpowiednią opiekę, opuściła szpital i natychmiast skierowała się do samochodu. Nie miała żadnych wątpliwości co do tego, co powinna zrobić. Pojechała z powrotem pod sąd, starając się stwierdzić, ile minut minęło, od kiedy opuściła gmach. Pięć, najwyżej sześć. Ksiądz Wiesiek wciąż musiał gdzieś tutaj być.

Kaja szybko go dostrzegła. Szedł w kierunku znajdującego się po drugiej stronie ulicy kościoła. Świątynia już z oddali robiła wrażenie – wzniesiono ją na planie wieloboku, a jej dach przywodził na myśl koronę. Burza przecięła ścieżkę rowerową, zapominając upewnić się, czy nie porusza się nią żaden rowerzysta, po czym z piskiem opon zahamowała na kościelnym parkingu.

Wyskoczyła z volva, nie zamykając za sobą drzwi.

– Proszę księdza! – krzyknęła, jakby rzeczywiście zachodziła potrzeba zwracania na siebie uwagi. Raptowny podjazd pod mury kościoła z pewnością nie umknął Wiesławowi.

Mimo to zachowywał się, jakby jej nie widział.

– Halo!

W końcu musiał uznać, że i tak nigdzie nie ucieknie. Zatrzymał się, a następnie powoli obrócił w kierunku Kai.

– Obawiam się, że nie mogę z panią rozmawiać.

– Obawiam się, że będzie taka konieczność.

Wiesiek cofnął się o krok.

– Spokojnie, nie mam zamiaru księdza atakować – zastrzegła Burza, choć Bóg wiedział, że nie miała ochoty na nic innego. – Po prostu interesuje mnie, dlaczego ksiądz tak łgał i czy idzie się ksiądz właśnie teraz z tego wyspowiadać.

Nie sprawiał wrażenia skruszonego, raczej mocno czymś zaniepokojonego. Może faktycznie uznał, że Kaja po prostu mu przyłoży. Wkurzona kobieta w mundurze najwyraźniej budziła przynajmniej trochę postrachu.

– Wie ksiądz, co grozi za składanie fałszywych zeznań? Za wprowadzanie wymiaru sprawiedliwości w błąd?

– Ależ ja…

Odczekała chwilę, ale ewidentnie nie miał zamiaru kończyć myśli.

– Nie wprowadzał ksiądz w błąd? Nie kłamał jak z nut? Nie pomawiał niewinnego człowieka o nieprawdziwe rzeczy?

Stała przed nim z lekko pochyloną głową, jakby chciała na niego ruszyć.

– Nie.

Prychnęła z powątpiewaniem, a on otarł czoło. Dopiero teraz zorientowała się, że zaczynał lekko się pocić.

– Prędzej czy później ksiądz za to odpowie – oznajmiła. – I zapewniam, że zobaczy moje dziecko i córki Seweryna na obozie jak świnia niebo.

– To nie od pani zależy – odparł ostrożnie Wiesław. – Mam na myśli Adę i Lidkę, oczywiście…

– Od księdza też nie.

– Nie – przyznał. – Ale od opieki społecznej. A ci ludzie chcą dbać o dobro dzieci.

– Którego ksiądz z pewnością nie może zapewnić nawet przez tydzień czy dwa – odparowała Burza. – I zamierzam to udowodnić przed sądem.

Przestał się denerwować i z jakiegoś powodu poczuł, że jest na pewniejszym gruncie. Kaja nie miała pojęcia, co dodało mu odwagi. Jeszcze przed chwilą sprawiał wrażenie, jakby chciał szukać azylu w kościele, pod którym stali.

– Niech się pani do tego nie miesza – rzucił.

– Że co proszę?

– Dla własnego dobra.

Obrócił się i ruszył w kierunku wejścia do świątyni, zanim Burza zdążyła zareagować. W pierwszej chwili chciała iść za nim, ale ostatecznie uznała, że dalsze przepychanki z tym człowiekiem nie mają żadnego sensu. Jedyna rozmowa, jaką zamierzał teraz prowadzić, odbędzie się w konfesjonale.

Musiał mieć wyrzuty sumienia. Jeśli nosił tę koloratkę nie z przypadku, z pewnością tak było. Ale dlaczego w ogóle kłamał? Co mógł dzięki temu osiągnąć?

Nic. Nie był w żadnym sensie beneficjentem tego układu. W takim razie może został zmuszony do tego, by dać takie świadectwo? To też wydawało się Burzy mało prawdopodobne, bo w końcu wszystko wyjdzie przecież na jaw. A Kościół z pewnością nie potraktuje lekko duszpasterza, który poświadcza w sądzie nieprawdę.

Mniejsza z nim, uznała w duchu Kaja. Zrobi wszystko, żeby dziewczynki nie pojechały z nim na ten obóz. Porozmawia z pracownikami socjalnymi, spróbuje przekonać ich, że w tym, co słyszeli, nie ma nawet cienia prawdy.

Kaja odwróciła się tyłem do kościoła. Czy naprawdę łudziła się, że jej się to uda? Ci ludzie dawno podjęli decyzję, a ksiądz Wiesiek był dla nich znacznie bardziej wiarygodny niż dobra znajoma Zaorskiego.

Burza wróciła do szpitala, po drodze robiąc jeszcze niewielkie zakupy. Spodziewała się, że kiedy emocje nieco opadną, żołądek przypomni Sewerynowi o tym, że wypadałoby coś zjeść.

W rejestracji musiała chwilę odstać, bo pracowniczki szpitala miały ważniejsze sprawy na głowie. Potem jeszcze moment zajęło im ustalenie, gdzie Burza może znaleźć Seweryna.

Podały jej numer sali, ale kiedy Kaja w końcu znalazła właściwe pomieszczenie, Zaorskiego nie zastała.

Rozejrzała się za jakimś lekarzem, odczuwając niewielki niepokój. Jeśli coś się stało i musieli szybko zabrać go na operację, kobiety przy wejściu mogły jeszcze o tym nie wiedzieć. Mimo woli Burza wyobraziła sobie nieprzytomnego Seweryna leżącego na stole chirurgicznym pod mocnym oświetleniem.

Poszukiwanie kogoś, kto mógł jej udzielić odpowiedzi, trwało stanowczo zbyt długo. W końcu pomocna okazała się jedna z pielęgniarek w dyżurce.

– Gdzie jest pacjent z raną kłutą brzucha? – spytała Kaja.

– Ten w bluzie? Taki dość przystojny?

– Tak – natychmiast potwierdziła Burza, ignorując szybsze bicie serca.

– A pani to kto?

– Kochanka – rzuciła nerwowo Kaja i zbliżyła się do kobiety. Ta wyraźnie nie wiedziała, jak zareagować. – Gdzie on jest?

– Wyszedł.

– Co? Kiedy? – rzuciła. – Z tak głęboką raną?

Pielęgniarka wzruszyła ramionami.

– Szukają go po całym szpitalu, ale nie ma śladu. W dodatku zabrał jakieś opatrunki i środki odkażające. Podobno uciekł zaraz po tym, jak ktoś go tu przyprowadził.

– Nie ktoś, tylko ja.

– To może trzeba było z nim zostać.

Burza wyszła z dyżurki, rozejrzała się bezradnie, a potem ciężko opadła na ławkę pod ścianą. Spojrzała na siatkę z zakupami i zaklęła cicho. Poczuła się oszukana i z jakiegoś powodu odsunięta. Nic z tego nie rozumiała.

12

Po dziesięciominutowym marszu Seweryn w końcu dotarł na parking centrum handlowego nieopodal Kilińskiego. Nie szło się łatwo, właściwie każdy kolejny krok był okupiony coraz większym bólem.

Zaorski rozejrzał się po parkingu, szukając samochodu wskazanego przez Fenola. Miał stać tuż za kominem, który pasował tutaj jak wół do karety. Przypuszczalnie należał do któregoś z operatorów komórkowych, bo skrzętnie pokrywały go liczne anteny – pewnie z tego względu nie został rozebrany, kiedy budowano Galerię Twierdza.

Dość szybko wypatrzył auto, którego szukał. Nie miał z tym problemu, wyłowiłby bordową hondę accord kombi nawet z mrowia samochodów.

Auto było otwarte, kluczyki znajdowały się pod siedzeniem kierowcy. Zaorski zajął miejsce i powiódł wzrokiem po wnętrzu. Fenol tutaj był. Przyjechał jego samochodem prosto z Żeromic, jakby chciał pokazać, jaką ma nad Zaorskim władzę.

W istocie nie musiał tego robić. Wszystko, co się działo, jasno dawało to Sewerynowi do zrozumienia. Włączył muzykę, a z głośników popłynęły dźwięki *Tunnel of Love* Dire Straits.

Wyjął telefon, czekając na kolejne instrukcje.

Pierwszą dostał AirDropem tuż po wyjściu z sądu, pozostałe przychodziły esemesami. Fenol od początku wiedział, że ma go w garści – w pliku, który mu przysłał, była jedynie krótka informacja, ale tyle w zupełności wystarczyło.

„Chcesz odzyskać dzieci, to rób, co mówię.

Ani słowa Burzyńskiej, inaczej na zawsze pożegnasz się z córkami".

W szpitalu dostał szczegółowe wytyczne. Miał natychmiast opuścić budynek, a potem skierować się w stronę centrum handlowego. Idąc tam, Seweryn gorączkowo szukał odpowiedzi zarówno na pytania, które od dawna kłębiły mu się w głowie, jak i te, które pojawiły się chwilę wcześniej. Czego chciał od niego ten człowiek? I czy będzie czekał na niego w miejscu, do którego go prowadzi?

W następnej wiadomości informował, by Zaorski z nikim się nie kontaktował. Jedna rozmowa lub wiadomość tekstowa miała na zawsze pogrzebać jego szanse na odzyskanie diablic.

Ostatni esemes wskazywał jedynie miejsce zaparkowania samochodu. Seweryn miał do niego wsiąść i czekać na dalsze instrukcje. Te jednak nie nadchodziły, więc Zaorski skorzystał z okazji i sprawdził opatrunek, który założył sobie przed wyjściem ze szpitala. Był o niebo lepszy od poprzedniego, ale wciąż stanowił jedynie przejściowe rozwiązanie.

Krwawienie nie ustępowało i Seweryn zastanawiał się, czy aby nie zbagatelizował obrażeń wewnętrznych. Postępująca utrata sił i trupioblada twarz zdawały się niestety to potwierdzać.

Dźwięk telefonu sprawił, że natychmiast przestał o tym myśleć. Dzwoniła Kaja. Zaorski odłożył telefon na siedzenie pasażera, by odbieranie nawet nie przyszło mu do głowy. Kiedy Burza spróbowała drugi raz, odrzucił połączenie.

Chwilę później przyszedł esemes od Fenola.

„Jedź do hotelu Alex przy Okrzei. Rezerwacja jest na twoje nazwisko".

Seweryn się zawahał. Wiedział, że jakakolwiek próba rozmowy z zabójcą jest z góry skazana na porażkę, mimo to postanowił ją podjąć.

„Po co?" – napisał i wysłał.

Na odpowiedź nie musiał czekać długo.

„Jedź do hotelu Alex przy Okrzei. Rezerwacja jest na twoje nazwisko".

Wbił wsteczny, wycofał, a potem skierował się do wskazanego miejsca. Stał chwilę na światłach przed skrzyżowaniem z Piłsudskiego, dalej jechał już bez problemu. Minął więzienie, w którym karę pozbawienia wolności odsiadywał Burzyński, i chwilę później zreflektował się, że hotel mieści się przy tej samej ulicy.

Jedno miejsce od drugiego dzieliło niewiele ponad trzysta metrów. Wydawało się to nieprzypadkowe, a równie znaczący był fakt, że hotel znajdował się nieopodal skrzyżowania z ulicą Dzieci Zamojszczyzny.

Starając się tego nie roztrząsać, Seweryn zameldował się w recepcji, a potem poszedł do niewielkiego pokoju z dwoma oddzielnymi łóżkami. Położył się na jednym z nich i zajął się swoją raną. Nie wyglądała najlepiej i po raz kolejny Zaorski pomyślał o tym, że powinien wykonać choćby podstawowe badania.

Co miał tutaj robić? Jeśli tylko czekać, nic przecież nie stało na przeszkodzie, by został dłużej w szpitalu. Chyba że

Fenol nie wiedział o ciosie nożem. Uwierzyć w to było raczej trudno, w końcu od samego początku miał pełną wiedzę właściwie na temat wszystkiego.

Seweryn leżał bez ruchu ze wzrokiem wbitym w sufit. Był skrajnie wykończony, ale napięcie wciąż go nie opuszczało. O jakimkolwiek odpoczynku nie było mowy – zaraz w pokoju mógł zjawić się Fenol lub ktoś przez niego przysłany.

Minęła jednak godzina i nikt się nie zjawił. Zaorski sięgnął po telefon.

„Co mam tu robić?" – napisał i od razu wysłał wiadomość.

„Czekać".

„Na co? Czego ode mnie chcesz, skurwysynu?"

Nie doczekał się odpowiedzi. Kolejne godziny były mordęgą i Seweryn w końcu uznał, że najwyraźniej Fenol wpadł na nowy sposób torturowania go. Nie miał zamiaru na to pozwolić. Zablokował drzwi, a potem położył się na wznak i zamknął oczy.

Niech się dzieje, co chce, uznał. Nie miał już siły dłużej walczyć ze zmęczeniem.

Zbudził się około ósmej i od razu sprawdził komórkę. Pochwalił się w duchu za to, że wcześniej ją wyciszył, bo któraś z dziesięciu prób dodzwonienia się do niego przez Burzę z pewnością zaowocowałaby pobudką.

Od Fenola wciąż nie było żadnej wiadomości.

Seweryn z trudem się podniósł i zobaczył krew na kołdrze i prześcieradle. Było jej tyle, że obsługa hotelu z pewnością nie przejdzie obok tego obojętnie. Nie szkodzi. Teraz, kiedy zdecydował się podporządkować Fenolowi, i tak nieuchronnie zbliżał się do działania poza prawem. Nie miało znaczenia, czy policja będzie go szukała, czy nie.

Zszedł na śniadanie w brudnej, zapoconej bluzie z kapturem, ale było to znacznie lepsze niż pokryta krwią koszula. Nie zjadł wiele, wmusił w siebie jedynie pół bułki i parę plastrów wędliny, ale i tak chciało mu się wymiotować. Kawa sprawiła, że czuł się jak na przemożnym kacu.

Chwilę po tym, jak wrócił do pokoju, dostał wiadomość.

„Wymelduj się i idź do auta".

Zrobił dokładnie to, czego wymagał od niego Fenol.

„I?" – napisał po wejściu do hondy. „Co teraz?"

„Jedź na rondo Rady Europy. Zjedź pierwszym zjazdem".

Trudno o bardziej osobliwą nawigację, skwitował w duchu Zaorski, a potem pojechał w kierunku starówki. Telefon umieścił tak, by widzieć kolejne wiadomości. Spodziewał się bowiem, że wskazówki od upiornego GPS-u będą przychodzić na bieżąco.

Nie pomylił się. Z jakiegoś powodu Fenol nie skierował go od razu do konkretnego miejsca, tylko prowadził go od ulicy do ulicy. Na skrzyżowaniu Wyszyńskiego z Prostą kazał mu zawrócić, a potem minąć przejście dla pieszych i zaparkować pod pierwszym budynkiem po lewej.

Seweryn zobaczył żółty, trzypiętrowy gmach już z oddali. Przywodził na myśl szkołę, ale kiedy Zaorski podjechał bliżej, zrozumiał, jak bardzo się pomylił. Duży, biały napis na niebieskim tle głosił: „POLICJA".

Minął główne wejście i bramę, dostrzegając zakaz wjazdu dla osób nieuprawnionych. Zaparkował przy najbliższej ulicy odchodzącej w lewo, a potem wyszedł z samochodu i się rozejrzał.

„Idź do wejścia" – polecił Fenol.

Seweryn ruszył niespiesznie w tamtym kierunku. Minął policyjny bar Aspirant, zwalniając jeszcze bardziej. Gorączkowo zastanawiał się nad tym, do czego to wszystko ma prowadzić. O co chodziło Fenolowi? Ostatnim miejscem, do jakiego powinien go wysyłać, była miejska komenda.

Zaorski zatrzymał się przed ogrodzeniem i wbił wzrok w komórkę. Nie ulegało wątpliwości, że Fenol go nie obserwuje. Gdyby był w pobliżu, zamiast esemesów słałby pliki AirDropem.

„Jestem" – napisał Seweryn. „Co teraz? Mam tam iść i dać się zamknąć?"

Sekundy, które upływały mu w oczekiwaniu na odpowiedź, zdawały się wiecznością. Mimo że jego umysł ledwo zipał, zdołał ułożyć kilka dość pesymistycznych scenariuszy. Żaden jednak nie okazał się tak czarny, jak rzeczywistość.

„Wejdź do środka".

„I?"

„Powiedz, że chcesz złożyć doniesienie" – pisał Fenol.

„Jakie?"

„Na okoliczność tego, co starsza aspirant Kaja Burzyńska zrobiła pod Delawą".

Seweryn poczuł, że nogi się pod nim uginają. Nagle zrozumiał, że to dziś kończyło się odliczanie. Nie miał kontaktu z Burzą, ale to właśnie tego dnia musiała dostać kolejną wiadomość z informacją, że dzisiaj dosięgnie ją sprawiedliwość.

I to nie Fenol miał ją wymierzyć, ale on.

„Nie ma mowy" – odpisał.

„Rób, co mówię".

Seweryn wyobraził sobie tego człowieka siedzącego z komórką w ręce i gotowego odpowiadać niemal natychmiast.

Musiało to być dla niego ukoronowanie wszystkiego, na co pracował.

„Daj mi chwilę" – napisał Zaorski.

„Nie. Albo zrobisz to teraz, albo na zawsze pożegnasz się z Adą i Lidią".

Seweryn spojrzał w kierunku wejścia.

„Wybieraj".

ROZDZIAŁ 4

1

Poszukiwania Seweryna w Zamościu Burza zakończyła około dwudziestej drugiej. Sprawdziła wszystkie miejsca, w których mógłby się pojawić, a potem wyśledziła księdza Wieśka, sądząc, że Zaorski być może postanowił wytłumaczyć mu, jak dużym grzechem jest kłamstwo.

Wszystko na nic. Wróciła do Żeromic po jedenastej i nie miała nawet siły zrelacjonować Michałowi, jak poszedł proces. Obiecała, że zrobi to z samego rana, ale kiedy obudziła się następnego dnia, potrafiła myśleć już tylko o jednym.

Spodziewała się tego listu. Nie, więcej, miała pewność, że rankiem właśnie taką wiadomość znajdzie w kopercie.

„DZIŚ DOSIĘGNIE CIĘ SPRAWIEDLIWOŚĆ".

Co zaplanował Fenol? Publikację w gazecie? Może materiał w jakimś programie interwencyjnym? Raczej nie donos na policję, to byłoby dla niego zbyt proste.

Sposób nie miał znaczenia. Liczyło się tylko to, że właśnie dziś jej życie zmieni się nie do poznania. Wczoraj prawie o tym nie myślała, miała inne rzeczy na głowie. Najpierw zajmowała ją rozprawa, potem poszukiwania Zaorskiego. Myśleć mogła tylko o nim.

Dziś rano zaś wszystko na dobre do niej dotarło. Zostanie dyscyplinarnie zwolniona, a potem osądzona i skazana w głośnym postępowaniu. Trafi do zakładu karnego, gdzie byłe policjantki są tak mile widziane, jak kibice drużyny przeciwnej w derbach jednego miasta.

– Kaja?

Głos męża wyrwał ją z oszołomienia. Popatrzyła na siedzących przy stole Dominika i Michała, uświadamiając sobie, że jako jedyna nie ruszyła śniadania. Oni jednak zdawali się tego nie dostrzegać.

– Pytałeś o coś… – powiedziała cicho.

– O to, czy możemy jakoś pomóc Sewerynowi.

Potarła skronie, jakby swoje roztargnienie mogła zrzucić na migrenę.

– Nie wiem – odparła krótko. – W sądzie raczej nie. Wygląda na to, że jest po sprawie.

Michał spojrzał znacząco na syna. Bynajmniej nie musiał tego robić, by uświadomić Kai, że powinni używać eufemizmów i zwrotów, dzięki którym Dominik nie zorientuje się, o czym w istocie rozmawiają.

– Więc wyrok będzie na niekorzyść? – spytał Michał. – To pewne?

– Na moje oko tak. Sędzia nie chciała nawet go wysłuchać.

– A dowody?

– Ma ich aż za dużo. Wszystkie świadczą przeciw niemu.

Michał pokręcił głową ze smutkiem. Przez moment nie sprawiał wrażenia burmistrza kilkutysięcznego miasteczka, ale co najmniej ministra sprawiedliwości, który na barkach dźwiga absurdy sądownictwa.

– To przecież kompletna bzdura – powiedział.

– Czasem właśnie takie obronić najłatwiej.

Burza spojrzała na syna, zastanawiając się, ile jeszcze ma czasu, by nacieszyć się jego obecnością. Jeśli dziś rzeczywiście dojdzie do hekatomby w jej życiu, niewiele.

Nie, to przecież niemożliwe. Listy listami, ale nic nie wskazywało na to, by miało dojść do tragedii. Kaja nie miała żadnego niepokojącego, metafizycznego przeczucia nieuchronnej katastrofy. Nie było żadnych znaków na niebie i na ziemi. Intuicja wręcz podpowiadała jej, że jakoś będzie, że ktoś zadbał o to, by wszystko się ułożyło.

Tylko czy jakakolwiek tragedia była poprzedzona świadomością jej nadejścia?

Burza zamknęła na moment oczy, a kiedy je otworzyła, zobaczyła, że Dominik skończył ostatniego seven daysa i otarł rękawem usta. Był tak zajęty grą na komórce, że nawet sobie tego nie uświadomił.

W pewnym momencie podniósł wzrok, uśmiechnął się do matki, a potem podziękował i poszedł sprawdzić, czy spakował wszystko do szkoły. Burza trwała przy stole bez ruchu, nie tknąwszy swoich płatków śniadaniowych.

– Może nam uda się przekonać sąd – odezwał się Michał.

– Co?

– Mieliśmy być przesłuchiwani, prawda?

– Nie wiem. Może.

Przez chwilę oboje milczeli.

– Przejmujesz się tym, co? – spytał mąż.

Nie musiała odpowiadać.

– Spróbuj skupić się na robocie – dodał. – To perfidny, ale niezawodny sposób.

– Pewnie.

– Dziś rano przyjechali śledczy z Warszawy. A ten gość z Białorusi też powinien już tu być. Może do czegoś dojdą.

– Może.

Mąż podniósł się i stanąwszy za nią, pocałował ją w czubek głowy.

– Nie jesteś zbyt rozmowna.

Burza odchyliła głowę i podniosła wzrok. Zastanawiała się, czy na tym etapie jest jeszcze jakikolwiek sens utrzymywania pozorów. Jej rodzina i tak zostanie rozbita. Równie dobrze mogła powiedzieć Michałowi, że kocha Zaorskiego.

Boże, ta myśl przyszła tak łatwo. Tak naturalnie.

– Przepraszam – rzuciła zamiast tego. – Kiepsko się czuję.

– To dobrze się składa, że dalej masz L4.

Zmusiła się do lekkiego uśmiechu.

– Przed chwilą radziłeś mi zatracić się w robocie.

– Której wcale nie musisz wykonywać na komisariacie – odparł. – I wiem, jak cię takie rzeczy pochłaniają, a to lepsze od dręczenia się myślami o Adzie i Lidce.

Pokiwała głową ze smutkiem.

– Wiesz, co z nimi? – zapytała. – Trzymasz rękę na pulsie?

– Cały czas. Dziś po lekcjach idą do Wieśka, przynajmniej nie będą musiały…

– Do księdza?

Oburzenie w głosie żony sprawiło, że Michał wyraźnie się spiął. Chwilę zajęło Burzy wytłumaczenie, z czego wynika jej reakcja.

– Możesz coś z tym zrobić? – spytała.

– Raczej nie. Nie mam żadnego wpływu na opiekę społeczną.

– Ale…

– Spróbuję. O ile ty przestaniesz się tym dręczyć.

Zajęcie myśli czym innym właściwie nie było tak trudne – nie kiedy wisiało nad nią widmo nieubłaganego i nieuchronnego nieszczęścia.

Znów ją pocałował, a zaraz potem rozległ się dzwonek do drzwi. Kaja nie mogła dociec, kto mógł czegoś chcieć o tej porze. Na listonosza za wcześnie, na kuriera też. Właściwie kandydat był tylko jeden. Ten, którego wczoraj szukała przez pół dnia, odchodząc od zmysłów.

Wyobrażała sobie już najgorsze. Że się wykrwawił. Że upadł gdzieś nieprzytomny. Że zasnął na ulicy, został okradziony i pobity. Wpadł pod samochód. Stoczył się ze skarpy do rzeki.

Cały poprzedni dzień był właściwie ciągiem czarnych myśli. I właśnie dlatego na dźwięk dzwonka Kaja poderwała się tak szybko, że niemal uderzyła stojącego za nią Michała. Posłała mu przepraszające spojrzenie, a potem szybko ruszyła do drzwi.

Miała gdzieś, jak to wyglądało. W tej chwili nie interesowało jej, co pomyśli mąż i jak Burza później będzie musiała się z tego tłumaczyć. Chciała tylko zobaczyć Zaorskiego, całego i zdrowego, i rzucić mu się w ramiona.

Podeszła do drzwi, nabrała tchu i je otworzyła. Sądziła, że nie zdoła zachować spokoju, ale okazało się, że przyszło jej to bez trudu.

Głównie dlatego, że zamiast Seweryna zobaczyła dwóch obcych mężczyzn. Obaj mieli na sobie ciemne koszule i kurtki i nie sprawiali wrażenia, jakby chcieli jej coś sprzedać lub przekonać ją do tego, że świat się kończy i tylko w jeden sposób można osiągnąć zbawienie.

– Starsza aspirant Burzyńska? – spytał jeden z nich.

– Tak.

– Podkomisarz Maciej Wasiluk, Komenda Miejska Policji, Zamość – uciął, wyciągając legitymację służbową.

Kaja chciała cofnąć się o krok, ale coś ją powstrzymało. Doskonale znała ten ton głosu. Chłodny, stanowczy, nieznoszący sprzeciwu i ostrzegawczy. Ona także stosowała go wobec podejrzanych.

– Jest pani zatrzymana – dodał podkomisarz.

Drugi z policjantów wyciągnął kajdanki.

2

Dominika nie było dziś w szkole, co wydawało się Adzie raczej dziwne, bo rzadko opuszczał lekcje. Kiedyś nawet pani wychowawczyni trochę skrzyczała go za to, że przychodzi chory i pozaraża innych. Miała porozmawiać z mamą Dominika, ale chyba w końcu tego nie zrobiła, bo potem znowu przychodził i kaszlał.

Bez niego było trochę dziwnie. Ada przyzwyczaiła się już, że na przerwach ganiali za sobą, a on czasem ją zaczepiał, próbując ściągnąć gumkę z włosów. Zawsze się broniła, ale tak naprawdę było w tym coś fajnego.

Ostatnio to dzięki niemu czuła się trochę lepiej. W miejscu, do którego trafiły z Lidką, inne dzieci nie były zbyt miłe. Mówiły ohydne rzeczy o nich i o tacie, śmiały się i parę razy nawet chciały chyba coś im zrobić. Na szczęście pani opiekunka od razu zareagowała.

Lidka i tak ryczała, chciała do domu i do taty. Ada wiedziała, że jako starsza siostra musi być doroślejsza, ale kiedy gaszono światła, też trochę płakała. Próbowała dowiedzieć się, kiedy wrócą do domu, co z tatą i dlaczego w ogóle muszą być w domu dziecka, ale nikt nie chciał jej nic mówić.

Cały czas tylko „niedługo się wszystkiego dowiecie", „wszystko będzie dobrze", „nikt już wam nic nie zrobi".

Było to głupie, bo właśnie te dzieci w nowym miejscu chciały im coś zrobić i robiły. Dlatego chętnie chodziły do szkoły, a dzisiaj w ogóle miał być dobry dzień, bo po lekcjach będzie czekał na nie ksiądz Wiesio.

Dzięki temu, że przyszedł właśnie on, w końcu poszła sobie pani z opieki. Tak to cały czas z nimi chodziła i na nic im nie pozwalała. A już w ogóle się denerwowała, kiedy chciały, by zaprowadziła je do taty.

Ada starała się podsłuchać trochę jej rozmowy z księdzem, ale nie wszystko wyłapała i jeszcze mniej zrozumiała. Pani mówiła, że nie jest przekonana, czy powinna je z nim puszczać. Ksiądz Wiesiek, że ona przecież wie, co zeznał w sądzie i po której jest stronie. Pani, że jest mu wdzięczna, że nic nie zataił. Gadali jeszcze przez chwilę i Lidka zaczęła ziewać tak głośno, że chyba słyszeli ją w całych Żeromicach.

W końcu poszły z księdzem na plebanię, zadowolone, że przynajmniej przez jakiś czas nie muszą wracać do domu dziecka. Trzymał je za ręce, ale jakoś dziwnie. Dłonie miał mokre, jakby przed chwilą je mył i zapomniał powycierać.

Ada jeszcze niedawno nie bardzo chciała wracać na plebanię. Nie podobało jej się to, co ostatnio się tam działo. Może po prostu jeszcze nie była tak duża, jak myślał ksiądz Wiesiek. Tak czy owak, teraz cieszyła się, że po nie przyszedł.

– Jak lekcje? – spytał, patrząc na Adę.

– Nuudyyy... – odparła Lidka. – Już to wszystko umiem.

– Co konkretnie?

– Pisaliśmy wyrazy z „ń" i mówiliśmy sobie... eee... skąd się biorą chmury i po co pada deszcz.

– Ach... to rzeczywiście proste – odparł ksiądz i potrząsnął lekko ręką Ady. – A ty? Co dzisiaj miałaś ciekawego na zajęciach?

– Nic.

– Na pewno coś było.

– Układaliśmy plan wydarzeń do *Anaruka*.

– Do czego?

– To taki chłopiec z Grenlandii.

Ksiądz Wiesiek uśmiechnął się szeroko, choć Ada nie bardzo rozumiała dlaczego.

– Ciekawe rzeczy dają wam do czytania.

– No – potwierdziła. – O tym chłopcu Eskimosie opowiada taki podróżnik, który mówił, że tam pojechał, ale chyba tak naprawdę nie pojechał... albo dopiero później. Nie wiem. Ale najfajniej było, jak Anaruk uratował życie swojemu tacie, bo go mors zaatakował.

Lidka ziewnęła, a ksiądz przez chwilę się nie odzywał.

– Wy też niedługo będziecie odkrywać nowe rzeczy, zupełnie tak jak podróżnicy – powiedział w końcu. – Może nie wyprawicie się tak daleko, ale wyjazd na nasz obóz to też swoista eskapada.

Ada nie chciała jechać. Wolałaby wrócić do taty, ale podobno nie było innego wyjścia. No i wszyscy mówili, że tata jest zadowolony, że jadą na ten obóz. Jak tak, to nie miała nic przeciwko. Tata zawsze robił tak, żeby było dobrze.

Ksiądz Wiesiek pozwolił Lidce iść do pokoju kompute-rowego, a Adę zabrał do swojego gabinetu. Miała pomóc mu segregować datki z ostatniej mszy. Nie było to zbyt trudne, wystarczyło złotówki kłaść w jednej kupce, dwuzłotówki w innej, a pięciozłotówki w jeszcze innej. Tak samo banknoty. Większość była brudna i pomięta. Ada nie przepadała za tym zajęciem, ale czuła, że pomaga w ważnych sprawach.

Poza tym ksiądz Wiesio pozwalał jej wtedy siadać za swo-im biurkiem. Przez chwilę to ona była tu jakby najważniejsza.

Dzisiaj stanął za nią, pochylił się i zaczął głaskać ją po głowie.

– Świetnie ci idzie – powiedział.

Przesunął rękę na jej szyję i pocałował ją za uchem. Ada czuła, że to nie do końca dobre. Ale może tak jej się tylko wy-dawało. W końcu chodziło o księdza Wieśka, a on nie mógł robić złych rzeczy.

Mimo to poruszyła się nerwowo.

– Nie bój się.

– Nie boję.

– Wiesz przecież, że możesz mi zaufać.

Obróciła do niego głowę i się uśmiechnęła. No tak, wie-działa o tym. Wszyscy w Żeromicach mu ufali i go lubili. A nawet gdyby nie, to w zupełności wystarczało jej, że tata dobrze o nim mówił.

– To jak, ufasz mi?

– Tak – potwierdziła od razu, obawiając się, że jeśli tylko chwilę się zawaha, zrobi mu się przykro albo przestanie ją lubić.

– To dobrze.

Dotknął lekko jej ręki, a potem ujął dłoń i lekko pociągnął do góry.

– Spokojnie – powiedział.

Wstała, a potem prowadzona przez niego podeszła do niewielkiej kanapy przy ścianie.

– Połóż się.

– Ale mi się nie chce spać!

Uśmiechnął się szeroko i ciepło, aż Adzie zrobiło się trochę lepiej.

– Nie będziemy spać.

– To w takim razie nie chcę leżeć.

– A to dlatego, że nie wiesz, co jeszcze można robić.

Przeszło jej przez myśl, że mówi o rzeczach, o których tata nigdy nie chciał rozmawiać. O rzeczach z filmów dla dorosłych. Ada nie bardzo wiedziała, czym są, ale za każdym razem, gdy próbowała dopytać, tata od razu robił się nerwowy i to on zaczynał zasypywać ją pytaniami. Skąd wie, co wie, czy ktoś w szkole coś pokazywał albo o czymś mówił. Takie tam.

– Wszystko ci pokażę – powiedział ksiądz Wiesiek, a potem położył się na kanapie.

Wskazał jej miejsce obok siebie, a ona po chwilowym zawahaniu się położyła. Nic chyba jej się nie stanie.

– Brakuje ci taty? – spytał.

Ada nie odpowiadała.

– Tęsknisz za nim?

– Tak.

Objął ją, a ona znowu poczuła się trochę lepiej. Fajnie było mieć kogoś, kto rozumiał, że bez taty jest jej smutno.

Ksiądz Wiesiek gładził jej plecy i nawet jej to odpowiadało. Rozluźniła się trochę i zamknęła oczy, ale poczuła się dziwnie, kiedy zaczął dotykać ją po pupie i trochę mocniej ściskać.

Potem miała wrażenie, jakby coś wsuwał między jej pośladki. Spięła się i drgnęła nerwowo.

– Nic złego się nie dzieje… – szepnął do jej ucha. – Zaufaj mi…

Zaczął się poruszać, lekko, prawie niewyczuwalnie. Coś między jej pośladkami robiło się coraz większe.

– Ufasz mi? – spytał cicho.

– No tak.

– Ściągnij sukieneczkę.

– Ale…

– Ściągnij – powtórzył łagodnie. – Pomogę ci.

Podciągnął sukienkę, a potem wsunął powoli rękę między jej nogi. Zaczął oddychać głośno, cały czas zapewniając, że nie ma się czego obawiać.

3

Seweryn czuł się parszywie, jak najgorszy skurwiel na świecie. W dodatku od kiedy otrzymał pierwszego esemesa od Fenola, był na jego smyczy.

Znalazł się między Scyllą a Charybdą. Jak w ogóle mógł rozważać, czy bardziej liczą się dla niego dzieci, czy Kaja? Owszem, obowiązek ojcowski był dla niego niekwestionowanym priorytetem, od kiedy tylko diablice przyszły na świat, ale miał przecież świadomość, że wybierając dzieci, pogrzebie całe życie kobiety, którą kochał.

Podjęcie decyzji było niemożliwe. Kiedy Zaorski szedł w kierunku wejścia do komendy, jego umysł zwyczajnie się wyłączył. Świadomość zeszła na drugi plan, a na pierwszy wysunął się instynkt. Ten nakazywał mu zaś, by za wszelką cenę chronić dzieci.

Po tym, jak Seweryn opuścił policyjny budynek, Fenol przysłał mu kolejną wiadomość. Miał zrobić zakupy, a potem ponownie zjawić się w okolicach zamojskiego więzienia. Konkretnie w niewielkim przybytku serwującym kebab przy Piłsudskiego, naprzeciwko placówki pocztowej i pomnika charakterystycznej iskry, pierwszego polskiego odrzutowca.

Zaorski spodziewał się, że to właśnie tam ktoś w końcu się zjawi. Siedział jednak przy stoliku sam, wmuszając w siebie kolejne kawałki quritto. Ostatecznie nikt nie przyszedł, a Seweryn zrozumiał, że to wszystko jest jedynie chorą zabawą. Fenol czerpał przyjemność z tego, że mógł decydować o każdym najmniejszym detalu w życiu Zaorskiego.

W pewnym momencie emocje narosły tak, że Seweryn nie potrafił sobie z nimi poradzić. Gotów był właściwie na wszystko, nie myślał o konsekwencjach. Zabójca wybrał ten moment, by przysłać mu kolejną wiadomość.

„Pojedziesz do Żeromic. Niedługo odzyskasz dzieci".

„Pierdol się" – odpisał Zaorski.

Odpowiedź długo nie nadchodziła, a Seweryn przeklął się w duchu za impulsywność. Nie po to zabrnął tak daleko, by na ostatniej prostej postępować tak nieroztropnie.

Fenol szczęśliwie zignorował ów przejaw buntu, zapewne traktując go ni mniej, ni więcej jak brzęczenie małego owada, który zaraz gdzieś odleci.

„Twoje córki odbierze ze szkoły ksiądz. Pracownica socjalna mu ufa, nie będzie ich pilnowała".

Tylko tyle i aż tyle. Zaorski nabrał tchu, odsunął talerz z niedojedzonym quritto i wytarł dłonie w serwetkę. Ksiądz Wiesiek był w tej chwili ostatnią osobą, którą chciał widzieć w roli opiekuna Lidki i Ady, ale wyglądało na to, że jest sterowany przez Fenola. Dopóty, dopóki ich interesy są zbieżne, może nie było to najgorsze rozwiązanie.

„Wiesław?" – napisał Zaorski.

„Tak".

„To ty kazałeś mu łgać w sądzie?"

„Tak".

Seweryn zmrużył oczy, odnosząc wrażenie, że zaczyna nawiązywać z Fenolem osobliwą relację. Nie były to już pojedyncze wiadomości w dużych odstępach czasu, ale konwersacja na żywo. Jeszcze trochę i będą jak dwaj starzy kumple, pomyślał gorzko.

„Dlaczego?"

„Żeby sąd odebrał ci prawa rodzicielskie".

„Domyśliłem się. Ale po co?"

„To oczywiste. Żebyś nie miał wyjścia".

Rozmówca otwierał się coraz bardziej, jakby uznał, że na ostatniej prostej musi Zaorskiemu wszystko wyjaśnić.

Fenol stworzył układankę, w której najważniejszym elementem zdawało się zmuszenie Seweryna, by złożył doniesienie na komendzie. Przyparł go do muru, nie pozostawił mu żadnej innej możliwości. Tylko w jakim celu?

Tego pytania nie było sensu zadawać. Jeszcze nie. Zaorski miał jednak przeczucie, że prędzej czy później nie będzie musiał nawet o to pytać. Nadejdzie moment, kiedy Fenol sam wszystko mu wyjaśni.

Nie oznaczało to, że nie warto było drążyć innych kwestii i próbować dowiedzieć się czegoś, co zabójca niekoniecznie chciał przekazywać.

„Jak zmusiłeś księdza do współpracy?"

„Molestował dzieci".

Zaorski niemal poderwał się z krzesła.

„Co?"

„Wystarczyło pogrzebać w jego przeszłości. Z poprzedniej parafii po cichu go usunięto".

Seweryn poczuł, jak oblewa go fala gorąca. Świadomość, że jego dzieci po szkole odbierze pedofil, była nie do przyjęcia. Nie, to nie mogła być prawda. Fenol po raz kolejny sobie z nim pogrywał.

„Bez obaw. Wie, że jeśli ruszy twoje córki, ujawnię wszystko".

Zaorski wbijał wzrok w wiadomość tekstową.

„Odbierze je po lekcjach. Moment później ty je zabierzesz".

Chryste, czy on mówił poważnie? Powodów, by kłamać, miał z pewnością więcej niż by mówić prawdę. Mógł po prostu próbować wyprowadzić Seweryna z równowagi, by ten cały czas pozostawał lekko otumaniony.

„Jeśli coś im się stanie, zajebię cię jak psa" – napisał Zaorski.

Fenol nie odpisał. Seweryn wyszedł z baru z kebabem i rozejrzał się nerwowo. Cały czas miał wrażenie, że zabójca jakimś sposobem go obserwuje. I że wciąż szykuje dla niego coś, przy czym niedawna wizyta na komendzie okaże się niespecjalnie skomplikowanym zadaniem.

Kiedy komórka zawibrowała w dłoni Zaorskiego, ten szybko ją podniósł.

„Na poczcie naprzeciwko czeka na ciebie przesyłka".

Seweryn się tego spodziewał. Nie chciało mu się wierzyć, że wybór hotelu znajdującego się przy więzieniu i restauracji tuż obok poczty jest przypadkowy. Ruszył w kierunku niewielkiego budynku, zastanawiając się, co tam zastanie.

Kobieta za ladą była nieco skonsternowana, jakby nieczęsto dostarczano tutaj przesyłki na poste restante. Seweryn podał swoje imię i nazwisko, a potem odebrał paczkę. Otworzył ją dopiero w samochodzie.

Zawartość była inna, niż się spodziewał. T-shirt z Bachman-Turner Overdrive w jego rozmiarze, skórzana kurtka i czarna czapka z daszkiem. Dwie pierwsze rzeczy były nowe, trzecia nie. Była to czapka, którą stracił podczas spotkania z kierownictwem Grupy Białopolskiej.

Nie miał pojęcia, co to ma znaczyć ani czemu służy. Nie zastanawiał się jednak nawet chwili. Ostrożnie ściągnął koszulę i bluzę, upchnął je do pudełka, a potem włożył swój zwyczajowy uniform.

Każdy ruch wiązał się z bólem, a opatrunek, który założył dziś rano, praktycznie odpadł. Krew od razu pojawiła się na koszulce i Zaorski pożałował, że wcześniej nie zahaczył o toaletę w barze, by zająć się raną. Trudno, załatwi to przy najbliższej okazji, nie będzie przecież zwracał na siebie uwagi obsługi, wracając po chwili w zupełnie innych ciuchach.

Wyjął telefon i napisał wiadomość.

„Co to ma znaczyć?"

Fenol nie odpisywał przez kilkanaście minut. Kiedy w końcu to zrobił, odpowiedź nie miała nic wspólnego z pytaniem.

„Jedź do Żeromic" – polecił. „W Kawalądku ktoś będzie na ciebie czekał. Nic nie kombinuj".

Co miałby kombinować? Nawet gdyby znalazł w sobie odpowiednio dużo odwagi, nie miałby jak wymanewrować Fenola na ostatniej prostej. Zerknął na zegarek. Dziewczynki miały jeszcze lekcje, w szkole były całkowicie bezpieczne. Zaraz po skończeniu zajęć odbierze je Wiesław, a chwilę później przekaże je jemu.

Wszystko będzie dobrze.

Zaorski pojechał prosto na żeromicki rynek. Zaparkował w jednej z bocznych uliczek, a potem przeszedł kilkadziesiąt metrów do Kawalądka. Już z zewnątrz dostrzegł, kto czeka na niego przy stoliku – tym samym, przy którym zazwyczaj się spotykali.

Ozzy podniósł wzrok, ale nie wyciągnął do niego ręki.

Seweryn przez moment trwał w bezruchu przy stoliku, nie zajmując miejsca. Czy to możliwe, by Michał był Fenolem? I że właśnie teraz, w ten sposób, mu to komunikował? Czy może był jedynie pomagierem?

Nie, zabójca nie zdradziłby się, kiedy Zaorski mógł mu jeszcze w jakiś sposób zaszkodzić. Takie spotkanie przewidział z pewnością dopiero na sam koniec.

O współdziałanie z nim też nie sposób było Michała podejrzewać. W takim wypadku z pewnością jakoś zapobiegłby temu, co musiało wydarzyć się dziś rano w ich domu. I nie wyglądałby teraz na przygaszonego, jakby stracił całą ochotę do życia.

Seweryn właściwie się nie dziwił, choć na jego miejscu chyba zareagowałby wprost przeciwnie. Widząc, że policja wyprowadza Burzę, wskoczyłby na najwyższe obroty. Zamiast marazmu byłaby mobilizacja, zamiast fatalizmu wola walki.

Zaorski usiadł przy stole i jęknął, czując, jakby rana mu się powiększyła.

– Zamknęli ją… – wydusił Michał.

– Wiem.

Ozzy potrząsnął lekko głową, a potem wbił wzrok w Zaorskiego. Ten omiatał spojrzeniem to, co znajdowało się na stole. Nowy numer „Głosu Obywatelskiego", ostatnie wydanie „Wprost", do tego jakieś przekładane ciastko i kawa – standardowy zestaw Michała.

– Skąd? – spytał słabo burmistrz. – Skąd wiesz?

Seweryn nie miał pojęcia, co odpowiedzieć.

– Tylko dwie osoby wiedziały o tym, co się stało pod Delawą – dodał Ozzy. – Ty, bo byłeś tam z nią. I ja, bo mi o tym powiedziała.

– Nie tylko.

– Co?

Zaorski dopiero teraz uświadomił sobie, że mówi za cicho. Brakowało mu energii nawet do prowadzenia rozmowy. A już szczególnie takiej.

– Powiedziałem, że nie tylko my wiedzieliśmy – odezwał się nieco głośniej.

– Kto jeszcze? – spytał Michał, ożywiając się.

Tak niewiele było trzeba, by pomyślał, że to nie dawny przyjaciel zgotował jego żonie taki los. Niewielka furtka, ledwo uchylona. To dobitnie świadczyło o tym, jak porządnym człowiekiem jest Ozzy. I po raz kolejny sprawiło, że Seweryn pożałował powrotu do Żeromic i komplikowania Kai życia.

– To znaczy… – zaczął. – Owszem, tylko my wiedzieliśmy o tym, co konkretnie się stało. Znaliśmy szczegóły, ale…

– Mówisz, jakbyś był najebany.

Zasadniczo jego stan nie różnił się wiele od alkoholowego otumanienia. Myśli ledwo składały się w logiczne wnioski, ciało zdawało się nie należeć do niego, a cały świat odległy, może trochę nieprawdziwy, jakby Zaorski był postacią w jakiejś komputerowej grze.

– Kilka innych osób znało pojedyncze fakty – podjął Seweryn, mając nadzieję, że mówi z sensem. – I mogło je poskładać do kupy, a potem…

– O czym ty w ogóle mówisz?

– O podwładnych Burzyńskiego – wyjaśnił. – To oni zajęli się ciałami tamtych ludzi spod Delawy. Wtedy nie wiedzieli, że Kaja miała z tym jakikolwiek związek, zadbałem o to. Ale ostatecznie mogli połączyć jedno z drugim… a nawet poinformować Burzyńskiego.

Michał sprawiał wrażenie, jakby chciał w to uwierzyć. Nic dziwnego. Łatwo było rzucić cień podejrzeń na człowieka, którego obciążała wina za inne sprawy.

– Więc myślisz, że to oni?

– Może.

Seweryn wciąż nie mógł zrozumieć, co tutaj robił. Cały czas trzymał jedną rękę w kieszeni, przekonany, że komórka za moment zawibruje. Fenol jednak z jakiegoś powodu milczał.

Ozzy oparł łokcie na stoliku, a potem schował twarz w dłoniach, niszcząc swoją starannie ułożoną fryzurę.

– Co z nią będzie? – spytał. – Jakie mają dowody?

– Nie wiem.

– Myślisz, że mogą ją skazać? – ciągnął niewyraźnie Michał. – Że pójdzie siedzieć?

– Słuchaj, naprawdę nie…

– Kurwa, co ja zrobię? – przerwał mu Ozzy i podniósł głowę. – Jak wytłumaczę to Dominikowi? Jak w ogóle... – Pokręcił głową, jakby nie mógł się wybudzić z wyjątkowo okrutnego koszmaru. – Muszę coś zrobić, jakoś jej pomóc. Wykorzystam wszystkie przysługi, zapłacę, komu trzeba. Ale ona nie może... nie może trafić do więzienia.

Zaorski nie wiedział, jak zareagować. Zanim zdołał wpaść na coś odpowiednio uspokajającego, poczuł, że telefon w końcu zawibrował. Wyciągnął go tak, by Michał tego nie dostrzegł, a potem wbił wzrok w informację na wyświetlaczu.

„Fenol chce udostępnić plik.

Odrzuć. Przyjmij".

Skurwiel był gdzieś tutaj. W promieniu nie większym niż dziesięć metrów. Mógł stać na rynku albo siedzieć gdzieś w Kawalądku. Na dobrą sprawę mógł znajdować się naprzeciwko niego.

Obserwował go, przyglądał mu się. Czekał na odpowiedni moment, by wysłać ten plik. A może miał to już wcześniej zaplanowane? Może Zaorski był tylko jednym z pionków, które ten człowiek ustawiał wedle uznania?

Ozzy nadal rozwijał pesymistyczne wizje przyszłości, ale Seweryn przestał go słuchać. Przyjął plik i okamgnienie później w pamięci jego telefonu znalazła się notatka z kolejnymi instrukcjami.

„Powiedz Ozzy'emu, że to ty złożyłeś donos na jego żonę".

Zaorski wstrzymał oddech. Posłał przyjacielowi krótkie spojrzenie, a potem zerknął znacząco w kierunku toalety. Chciał ugrać nieco czasu, ale Fenol nie miał zamiaru mu na to pozwolić. Uzmysłowił mu to w kolejnej wiadomości.

„Już. Obserwuję cię".

Seweryn z trudem przełknął ślinę.

– Co jest? – zapytał Michał.

„Zrób to teraz. Twoje córki skończyły lekcje. Od odzyskania ich dzieli cię już tylko krok".

– Seweryn?

Co za skurwysyn, skwitował w duchu Zaorski. Co chciał osiągnąć, oprócz dalszego pomiatania nim?

Nie myślał racjonalnie. Powinien raczej zastanowić się nad tym, skąd Fenol wie, jaką ksywkę miał Michał w czasach szkolnych. I być może by to zrobił, gdyby nie fakt, że czas naglił. Jeśli diablice już skończyły zajęcia, Zaorski musiał jak najszybciej odebrać je z rąk księdza. Nawet jeśli Fenol nie mówił o nim prawdy, nie warto było ryzykować.

– To ja doniosłem na Kaję – powiedział.

Ozzy cofnął się i uniósł brwi. Sprawiał wrażenie, jakby Seweryn przywalił mu pięścią między oczy.

– Że co?

– To ja złożyłem donos na policję.

– Ale…

– Musiałem – uciął Zaorski, zanim przyjaciel zdążył na dobre zrozumieć to, co właśnie usłyszał.

Seweryn spuścił wzrok na komórkę.

„Co teraz?" – napisał. „Zadowolony?"

„Tak. Dzieci czekają na ciebie na plebanii".

Zaorski nie miał zamiaru dać Michałowi sposobności, by ten wszystko zrozumiał i uświadomił sobie, że naprzeciwko niego siedział człowiek, który pogrzebał jego szansę na szczęśliwą przyszłość.

W rzeczywistości Seweryn zrobił to już dawno, kiedy wrócił do miasteczka i nie potrafił zapanować nad dawnymi uczuciami. Ozzy jednak pozostawał nieświadomy. Więcej, podczas ich spotkań w Kawalądku zbywał wszystkie plotki na temat Kai i Zaorskiego śmiechem. W głowie mu się nie mieściło, by przyjaciel mógł mieć romans z jego żoną.

Tym trudniej było Sewerynowi zrobić to, do czego przed momentem został zmuszony.

Wstał od stołu, a potem, nie oglądając się za siebie, opuścił kawiarnię i skierował się do samochodu. Wciąż nie rozumiał, czemu to miało służyć i co Fenol chciał osiągnąć. Mniejsza z tym. Teraz liczyło się tylko to, że za moment odzyska Adę i Lidkę.

4

Ksiądz Wiesiek w pewnym momencie wstał i podszedł do biurka. Ada się ucieszyła, bo zaczynało jej się robić coraz bardziej gorąco i nie miała już żadnych wątpliwości, że to wszystko naprawdę są rzeczy z filmów dla dorosłych.

– Poczekaj chwilkę – powiedział ksiądz.

Szukał czegoś w szufladzie biurka, a kiedy to znalazł, odwrócił się do niej zadowolony. Zrobił krok w jej stronę, ale potem nagle się zatrzymał. Uniósł wzrok, jakby się nad czymś mocno zastanawiał.

Potem spojrzał na podniesioną sukienkę Ady i na jej majtki. Zawstydziła się, ale nie zakryła, bo może nie wypadało tego robić.

– Nie powiemy o tym nikomu, prawda? – spytał.

– Nie.

– Ani tacie, ani nikomu innemu?

Ada pokiwała głową. Nawet gdyby chciała powiedzieć, nie bardzo wiedziałaby jak. Zresztą skoro takie rzeczy powinny być tajemnicą, to dlaczego miałaby o nich komuś mówić? Bez sensu. Sekret to sekret.

– Dobrze…

Ksiądz Wiesiek wysunął spod szyi kawałek białej tektury, a potem zaczął rozpinać guziki. Rozebrał się, dysząc coraz głośniej, a potem podszedł do niej cały nagi. Ada nie chciała za bardzo patrzeć. Szczególnie na to, co sterczało z kępy ciemnych włosów pod brzuchem. Ksiądz był jednak tak blisko, że nie miała jak odwrócić wzroku.

– Weź go – powiedział.

– Ale… ale ja nie wiem…

– Musisz mi zaufać.

– Ale ja nie chcę.

– Nie? – spytał, podnosząc jej dłoń. Zacisnął ją na nim i zaczął przesuwać do przodu i do tyłu. – A zobacz, jak dobrze ci idzie.

W pewnym momencie przestał. Sięgnął po to, co wcześniej wyciągnął z szuflady. Jakieś niewielkie opakowanie, jak te, w których były lizaki.

– Jak jedna osoba się rozbiera, druga też powinna – powiedział.

– Dlaczego?

– Tak po prostu jest. Nie bój się.

Ada cofnęła rękę. Nie podobał jej się zapach, jaki roztoczył się w pokoju.

– Rozbierz się. Wszystko będzie dobrze.

– Muszę?

– Niczego nie musisz, ale tak pokażesz mi, czy mnie lubisz.

Wahała się, nie mogąc się zdecydować. Najchętniej zapytałaby Dominika, poznała szczegóły tego wszystkiego. On i jego koledzy lepiej znali te sprawy, chociaż nie chcieli o tym gadać. Kiedy któraś z dziewczyn próbowała o coś ich wypytać, tylko się śmiali, a potem pokazywali sobie coś na komórkach. Czyli oni już wszystko wiedzieli. Teraz Ada się dowie. I to od księdza Wieśka, który krzywdy jej nie zrobi. A potem będzie do przodu i zagnie Dominika, bo on tylko oglądał te rzeczy, a ona je robiła.

– Nic złego się nie stanie – dodał ksiądz. – Pokażę ci coś pięknego.

– No dobrze.

Do końca ściągnęła majtki, a potem sukieneczkę. Złożyła ją na krześle obok kanapy, żeby się nie pogniotła, a potem z powrotem się położyła.

Ksiądz Wiesiek odwrócił się na moment i jakby coś nakładał. Potem jęknął cicho i obejrzał się na nią. Patrzył jakoś niewyraźnie, jakby go tu nie było.

– Rozsuń nogi.

– Tak? – zapytała Ada i zrobiła, co jej kazał.

– Troszeczkę szerzej.

5

Seweryn wsiadł do samochodu i trzasnął za sobą drzwiami. Czuł się fatalnie, zarówno psychicznie, jak i fizycznie. Wciąż powtarzał sobie jednak, że za moment zobaczy córki i wszystko będzie dobrze.

Niewiele brakowało, a skupiając się na tej perspektywie, zapomniałby o tym, że jest nadal prowadzony przez Fenola. Cokolwiek planował ten człowiek, jeszcze się nie skończyło, a spotkanie Zaorskiego z córkami było tylko jednym z elementów jego gry.

Seweryn opuścił żeromicki rynek i skierował się ku plebanii. Nie jechał szybko, bo mimo że mu się spieszyło, nie chciał zwracać na siebie uwagi. Ostatnim, czego potrzebował, była kontrola policyjna.

Z głośników leciało *Drive* zespołu The Cars, które przywodziło Zaorskiemu na myśl niegdysiejsze szkolne potańcówki. Doskonale pamiętał, jak bawił się na nich z innymi dziewczynami, skupiając tylko na jednej – tej, która zazwyczaj stała pod ścianą i nie tańczyła.

Przy tej czy innej okazji niewiele brakowało, by do niej podszedł. Za każdym razem jednak tchórzył, choć grał przed sobą i innymi chojraka. O ile bowiem do innych dziewczyn zagadywał bez problemu, o tyle do Kai zwyczajnie nie potrafił. Nogi robiły mu się jak z waty, serce biło za szybko, a słów w gębie zwyczajnie mu brakowało.

Maskował to albo chłodem, albo obcesowością, co ona brała za przejawy braku sympatii lub za popisywanie się przed kumplami. Nic dziwnego, że tak łatwo było jej później uwierzyć, że całe to wspólne wyjście na studniówkę było kpiną z jego strony.

Seweryn przyspieszył trochę, uznając, że poza rynkiem raczej nie trafi na żaden radiowóz. Od plebanii dzieliły go dwie minuty, może nawet mniej. Piosenka nie zdąży się skończyć, a on będzie już trzymał córki w ramionach i myślał wyłącznie o tym, dokąd je zabrać i jak zapewnić im bezpieczeństwo.

Będą musieli uciekać z Żeromic, co do tego nie miał najmniejszych wątpliwości. Wcześniej jednak przyjdzie mu uporać się z Fenolem. Przypuszczał, że nie poznał jeszcze całej ceny za odzyskanie Ady i Lidki. Złożenie donosu na policji wydawało się jedynie niewinnym wstępem do tego, co go czeka.

Docisnął pedał gazu i zerknął niepewnie w lusterko. Wydawało mu się, że z oddali szybko nadjeżdża znajomy samochód, volvo Kai. Szybko złożył to na karb pragnień i zbyt intensywnych myśli.

Moment później zobaczył kościół i dopiero teraz na dobre dotarło do niego, że niebawem ujrzy diablice. Uśmiechnął się, ale kąciki ust natychmiast mu opadły, kiedy usłyszał dźwięk przychodzącej wiadomości.

Sprawdził telefon.

„Czekam na ciebie na plebanii" – pisał Fenol.

Wewnętrzny głos, który w umyśle Seweryna przeczytał tę wiadomość, był chrapliwy i niski. Niepokojący i złowróżbny. Sprawił, że Zaorski zacisnął mocniej dłoń na kierownicy, jakby nagle konieczne stało się znalezienie oparcia.

Ten skurwysyn będzie tam na niego czekał?

Tego się nie spodziewał. Przypuszczał, że Fenol jeszcze przez jakiś czas pozostanie w cieniu, a potem…

Zaorski przerwał rozmyślania, kiedy rozległ się klakson nadjeżdżającego volva. Seweryn znów spojrzał w lusterko i uświadomił sobie, że to naprawdę auto Burzy. Zwolnił, a wtedy volvo wyprzedziło go, nie zwalniając ani na moment. Dopiero kiedy znalazło się przed nim, raptownie zahamowało.

Seweryn cudem uniknął zderzenia, czując, jakby przez gwałtowne szarpnięcie rana całkowicie się otworzyła.

Z auta Kai wyskoczył Michał. Nie fatygował się nawet, by zamknąć drzwi. Natychmiast dopadł do hondy od strony kierowcy.

Nie, nie teraz, pomyślał Zaorski. Nie kiedy jestem kilkadziesiąt metrów od córek.

Ozzy szarpnął za drzwiczki, zanim Seweryn zdążył je zablokować. Złapał go za skórzaną kurtkę i wyrzucił na ulicę, jakby pozbywał się worka śmieci. Zaorski potrzebował chwili, by w ogóle zrozumieć, co się dzieje. Przetoczył się kawałek, a potem zerwał na równe nogi.

Stanęli naprzeciwko siebie. Michał dyszał ciężko, jakby przypędził tutaj z rynku na piechotę. W jego oczach widać było szaleństwo i gotowość do rzeczy, na które inaczej nie byłoby go stać.

Zaorski zerknął w kierunku plebanii.

– Słuchaj…

Michał nie pozwolił mu dokończyć. Ruszył na niego tak wściekle, że właściwie sam nie dał sobie szans, by dobrze przymierzyć. Seweryn bez trudu uchylił się przed prawym sierpowym, a potem odskoczył w bok.

Ozzy zatoczył się, przez moment nie mogąc złapać równowagi. Potem raptownie obrócił się do Zaorskiego, jednocześnie unosząc gardę. Spodziewał się ciosu, bo okazja do zadania go była całkiem niezła. Seweryn jednak nie miał zamiaru tego robić.

– Zapierdolę cię – syknął Michał. – Jak mogłeś, skurwielu…

Zaorski cofnął się w stronę samochodu.

– Po tym wszystkim, co dla ciebie zrobiliśmy – dodał Ozzy, podchodząc do niego.

Seweryn zrezygnował z prób uspokajania przyjaciela. Nie miał na nie czasu, podobnie jak na bijatykę. Jedyne, co mógł zrobić, to wsiąść do auta i jak najszybciej odjechać w kierunku kościoła.

– Dlaczego to, kurwa, zrobiłeś?

– Nie miałem innego wyjścia.

– Dlaczego?! – krzyknął Ozzy.

– Wyjaśnię ci wszystko, ale teraz muszę…

Nie zdążył nawet skończyć, bo Michał znów się na niego rzucił. Tym razem także nie zważał na to, by jego uderzenia sięgnęły celu. Wydawało się, jakby po prostu musiał rozładować całą furiacką energię, która w nim buzowała. Zaorski uchylił się przed ciosem, złapał Ozzy'ego za koszulę, a potem obrócił go i przyparł do samochodu.

– Spokojnie – powiedział.

– Jeb się! – krzyknął Michał i odchylił głowę.

Nieznaczny ruch wystarczył, by Seweryn zrozumiał, że za moment może oberwać z byka. Natychmiast odskoczył, gotowy na odparcie kolejnej fali chaotycznych uderzeń.

– Uspokój się – powtórzył. – I przypomnij sobie wszystkie bijatyki w szkole.

Nieraz ładowali się w problemy i najczęściej to nie Michał, ale Zaorski sprawiał, że nie kończyły się dla nich tragicznie. Ozzy nigdy nie uchylał się od bitki, szczególnie kiedy trochę wypił, i zazwyczaj to on obrywał najbardziej.

– To się dla ciebie dobrze nie skończy – dodał Seweryn.

– To? Człowieku, spierdoliłeś mi całe życie!

Należało zakończyć to jak najszybciej. Dziewczynki nie powinny dłużej na niego czekać, szczególnie jeśli Fenol rzeczywiście był na plebanii. Przyjaźń i to, jak wiele dla Seweryna zrobił Ozzy, nie miało żadnego znaczenia.

Liczyły się tylko Lidka i Ada.

– Mogę spierdolić ci dużo więcej – odparował Zaorski. – Więc wsiadaj do auta i…

– I co? – przerwał mu Michał, ledwo łapiąc dech. – Mam zostawić cię w spokoju? Tak po prostu? Nie, za chuja, nie.

– Więc co zrobisz?

– Obiję ci mordę, a potem będę tak długo cię okładał, aż…

– Lata temu nie potrafiłeś, a byłeś w dużo lepszej formie.

Nie musiał dodawać nic więcej. W oczach Ozzy'ego pojawiła się jeszcze większa wściekłość. Rzucił się na Zaorskiego niemal na oślep, z czego Seweryn natychmiast skorzystał. Uchylił się przed ciosem, a potem sam wyprowadził jeden, który miał być kluczowy. Trafił Michała w nasadę nosa, sprawiając, że przeciwnika na moment zamroczyło. Była to krótka, ale wystarczająca chwila. Zaorski przytrzymał go za koszulę, a potem poprawił kolejnym uderzeniem.

Trzecie było tak mocne, że Ozzy upadł na drogę.

Zaorski ruszył do auta.

6

Ada rozstawiła szeroko nogi, ale ksiądz Wiesiek nic nie robił. Położył się na niej i oddychał ciężko. Jego ciało było rozgrzane, przez co Adzie znów robiło się coraz cieplej. W dodatku zaczął się pocić i nie pachniał ładnie.

– Mogę już iść? – spytała cicho.

– Poczekaj... poczekaj jeszcze chwileczkę.

Dotknął jej ud i złączył je. Między nie włożył sterczący członek i zaczął lekko się poruszać. Ada poczuła, że przygniata ją coraz mocniej. Usta trzymał tuż przy jej uchu i sapał tak głośno, że nie słyszała niczego innego.

– Jesteś taka cudowna... – powiedział.

Nie podobało jej się to. Chciała, żeby już się skończyło.

– Muszę iść...

– Leż.

Zaczął poruszać się coraz szybciej, a po chwili jakby w nią uderzać z góry. Nie przypominało to niczego, o czym słyszała, i było nieprzyjemne. W dodatku ksiądz zaczął bardzo śmierdzieć. Zapach kłuł ją w nos i czuła, że za chwilę zrobi jej się niedobrze. To już naprawdę nie było miłe.

– Już nie chcę...

– Jeszcze nie zaczęliśmy.

– Proszę, ja już naprawdę nie chcę...

Złapał ją mocno za uda i rozsunął je tak szeroko, że wszystko ją tam zabolało. Ściskał skórę, aż ją piekła.

– Nie krzycz – szepnął. – Nie zrobię ci krzywdy.

7

Seweryn mógł właściwie dojść do plebanii na piechotę, zajęłoby mu to raptem minutę. Nie chciał jednak zostawiać samochodu. Podszedł do niego i przełożył nogę przez próg, kiedy nagle poczuł, jak czyjeś ręce zaciskają się na jego ramieniu.

Michał pozbierał się szybciej, niż Zaorski się spodziewał. I tym razem pomyślał, zanim zaatakował znów. Nie wyprowadził kolejnego ciosu, zamiast tego szarpnął mocno i kiedy znów wyciągnął Seweryna z auta, spróbował wejść w klincz.

Zaorski natychmiast odpowiedział uderzeniem głową. Czapka spadła na jezdnię, a Michał zrobił kilka chwiejnych kroków w tył. Seweryn od razu do niego dopadł, nie mając zamiaru pozwalać na dalszą zwłokę. Uderzył raz z dołu, a potem poprawił mocnym prawym sierpowym.

Krew z ust Ozzy'ego trysnęła na hondę, a w jego nosie coś gruchnęło. Michał znów stracił równowagę, przez moment zdawał się balansować, a potem upadł na ulicę z głośnym jękiem.

– Wystarczy tego – rzucił Zaorski.

Wziął zamach i kopnął przyjaciela w podbrzusze tak mocno, że ten skulił się, sycząc z bólu. Nie było wyjścia. Każda minuta mogła okazać się cenna, a jedynym obowiązkiem Seweryna w tej chwili było zabranie córek z plebanii.

– Nie wstawaj – powiedział.

Ozzy zakaszlał i wypluł krew, a Zaorski obrócił się i ruszył z powrotem do samochodu. Teraz nic nie mogło mu przeszkodzić. Za kilkadziesiąt sekund zaparkuje pod budynkiem, a potem wejdzie do środka, nie fatygując się nawet o to, by zapukać. Zabierze dzieci i odjedzie. Nie będzie tracił czasu na tłumaczenie Wiesławowi, jak duży błąd popełnił, kiedy zeznawał przeciwko niemu w sądzie.

Seweryn był przekonany, że tak się stanie.

Znów się przeliczył.

Michałowi udało się poderwać i zdobyć się na ostatni desperacki atak. Rzucił się na Seweryna od tyłu i popchnął go tak mocno, że ten wyrżnął przodem o auto. Lusterko trafiło w miejsce, gdzie znajdowała się otwarta rana.

Zaorskiemu zrobiło się ciemno przed oczami.

Obrócił się, uderzając plecami o karoserię i starając się odzyskać władzę nad ciałem. W jednej chwili ręce i nogi zdawały się zupełnie zwiotczeć, a przemożny szum w uszach sprawił, że nie sposób było zrozumieć, co się dzieje.

Cios między oczy.

Uderzenie w brzuch.

Zamglonym wzrokiem omiótł swój czarny T-shirt. Nawet na ciemnym materiale widać było dużą plamę krwi.

Kolejny cios trafił go w skroń. Zaorski niemal się przewrócił, ale Michał szybko go przytrzymał. Poczuł, że ma nie tylko inicjatywę, ale też całkowitą kontrolę nad sytuacją. Przez moment wyraźnie nie rozumiał, jak do tego doszło, potem jednak zobaczył plamę krwi.

– Jesteś, kurwa, ranny? – wysapał.

Nie czekał na odpowiedź, zamiast tego uderzył z całej siły w miejsce, gdzie Dydul ranił Seweryna nożem. Zaorskiemu zrobiło się jeszcze ciemniej przed oczami, nadszedł odruch wymiotny. Ozzy poprawił uderzenie, a potem pozwolił przeciwnikowi osunąć się po karoserii na jezdnię.

Seweryn upadł. Tylko jedna myśl kołatała mu się w głowie.

To nie mogło się tak skończyć. Nie kiedy miał córki już na wyciągnięcie ręki.

8

Ksiądz Wiesiek ścisnął jej udo na tyle mocno, że Ada krzyknęła. Zareagował od razu. Puścił nogę i zasłonił jej usta ręką. Przyciskał mocno, bardzo mocno, a ona nie potrafiła się wyrwać. Czuła się, jakby spadł na nią cały ciężar świata.

Zaczęła płakać i krzyczeć, ale on w ogóle tego nie słyszał. Wsadził jej palec między nogi, a ona pisnęła z bólu. Potem spróbował wsunąć jej coś większego. Zabolało tak, jakby chciał ją rozerwać.

Nie wchodziło. Przynajmniej przez chwilę. Potem wepchał to z całej siły, a ona ugryzła go w rękę. Nie cofnął jej, nic sobie z tego nie robił.

Krzyczała, próbowała się wyrwać i jednocześnie płakała. Nie wiedziała, co się dzieje. Wiedziała jedynie, że ksiądz Wiesiek zadaje jej okropny ból. Jakby mu to nie przeszkadzało, uderzał coraz mocniej i szybciej, a ona zrozumiała, że z jakiegoś powodu nie może przerwać. Był jak szaleniec, który znęcał się nad nią bez końca.

Błagała, by przestał, ale nie wiedziała nawet, czy wydaje jakiś dźwięk. Cały czas czuła ból jak nigdy wcześniej. Do tej pory nie wiedziała, że ktoś może robić komuś aż taką krzywdę. Pomyślała, że za chwilę umrze.

9

Kaja Burzyńska siedziała w pokoju przesłuchań na żeromickim komisariacie i miała wrażenie, że bierze udział w jakimś przedstawieniu. Pół godziny temu Hajduk-Szulc przyniósł jej szklankę wody i paczkę ciastek, ale było to raczej komiczne niż pomocne. Kiedy spytała, co tutaj robi, sierżant w odpowiedzi tylko wzruszył ramionami.

Oficerowie z Zamościa przyprowadzili ją tutaj, zamknęli w pomieszczeniu i znikli. Była przekonana, że wrócą za moment z Konarzewskim, ale mijały godziny, a po nich nie było śladu.

W końcu jednak kogoś się doczekała. Najpierw usłyszała dźwięk otwieranego zamka, a potem w progu zobaczyła komendanta w towarzystwie Korolewa. Za nimi do środka wszedł mężczyzna, którego nie znała.

– Juryj Małofiejew – przedstawił się.

– Białoruska milicja – dodał Anton.

Przybysz nie wyglądał na stróża prawa, bardziej kojarzył się Burzy z drobnym handlarzem ze wschodu. Wszyscy trzej usiedli po drugiej stronie stołu, przyglądając się Kai, jakby była jakimś wyjątkowym okazem.

Burza wbiła wzrok w przełożonego.

– Panie inspektorze, co ja tutaj, do cholery, robię?

– Ty mi powiedz.

– Słucham?

Konar przewrócił oczami i odsunął się nieco od stołu, by nie dotykać go brzuchem.

– Tych dwóch z Zamościa kazało cię tutaj zamknąć i czekać na dalsze instrukcje – burknął. – Zachowują się, jakby mieli cokolwiek do gadania.

Kaja rozłożyła ręce i powiodła wzrokiem po pokoju.

– Najwyraźniej mają, skoro tutaj jestem.

– To akurat przejaw mojej dobrej woli – odparł Konar. – Wolałem, żebyś do wyjaśnienia sprawy posiedziała tutaj, a nie u nich.

Przez chwilę w pomieszczeniu panowała cisza. Juryj Małofiejew wyglądał, jakby nie do końca wiedział, w jakim celu w ogóle go tutaj ściągnięto.

– Wyjaśnisz mi, o co chodzi? – dodał komendant.

– W czym?

– W całym tym zatrzymaniu.

– Nie wie pan?

Było jasne, że oficerowie z Zamościa nic mu nie zdradzili, a Kaja nie miała zamiaru robić tego za nich. Zresztą najwyraźniej mieli ważniejsze rzeczy do roboty, inaczej by jej tutaj nie zostawili.

Miała aż zanadto czasu na to, by zastanowić się, co mogło tak nagle ich zająć. W pierwszej chwili myślała, że po prostu dostali wezwanie z okolicy. Nie była to jednak ich właściwość miejscowa, a poza tym dawno by wrócili. Musiało chodzić o coś innego. Może o coś związanego z nią?

Skoro już się tutaj zjawili, mogli chcieć zebrać jak najwięcej materiału dowodowego. Od Michała niczego by nie wyciągnęli, ale inne osoby poświadczyłyby, że w czasie, kiedy pod Delawą doszło do zabójstwa dwóch mężczyzn, Burzy nie było w Żeromicach.

– Gdybym wiedział, tobym nie pytał – odezwał się Konarzewski. – I liczę na to, że moja podkomendna mi to wyjaśni.

– Obawiam się, że nie.

– Co takiego?

Teraz mogła pozwolić sobie na wszystko, nawet na niesubordynację. Zresztą co miała mu powiedzieć? Że zabiła dwie osoby, zatuszowała to razem z Sewerynem, a teraz za sprawą Fenola za to odpowie?

Wszystkiego dowie się w swoim czasie. On i całe Żeromice.

– Przepraszam, panie inspektorze, ale po prostu nie mogę.

Nie miała zamiaru precyzować i liczyła na to, że ta enigmatyczność spowoduje, iż komendant odpuści. Może uzna, że uczestniczyła w jakimś postępowaniu, o którym nie mogła nikogo informować. Może pomyśli, że po prostu nie chce się z nim dzielić żadnymi informacjami. Bez różnicy.

– Dobrze... – mruknął Konar. – W takim razie powiedz mi chociaż, gdzie są ci dwaj, którzy cię tu przywieźli?

– Niestety nie wiem.

– Wyjaśnij więc, dlaczego przyprowadzili cię w kajdankach i kazali stąd nie wypuszczać.

– O to trzeba zapytać ich.

– Tyle że ich tu nie ma.

Kaja wzruszyła ramionami, a przełożony zaklął pod nosem i popatrzył bezradnie na Korolewa. Ten wydawał się kompletnie niezainteresowany tym, z czego wynikała ta osobliwa sytuacja. Był myślami gdzie indziej, a siedzący obok niego Białorusin sprawiał identyczne wrażenie.

– Niewiarygodne, co się tu odstawia... – odezwał się komendant. – Najpierw przyjeżdżają garnitury z Warszawy, robią, co im się żywnie podoba, a teraz to. Czy ktoś w ogóle bierze pod uwagę, że w jakimś celu ustanowiono właściwość miejscową jednostek policji?

Konarzewski powiódł wzrokiem po zebranych, ale szybko stało się jasne, że nikt nie przykłada najmniejszej wagi do jego słów.

– Przejdźmy do rzeczy – odezwał się Anton.

Rzucił coś po białorusku do Małofiejewa, a ten od razu skinął głową i sięgnął do teczki, którą przyniósł ze sobą.

– Do rzeczy? – spytała Kaja.

– Chyba nie sądzi pani, że przyszliśmy tutaj, żeby słuchać pani pogadanki z przełożonym.

Burza uznała, że nie musi odpowiadać. Czekała, aż prokurator podejmie właściwy temat.

– Na podstawie całego zebranego materiału dowodowego międzywydziałowa grupa śledcza doszła do wniosku, że zabójca albo mieszkał, albo wciąż mieszka w Żeromicach – powiedział w końcu Korolew.

Siedzący obok Juryj wysunął z teczki kilkanaście niezbyt wyraźnych fotografii i rozsunął je na stole.

– A jeśli nawet nie, to zakładamy, że był tu przynajmniej kilkakrotnie – ciągnął prokurator. – Zamierzamy pokazać te zdjęcia wszystkim, którzy będą gotowi się im przyjrzeć, ale chcielibyśmy zacząć od pani.

Kaja przysunęła się do stołu.

– Co to za zdjęcia? – spytała.

– Jedyne, które pokazują trzy dziewczynki, zanim zostały porwane – wyjaśnił Anton. – Do ich uprowadzenia doszło mniej więcej w tym samym czasie, niestety żadna z kamer przemysłowych tego nie zarejestrowała. Białoruś widać nie jest takim policyjnym państwem, jak sądzimy, bo monitoring uliczny pozostawia wiele do życzenia.

Burza przyjrzała się pierwszej fotografii. Szybko rozpoznała na niej Heidi. Dziewczynka szła z rodzicami po centrum handlowym, zadowolona i całkowicie nieświadoma tego, co miało niebawem ją spotkać.

Była widoczna jeszcze na paru zdjęciach. Na pozostałych Kaja dostrzegła dwie kolejne ofiary Fenola. Patrzenie na te dziewczynki żywe, uśmiechnięte i niewyczuwające zagrożenia było bardziej dojmujące, niż Kaja się spodziewała.

– Proszę się przyjrzeć wszystkim osobom widocznym na zdjęciach – powiedział Korolew. – Zakładamy, że porywacz na tym etapie musiał już śledzić dziewczynki i ich rodziców, przyglądać się im i czekać na odpowiedni moment.

Może rzeczywiście tak było, ale już na pierwszym zdjęciu liczba ludzi w centrum handlowym była zbyt duża, by wyłowić spośród nich kogoś, kto mógł zachowywać się podejrzanie.

– Jak mówiłem, zakładamy, że zabójca tutaj bywał – dodał Anton. – Może kogoś pani rozpozna.

Kaja szczerze w to wątpiła. Założenie, że Fenol pochodził z Żeromic lub obecnie tu mieszkał, było chybione. I mogło zostać przyjęte jedynie przez ludzi z zewnątrz, którzy widząc niewielką, zamkniętą społeczność, od razu upatrywali w niej siedliska zła.

– To bez sensu – powiedziała.

– I tak nigdzie się pani nie wybiera. Funkcjonariusze z Zamościa jasno dali do zrozumienia, że nie może pani opuścić tego miejsca, dopóki nie zjawią się z powrotem.

– Jasne – odburknęła.

Tak czy inaczej sprawdziłaby te fotografie na wszelki wypadek. W końcu jeśli istniała choćby nikła szansa na namierzenie Fenola, należało z niej skorzystać. Trzech mężczyzn zostawiło ją ze zdjęciami i opuściło pokój. Konarzewski nieco się ociągał, jakby chciał jeszcze przez moment na nią naciskać, ale ostatecznie dał jej spokój.

Kaja skupiła się na fotografiach. Pewnie dostaliby je znacznie szybciej i nie przez posłańca, gdyby tylko współpraca między polską policją a białoruską milicją układała się nieco lepiej. Z drugiej strony długo nie wiedzieli nawet, że dziewczynki pochodzą ze wschodu. Wszyscy stawiali na przeciwny kierunek.

Fenol o to zadbał, dość sprawnie myląc trop. Ten i każdy inny. Głosy z zaświatów mówiące po niemiecku, motyw wypędzenia polskich dzieci przez hitlerowców. Wszystko to było zręcznie i skrupulatnie przygotowane. Aż do momentu, kiedy Seweryn znalazł wskazówki świadczące o tym, że dzieciaki cierpiały na choroby wywołane eksplozją reaktora jądrowego sprzed ponad trzydziestu lat.

Fenol chciał to ukryć. A zatem może rzeczywiście ten trop był właściwy.

Burza przyjrzała się zdjęciom uważniej. Nie były zbyt dobrej jakości, niektóre osoby na stopklatkach były rozmazane. Białorusini pewnie nie udostępnili nagrań, a jakże. Zdziwiłaby się, gdyby było inaczej.

Kaja wodziła wzrokiem od osoby do osoby, szukając kogoś, kogo mogłaby rozpoznać. W pewnym momencie wydawało jej się, że przy jednej z witryn dostrzegła Michała. To było jednak absolutnie niemożliwe, mąż miał niepodważalne alibi – w końcu sama mogła zaświadczyć, gdzie był w ostatnim czasie.

Dopatrywała się znajomych twarzy u zupełnie obcych ludzi. Normalna rzecz, która nie powinna jej…

Tok myśli nagle się urwał, a Burza zamrugała nerwowo. Pochyliła się bardziej nad jednym ze zdjęć, niepewna, czy dobrze widzi.

Nie, to niemożliwe.

Podniosła fotografię i zerwała się z krzesła. Podłożyła ją pod lampę sufitową tak, by światło nie obijało się w miejscu, gdzie widniała postać, którą rozpoznała. Czy na pewno? Może umysł znów płatał jej figle?

Stała chwilę w bezruchu, starając się przesądzić, czy to zwidy.

Nie myliła się.

Mimo że wydawało się to niemożliwe, rozpoznała tę osobę. Nie na sto procent, ale przecież trudno było przy takiej jakości zdjęcia mieć absolutną pewność.

Natychmiast ruszyła w kierunku drzwi. Spodziewała się, że były zamknięte, ale najwyraźniej komendant nie traktował jej jako realnego zagrożenia. I nie spodziewał się, że istnieje ryzyko ucieczki.

Kaja przebiegła przez część wspólną i dopadłszy do drzwi gabinetu szefa, natychmiast je otworzyła. Wpadła do środka, jakby miała zamiar zaatakować Konarzewskiego. Zamiast tego tylko przesunęła jego krzesło.

– Co ty, do kurwy nędzy…

– Moment.

Pochyliła się nad komputerem, a potem włączyła wyszukiwarkę obrazów. Szybko odnalazła to, czego potrzebowała. Przyłożyła zdjęcie do monitora, a potem wskazała osobę w centrum handlowym.

Komendant spojrzał na fotografię, potem na ekran. Kilkakrotnie przesuwał wzrokiem od jednego do drugiego.

– To…

Zerknął na imię i nazwisko, które Burza wpisała w wyszukiwarkę.

– Niech mnie chuj…

Kaja nie miała zamiaru tracić czasu. Zostawiła zdjęcie, zabrała z biurka kluczyki do auta i wybiegła z pokoju przełożonego. Na odchodnym krzyknęła tylko, by ją krył, kiedy wrócą
policjanci z Zamościa.

– Zaraz! – ryknął Konar, podnosząc się z krzesła.

– Niech mi pan zaufa! – odkrzyknęła i popędziła w kierunku wyjścia.

10

Zlokalizowanie samochodu Konarzewskiego nie nastręczało
żadnych problemów. Stary volkswagen passat stał przy samym wejściu do komendy, jakby szef czuł potrzebę, by pokazać wszystkim, że to on jest tu najważniejszy.

Być może ta sama potrzeba sprawiła, że pozwolił jej opuścić komendę. Zrobienie czegoś wbrew ludziom, którym wydawało się, że mogą nim sterować, z pewnością dostarczy mu
pewnej satysfakcji. A może po prostu rzeczywiście po tylu
latach ufał jej na tyle, by wiedzieć, że wróci.

Nieistotne. Teraz liczyło się, by jak najszybciej dostała się
na plebanię.

Echa porannej rozmowy z Michałem nadal nie przebrzmia-
ły w jej głowie. Pamiętała doskonale, że Ada i Lidka po szkole
miały spędzać czas z księdzem Wieśkiem. I Burza nie przypuszczała, by mężowi udało się temu zapobiec – od rana miał
inne rzeczy na głowie i z pewnością odchodził od zmysłów.

Wsiadła do samochodu przełożonego, wycofała z parkingu i szybko pojechała w stronę kościoła.

Wiedziała, że to tam musi się skierować. Wiadomości Fenola wskazywały na ten dzień jako sądny – i Kaja była przekonana, że nie dotyczy to wyłącznie jej. Ona miała dziś trafić do aresztu, ale jeszcze gorszy los z pewnością spotka Seweryna. Wszystko zostało zaplanowane tak, by to dzisiaj tragiczne wydarzenia osiągnęły apogeum.

Przyspieszyła, z niepokojem patrząc na wskaźnik poziomu paliwa. Komendant najwyraźniej nie miał nic przeciwko jeżdżeniu na rezerwie, z pewnością czekał na najodpowiedniejszy moment, kiedy benzyna stanieje o parę groszy. Burza zaklęła w duchu. Powinno wystarczyć, dojechałaby na plebanię nawet na oparach.

Wcisnęła gaz jeszcze mocniej, nie przejmując się zwiększonym spalaniem paliwa. Kiedy wjechała na drogę prowadzącą bezpośrednio do kościoła, dostrzegła w oddali charakterystyczne bordowe kombi.

Widok sprawił, że odetchnęła. Miała namacalny dowód na to, że Sewerynowi nic się nie stało. Przeżył wczorajsze wydarzenia i przyjechał do Żeromic. Wszystko było w porządku.

A przynajmniej tak się jej wydawało, dopóki nie podjechała bliżej.

Drzwi od strony kierowcy były otwarte, a samochód Zaorskiego zaparkowany tak, jakby musiał nagle hamować.

Burza zatrzymała się obok niego i zgasiła silnik. Rozejrzała się niepewnie, zastanawiając, o co chodzi. Wyskoczył z samochodu i popędził piechotą na plebanię? Dlaczego miałby to robić tak blisko celu?

Wysiadła z auta i obeszła hondę, szukając jakiegokolwiek wyjaśnienia. Dopiero po chwili zauważyła plamy krwi na karoserii. Poczuła nadchodzący paraliż, ale natychmiast sobie z nim poradziła. Instynkt śledczego zrobił swoje.

Powiodła wzrokiem po jezdni, dostrzegając kolejne rozbryzgi. Zdawały się świadczyć o tym, że doszło tutaj do jakiejś bijatyki. Zaraz potem zauważyła inne ślady krwi, znacznie mniej rozstrzelone. Ewidentnie spadły pionowo, zapewne z rany Zaorskiego. Tuż za autem leżała jego czapka.

Kiedy Kaja powiodła wzrokiem w kierunku kościoła, zamarła. Kilkanaście metrów dalej na poboczu zobaczyła leżącego na ziemi mężczyznę. Czarna skórzana kurtka nie pozostawiała wątpliwości, kim jest.

Burza bez zastanowienia popędziła w jego kierunku. Dopadła do niego, a potem obróciła go na plecy. T-shirt był zalany krwią, twarz Seweryna podobnie. Wyglądał, jakby trzymał się życia ostatkiem sił.

– Burza? – spytał.

Oczy miał tak spuchnięte, że pytanie bynajmniej jej nie dziwiło.

– Ze mną wszystko okej… – wydusił. – Odpoczywam tylko…

Nie było tak źle. Nie tak bardzo, jak sądziła, skoro zbierało mu się jeszcze na żarty.

Spojrzała w stronę samochodu i zrozumiała, że przejście tego dystansu kosztowało go sporo sił. Podłużne ślady na poboczu świadczyły o tym, że ostatnie metry próbował pokonać, czołgając się.

Burza dotknęła delikatnie jego twarzy, starając się ocenić obrażenia. Sporo rozcięć i jeszcze więcej miejsc, gdzie już zdążyła zrobić się opuchlizna. Jeden ząb chyba ułamany, ale nie były to w tej chwili najważniejsze rzeczy.

Ostrożnie podciągnęła jego koszulkę, a Zaorski syknął z bólu.

– Dobierasz się do mnie?

– Zamknij się.

Rana była otwarta. Krew wylewała się z niej, jakby ktoś w jego bebechach odkręcił kurek. Burza otarła czoło wierzchem dłoni i dopiero po chwili zorientowała się, że ma już ręce całe we krwi. Strużka spłynęła jej do oka.

– Dobrze to wygląda? – zapytał Zaorski.

Nie wiedziała nawet, jak to skwitować.

– W aucie są opatrunki.

Szybko przyniosła torbę, w której znajdowało się wszystko, czego potrzebowała. Zdezynfekowała ranę, przyłożyła do niej gazę, a potem mocno obwiązała. Nie wyglądało na to, by było to choć trochę pomocne.

– Seweryn…

– Będzie dobrze.

Przesunęła dłonią po jego twarzy i odniosła wrażenie, jakby każda jedna rana powodowała również u niej fizyczny ból.

– Co tu się stało? – spytała.

– Rozmawiałem z twoim mężem.

– Co? – wypaliła. – Michał ci to zrobił?

Rozejrzała się, jakby jeszcze gdzieś w pobliżu mogła go dostrzec.

– Właściwie to Dydul – odparł Zaorski, próbując się podnieść. Natychmiast przycisnęła go do ziemi. – Ozzy miał po prostu trochę szczęścia.

– Jezu… Ale co wy…

– Różnica zdań – uciął Seweryn. – Pomożesz mi wstać?

– Nie.

Popatrzył na nią mętnym wzrokiem spod obrzmiałych powiek.

– Burza, muszę wstać – rzucił. – Moje dzieci są pod opieką pedofila.

– Pedofila?

– I zabójcy – dodał Zaorski. – W dodatku ten drugi gwarantuje, że włos im z głowy nie spadnie. Ale sama rozumiesz, że to…

– Nic nie rozumiem.

– Wiem – przyznał i kaszlnął, wypluwając na bok trochę krwi. – Ale wszystko ci wyjaśnię. Musimy tylko zabrać stąd moje córki.

O czym on mówił?

Dopiero po chwili do Kai zaczął docierać sens jego słów.

– O Boże… – jęknęła.

Zmusił się, by utrzymać otwarte powieki. Słyszał trwogę w jej głosie i od razu zrozumiał, że nie jest na wyrost.

– Chcesz powiedzieć, że Fenol tu jest? – spytała.

– Tak.

– Seweryn…

– Mhm? – mruknął, ostrożnie dotykając opatrunku i sprawdzając, czy dobrze się trzyma.

Burza nabrała głęboko tchu. Jeśli miał rację, powinni natychmiast zapewnić dziewczynkom bezpieczeństwo. To w tej chwili było najważniejsze. Nawet bardziej niż wyjaśnienie Zaorskiemu, kim jest zabójca.

Kaja pomogła mu wstać i szybko ruszyli w kierunku plebanii. Seweryn wspierał się na niej, powłócząc nogami, a ona zastanawiała się, czy za moment się nie wykrwawi.

– Wszystko ci wyjaśnię… – powtórzył nieobecnym głosem.

– Lepiej żeby.

– To zatrzymanie też.

Spojrzała na niego niepewnie.

– Wiesz o zatrzymaniu? – spytała.

Mógł mieć na myśli coś innego, niekoniecznie poranną wizytę dwóch oficerów z Zamościa. Seweryn jednak nie odpowiedział, a ona nie miała okazji drążyć.

– Co ty tu w ogóle robisz? – spytał.

Ona też miała sporo do wyjaśnienia. Z pewnością o wiele więcej niż on.

Zbliżali się do wejścia i uznała, że im szybciej to zrobi, tym lepiej.

– Wiem, kim jest Fenol – powiedziała.

Zaorski mimowolnie się zatrzymał. Chwilowy szok sprawił, że Seweryn wyglądał, jakby ktoś przyłożył mu defibrylator do piersi i na moment przywrócił do pełni formy.

– Co? – wydusił. – Skąd? Jak?

– Dostaliśmy zdjęcia z Białorusi. Widać na nich dziewczynki na krótko przed porwaniem.

Seweryn zmusił się, by ruszyć w kierunku budynku.

– I?

– I na jednym z nich widać też osobę, którą dobrze znasz.

– Kogo?

– Martynę.

– Co takiego?

– Twoją żonę – dopowiedziała Burza i odniosła wrażenie, że teraz na jej barkach spoczął cały ciężar ciała Zaorskiego. – Widziałam ją tylko na zdjęciach, więc musiałam się upewnić, ale… to na pewno ona, Seweryn.

– Na… na Białorusi? Z jedną z…

– Z Heidi – przerwała mu Kaja. – Prawdopodobieństwo, że to przypadek, jest zerowe.

– Ale…

Był zbyt oszołomiony, by poskładać to w logiczną całość. Po prawdzie ona także jeszcze tego nie zrobiła. Miała trochę więcej czasu i była w nieco mniejszym szoku, ale i tak nie potrafiła zrozumieć wszystkiego.

Zatrzymali się przed drzwiami.

– Fenol to… moja żona? – odezwał się nieprzytomnym głosem Seweryn.

– Tak.

– Ale jak? Dlaczego? Jakim cudem ona i Grupa Białopolska… Nie, to musi być jakaś pomyłka.

Burza pożałowała, że nie zabrała ze sobą zdjęcia. To rozwiałoby jego wątpliwości.

– To niemożliwe.

– Też tego do końca nie rozumiem – odparła. – Wiem za to, co planowała Martyna.

Popatrzył na Burzę tak zamglonym wzrokiem, że nie wiedziała nawet, czy jej słowa do niego docierają.

– Chce mieć swoją rodzinę w komplecie – dodała. – I dlatego to tu i teraz miała rozegrać się…

– O czym ty mówisz?

Kaja otworzyła drzwi i pomogła Zaorskiemu wejść do środka. Na plebanii panowała cisza, która zdawała się nie zapowiadać niczego dobrego.

– Później – powiedziała Burza. – Teraz znajdźmy twoje dzieci.

Przeszli przez korytarz, zostawiając za sobą coraz więcej kropel krwi. Kaja miała nadzieję, że kapią z mokrej koszulki, ale było w tym chyba więcej optymizmu niż rozsądku.

Dotarli do gabinetu księdza i wymienili się niepewnymi spojrzeniami. Drzwi były uchylone, ze środka nie dochodził żaden dźwięk.

Spóźnili się? Może Martyna zdążyła już zabrać stąd dzieci? A może zrobił to ksiądz Wiesiek, widząc, że coś jest nie w porządku?

Burza była przekonana, że odpowiedzi czekają za drzwiami. Kiedy je lekko popchnęła, oboje zobaczyli widok tak makabryczny, że mimowolnie się cofnęli.

Kaja poczuła, jak żołądek podchodzi jej do gardła. Przez moment to ona zdawała się wspierać na Sewerynie, a nie odwrotnie. On zaś trwał z kamiennym wyrazem twarzy, wstrzymując oddech.

Burza próbowała coś powiedzieć, ale nie mogła dobyć głosu.

Na środku pokoju leżał nagi ksiądz Wiesiek. Jego otwarte oczy robiły upiorne wrażenie, a rozstawione szeroko ręce przywodziły na myśl męczeńską pozę. Ślady na klatce piersiowej i rozorane gardło nie pozwalały przesądzić, co było przyczyną śmierci.

Kaja z obrzydzeniem spojrzała między nogi ofiary, a potem przeniosła wzrok na jego usta. Z trudem powstrzymała odruch wymiotny. Członek był oberżnięty u podstawy i wepchnięty prosto między wargi. Genitalia zmiażdżone.

W pokoju unosił się smród tak ohydny, że Kaja musiała wycofać się na korytarz. Seweryn został w środku, podpierając się o ścianę. On także od razu zrozumiał, co musi oznaczać ten widok.

Zaorski wyszedł za Kają na zewnątrz, nie bardzo wiedząc, w jakim świecie się znalazł. Z pewnością nie w realnym. Zatoczył się, przytrzymał ściany, a potem nogi się pod nim ugięły. Upadł zaraz za wyjściem z plebanii.

– Seweryn!

Burza jeszcze przed momentem wyglądała, jakby miała zwrócić wszystko, co dziś zjadła. Kiedy jednak do niego doskoczyła, kolory natychmiast jej wróciły, zupełnie jakby przełączyła się na zupełnie inny tryb.

Pomogła mu wstać.

– To… – zaczęła niepewnie, patrząc w kierunku budynku. – To nic nie znaczy.

Myliła się. Jeśli Martyna naprawdę była Fenolem, to mogło znaczyć tylko jedno. Nie dopilnowała, by ich córkom nie stała się krzywda. Przeszacowała siłę swoich gróźb – i nie doceniła wynaturzonej żądzy, która kierowała Wiesławem. Doszło do tragedii, a ona zjawiła się tutaj zbyt późno, by jej zapobiec.

Potem zrobiła jedyną rzecz, jaka jej pozostała. Wymierzyła karę.

Tym razem Seweryn poczuł, że zbiera mu się na wymioty. Nie, to niemożliwe, powtarzał sobie w duchu. Dziewczynkom nic się nie stało. Nikt ich nie ruszył. Ani ten ksiądz, ani nikt inny.

– Nie! – ryknął Zaorski.

Kaja chciała go objąć, ale odrzucił jej rękę z furią.

– Nie, kurwa, nie! – krzyknął.

Spróbowała jeszcze raz, ale jego mimowolna reakcja była identyczna. Dopiero przy trzeciej próbie dopuścił ją do siebie.

Pozwolił, by go objęła, a potem skrył się w jej włosach opadających na jego twarz. Targnął nim spazm, poczuł łzy spływające po policzkach. Zaczął się trząść, jakby znalazł się w stanie głębokiej hipotermii.

– Nie... – powiedział cicho.

Burza przycisnęła go mocniej do siebie. Czuł, że próbuje coś z siebie wydusić, ale nie potrafi. Nie musiała. Słowa w tej sytuacji nie mogły pomóc.

Nie wiedział, jak długo tak trwali. Miał wrażenie, że jednocześnie całą wieczność i raptem okamgnienie. Kiedy się odsunął, Burza otarła policzki i przesunęła dłonią po jego twarzy.

– Musimy je znaleźć – powiedział.

– Znajdziemy.

– I tę sukę, tę pierdoloną sukę... – syknął. – Zabiję ją, rozumiesz?

To, co Martyna zrobiła z jego życiem do tej pory, wydawało się szczytem nikczemności. Przekonała sąd i wszystkich wokół, że powinien trafić do więzienia. Władowała go tam, pozbawiła całej przyszłości. Nigdy tego nie pożałowała, bo gdyby tak się stało, jedno zeznanie wystarczyłoby, żeby wyszedł.

Zamiast tego odsiedział całą karę. A kiedy odzyskał wolność, musiał zmagać się ze wszystkim tym, z czym wiązało się figurowanie w rejestrze sprawców przestępstw seksualnych. Prawie stracił dzieci. Gdyby nie jego starania, ta chora suka nadal by je wychowywała.

Był przekonany, że pozbył się jej na dobre. Udowodnił chorobę, sprawił, że zamknięto ją w szpitalu psychiatrycznym.

Miał pewność, że to koniec. Że zacznie układać sobie życie na nowo w Żeromicach.

Mimo komplikacji sprzed pół roku, w końcu by się udało. W końcu staliby się beztroską, szczęśliwą rodziną. Niewiele było im trzeba, naprawdę niewiele. Innym układało się różnie, potrzebowali długiej pracy nad sobą, by tak się stało. On, Lidka i Ada tworzyli jednak najlepszy zespół.

Zaorski obrócił się od Kai i zgiął wpół. Przed oczami miał księdza Wieśka z jego córkami.

Wciąż nie potrafił powstrzymać odruchu wymiotnego. Wyrzucił treść z żołądka, a potem upadł na kolana. Kaja natychmiast go przytrzymała, by nie wpadł we własne wymioty.

To się stało, to naprawdę się stało. Inaczej Martyna nie zrobiłaby tego, co on i Burza widzieli w gabinecie.

Jak do tego doszło? Do kurwy nędzy, przecież tej psychopatki musieli pilnować w szpitalu. Wszyscy wiedzieli, jak bardzo jest niebezpieczna.

To wszystko było jakimś gigantycznym błędem, niemającą prawa się zdarzyć pomyłką. Pomyłką zarówno rzeczywistości, jak i instytucji, które miały sprawiać, by do takich rzeczy nigdy nie doszło.

– To niemożliwe… – powiedział Zaorski.

Kaja nie odpowiadała. Na jej miejscu również nie miałby pojęcia, co powiedzieć. Zastanowiło go tylko to, że trwała w absolutnym bezruchu. Jakby to nie on był teraz w największym szoku, ale ona.

Spojrzał jej w oczy i przekonał się, że wbija wzrok w jakiś punkt ponad nim. Odwrócił się i natychmiast zrozumiał, co sprawiło, że była jak sparaliżowana.

Na dachu plebanii stała Martyna Zaorska, przyciskając do siebie swoją starszą córkę.

Niewiele się zmieniła, wciąż miała długie, rude włosy i figurę jak z okładki pisma dla mężczyzn. Ubrana była w obcisłe dżinsy i włożoną w nie czarną taliowaną bluzkę. Była wysoka, prawie tak jak Seweryn, choć nieco chudsza.

Jej długie ręce skrzyżowane na piersi córki zdawały się niemal wbijać w jej skórę.

Burza w końcu otrząsnęła się z szoku, zadziałał policyjny instynkt. Ruszyła w kierunku budynku, chcąc interweniować, ale Seweryn natychmiast ją zatrzymał.

– Nie – powiedział.

Spojrzała na niego z niedowierzaniem.

– Ona jest zdolna do wszystkiego – dodał.

– Także do tego, żeby zabić swoją córkę?

– Tak.

Brak wahania w jego głosie sprawił, że Kaja nie ruszyła się ani o krok. Oboje wbili wzrok w stojące na skraju dachu postacie. Niewiele było trzeba, by Martyna zepchnęła Adę. Zarówno jeśli chodziło o odległość od gzymsu, jak i psychiczny impuls.

– Musimy coś zrobić – odezwała się Burza.

– Zrobimy.

– Jak?

Odsunął się od Kai, świadomy, że widok ich dwojga obejmujących się jeszcze bardziej rozsierdzi Martynę.

– Na początek musimy ją uspokoić – powiedział, odnosząc wrażenie, że przez szybsze bicie serca krew zaczęła wypływać z rany ze zdwojoną mocą. – Jeśli weszła do tamtego gabinetu w momencie, kiedy…

Nie potrafił dokończyć. Znów prawie zwymiotował.

– To szalona osoba – wydusił. – I niewiele trzeba, żeby wpadła w szał.

– I naprawdę sądzisz…

– Wystarczyłoby znacznie mniej, by kompletnie jej odbiło. Wierz mi.

Kaja otworzyła usta, ale się nie odezwała.

– Poczekaj tutaj – powiedział Zaorski. – Daj znać Konarowi. Niech uruchomi, kogo trzeba, tak, żeby Martyna się nie zorientowała. Ja spróbuję…

– Co? Przemówić do rozsądku osobie, która zabiła troje dzieci?

Burza zdawała się dopiero teraz wszystko rozumieć. Dotychczas widziała Fenola jako abstrakcyjny byt i nawet odkrywszy jego prawdziwą tożsamość, nie potrafiła połączyć jednego z drugim.

A do łączenia było sporo.

Zabójstwa, gry ze śledczymi i ślady dostrzegalne tylko pod mikroskopem, zabranie samochodu Zaorskiego, mylenie tropów, niejasne wiadomości i wskazywanie innych kandydatów na sprawców, a w końcu zniszczenie życia Kai i postawienie Seweryna w sytuacji, w której nie mógł zrobić nic poza ucieczką. Ucieczką z żoną. Taki finał był w zamyśle Martyny od samego początku.

Tak, Kaja powoli zaczynała wszystko pojmować. Nie miała jeszcze pełnego obrazu, szczegółów nie sposób było zrozumieć na gorąco. Tyle jednak wystarczyło, by dotarło do niej, z jak szaloną osobą ma do czynienia.

Zaorski zostawił ją za sobą i wolno podszedł do budynku. Martyna nie pozwoliła mu zbliżyć się za bardzo.

– Stój! – krzyknęła.

Seweryn się zatrzymał.

– Widziałeś… widziałeś, co ta bestia…

– Tak.

– Wymierzyłam mu sprawiedliwość, kochanie – rzuciła, patrząc na niego w całkowicie obłąkany sposób. – Już nie skrzywdzi naszej córeczki.

Przycisnęła ją mocniej do siebie, ale jednocześnie zrobiła krok w kierunku skraju dachu.

– Nikt już jej nie skrzywdzi.

Seweryn złapał się za ranę i przycisnął nieco opatrunek.

– A ty? – spytał. – Ty też jej nie skrzywdzisz? Bo w tej chwili wygląda na to, że to właśnie ty jesteś dla niej największym zagrożeniem.

– Nie.

Czekał na więcej, skupiając się na Adzie. Spodziewał się, że zobaczy w jej oczach skrajne przerażenie, ale córka była jakby w transie. Wbijała nieobecny wzrok przed siebie i było w tym coś, co przypominało, jakie ma geny.

Zaorski spojrzał na żonę.

– Ja jej nie zagrażam, nigdy nie zagrażałam – powiedziała Martyna. – W przeciwieństwie do całego świata. Ale uwolnię ją od tego, kochany. Rozumiesz?

Zrobił krok w stronę budynku, ale żona natychmiast zareagowała, również idąc naprzód.

– Cofnij się! – ryknęła dziko.

Zrobił, co kazała. W tej chwili wystarczył już ułamek sekundy, by straciła równowagę i razem z Adą runęła prosto na wybetonowany podjazd.

Seweryn postarał się uspokoić. Jedynym ratunkiem dla jego córki było to, by opanował emocje i odwiódł żonę od tego, co zamierzała zrobić.

Wiedział, jak działa jej umysł, znał go aż nazbyt dobrze. Zaplanowała to od początku do końca, przekonana, że może wszystko, a świat nagnie się do jej woli. Przez wiarę we własną, niemal boską wszechmoc i nieomylność utwierdziła się w tym, że cały plan pójdzie dokładnie po jej myśli.

Kiedy zastała księdza z Adą, wszystko musiało jej się zawalić. Może nawet w głębi duszy zrozumiała, że to jej wina. Gdyby nie ona, ich córki w ogóle nie byłoby na plebanii.

Od tego do decyzji o rozszerzonym samobójstwie droga była niedaleka. Szczególnie w przypadku tak chorego umysłu.

Seweryn mógł zrobić tylko jedno. Rozmawiać z nią.

Próba dotarcia do głęboko ukrytych resztek rozsądku mogła uratować Adę. Najpierw jednak Zaorski musiał sprawić, by żona wyszła z szoku, w którym się znajdowała.

Uniósł dłonie, sugerując, że nie ma zamiaru robić niczego wbrew niej.

– Gdzie jest Lidka? – spytał.

Martyna nie odpowiadała.

– Gdzie jest twoja druga córka? – powtórzył.

– Nie wiem.

Głos miała nieobecny, tak samo spojrzenie. Kwalifikowała się raczej do podania jej środków uspokajających i zamknięcia w kaftanie niż do próby przemówienia jej do rozsądku.

Nadal mocno ściskała Adę, a ta sprawiała wrażenie, jakby była gdzieś indziej i nie wiedziała nawet, co się dzieje.

– Widziałaś ją? – spytał Zaorski.

– Co? Kogo?

– Lidkę. Młodszą z twoich córek.

Martyna pokręciła głową, a potem podniosła rękę i nerwowo potarła czoło. Ledwo zwolniła uścisk, Ada lekko wychyliła się do przodu, a Sewerynowi zamarło serce.

– Lidii tutaj nie było – odezwała się jego żona.

– Skąd wiesz?

– Szukałam jej. Wołałam ją.

Zaorski odetchnął z ulgą. W jego umyśle zdążył już pojawić się najgorszy scenariusz.

– Nie wiem, gdzie ona jest – dodała.

– Nie przejmuj się tym, znajdziemy ją – odparł powoli Seweryn, wreszcie dochodząc do siebie na tyle, by zrozumieć, że aby ją uspokoić, sam musi zamanifestować równowagę. – Wszystko będzie dobrze, rozumiesz?

Znów szaleńczo pokręciła głową.

– Nie! – krzyknęła. – On ją zgwałcił, Seweryn! Zgwałcił naszą małą, kochaną…

Zwiesiła głowę i targnął nią spazm. Traciła resztki kontroli, które jeszcze nad sobą miała, a Zaorski dobrze to pamiętał. Dawno nauczył się dostrzegać te sygnały i je rozpoznawać. Przez lata sobie z nimi radził, wciąż przekonując samego siebie, że to jego obowiązek jako męża. Powinien zadbać o żonę, w końcu była chora.

Gdyby tylko wiedział, jak bardzo, być może podszedłby do sprawy inaczej.

Odsunął od siebie przeszłość i skupił się na tym, co tu i teraz.

– Martyna… – powiedział spokojnie. – Spójrz na mnie.

Nie zareagowała, zdawała się w ogóle nie słyszeć.

– Popatrz na mnie – powiedział nieco głośniej, ale uważał, by nie krzyczeć.

Obydwie były jak w upiornym transie. W końcu jednak Martyna podniosła głowę, a kilka łez spłynęło po jej policzkach. Spojrzała na Seweryna ze smutkiem, ale trwało to tylko chwilę.

Zaraz potem przeniosła wzrok na stojącą w oddali Kaję. Z jej oczu natychmiast zniknęło przygnębienie, a jego miejsce zajęła złość.

To także Seweryn znał zbyt dobrze.

– Zabrałeś tę sukę ze sobą? – syknęła. – Jak śmiałeś? Na nasze długo upragnione spotkanie?

– Ona nie ma z tym nic wspólnego.

– A właśnie że wszystko! – wrzasnęła. – Pierdoliłeś ją, jak siedziałam zamknięta w szpitalu. Wiem o tym. Myślałeś, że się nie zorientuję? Że po wyjściu tego nie odkryję? Pół tego miasteczka o tym plotkuje, tylko jej mąż jest zbyt ślepy, żeby to widzieć! Albo za bardzo ci ufa! Może o to chodzi? Męska przyjaźń, solidarność? W głowie mu się nie mieści, że jego żona kurwi się z jego najlepszym przyjacielem?

Musiał to przerwać, ale nie wiedział jak. Zdawał sobie sprawę, że właściwie każde słowo może podziałać jako katalizator.

– Wszystko zaplanowałam… Wszystko tak dobrze zaplanowałam…

– Wiem.

Znów oderwała jedną rękę od córki i wskazała Burzę.

– To przez nią wszystko się spierdoliło, prawda?

– Mówiłem ci, ona nie ma z tym…

– To ona zawiniła – przerwała mu Martyna. – Powinna siedzieć teraz w areszcie za to, co zrobiła. Przecież byłeś na komendzie, złożyłeś doniesienie... Widziałam, jak to robiłeś. A potem obserwowałam, jak policja ją zabierała. Dziś rano, w kajdankach. Dokładnie tak, jak się jej należało.

Seweryn obejrzał się przez ramię. Burza trzymała się z dala i nie dała po sobie poznać, że wezwała posiłki. Pewnie wysłała esemesa do Konarzewskiego i na tym poprzestała, obawiając się, że zaogni sytuację.

– Co ona tu robi? – kontynuowała Martyna. – Jak wyszła? Wyciągnąłeś ją?

– Nie. I nie wiem jak, ale...

– Ty zdradziecki chuju – syknęła. – Znowu pierdolisz tę szmatę!

Zaorski spojrzał na córkę, przerażony tym, jak to wszystko na nią wpłynie. Nie powinien o tym myśleć, nie teraz. W tej chwili liczyło się to, by w ogóle przeżyła ten horror.

– Wybrałam sobie te dzieci... Chciałam zrobić tyle dobra... – ciągnęła Martyna coraz bardziej nieobecnym głosem. – Uświadomić... przypomnieć... dzieci są dla matki wszystkim, wiesz? Tylko nie każda o tym pamięta. Chciałam... chciałam tylko...

Pokiwał lekko głową, chcąc, by mówiła dalej.

– Uratowałam te trzy dziewczynki... Wiesz, co by było, gdyby...

Urwała, a on zaczął obawiać się, że jeszcze trochę, a Martyna kompletnie odpłynie. Gorączkowo zastanawiał się, co robić. Posiłki będą tutaj za minutę, może dwie, jeśli policjanci będą musieli objechać plebanię.

Ktoś wejdzie na dach od tyłu i z pewnością spróbuje podejść do Martyny tak, by się nie zorientowała. Sytuacja jest do uratowania. Zaorski musiał tylko odpowiednio długo ją zagadywać.

– Co masz na myśli? – spytał. – Jak uratowałaś te dziewczynki?

Potrząsnęła głową i uśmiechnęła się przez łzy.

– One były chore.

– Tak, wiem.

– Ale nikogo to nie obchodziło... oprócz mnie.

Zaorski starał się sam wypełnić luki w jej opowieści. Nie było to przesadnie trudne, bo znał ją na tyle dobrze, że wiedział, czego się spodziewać.

Musiała uciec ze szpitala, a potem skierować się za wschodnią granicę, gdzie nikt jej nie szukał. Może uważała, że na nowo ułoży sobie życie, a może chciała po prostu trochę odczekać. Znała tylko jeden fach – lekarski. I jeśli udało jej się znaleźć zatrudnienie w jakiejś placówce, to być może odkryła, że Heidi i dwie pozostałe dziewczynki prędzej czy później zachorują na choroby, których nikt nie uleczy.

– Zajmowałaś się nimi? – spytał Seweryn. – Tam, na Białorusi?

– Nie. Badałam je.

A więc miał rację.

– Pracowałaś w jakimś szpitalu?

– Tak – potwierdziła, przyciskając do siebie mocno Adę. – Kapłan mi załatwił...

– Kapłan?

– W zamian naraiłam mu trochę dzieci do przerzutu... – kontynuowała, jakby nie usłyszała pytania. – Zapewniali im lepszą przyszłość. Przynajmniej lepszą, niż czekała je tam, na Białorusi.

Mówiła o handlu dziećmi przez Grupę Białopolską? Tak, chyba tak. Seweryn zaczynał rozumieć coraz więcej.

– Przerzucali je tutaj, do Polski, wiesz?

– Wiem.

– Ale te trzy... były chore, nikt nie chciał mieć z nimi nic wspólnego... Uwolniłam je od... od wszystkiego.

Zabiła je w najbardziej humanitarny sposób, jaki pojawił się w jej chorym umyśle. To dlatego zabójstwa były tak czyste. I w momencie, kiedy Martyna ich dokonywała, może faktycznie była przekonana, że wyświadcza im przysługę.

Równie dobrze mogła jednak na moment uwierzyć w magiczną moc, jaką morderca czerpie od małych dzieci. Jej umysł działał w sposób, który wymykał się wszelkim regułom.

– Więc pomagałaś im przerzucać dzieci przez granicę? – spytał Zaorski.

– Tak.

– I w pewnym momencie sama tu przyjechałaś?

Pokiwała głową. Była gotowa mówić coraz więcej, a on musiał z tego skorzystać.

– Tu też działałaś z Grupą Białopolską?

– Z Kapłanem – sprecyzowała. – Ale mówi się też na niego Pasterz, Pastor... różnie.

Seweryn miał tyle pytań, że nie wiedział nawet, od którego zacząć. Zajmowanie jej uwagi na moment zeszło na drugi plan. Na pierwszy wysunęła się jakaś chorobliwa, choć chyba całkiem ludzka ciekawość. Zaorski chciał zadać kolejne pytanie, kiedy dostrzegł, że na dachu pojawiło się dwóch funkcjonariuszy.

Przyjechali szybciej, niż się spodziewał. Powoli zbliżali się do niczego nieświadomej Martyny.

Szybko, zapytaj o coś, o cokolwiek, upomniał się w duchu Zaorski.

– On nie mógł jej skrzywdzić… – odezwała się Martyna, zanim Seweryn wybrał któreś z wielu kłębiących się w głowie pytań. – Nie miał prawa.

– Wiesław?

– Zagroziłam mu ujawnieniem wszystkiego… jeśli tylko… jeśli krzywo spojrzałby na nasze córki… Miał poczekać tylko chwilę. Tylko chwilę, zanim ty się pojawisz, a potem ja… ty i ja…

Tylko szalona osoba mogła uwierzyć, że jakakolwiek groźba podziała na pedofila. Skoro nie bali się wieloletniej kary więzienia i tego, co współosadzeni robili z takimi jak oni, to słowa jednej kobiety też nie mogły wiele zdziałać.

Martyna zbliżyła się do gzymsu, a dwóch policjantów natychmiast się zatrzymało. Zaorski poczuł falę gorąca.

– Przepraszam, Seweryn – powiedziała.

Przez moment był przekonany, że dostrzegła funkcjonariuszy, ale nie. Wciąż była nieświadoma. Kiedy tylko to zrozumieli, znów ostrożnie ruszyli w jej stronę. Dzieliło ich od niej raptem kilka metrów.

– Przepraszam – powtórzyła.

– Nie masz za co. To nie twoja wina.

– Moja – odpowiedziała.

Dopiero teraz Zaorski pojął, że Martyna zdaje sobie sprawę z obecności dwóch mężczyzn na dachu. Nie dawała tego po sobie poznać, ale tak było.

A to mogło oznaczać tylko jedno.

Już podjęła decyzję.

– Martyna! – krzyknął Seweryn. – Nie!

Boże, proszę. Błagam, nie.

Kiedy obejrzała się przez ramię, ostatnie wątpliwości zniknęły. Naprawdę wiedziała o funkcjonariuszach. Zdawała sobie sprawę, że za kilka sekund ją powstrzymają.

Policjanci natychmiast ruszyli ku niej, orientując się w sytuacji.

Nie było najmniejszych szans, by zdążyli w porę.

Martyna mocniej złapała Adę, a potem zamknęła oczy i rzuciła się w dół.

12

Tydzień po wydarzeniach przy plebanii Burza wciąż dochodziła do siebie. Było to siedem dni wypełnionych rozpaczą, smutkiem i wściekłością. Na siebie, na świat, na wszystkich wokół.

Wciąż wracały do niej obrazy z tamtego przeklętego dnia. Seweryn krzyczący do swojej żony. Ona i ich córka spadające z dachu budynku.

Ada zginęła na miejscu.

Ratownicy, którzy zjawili się chwilę później, nie podejmowali nawet próby ratowania dziecka. Jej kark złamał się jak zapałka.

Ilekroć Burza zamykała oczy, widziała klęczącego przy niej, ryczącego wniebogłosy Seweryna, który za nic nie chciał wypuścić córki z rąk. Obok leżała Martyna. Przeżyła upadek, a karetka zabrała ją do żeromickiego szpitala, gdzie przebywała do teraz, pilnowana przez dwóch funkcjonariuszy.

Resztę życia miała spędzić w zamknięciu, prawdopodobnie nawet bez świadomości tego, co się dzieje. Podłączono ją do aparatury podtrzymującej życie, ale lekarze nie byli dobrej myśli. O wybudzeniu się ze śpiączki właściwie nie było mowy. Mimo to dla Kai zdawało się to karą zupełnie niewspółmierną do przewinień tej kobiety.

Na pogrzeb przyszli wszyscy mieszkańcy Żeromic. Każdy chciał pomóc, nikt nie wiedział jak.

Zaorski był ubrany na czarno, mocno przyciskał do siebie Lidkę.

Młodsza córka nie wiedziała dokładnie, co się wydarzyło. Kiedy usłyszała krzyki na plebanii, schowała się w jednym z pomieszczeń i zamknęła od środka. Najadła się strachu, zupełnie nieświadoma, że kawałek dalej jej matka morduje gwałciciela Ady.

Burza nie miała pojęcia, co konkretnie Seweryn powiedział córce. Była jednak pewna, że zrobił wszystko, by złagodzić cios. Lidka była zapłakana, rozumiała, że straciła siostrę, ale wydawało się, że nie była świadoma sposobu, w jaki się to stało.

Podobnie zagubiona była Kaja, kiedy prosto spod plebanii, zamiast do aresztu, trafiła z Sewerynem do szpitala. Nikt jej nie zatrzymywał, nikt nie zakuł w kajdanki. Przeciwnie, wszyscy traktowali ją, jakby w ogóle nie została zatrzymana.

Nie rozumiała powodu, dopóki nie zjawili się dwaj mężczyźni, którzy rankiem siłą wyciągnęli ją z domu. Tłumaczenia nie były długie. Przedstawili się swoimi prawdziwymi nazwiskami i stopniami. Fakt, że nie byli z zamojskiej policji, ale z CBŚP, właściwie wszystko tłumaczył.

Mimo to opisali jej sytuację i powiedzieli o ultimatum, które Zaorski dostał od Fenola. Sami nie znali wszystkich szczegółów i najwyraźniej byli przekonani, że chodziło o fałszywy donos. Zaorski nie przedstawił im tego, o czym wiedzieli tylko on, Kaja i Michał.

Postąpił tak, jak tylko on potrafił. Zaryzykował. Wszedł na komendę, ale nigdy nie złożył doniesienia. Zamiast tego skontaktował się z Grzegorzem Cichym i poprosił o zainscenizowanie zatrzymania, przekonany, że Fenol będzie obserwował dom Kai i Michała.

Tak było. I dzięki temu Burza uniknęła kary.

Odwiedzała Seweryna codziennie. Robiła jemu i Lidce obiad, siedziała z nimi chwilę, a potem wracała do domu. Nie rozmawiali wiele, bo wciąż brakowało im słów na to, co się wydarzyło.

Tego wieczoru przypuszczała, że będzie tak samo. Podjechała pod swój stary dom rodzinny i zobaczyła, że brama garażowa jest otwarta. Weszła do środka, szybko dostrzegając Seweryna siedzącego na krzesełku wędkarskim.

Postawił przed sobą pustą skrzynkę, a po drugiej stronie jeszcze jedno krzesełko. Obejrzał się przez ramię, gdy usłyszał Kaję, a potem uśmiechnął się blado. Doceniała takie gesty, bo wiedziała, ile wysiłku go kosztują.

– Akcja: alkoholizacja? – spytał.

Podeszła do niego, przesunęła dłonią po jego plecach, a potem usiadła po drugiej stronie.

– Może coś zjemy?

– Lidka zjadła już pizzę. Znaczy raczej wchłonęła… całą.

Seweryn wyciągnął butelkę jamesona i rozlał do dwóch niewielkich szklanek. Burza obawiała się, że wypełni je po brzegi, ale whisky było jedynie na dwa, może trzy łyki. Przez ostatni tydzień w ogóle nie wyczuwała od niego alkoholu, najwyraźniej nałóg mu nie groził – i z pewnością była to zasługa tego, że musiał zadbać teraz o młodszą córkę.

Napili się i na moment zamilkli.

– Wyglądasz lepiej – odezwała się Kaja.

Machnął ręką, zbywając temat, a ona zrozumiała, że nie usiedli tutaj po to, by prowadzić płonne rozmowy. Seweryn chciał w końcu poznać brakujące elementy tej historii.

Spodziewała się tego prędzej czy później. Przez ostatnie dni tkwił w marazmie, nic poza Lidką go nie interesowało. Teraz jednak powoli wracał do siebie.

– Jak do tego doszło? – spytał.

Kaja przez chwilę namyślała się nad odpowiedzią.

– Mam na myśli… Martynę i Kapłana.

– Hm? – mruknęła Burza.

– Musiała go jakoś omamić – podsunął. – Albo coś mu obiecać. Zajmował się przecież handlem dziećmi i innymi równie ohydnymi sprawami, ale w pewnym momencie zaangażował się w grę mojej żony. Pomagał jej, prawda?

– Tak.

– Dydul wiedział?

– O szczegółach nie.

– A mimo to, kiedy zatrzymał nas na parkingu pod Żeromicami, wystarczyło, że wspomniałem o Fenolu, i nas puścił. I teraz jest jasne, jakim cudem morderca podszedł tak blisko mojego domu, kiedy rzekomo pilnowali go ludzie Dydula…

Burza pokiwała głową, a Seweryn głośno westchnął.

– Jak wiele ustaliliście? – spytał Zaorski.

– Właściwie wszystko, czego potrzebowaliśmy. Pasterski, to znaczy Kapłan, siedzi w więzieniu. Najwięcej opowiada o Martynie.

– Co konkretnie?

– Że początkowo był nią zafascynowany.

Seweryn sprawiał wrażenie, jakby specjalnie go to nie dziwiło. Musiał pamiętać, ile uroku potrafiła mieć w sobie jego żona. Mężczyźni z pewnością nie przechodzili obok niej obojętnie, Kaja nie miała co do tego najmniejszych wątpliwości. Roztaczała wokół siebie mgiełkę tajemniczości, seksapilu i obietnicy czegoś wyjątkowego. A jednocześnie zdawała się całkowicie niedostępna.

– Przedstawiła mu swoje plany, jakby chciała się po prostu odegrać na tobie i na mnie. Nienawidziła nas z całego serca, a przynajmniej tak to opisała. Nawymyślała powodów, dla których tak jest, choć w gruncie rzeczy...

– W gruncie rzeczy ich nie potrzebowała.

– Tak – przyznała Burza. – Kapłan w to wszedł, pomógł jej. Może dlatego, że faktycznie był nią zauroczony, a może sam chciał odegrać się na człowieku, który zniszczył część Grupy Białopolskiej. Ich cele w każdym razie mogły być zbieżne.

– A Heidi? I pozostałe dziewczynki?

– Pasterski spisał je na straty, nie interesowały go. Kiedy tylko Martyna powiedziała mu, że są chore, chciał pozbyć się ich jak najszybciej. A ona wymyśliła wprost genialny sposób, dzięki któremu mogła połączyć usunięcie dzieci z zemstą na tobie.

Zaorski napił się i otarł usta.

– Miało to wyglądać na wendetę za wypędzenia dzieci z Zamojszczyzny, przynajmniej na początku – dodała Kaja.

– I tak wyglądało.

Burza też pociągnęła niewielki łyk.

– Kapłan twierdzi, że Martyna nie miała żadnego poczucia chorej misji, nie realizowała żadnego w jej przekonaniu wzniosłego celu. Chciała po prostu zmylić tropy.

Kaja widziała w oczach Zaorskiego, że się z tym nie zgadza. Znał swoją żonę lepiej. Jeśli on sądził, że odbiło jej aż tak, Burza gotowa była przyjąć jego wersję. Choć ostatecznie pobudek chorej psychicznie osoby być może nie dało się całkowicie zgłębić.

– Pasterski pomógł jej zorganizować właściwie wszystko. Nie kosztowało go to wiele wysiłku, a…

– A sprawił jej frajdę.

– Tak bym tego nie nazwała.

Seweryn uśmiechnął się w tak przygnębiający sposób, że zrobiło jej się chłodno.

– Ty nie – powiedział. – Ona tak. I z pewnością odpowiednio mu to wynagrodziła.

– Może.

– I to on pomagał jej nas inwigilować. Stąd wiedziała o Paskudach i…

– O Paskudach?

– Tak się podpisała, kiedy wysyłała plik bezpośrednio do dziewczynek. Zresztą mniejsza z tym.

Na chwilę znów zamilkli. Napili się i odstawili cicho szklanki.

– W każdym razie przy pomocy Kapłana zrobiła wszystko, żeby odebrać ci prawa rodzicielskie, i…

– Nie chciała mi ich odbierać – sprostował. – Chciała, żebym znalazł się pod ścianą. Żebym nie miał innego wyjścia niż uciec z nią i dziećmi. To dlatego puściła też przeciek do gazet. W swój pokręcony sposób chciała sprawić, by rodzina znów była razem. I w pewnym sensie by jej się udało, gdyby nie przeliczyła się co do tego skurwysyna...

Zaorski sięgnął po szklankę i opróżnił ją jednym haustem. Potem spojrzał w kierunku drzwi prowadzących do domu i zdawał się upomnieć w duchu, by nie pić więcej.

– Nie uwzględnili też tego, że będziesz pracował z CBŚP. Nie mieli o tym bladego pojęcia.

Seweryn pokiwał smutno głową.

– Gdyby udał im się nalot, na którym miał wpaść Dydul, byłbyś w oczach sądu kompletnie skreślony.

– Mogli to rozwiązać inaczej.

– Mogli – przyznała Kaja. – Ale to był najskuteczniejszy sposób. Padłby na ciebie cień podejrzeń, ale nie byłoby cię za co zamknąć. Niczym nie handlowałeś, nic nie zrobiłeś. Stawiłbyś się na tej lub następnej rozprawie jako osoba ewidentnie powiązana z szemranymi typami i interesami. Nikt by nie pomyślał, że zostałeś w cokolwiek wrobiony, a dowody są spreparowane.

– I tak nikt tak nie pomyślał.

Burza długo zastanawiała się nad tym, co by się stało, gdyby Seweryn tamtego dnia pokazał sędzi ranę od noża. Uwierzyłaby, że ktoś działa przeciwko niemu? Nie, raczej nie. Założyłaby po prostu, że to kolejny dowód na to, że nie nadaje się na ojca. Wszystko ułożyłoby się w logiczną całość.

– A twój ojciec? – odezwał się Zaorski.

Kaja się wzdrygnęła.

– Miał z tym coś wspólnego?

– Wygląda na to, że nie – odparła. – I że Martyna skierowała nas do niego tylko po to, by zmylić tropy.

– Jesteś pewna?

Nie, nie była pewna. Na dobrą sprawę to ojciec mógł polecić Kapłanowi, by ten zrobił wszystko, o co prosi żona Seweryna. To by tłumaczyło, dlaczego tak szybko wpadł na powiązanie z Dziećmi Zamojszczyzny. Po całym tygodniu rozważań nie miała już jednak nawet siły o tym myśleć.

– Martyna wiedziała o Delawie – dodał Seweryn. – Z pewnością od kogoś w Grupie Białopolskiej. A więc…

– Mogła znać tylko podstawowe fakty, a resztę poskładać sama. W przeciwnym wypadku któryś z nich sam zrobiłby z tego użytek.

Zaorski przez moment się namyślał.

– To prawda – przyznał w końcu.

Podniósł się i przeszedł po garażu. Zatrzymał się przy bramie, wyglądając na tonącą w mroku drogę dojazdową do domu.

– Martyna za nic nie odpowie – odezwał się po chwili.

– Nie – przyznała Kaja.

– Wybudzi się?

– Lekarze twierdzą, że szanse są bliskie zeru.

Zaorski patrzył nieruchomo przed siebie.

– Nawet jeśli, to z pewnością i tak nie będzie z nią kontaktu – powiedział. – Nie musisz przejmować się, że powie komukolwiek o Delawie.

– W takiej sytuacji bardziej martwiłoby mnie, że sąd stwierdziłby niepoczytalność i nie poniosłaby żadnej odpowiedzialności.

Choć przy zabiciu własnego dziecka to nie powinno wyłączać winy, dodała w duchu Burza.

Również się podniosła i stanęła obok Seweryna.

– Za to, co się stało, odpowiedzą wszyscy inni – zapewniła.

– Wiem.

– Oprócz tego Michał chciał, żebym ci…

Zaorski uniósł dłoń, a ona urwała.

– Nie ma o czym mówić – powiedział. – Myślał, że spierdoliłem wam całe życie.

Jej mąż nie miał pojęcia, jak wiele Seweryn ryzykował, by do tego nie dopuścić. Gdyby na tamtym etapie Martyna zorientowała się, że nie ma nad nim władzy, wszystko mogłoby skończyć się jeszcze tragiczniej. Zaorski straciłby obydwie córki.

Burza zwiesiła głowę, ale po chwili poczuła dotyk na policzku. Zamrugała nerwowo, chcąc się wycofać, lecz Seweryn ujął jej twarz w dłonie i obrócił ją do siebie. Nie protestowała.

Zamknął oczy, a potem przesunął palcami po jej kościach policzkowych, nosie, ustach i powiekach. Uśmiechnęła się i miała wrażenie, że on także.

– Uczysz się na pamięć? – spytała cicho.

– Nie muszę.

Ta jedna, krótka odpowiedź sprawiła, że Burza poczuła się, jakby umarła.

Podniosła powieki i zobaczyła, jak Seweryn się w nią wpatruje. Nie wiedziała, co powiedzieć, i poczuła, że łzy napływają jej do oczu. Świat po raz kolejny zdawał się dobrym miejscem. Mimo wszystkiego, co się wydarzyło, błogość oplotła Kaję jak ciepły koc. W tej krótkiej chwili nie brakowało jej do szczęścia absolutnie niczego.

Żadne z nich nie musiało się odzywać. Mimo to Zaorski wyglądał, jakby miał jej coś ważnego do przekazania.

– Wyjeżdżamy – odezwał się.

Burza zamrugała nerwowo.

– Co takiego?

– Jesteśmy już z Lidką spakowani – powiedział, wskazując w kierunku korytarza. – Z samego rana wyjeżdżamy z Żeromic.

– Ale…

– Nie możemy tu zostać – uciął.

Chciała zaoponować, wytłumaczyć mu, że to nie jest konieczne, że jakoś sobie poradzą, a ona im w tym pomoże. Chciała zapewnić go, że wszystko będzie dobrze – a jeśli nie udałoby jej się tego zrobić, była gotowa zatrzymać go siłą.

– Wracaj do domu, Burza – powiedział, patrząc na nią z bólem, który przeszył ją jak sztylet. – Michał i Dominik na pewno na ciebie czekają.

Mówił ciepłym, choć łamiącym się głosem. Łzy w jego oczach się trzymały, jakby nie działała na nie grawitacja. W jej przypadku było inaczej.

Jeszcze raz przesunął delikatnie dłonią po jej twarzy, a potem odwrócił się i odszedł. Nie obejrzał się. Zamknął za sobą drzwi, a ona po chwili usłyszała oddalające się kroki.

Niczego nie pragnęła bardziej niż pójść za nim. Wiedziała jednak, że nie powinna. W tej chwili nie potrzebował jeszcze większych komplikacji. Podjął decyzję i musiał się jej trzymać. Dla Lidki.

W innym miejscu miała szansę na normalne życie, tutaj nie. Przeszłość nie dałaby jej spokoju, a ona nigdy nie zapomniałaby o tym, co się stało.

Burza wsiadła do samochodu i zamknęła drzwi. Przez moment trwała w bezruchu, potem włączyła silnik.

Z głośników popłynęło *Love Will Tear Us Apart* Joy Division. Pomyślała, że w ich przypadku miłość nie dostała nawet szansy, by cokolwiek rozdzierać.

Odjechała, nie dostrzegając, że Seweryn wybiegł za nią z garażu.

EPILOG

Danuta Sieradzka skończyła zamiatać obejście i oparła się o miotłę, drugą ręką masując odcinek lędźwiowy. Plecy dokuczały jej od lat, ale do doktora nie miała zamiaru iść. Wychodziła z założenia, że najlepszy lekarz to taki, który daje najmniej leków, a jej cały czas coś przepisywali.

Wolała radzić sobie sama, domowymi sposobami. Zamiast maści i innych takich, na bolący kręgosłup zażywała długiej, gorącej kąpieli. A jak to nie pomagało, wyciągała stary termofor i robiła sobie okład.

Dzisiaj na pewno jej się przyda, bo roboty wokół domu było coraz więcej. I wszystko na jej głowie. Kiedy mąż żył, on się wszystkim zajmował, ale teraz? Liczyła, że syn trochę jej pomoże, ale on miał swoje sprawy.

Nie mieszkał już z nią zresztą. Wyprowadził się kilka lat temu i razem z żoną wybudował się kilkanaście kilometrów dalej. Niby blisko, ale jednak daleko.

Tym bardziej zdziwiła się, kiedy zobaczyła jego samochód. Odłożyła miotłę i podeszła do płotu. Ostatnio wizyty syna nie zapowiadały nic dobrego. Albo znów zrobił tej swojej lub innej dziecko, albo coś gorszego. Danuta spodziewała się po nim wszystkiego, był tak samo porywczy jak ojciec.

– Znów mama zamiata? – rzucił, wysiadając z samochodu.

Dużo chodził na siłownię, chyba za dużo, bo wyglądał już tak, jakby ledwo mieścił się w progu. Na pewno okładał żonę, Sieradzka nie miała co do tego najmniejszych wątpliwości. Chodził też na kurwy, miał to w genach.

Otworzył furtkę, podszedł do Danuty i ucałował jej policzek.

– Nie ma kto zamiatać, to ja muszę.

– Mówiłem, żeby wziąć Waldka. Przecież są pieniądze, zapłaci mu się.

Sieradzka machnęła ręką i ruszyła w kierunku wejścia. Zrobiła synowi herbaty, a potem usiedli przy stole. Długo się nie odzywał, więc zaczęła myśleć, że przychodzi z wieściami gorszymi, niż sądziła.

W końcu sięgnął do kieszeni i wyjął z niej kopertę. Obrócił ją w rękach, jakby nie był pewien, czy wręczyć ją matce.

– Co to jest? – spytała.

– List.

– Jaki znowu list? Od kogo?

Zamiast odpowiedzieć, wyjął kartkę z rozciętej koperty i podał matce. Przebiegła wzrokiem po tekście, ale wszystko było tak rozmazane, że nic nie rozszyfrowała. Przez chwilę szukała okularów do czytania, po czym ostatecznie zrezygnowała.

– Od kogo to? – spytała jeszcze raz.

Na twarzy syna nagle pojawiło się niepokojące połączenie wyrachowania i szaleństwa, które Danuta znała aż za dobrze. Widywała je u swojego męża przez długie lata małżeństwa.

Nikt inny w Delawie go nie dostrzegał.

– Nie wiem – powiedział syn. – Nadawca podpisał się Fenol.

– I czego chce?

– Powiedzieć nam, że ojca zabiła jakaś policjantka z Że-romic.

POSŁOWIE

Po napisaniu każdej książki pisarzowi zawsze towarzyszy poczucie pewnej pustki. Za każdym razem wszak pozbywa się czegoś, czym długo żył – myślał o tym podczas zakupów, w trakcie jazdy samochodem i… właściwie w każdym momencie. W ten sposób poznaje się zresztą dobre historie, bo częstokroć zastępują nam mniej lub bardziej rzeczywistość.

Potem następuje jednak bolesny powrót do prawdziwego świata, a autor czuje się jak narkoman, któremu nagle wyszarpano z rąk to, od czego jest uzależniony. Pisanie szczęśliwych zakończeń nieco ten stan łagodzi – choćby z tego względu chciałem, by w tym wypadku właśnie takie było.

Im głębiej w las, tym bardziej jasne stawało się dla mnie, że ta historia rządzi się swoimi prawami i niespecjalnie interesuje ją to, co mam na ten temat do powiedzenia. Dzięki temu stoję teraz w tym samym miejscu, co Ty – nie wiem, dokąd wybiera się Seweryn z Lidką, i nie mam pojęcia, czy uda mu się ułożyć sobie życie po tym, co się stało.

Znakiem zapytania jest dla mnie też to, czy Burza wytrzyma z kimś, z kim chce wprawdzie żyć, ale nie umierać. Na odpowiedzi będziemy musieli pewnie chwilę poczekać, ale wydaje mi się niemożliwe, by dwoje tak mocno złączonych ludzi długo przetrwało bez siebie.

Wszystkie przedstawione w książce informacje na temat Dzieci Zamojszczyzny są zgodne z faktami. Wiele porwanych dziewczynek i chłopców nigdy nie wróciło w swoje rodzinne strony.

Przeczytać więcej na ten temat można w opracowaniach – niestety nie tak licznych, jak w przypadku innych zbrodni popełnianych na ludności polskiej. W tym względzie Martyna Zaorska miała trochę racji – poza Zamojszczyzną chyba niewiele osób o tym wie, a jeszcze mniej pamięta.

Wiedzę w pigułce można zaaplikować sobie online – na przykład dzięki publikacji IPN-u autorstwa Agnieszki Jaczyńskiej, pt. *Dzieci Zamojszczyzny*. Po więcej odsyłam do monografii *Ocalone z transportów Dzieci Zamojszczyzny. Losy dzieci wysiedlonych z Zamojszczyzny do dystryktu warszawskiego 1942–1945* Beaty Kozaczyńskiej.

To, co dotyczy wad genetycznych po wybuchu w Czarnobylu, również jest prawdą. Research, który przyszło mi w tym względzie wykonać, był jednym z trudniejszych, do których w ogóle się zabierałem. I rzeczywiście nawet po tylu latach na Białorusi wciąż rodzą się dzieci chorujące na wymienione w książce choroby.

Tematem zajmowało się wiele organizacji, ale także dziennikarzy. Dość wyczerpujący artykuł opublikowała na łamach „Business Insider" reporterka od lat zajmująca się skutkami eksplozji, Courtney Verrill. W dodatku udokumentowała swoje reportaże zdjęciami dzieci – czuję się w obowiązku, by o tym uprzedzić, bo nawet bez tego nie jest to łatwa lektura.

Równie niełatwo zgłębiało się materiały dotyczące pedofilii, a jeszcze trudniej o niej pisało. Skala zjawiska przeraża tak samo, jak indywidualne przypadki – jest to problem globalny, niedotyczący przecież jedynie Kościoła. Choć to na tę instytucję, ze względu na autorytet moralny księży, należy patrzeć z największą uwagą.

Rozważałem, czy w powieści tego czynu nie mógłby popełnić ktoś inny, na przykład nauczyciel lub znajomy, ale szybko doszedłem do wniosku, że Seweryn nie zaufałby żadnej innej osobie na tyle, by zostawić z nią diablice.

Fakt, że w tym przypadku sprawcą jest właśnie duchowny, wynikł z fabuły, a nie chęci napiętnowania jakiejkolwiek grupy. Przeciwnie, wszyscy księża, z którymi kiedykolwiek się spotkałem, robili, co mogli, by walczyć z pedofilią w Kościele – a statystyki mówią, że wśród osób skazanych za to przestępstwo duchowni stanowią niewielki odsetek. Czy jednak świadczy to o tym, że skala zjawiska w tej grupie społecznej jest mniejsza niż w innych? Czy może po prostu nie dochodzi do skazań? Odnoszę wrażenie, że w debacie publicznej wciąż poświęca się najwięcej czasu próbie znalezienia odpowiedzi na te pytania i ustaleniu, kto w politycznym sporze ma rację, zamiast skupiać się na tym, co naprawdę ważne – czyli zapobieganiu samej pedofilii.

Jak to zrobić? Poprzez zaostrzanie kar? Nie, skutek bowiem jest wtedy taki, jak w przypadku gróźb kierowanych przez Martynę do Wiesława. Większe konsekwencje to wcale nie większe ryzyko dla tych ludzi.

Kluczowe jest coś innego: wykrywalność. Tylko jej zwiększenie sprawi, że takich czynów będzie mniej. A to coś, na co my wszyscy mamy wpływ – wystarczy, że nie będziemy ślepi na los innych.

Remigiusz Mróz
Opole, 30 czerwca 2019 roku

Chcesz posłuchać wszystkich kawałków, które przewinęły się w tej książce?

Odwiedź http://remigiuszmroz.pl/burza.

NAJWIĘKSZE TAJEMNICE DRZEMIĄ W MAŁYCH MIASTECZKACH.
PATOMORFOLOG SEWERYN ZAORSKI WIE, ŻE TO
UMARLI UCZĄ ŻYWYCH.

Dwadzieścia lat po śmierci ojca Kaja Burzyńska wciąż
otrzymuje od niego wiadomości. Zadbał o to, przygotowując je
zawczasu i zlecając coroczną wysyłkę tego samego, pozornie
przypadkowego dnia. Po czasie Kaja traktuje to już jedynie jako
zwyczajną tradycję – aż do momentu, gdy w listach zaczyna
dostrzegać drugie dno...

FILIA

„Cały świat czytał Stiega Larssona, potem Jo Nesbø,
a teraz nadszedł czas na Remigiusza Mroza".
Tess Gerritsen

**THRILLERY PSYCHOLOGICZNE NA MIARĘ NAJWIĘKSZYCH
ŚWIATOWYCH BESTSELLERÓW!**

FILIΛ